MOLLY McADAMS

De las cenizas

HarperCollins *Español*

Publicado por HarperCollins Español® en Nashville, Tennessee, Estados Unidos de América
HarperCollins Español es una marca registrada de HarperCollins Christian Publishing.

Título en inglés: *From the Ashes*

Publicado por HarperCollins Publishers.

Esta es una obra de ficción. Los nombres, personajes, lugares y sucesos que aparecen en
fruto de la imaginación de la autora, o se usan de manera ficticia, y no pueden considerar
Cualquier parecido con sucesos, lugares y organizaciones reales, o personas reales, vivas
tas, es pura coincidencia.

ISBN: 978-0-71808-018-1

Impreso en Estados Unidos de América
15 16 17 18 19 DCI 6 5 4 3 2 1

CAPÍTULO 1

Cassidy

—¿Conoces a alguno de los que van a estar allí, Ty?

—Solo a Gage. Pero no pasa nada, así podremos conocer gente nueva de inmediato.

Murmuré para mis adentros. No se me daba muy bien hacer amigos; no comprendían mi necesidad de estar siempre cerca de Tyler y, cuando aparecía con moratones o puntos, todos pensaban automáticamente que me estaba autolesionando o que Tyler y yo manteníamos una relación de abusos. Claro que eso no era culpa de ellos; nunca les respondíamos, así que los rumores seguían circulando.

—Cassi, nadie sabrá nada de tu pasado, los moratones que te quedan habrán desaparecido en pocas semanas y ya te has ido de allí. Además, no soporto que no tengas a nadie más. Confía en mí, lo comprendo, pero no lo soporto por ti. Necesitas más gente en tu vida.

—Lo sé. —Instintivamente me rodeé con los brazos, cubriéndome las zonas donde tenía algunos de los moratones. Por suerte nadie podía verlos, a no ser que me quedara en ropa interior, pero no podía decirse lo mismo de algunas de las cicatrices. Al menos las cicatrices eran normales en una persona, y las peores las tapaba la ropa, así que simplemente parecía propensa a los accidentes.

—Eh. —Tyler me agarró una mano y la apartó de mi lado—. Se acabó, no volverá a suceder. Y yo siempre estaré a tu lado, hagas nuevos amigos o no. Estoy aquí. Pero al menos inténtalo. Esta es tu oportunidad de empezar una nueva vida… ¿no es lo que hace ese pájaro que tanto te gusta?

—El fénix no es un pájaro de verdad, Ty.

—Lo que sea, pero es tu favorito. ¿No es eso lo que simboliza? El nuevo comienzo.

—Renacer y renovarse —murmuré.

—Sí, lo mismo. Mueren solo para volver y empezar una nueva vida, ¿no? Estamos empezando una nueva vida, Cass. —Negó ligeramente con la cabeza y después se puso serio—. Pero no te pongas a arder espontáneamente y te mueras. Te quiero demasiado y el fuego no les iría bien a los asientos de cuero.

Yo resoplé y le di un empujón con la otra mano.

—Eres un idiota, Ty; qué manera de estropear el momento tan romántico que has tenido.

Él se carcajeó.

—Ahora en serio. —Me dio un beso en la mano y me mantuvo la mirada durante unos segundos antes de volver a mirar hacia la carretera—. Nueva vida, Cassi, y empieza ahora mismo.

Tyler y yo no estábamos liados, pero teníamos una relación que ni siquiera entendía la gente con la que habíamos crecido.

Nos criamos a una casa de distancia el uno del otro, en un barrio con club de campo. Nuestros padres eran médicos; nuestras madres eran de las que se quedaban en casa con los hijos y pasaban las tardes en el club cotilleando y bebiendo martinis. Cuando cumplí seis años, mi padre murió de un ataque al corazón… precisamente mientras trabajaba. Ahora que soy mayor, no entiendo cómo nadie fue capaz de salvarlo; trabajaba en Urgencias, por el amor de Dios, ¿y nadie fue capaz de salvarlo? Pero, en aquel momento, solo sabía que mi héroe se había ido.

Mi padre trabajaba muchas horas, pero yo era su princesa y, cuando estaba en casa, solo estábamos los dos. Se atrevía a ponerse tiaras y boas para tomar el té conmigo; se sabía los nombres de todos mis animales de peluche, hablaba con ellos como si fueran a responderle;

y siempre era el que me contaba cuentos por la noche. Mi madre era asombrosa, pero sabía que teníamos una relación especial, así que siempre se quedaba en el umbral de la puerta, observando con una sonrisa. Cuando yo me hacía daño, si él estaba en el trabajo, mi madre dejaba claro que no podía hacerlo mejor y entonces tenía que esperar pacientemente a que mi padre llegara a casa. Ella debía de llamarlo, porque él entraba corriendo en casa como si me estuviera muriendo, aunque casi siempre era un simple arañazo, me tomaba en brazos y me ponía una tirita donde fuera necesario, y milagrosamente me sentía mucho mejor. Como ya he dicho, mi padre era mi héroe. Toda niña pequeña necesita un padre así. Pero ahora, además de los valiosos recuerdos, lo único que me queda de él es su amor por el fénix. Mi madre había permitido que mi padre se saliera con la suya al pintar la enorme silueta de un fénix sobre mi cama cuando empecé la guardería, un dibujo que sigue allí actualmente, aunque mi madre amenazara constantemente con pintar encima. Y, aunque yo intenté quedarme con un anillo que llevó durante toda su vida adulta con un fénix grabado encima, mi madre lo había encontrado y escondido poco después de su muerte, y no había vuelto a verlo desde entonces.

Mi madre comenzó a beber obsesivamente cuando él murió. Su café de la mañana llevaba ron, a las diez de la mañana ya estaba preparando margaritas, después se iba al club a seguir con los martinis y, para cuando yo volvía del colegio, estaba bebiendo whisky o vodka directamente de la botella. Sacaba tiempo para sus amigas, pero dejó de despertarme para ir a clase, dejó de hacerme la comida, se olvidaba de recogerme del colegio, básicamente se había olvidado de que yo existía. Después de que el primer día me quedara olvidada en el colegio, y de que al día siguiente no fuera a clase porque ella no quería salir de su habitación, Stephanie, la madre de Tyler, empezó a llevarme al colegio y a recogerme sin decir palabra. Ella sabía que mi madre estaba sufriendo, pero no sabía hasta qué punto.

Después de una semana sin ropa limpia y tras varios casos de ensayo y error, empecé a hacerme la colada, intenté resolver sola los deberes y preparaba sándwiches de mermelada y mantequilla de cacahuete para las dos. Dejaba siempre uno frente a la puerta de su dormitorio. Casi un año después de la muerte de mi padre, Jeff entró en escena. Era rico, dirigía una gran compañía –su apellido estaba por todas partes en Mission Viejo, California–, pero hasta ese día yo no lo había visto ni había oído hablar de él. Un día Stephanie me dejó en casa y él se acababa de mudar, mi madre ya se había casado con él.

Aquella noche fue la primera vez que me pegaban, y fue mi propia madre. Mi madre cariñosa y dulce, que no podía matar ni a una mosca, y mucho menos dar un azote a su hija cuando se portaba mal, me pegó. Le pregunté quién era Jeff y por qué me pedía que lo llamase papá, y mi madre me pegó en la espalda con la nueva botella de whisky que había estado intentando abrir. No se rompió, pero me dejó un moratón con bastante mala pinta. Desde ese momento, no pasó un solo día sin que uno de los dos me agrediera de alguna forma. Normalmente eran puñetazos o tortas, y empecé a agradecerlos, porque, cuando empezaron a lanzar tazas de café, copas o lámparas, o cuando mi madre se quitaba los zapatos de tacón y me golpeaba repetidamente en la cabeza con la punta... yo no sabía si seguiría viva al día siguiente. Como una semana después de la primera agresión, me golpearon por primera vez con la llave de tubo de Jeff, y esa fue la primera noche que abrí mi ventana, levanté la malla metálica y me fui a la ventana de Tyler. A los siete años, me ayudó a entrar en su habitación, me dejó un pijama, puesto que yo tenía el camisón lleno de sangre, y me estrechó las manos hasta que los dos nos quedamos dormidos en su cama.

Durante los últimos once años, Tyler me había rogado que le permitiese contarles a sus padres lo que estaba ocurriendo, pero yo no podía permitir que eso pasara. Si Tyler se lo contaba, llamarían a alguien y sabía que me apartarían de él. Mi héroe había muerto y la madre a la que yo quería había desaparecido en el fondo de una botella; no pensaba permitir que alguien me apartara de Ty también. Lo único a lo que había logrado que accediera era a que, si alguna vez me encontraba inconsciente, se rompería cualquier promesa y podría contárselo a quien quisiera. Pero eso solo servía para mantener a Tyler callado; no habíamos tenido en cuenta a los vecinos...

Transcurridos los tres primeros años de abusos, dejé de meterme en casa de Ty cada noche, y solo lo hacía las noches en las que golpeaban algo más que mi cuerpo, pero Tyler siempre estaba esperando, pasase lo que pasase. Tenía un botiquín de primeros auxilios en su habitación y me limpiaría y vendaría todo lo que pudiera. Utilizábamos puntos de aproximación para casi todos los cortes, pero en tres ocasiones me obligó a que los dieran de sutura. Le decíamos a su padre que me había tropezado con algo mientras corría por la calle. No soy ingenua y sé que su padre no me creía, sobre todo porque no me gustaba correr y la única relación que tenía con los deportes era cuando los veía en la tele de Ty, pero siempre nos cuidábamos de ocultar mis moratones cuando estábamos con él y nunca intentó averiguar cómo me había hecho realmente los cortes. Yo me sentaba a la mesa de su cocina y dejaba que me cosiera; después me dejaban en la puerta tras asegurarse de que estaba bien, y Tyler ya estaba esperando junto a su ventana abierta en cuanto daba la vuelta a la casa. Todas las noches tenía algo preparado con lo que yo pudiera dormir, y todas las noches me daba la mano y se acurrucaba junto a mí hasta que nos quedábamos dormidos.

De modo que, cuando Tyler me besaba en la frente, en la mejilla o en la mano, nunca significaba nada romántico. Se limitaba a consolarme como había hecho desde que éramos niños.

—¿Cassi? ¿Te he perdido? —Tyler agitó la mano frente a mi cara.

—Perdona. La vida, empezar de nuevo. Los amigos, sí... esto va a ser... necesito... amigos. —Estoy segura de que debía de haber algo de gramática en aquella frase.

Ty soltó una carcajada, me apretó la rodilla y, tras unos minutos en silencio, agradecí que cambiara de tema.

—¿Qué te parece entonces el apartamento?

—Está genial. ¿Estás seguro de que quieres que me quede contigo? Puedo buscarme otro sitio, o incluso dormir en el sofá... —¿Otro sitio? La idea era tan absurda que casi resultaba divertida; no tenía ni cien dólares a mi nombre.

—Ni hablar, he compartido la cama contigo durante once años, no pienso cambiar ahora.

—Ty, pero ¿qué pasará cuando tengas una novia? ¿De verdad vas a querer explicar por qué vivo contigo? Por qué compartimos cómoda, armario y cama.

Tyler me miró durante un segundo antes de centrar la mirada de nuevo en la carretera. Sus ojos marrones se habían oscurecido y tenía los labios apretados.

—Te vas a quedar conmigo, Cassi.

Yo suspiré, pero no dije nada más. Ya habíamos tenido una versión de aquella discusión muchas veces. Todas las relaciones que él tenía acababan por mí y el hecho de que siempre estuviéramos juntos. No me gustaba echar a perder sus relaciones y, cada vez que salía con alguien, incluso dejaba de ir a su habitación y de responder a sus llamadas para que, en su lugar, pudiera concentrarse en su novia. Pero eso nunca duraba; se colaba por mi ventana, me sacaba de la cama y me llevaba de vuelta a su casa. Nunca tuvimos que preocuparnos por mis novios, ya que nunca había tenido uno. Con el sentimiento protector de Tyler y todo eso, nadie intentaba siquiera acercarse a mí lo suficiente. Tampoco es que me importara; el único chico por el que alguna vez había sentido algo era demasiado mayor para mí y solo había estado en mi vida durante unos pocos minutos. Cuando había abierto la puerta y lo había visto allí de pie, habían empezado a revolotear mariposas en mi estómago y había sentido una extraña conexión con él que no había sentido con nadie, e incluso después de que se marchara seguí soñando con su intensidad y con aquellos ojos azules hechizantes. Sin embargo Ty no sabía nada sobre él, porque, ¿qué sentido tendría? Yo acababa de cumplir dieciséis años y él era policía; sabía que no volvería a verlo, y así fue. Además, salvo por mi verdadero padre y por Ty, me costaba mucho dejar que se me acercaran los hombres, hubiera o no extraña conexión. Cuando mi mundo, ya alterado, terminó de quedar patas arriba en cuanto un hombre nuevo entró en nuestra casa… los problemas de confianza eran cuestión de tiempo.

Tyler había decidido ir a la Universidad de Texas, en Austin, donde estudiaba actualmente su primo Gage, que era dos años mayor que nosotros. Había oído hablar mucho de Gage y de su familia durante años, dado que eran los únicos primos de Ty, y me alegraba sinceramente de que se fuera. Gage era como un hermano para él y Tyler no lo había visto en varios años, de modo que compartir un apartamento con él sería bueno para Ty. Yo no estaba segura de lo que haría cuando Tyler se marchara; lo único que sí sabía era que me marcharía de la casa en la que había crecido. Solo tenía que aguantar un mes más hasta cumplir los dieciocho y después me iría. Pero Tyler, siendo como es, hizo planes por mí. Se coló por mi ventana, me dijo que hiciera la maleta y, antes de llevarme a su Jeep, les dijo a mi madre y a Jeff exactamente lo que pensaba de ellos. Yo no tuve tiempo de preocuparme por las consecuencias de su bronca, porque, casi sin darme cuenta, estábamos en la autopista camino de Texas. Hicimos el viaje en poco más de un día y ahora, tras haber estado allí el tiempo suficiente para vaciar el coche y darnos una ducha, nos dirigíamos hacia un lago, a una fiesta para reunirnos con Gage y con sus amigos.

La familia de Gage no era de Austin; no sabía en qué parte de Texas vivían, pero al parecer tenían un rancho. Tras enterarme de aquello, tuve que morderme la lengua para no preguntar cómo era Gage. Entendía que ahora estábamos en Texas, pero Austin ya había echado por tierra mis expectativas de carreteras polvorientas y plantas rodadoras, con sus edificios céntricos y verde por todas partes. Pero no sabía cómo sería vivir con un vaquero de vaqueros ajustados, hebilla gigante en el cinturón y sombrero como los que había visto en los rodeos y en las películas. Probablemente me echara a reír cada vez que lo viera.

Cuando nos acercamos al lago y al grupo de gente, tomé aliento en un intento inútil por controlar los nervios. No me entusiasmaba la gente nueva.

Tyler me agarró la mano y la apretó con fuerza.

—Nuevo comienzo, Cassi. Y yo estaré a tu lado.

—Lo sé. Puedo hacerlo. —Detuvo el Jeep e inmediatamente retiré esas palabras. «No», pensé. «No, no puedo hacerlo». Tuve que pensar rápidamente dónde estaba cada moratón y asegurarme de que la ropa los tapara todos, aunque ya lo hubiera hecho en el apartamento. No quería que nadie allí supiera qué tipo de vida había tenido.

Salté del Jeep de Tyler, tomé aliento de nuevo y me obligué a animarme. «Nueva vida. Puedo hacerlo». Me di la vuelta, bordeé el capó y, antes de llegar junto a Tyler, lo vi. No sé si decidí de manera consciente dejar de caminar o si seguía andando hacia Tyler y no me daba cuenta; lo único en lo que podía fijarme era en el tipo situado a unos tres metros de mí. Era alto, más alto que Tyler, que medía un metro ochenta, y llevaba unos pantalones cortos anchos de color tostado y una camisa blanca de algodón desabrochada, que dejaba ver su torso y sus abdominales bronceados y definidos. Tenía los brazos cubiertos de músculos, pero no parecía de los que se pasan horas en el gimnasio o toman esteroides. Me parecían unos músculos naturales, desarrollados a base de trabajo. Tenía el pelo negro azabache y revuelto, con ese aspecto de acabar de salir de la cama, y sentí un cosquilleo en la mano con la idea de deslizar los dedos por él. Desde allí no veía de qué color tenía los ojos, pero estaba mirándome fijamente con la boca ligeramente abierta. Tenía una botella de agua en la mano, levantada como si hubiera estado a punto de dar un trago antes de verme. Yo no tenía ni idea de lo que estaba ocurriéndome, pero todo mi cuerpo comenzó a estremecerse y empezaron a sudarme las palmas de las manos solo con mirarlo.

Había visto muchos tipos atractivos; Tyler parecía un modelo de Abercrombie, por el amor de Dios. Pero aquel nuevo chico no podía describirse con algo tan degradante como «atractivo». Parecía un dios. Se me aceleró la respiración y empezó a calentárseme la sangre cuando di un paso hacia él. Justo en ese momento, una rubia alta de piernas largas corrió hacia él, le rodeó la cintura con los brazos y le dio un beso en la mandíbula. Fue como si alguien me diese un puñetazo en el estómago e inmediatamente sentí celos de aquella chica, fuera quien fuera. Negué con la cabeza y me obligué a mirar hacia otro lado. «¿Qué diablos haces, Cassidy? Cálmate».

—¿Cassi, vienes?

Parpadeé y miré a Tyler, que tenía la mano extendida hacia mí.

—Oh, sí. —Miré otra vez al otro chico y vi que seguía sin moverse. La alegre rubia no paraba de hablar y él ni siquiera parecía estar haciéndole caso. Yo sentí que se me sonrojaban las mejillas por cómo me miraba, como si hubiese visto el sol por primera vez, y seguí andando hacia Tyler.

Tyler me acercó a él y me susurró al oído:

—¿Estás bien?

—Sí, estoy bien —le aseguré, intentando que se me tranquilizara el corazón, en esa ocasión por una razón bien distinta.

Me dio un beso en la mejilla y me aparté.

—Bueno, deja que te presente a Gage.

Claro. Gage. Tyler me soltó la mano y colocó la suya en la parte inferior de mi espalda mientras me conducía hacia el chico nuevo y la rubia de piernas largas. «Oh, no. No, no, no, no».

—¿Qué pasa, tío? —Tyler le dio una palmada en la espalda y el chico nuevo apartó lentamente la mirada de mí para fijarse en el chico que le había golpeado.

A Gage se le desencajaron los ojos cuando vio a Ty.

—¡Tyler, hola! No sabía que estuvieras aquí ya.

Oh. Genial. Dios. Esa voz. Incluso con una frase tan corta pude captar su acento. Era una voz profunda y grave, y probablemente la cosa más sexy que hubiera oído nunca.

—Sí, acabamos de llegar. Cassi, este es mi primo Gage. Gage, esta es Cassi.

Gage me ofreció su mano.

—Es un placer, Cassi. Me alegro de que por fin estéis aquí.

Sentí que me temblaban las rodillas y un torrente de electricidad recorrió mi cuerpo cuando le estreché la mano. A juzgar por cómo miró nuestras manos unidas, él también lo había sentido.

—Me alegro de conocerte. —Ahora que estaba más cerca, pude ver sus ojos verdes y brillantes, ocultos tras unas pestañas negras y espesas. Era la masculinidad por definición. Desde su mandíbula angulosa hasta sus pómulos marcados, su nariz definida y aquellos labios que incitaban a besar; todo en él era masculino. Lo único que compensaba la masculinidad eran sus hoyuelos infantiles, que me tenían embobada. Sí, «dios» era la única palabra capaz de definirlo.

Nuestras manos no se separaron lo suficientemente deprisa para la rubia alta, de modo que extendió su mano también.

—Yo soy Brynn, la novia de Gage. —Enarcó las cejas al decir la palabra «novia».

Yo no debería haberlo hecho, pero volví a mirar a Gage. Él frunció el ceño, ya fuera por confusión o por enfado, cuando miró a Brynn. «Tiene que ser una broma», pensé yo. No me importaba que hubieran pasado solo dos segundos desde que lo viera por primera vez, aquella no podía ser una reacción normal para dos personas que acababan de conocerse, y tenía una maldita novia. Ni siquiera había sentido lo mismo con el policía que se había presentado en mi puerta aquella noche, ¡y había estado pensando en él durante casi dos años!

Estiré los hombros, le solté la mano a Gage y me fijé en Brynn.

—¡Me alegro de conocerte, Brynn! —Esperaba que mi sonrisa pareciera auténtica. No necesitaba ya un enemigo, sobre todo si salía con el chico con el que yo iba a vivir. Pero, maldita sea, no voy a mentir; ya estaba pensando en cómo podría quitármela de en medio.

Tyler y Brynn se dieron la mano, ella volvió a mirarme y advirtió que estaba haciendo todo lo posible por evitar mirar a su novio. Tyler y Gage estaban poniéndose al día y, cada vez que Gage hablaba, yo tenía que obligarme a no cerrar los ojos y entregarme a los escalofríos que su voz provocaba por todo mi cuerpo.

—Bueno, Cassi, ¿qué te parece si te presentamos al resto de las chicas? —preguntó Brynn con dulzura.

Tyler se mostró encantado; eso era exactamente lo que deseaba.

—Me parece fantástico —dije apartándome de los chicos. Me parecía mal alejarme, pero sentí que Gage me miraba mientras lo hacía.

—Tyler y tú, ¿eh? —dijo Brynn dándome un empujón en el hombro.

—¿Qué quieres decir?

—Hacéis buena pareja. —No era un cumplido, estaba sonsacándome información.

—Gracias, pero no. Tyler y yo somos buenos amigos, nada más.

—¿Estás segura de eso? He visto cómo te miraba, y te rodeaba con el brazo.

—Simplemente somos así. Hemos sido amigos toda la vida.

—Claro. ¿Y tú también vas a la Universidad de Texas? —preguntó. Parecía tener demasiada curiosidad.

—Oh, no. No tengo pensado estudiar.

—Entonces, ¿por qué estás aquí? —Si no hubiera sido por su media sonrisa, habría parecido interesada sin más.

—¿Sinceramente? No tengo ni idea. Tyler me hizo la maleta y me metió en su Jeep. Al parecer a Gage no le importaba que viviera con ellos. —Sonreí con superioridad y me volví para empezar a presentarme a las chicas que ahora estaban junto a nosotras.

Gage

¿Qué diablos había sido eso? Nunca me había sucedido algo parecido. Nada más ver a Cassi, había sido como si mi mundo se detuviera. Lo único en lo que podía pensar era en recorrer la distancia que nos separaba. No sé cómo describirlo, pero necesitaba acercarme a ella. Por desgracia, me quedé pegado al suelo, observando a la chica más guapa que había visto nunca. Su melena castaña estaba despeinada por el viento, y aquellos enormes ojos de color miel me hicieron desear perderme en ellos. Parecía tan dulce y frágil que deseaba rodearla con los brazos y protegerla para que no viera nada malo en el mundo, pero algo en sus ojos me dijo que ella sabía demasiado bien cómo era el mundo y que podía cuidarse sola. Y por eso resultaba tan confuso que se aferrara a mi primo como si fuera un salvavidas.

Tyler me dijo que iba a traer a una amiga a vivir con nosotros. Recordaba haber oído su nombre a lo largo de los años, pero, cada vez que hablaba de ella, parecía que eran solo amigos. ¿Por qué entonces le sujetaba la mano y le dio un beso en la mejilla? Ni siquiera pude disimular el gruñido que me salió al verlo. Y luego estaba la maldita Brynn. ¿Novia? ¿En serio? Habíamos tenido dos citas desastrosas el año pasado y yo le dije antes de acabar las clases que no quería ninguna relación con ella. Pensé que estábamos bien, porque me había evitado durante toda la tarde, hasta que aparecieron Cassi y Ty.

En cuanto Cassi habló, tuve que obligarme a respirar de nuevo. Su voz era suave y melódica. Le pegaba a la perfección. Era pequeña e, incluso con lo bajita que era, aquellas piernas enfundadas en unos pantalones cortos podían hacer que cualquier chico se arrodillara y suplicara. No podía dejar de pensar en cómo sería abrazarla, cómo quedaría en mi camioneta o en mi caballo. Y sí, no voy a mentir, ya me la había imaginado debajo de mí… pero era imposible no imaginárselo solo con verla.

Después de que Brynn se la llevara, tuve que hacer un gran esfuerzo por dejar de mirarla, pero no quería que Tyler se diese cuenta de que ya estaba completamente embobado con ella.

—Es mía, Gage. Vamos a dejarlo claro ya.

De acuerdo, puede que hubiese sido más descarado de lo que pensaba.

—Creí que habías dicho que erais solo amigos.

—Es mi mejor amiga, pero ya lo verás. Es mía.

Yo asentí y le di una palmada en la espalda para obligarme a aflojar el puño.

—Te entiendo, tío. Vamos a por una cerveza.

A medida que avanzaba la noche, seguí acercándome más a ella. Me sentía como un asqueroso, intentando estar cerca de ella, pero no podía evitarlo. Deseaba escuchar su voz y su risa; juro que cuando se reía parecía el canto de un ángel. Estuve a punto de soltar un gruñido. ¿El canto de un ángel? ¿Qué diablos me pasa?

Estábamos todos sentados en torno a la hoguera, hablando y bebiendo. Yo estaba a pocos metros de Cassi cuando ella se levantó para acercarse a Jackie. De no ser por lo que ocurrió inmediatamente después, le habría dado un puñetazo en la cara a Jake por tocarla. Con una mano le acarició la parte delantera del muslo y con la otra le agarró el culo, lo que hizo que ella se tambaleara, cayera encima de mí y derramara su cerveza sobre mi camisa.

Sus enormes ojos se volvieron aún mayores y ella soltó un grito ahogado.

—¡Oh, Dios! ¡Lo siento mucho! —El sol estaba poniéndose y estaba oscureciendo, pero yo vi claramente que se sonrojaba. Estoy bastante seguro de que su rubor se convirtió en mi nueva cosa favorita.

Me reí y la agarré por los hombros para estabilizarla, sin importarme en absoluto lo de mi camisa.

—¿Estás bien?

Ella se fijó en mis labios y se mordió ligeramente el labio inferior. Deseaba reemplazar sus dientes con los míos y, sin darme cuenta, me incliné hacia delante. Ella parpadeó rápidamente, levantó la mirada y después miró a Jake, que estaba a mi derecha.

—Estoy bien. Siento mucho lo de tu camisa, de verdad.

«Dios, esto no es normal. Me ha dirigido solo un par de frases en toda la noche, ¿y he estado a punto de besarla?».

—No te preocupes por eso —murmuré mientras ella se enderezaba y seguía andando hacia Jackie, pero acto seguido Tyler la apartó y le habló al oído mientras la rodeaba con los brazos.

—Maldita sea, cuando dijiste que tu primo iba a traer a una chica, no esperaba que estuviese tan buena —dijo Jake.

—Jake, si vuelves a tocarla… ya verás lo que ocurre.

—Vaya, estás ya colgado de la chica de tu primo, ¿eh? ¿Vas a intentar algo?

Miré a Cassi, entre los brazos de Ty, y negué con la cabeza mientras levantaba la cerveza para dar un trago.

—No. —«Sí, sí voy a intentarlo».

—Bueno, si tú no lo intentas, lo haré yo.

—Jake —gruñí yo.

—De acuerdo, de acuerdo. Relájate, Gage. No pienso tocarla, y ya la has oído… está bien. —Jake se inclinó para sacar otra cerveza de la nevera, se recostó en su silla y dejó de mirar a Cassi para fijarse en Lanie.

Después de una mirada rápida para comprobar que Cassi y Tyler seguían hablando tranquilamente, me levanté y caminé hasta donde estaban aparcadas todas las camionetas. Me quité la camisa mojada y la colgué en la parte trasera de mi camioneta antes de sacar una limpia del asiento de atrás. Al darme la vuelta, Tyler estaba caminando hacia mí.

—Me alegro mucho de que estés aquí —le dije.

—Yo también. —Dio un largo trago a su lata de cerveza antes de dejarla en la plataforma trasera—. Estábamos deseando llegar aquí. California empezaba a cansarme; me apetecía un lugar nuevo. Y, oye, sé que ya te lo he dicho, pero te agradezco que nos dejes quedarnos contigo. Sé que podrías haber compartido el apartamento con cualquier otro, y probablemente no hubiera traído a una chica consigo.

—No te preocupes por eso, tú eres de la familia. Para ser sincero, me sorprendió un poco que me dijeras que ibas a venir a Austin a estudiar conmigo. Después de que empezaras a negarte a venir al rancho con tía Steph y tío Jim hace unos años, di por hecho que ya no te caíamos muy bien.

—No, no tenía nada que ver con vosotros. No quería dejar sola a Cassi. Pero siento que pensaras eso.

Tomé aliento y me recordé a mí mismo que Cassi había seguido a Tyler hasta Texas.

—¿En serio? No lo entiendo, Ty, dijiste que era una amiga. Luego va y te sigue hasta aquí, y ahora dices que no querías venir de visita porque no querías dejarla. ¿Por qué nunca me dijiste lo que había realmente entre vosotros?

—Es complicado; de verdad éramos solo amigos. Pero ella me necesitaba; no podía dejarla. Y estoy enamorado de ella, tío.

Dios mío. Sentí como si alguien me hubiera dado un puñetazo en el estómago. ¿Cómo podía gustarme tanto aquella chica como para sentirme dolido por pensar que estuviera con Ty? Con cualquiera, en realidad. En serio, aquello no podía ser normal.

—¿Qué quieres decir con que te necesitaba?

Tyler suspiró y negó con la cabeza.

—Como ya te he dicho, es complicado.

Ambos levantamos la mirada cuando oímos a las chicas chillar y patalear. Algunos de los chicos estaban lanzándolas al lago, y no pude evitar dirigirme hacia Jake cuando este levantó a Cassi y se la echó al hombro. Ya había apretado los puños para cuando la dejara en el suelo. Ella tenía la cara oculta por la melena mientras le golpeaba en la espalda con sus manos pequeñas.

—¡Bájame! ¡No llevo bañador! —Parecía tan decidida para ser tan pequeña que estuve a punto de sonreír. A punto—. ¡Hablo en serio, bájame!

—Jake, te he dicho que no la tocaras. Bájala. —Estaba justo detrás de ellos. Cassi le agarró la parte superior de los vaqueros para impulsarse hacia arriba y mirarme, pero Jake se dio la vuelta para mirarme él. Cassi estaba intentando darle patadas también y él colocó las manos en sus muslos, lo que me hizo volver a apretar los puños.

—Vamos, Gage. —Parecía molesto—. Las demás chicas han caído al agua.

—Ella no quiere... —Jake la bajó al suelo e hizo que se le levantara la camisa por la espalda. Me quedé sin palabras, y al menos dos personas más situadas detrás de mí expresaron su sorpresa. ¿Qué demonios?

Tyler agarró a Cassi y comenzó a apartarla. La miró compasivamente y, cuando me miró a mí, lo hizo con preocupación. Cassi tenía la cara roja de nuevo y los labios apretados mientras permitía que Tyler la guiase hacia su Jeep.

Jake me miró como si estuviera loco; si no fuera porque los demás chicos tuvieron la misma reacción, yo también me habría sentido así. Me di la vuelta, seguí a Tyler y a Cassi hasta el Jeep y esperé hasta estar seguro de que nadie podía oírnos.

—¿Qué diablos acabo de ver?

Tyler la ayudó a subir al vehículo antes de caminar hacia el lado del conductor y abrir la puerta. Cassi miraba hacia delante con la mandíbula apretada.

—Ty, tío, ¿qué era eso?

—Nada. Te veremos cuando vuelvas al apartamento.

—¡Eso no podía ser nada!

Él suspiró, se apartó de la puerta y se inclinó hacia mí para que Cassi no pudiera oírlo.

—Mira, estábamos intentando evitar algo así, pero, como ya lo has visto, te lo explicaré más tarde. Pero esto es justo de lo que estaba huyendo ella, así que, si no te importa, me la llevo al apartamento.

No esperé a nada más. Prácticamente corrí hacia mi camioneta, agarré la camisa mojada mientras levantaba la portezuela trasera, me subí y volví a casa con ellos. Se me pasaron un millón de cosas por la cabeza de camino al apartamento, y todas ellas me hicieron agarrar el volante con fuerza. Estaba lo suficientemente oscuro como para no poder estar seguro de lo que había visto, pero parecían hematomas. Muchos. Había oído hablar de gente con algunas enfermedades que está llena de cardenales. Intenté imaginar de qué podría tratarse y pensé en su cuerpo diminuto. Si el aspecto de su cara no hubiera sido tan saludable, habría estado seguro de que se trataba de eso. Pero, a juzgar por lo que había dicho Tyler sobre no querer dejarla sola, tampoco podía descartar aquello. Me negaba a pensar en lo evidente; era imposible que alguien pudiera hacerle daño. De ser así, me encargaría de él.

¿Por qué sentía la necesidad de protegerla? No la conocía de nada y apenas habíamos cruzado palabra en toda la noche. No era así cuando se trataba de mis hermanas, y las quería más que a nada. No sé qué tenía aquella chica, pero ya se me había metido dentro. Y todavía no estaba seguro de sí eso me gustaba o no.

El trayecto se me hizo interminable, y suspiré aliviado cuando al fin aparqué en mi hueco. Cuando ellos se detuvieron junto a mí, corrí hacia la puerta del copiloto y la abrí. La cara de Cassi me hizo dar un paso atrás. No había ninguna emoción en ella y, aunque no me miraba a los ojos, los suyos parecían muertos. Extendí la mano para ayudarla a bajar, pero Tyler me empujó, me miró con rabia y la ayudó a bajar él mismo. La rodeó con un brazo mientras la conducía hacia nuestra casa y la llevaba directa a su dormitorio. Yo me quedé en el salón, esperando a que salieran, pero transcurrieron treinta minutos y la puerta seguía sin abrirse. Suspiré apesadumbrado, me di la vuelta y me fui a mi cuarto de baño a ducharme, dado que aún olía a la cerveza que Cassi me había derramado encima. Gracias a Dios no me había parado la policía de camino a casa. Cuando regresé a mi habitación, Tyler estaba sentado sobre la cama.

—Lo siento, Gage, Cassi no quería hablar contigo cuando hemos llegado.

—¿Está enferma, Ty?

Ty dio un respingo.

—¿Qué? No, no está enferma. ¿Por qué iba a...? Oh. No. No lo está.

Una parte de mí se sintió aliviada, pero, ahora que sabía que no era eso, me daba náuseas pensar en lo que podía haber ocurrido.

—¿Por eso no querías dejarla sola? —pregunté.

—Sí, por eso.

—¿Su novio?

Él negó con la cabeza.

—¿Sus padres? —apreté los dientes cuando él asintió.

—Espera un segundo. —Tyler caminó rápidamente hasta el otro lado del apartamento y yo oí que su puerta se abría y se cerraba dos veces antes de que regresara a mi habitación y cerrara la puerta—. Quería asegurarme de que estaba durmiendo; no quiere que lo sepas. Pero, dado que lo has visto, tengo que contártelo... necesito contárselo a alguien. —Se llevó las manos a la cabeza y tomó aire mientras su cuerpo empezaba a temblar—. No se lo he contado a nadie en once años. ¿Sabes lo que ha sido saber lo que ocurría y no ser capaz de decir nada?

—¿Once años? —pregunté yo, y me obligué a apoyarme contra la pared para no ir hacia él—. ¿Esto pasa desde hace once años y no se lo has contado a nadie? ¿Qué diablos te pasa?

—¡Ella me hizo prometer que no lo haría! Estaba aterrorizada con la idea de que se la llevaran.

—¿No has visto eso? ¡Tiene la espalda llena de manchas negras y azules!

Tyler levantó de nuevo la cabeza.

—Eso no es de lo peor que he visto. Solía venir con contusiones; en algunas ocasiones la convencí para que le dieran puntos. Te juro que esa chica es más dura que la mayoría de hombres que conozco, porque dejaba que mi padre le cosiera los cortes en la cocina sin ningún tipo de anestesia. Y había también veces en las que ni siquiera podía levantarse del suelo. Cuando era joven, a veces se quedaba allí tirada durante horas hasta poder moverse; cuando crecimos y le conseguimos un teléfono, me escribía mensajes y yo iba a buscarla.

Intenté tragar saliva para no vomitar.

—Llegó hasta ese punto y no dijiste nada nunca. ¿Qué habrías hecho si la hubieran matado una de esas veces, Ty?

Tyler dejó escapar un sollozo desde donde se encontraba.

—Me odio a mí mismo por permitir que pasara por eso. Pero, siempre que intentaba enfrentarme a ellos, ella salía y me obligaba a marcharme. Yo lo hacía y esa noche, o al día siguiente, era una de esas veces en las que la golpeaban con tanta fuerza que después no podía levantarse.

—Eso no es excusa, podrías habértela llevado. ¡El tío Jim podría haber hecho algo!

—Mira, Gage, ¡no puedes hacerme sentir peor de lo que ya me siento! Soy yo quien tenía que limpiarle la sangre, soy yo quien tenía que vendarle las heridas incluso en las múltiples ocasiones en las que deberían haberle dado puntos. Tuve que comprarme una nevera pequeña para mi habitación para poder tener hielo si ella venía. —Sacó el móvil del bolsillo, golpeó la pantalla varias veces con el dedo y soltó otro sollozo mientras me lo pasaba.

—¿Qué es esto? —Fueran lo que fueran aquellos hematomas, no habían sido causados por unas manos. Los pequeños rectángulos me resultaban familiares, pero no lograba identificar lo que eran.

—Un palo de golf. Lo de esta última vez ni siquiera lo sabía. Me lo ha contado cuando veníamos, y he sacado las fotos antes de entrar aquí. Me ha dicho que sucedió ayer por la mañana, antes de que fuera a recoger sus cosas.

—¿Hay más fotos?

Tyler levantó la cabeza un segundo para asentir.

—Desde que tuve mi primer móvil, he sacado fotos cada vez que venía, y siempre las paso a los nuevos teléfonos para poder tenerlas. Tengo copias de seguridad. Ella no me permitía decir nada, pero yo quería tener fotos por si acaso… —Dejó de hablar. No era necesario que terminara la frase; yo capté el mensaje.

Miré algunas de las fotos y no podía creer que aquella fuese la Cassi dulce que había conocido hacía unas horas. Hematomas de todas las formas, tamaños y colores cubrían su cuerpo y era horrible mirarlos, pero no podía parar. Podía verse como los que se difuminaban iban quedando cubiertos por otros nuevos, y en otras fotos se veían sus brazos, su espalda y su cara cubiertos de sangre. Lo más doloroso era que, en las fotos en las que aparecía su cara, tenía la misma expresión que yo había visto fuera. Sin emoción, unos ojos muertos, sin lágrimas.

—¿Qué le hacían?

—No quieras saberlo.

Claro que quería. Ya estaba planeando irme a California con mi pistola del calibre doce.

—¿Qué le hacían?

Tyler se quedó callado durante tanto tiempo que pensé que no iba a responder.

—Cuando empezó, normalmente eran solo golpes y patadas. A medida que fue creciendo, empezaron a golpearla con cualquier cosa que tuvieran a mano. Cuando eso empezó, Cassi solo venía a mi casa cuando se trataba de otros objetos. Llegó a echar de menos los días en los que solo usaban las manos.

—Entonces, lo que he visto esta noche, ¿dices que no es lo peor?

—En absoluto.

—¿Qué fue lo peor?

Tyler suspiró y me miró mientras las lágrimas resbalaban por su cara.

—No sé. Hubo algunas que sobresalían de las demás, pero no podría decirte una ocasión que fuera la peor.

Yo seguí mirándolo con rabia; merecía una paliza por permitir que se hubiese prolongado durante tanto tiempo. Cassi debía de tener ahora diecisiete o dieciocho años, de modo que debía de tener seis o siete cuando todo empezó. Y él lo había sabido desde el principio.

—Hace un par de años, una noche apareció la policía...

—Creí que habías dicho que no te dejaba llamar.

—No fui yo. —Suspiró y se pasó las manos por el pelo varias veces—. La anciana que vivía entre nosotros la oyó gritar una noche y llamó a la policía.

Me aparté de la pared y agité los brazos.

—¿Tuviste una oportunidad perfecta y aun así no hiciste nada? ¿Ellos no hicieron nada?

—¡Gage, yo ni siquiera supe que había ido la policía hasta que ella me escribió horas más tarde para contármelo!

—¿Qué ocurrió? —pregunté yo, y me obligué a apoyarme de nuevo contra la pared.

—Cassi abrió la puerta. Su madre y su padrastro estaban detrás de ella. No se le veía ninguno de los hematomas y todos negaron los gritos, incluyendo Cass.

¿En serio? ¿Qué diablos?

—Cuando se marchó la policía, su madre se quitó los zapatos y utilizó el tacón para golpearle la cabeza repetidas veces. Había muchísima sangre cuando yo llegué, Gage, y estuvo casi una semana sin poder apoyar siquiera la cabeza en la almohada. En otra ocasión su padre le lanzó un vaso de alcohol, ella lo esquivó y el vaso se hizo añicos contra la pared. Como no la alcanzó, él la agarró del cuello, la arrastró hasta donde estaba y siguió haciéndole cortes en la frente, en los brazos, en el estómago y en la espalda con uno de los cristales. Tuvo que llevar una bufanda todos los días hasta que desaparecieron las marcas de los dedos en el cuello. Y por eso lleva flequillo. Tiene esas cicatrices desde los diez años, y la de la cabeza ya apenas se nota, pero aun así ella intenta ocultarla. Intenta ocultarlas todas, pero algunas no puede a no ser que quiera llevar vaqueros y manga larga en verano.

Yo me quedé allí, de piedra, intentando relacionar a la chica de la que hablaba con la chica que yo acababa de conocer. Ni siquiera podía creérmelo viendo las fotos; no podía imaginar que alguien pudiera tocarla, o que ella estuviera dispuesta a permitir que siguiera pasando.

—Menudo hombre estás hecho, Tyler. —Abrí la puerta y me quedé de pie junto a ella con los brazos cruzados.

Pareció replegarse sobre sí mismo.

—¿Crees que no lo sé?

No podía decirle nada más. En cuanto salió de mi habitación, cerré de un portazo y me tiré sobre la cama. Quería obligarle a quedarse en mi habitación e ir yo a verla. Abrazarla y decirle que nunca permitiría que nadie volviera a hacerle daño. Pero, por alguna razón, Cassi lo prefería a él, y apenas nos conocíamos, así que resultaría muy siniestro que intentara acercarme lo suficiente como para oírla hablar esa noche.

Empecé a temblar al pensar que alguien pudiera ponerle la mano encima, y mucho menos usar objetos afilados. La dulce Cassi se merecía un hombre y unos padres que la mimaran. No unos que la golpeaban y un chico que se quedaba sentado sin hacer nada. Tragué saliva para contener el vómito por tercera vez desde que descubriera lo ocurrido y me obligué a quedarme en la cama.

Cerré los ojos e intenté estabilizar mi respiración, concentrándome en su cara y en sus ojos de color miel en vez de en lo que había visto en su espalda y en las imágenes que el teléfono de Tyler había grabado a fuego en mi cerebro. Imaginé que deslizaba las manos por su pelo largo y oscuro. Imaginé mi boca besando su cuello, sus mejillas y finalmente aquellos labios carnosos y atractivos. «Tyler no se la merece. En absoluto». Pensé en tomarla en brazos y llevármela al rancho para mantenerla a salvo el resto de su vida. Pero Cassi ya había estado viviendo una vida que no había elegido, así que yo tampoco elegiría por ella; esperaría a que ella lo abandonara y se acercara a mí.

CAPÍTULO 2

Cassidy

No llevábamos más de seis horas en Austin y alguien ya había visto los hematomas. Y no cualquier persona, sino el primo de Tyler, nuestro nuevo compañero de piso, el chico en quien no podía dejar de pensar. Le pedí a Tyler que no se lo contara, que dejara que sacara sus propias conclusiones, pero, claro, Tyler no me hizo caso y le contó mucho más de lo que debería. Sin embargo yo no podía culparlo; le había hecho guardar un secreto que ningún niño debería haber tenido que guardar. Sé que pensaba que estaba durmiendo, pero, aunque hubiera sido así, me hubiera despertado con los gritos de Gage, o cuando Tyler regresó a nuestra habitación, me abrazó y me dijo lo mucho que lo sentía mientras lloraba. Hacía tiempo yo había aprendido que, si lloraba, me pegaban con más fuerza hasta que paraba, así que me había convertido en una especialista en ocultar mis emociones. Pero sabía que, si hubiera abierto los ojos para verlo llorar, aquello habría derribado mis defensas y habría empezado a llorar allí con él. Así que me quedé completamente quieta, ocultando mis emociones, con los ojos cerrados, mientras Tyler lloraba hasta quedarse dormido.

Cuando Tyler se metió a la ducha a la mañana siguiente, fui a la cocina para empezar a preparar café. Habíamos pasado tantas noches sin dormir durante años que ambos empezamos a beberlo muy temprano, y me alegraba de que ahora él no tuviera que llevarme una taza a escondidas dado que sus padres no sabían exactamente que me quedaba a pasar la noche durante todos esos años.

Cerré la puerta sin hacer ruido y me di la vuelta para atravesar el suelo de puntillas, pero entonces vi a Gage y el corazón se me aceleró al instante. Llevaba solo unos pantalones cortos y unas zapatillas, y su cuerpo aún brillaba con el sudor. Dios, era increíble, y me quedé sin aliento mientras contemplaba la perfección de su cara y de su cuerpo. Apenas había podido verlo sin camisa la noche anterior antes de que Tyler me pillara mirando, y ahora no podía apartar la mirada.

—Buenos días.

Conseguí por fin mirarlo a los ojos. Con luz, y estando tan cerca, advertí las pecas doradas dispersas por sus iris de color verde. Eran los ojos más bonitos que había visto jamás.

—Buenos días, Gage.

—¿Qué… qué tal estás hoy?

Suspiré y me acerqué a la cafetera.

—Sé que habló contigo, anoche os oí. No quiero que te sientas incómodo conmigo ahora por lo que sabes.

—Cassi, esas cosas no deberían haberte pasado. Tyler debería habérselo contado a alguien.

Me di la vuelta y lo vi justo delante de mí otra vez.

—Le hice prometer que no lo haría.

—Bueno, pues no debería haberte hecho caso.

—Tú no lo entiendes, Gage. No estabas allí. No podía permitirlo.

Él entornó los párpados.

—No, no estaba allí. Pero, de haber estado, habría hecho algo la primera vez que ocurrió. ¿Por qué no dijiste nada la noche que se presentó la policía?

Yo negué con la cabeza; no tenía sentido intentar hacer que me entendiera.

Gage colocó una mano a cada lado de mi cara y se inclinó hacia mí. Juro que pensé que iba a besarme, igual que la noche anterior, y no importaba que apenas lo conociera; deseaba que lo hiciera.

—No te lo merecías, Cassi. Lo sabes, ¿verdad?

—Lo sé.

Antes de que pudiera darme cuenta de lo que estaba haciendo, me apartó el flequillo de la frente y deslizó el pulgar sobre la cicatriz provocada por el vaso de Jeff. Mi cuerpo se puso rígido al instante y los ojos de Gage se oscurecieron mientras contemplaba la marca. Apartó la mirada lentamente y me miró a los ojos antes de hablar suavemente.

—No te merecías nada de eso.

Di un paso atrás y me di la vuelta para mirar la cafetera, casi llena.

Gage estiró el brazo frente a mí y sacó dos tazas antes de servir el café en ellas.

—Lo siento si te gusta con crema de leche —murmuró—. No tengo.

—No importa. —Suspiré aliviada mientras caminaba hacia el frigorífico y sacaba la leche—. Luego iré a la tienda a comprar.

Cuando terminé de servirme, él puso el tapón y volvió a guardarla en el frigorífico. Regresó junto a mí, colocó un dedo bajo mi barbilla y me levantó la cabeza para que lo mirase.

—¿Con qué frecuencia ocurría, Cassi?

Empezó a acelerárseme la respiración. ¿Qué tenía que me daba ganas de caer entre sus brazos y no alejarme nunca? Tuvo que repetir la pregunta para que saliera de mi ensimismamiento. Estaba de pie contra la encimera, así que no podía retroceder, pero aparté la cabeza de su mano y me quedé mirando por encima de su hombro hacia el salón.

Al ver que no iba a responder, Gage hizo una estimación.

—¿Todos los días?

Yo seguí sin responder; si era fin de semana, ocurría al menos dos veces al día. Pero eso era algo que ni siquiera Tyler sabía. Mi cuerpo empezó a temblar involuntariamente y a mí me molestó mostrar debilidad delante de él.

—Nunca más, Cassi —susurró mientras observaba mi cara.

Volví a mirarlo a los ojos y sentí un nudo en la garganta. Parecía como si le doliese solo el hecho de hablar de ello y yo no entendía por qué. Pero mentiría si dijera que eso no me hizo desear sentir sus brazos rodeándome. Me aclaré la garganta y me obligué a seguir mirándolo a los ojos.

—Cassidy.

—¿Qué?

—Mi nombre es Cassidy.

—Ah. —Pareció algo avergonzado—. Disculpa, no lo sabía.

—No. Eh, a Tyler no le gusta. Me llama Cassi. Solo quería que supieras cuál es mi verdadero nombre. —En realidad deseaba oírselo decir con aquella voz grave.

Gage sonrió ligeramente y se quedó mirándome durante un minuto mientras bebía café solo.

—Me gusta Cassidy, te va.

Oh, sí. Había hecho bien en desear oírselo decir. Se me puso el vello de punta e incluso me estremecí. Sí, su voz era increíblemente sexy.

Al ver que yo no decía nada, se acercó a la mesa, sacó una silla y esperó a que me sentara. Nos quedamos sentados en silencio durante un rato hasta que al fin volví a mirarlo.

—Puede que esto suene grosero, pero ¿puedo hacerte una pregunta?

Él me dedicó una medida sonrisa.

—Creo que yo ya he acaparado el mercado de las preguntas groseras esta mañana, así que adelante.

¡Y aquellos hoyuelos! Me quedé tan absorta contemplándolos que me olvidé de hacer la pregunta y él sonrió abiertamente. A ese ritmo, iba a tener que empezar a llevar antifaz y tapones cuando estuviese a su lado si no quería quedar como una idiota. Aunque estaría ridícula de cualquier manera.

—Bueno, eh… Tyler me dijo que vives en un rancho.

—Así es.

—Pensaba que parecerías más un vaquero…

Las carcajadas de Gage rebotaron por las paredes y yo sentí que mi cuerpo se relajaba solo con escucharlas.

—¿Y qué aspecto esperabas que tuviera exactamente?

—Ya sabes, con botas, cinturón, una hebilla enorme, vaqueros azules súperajustados —respondí yo, algo avergonzada.

—Bueno, desde luego tengo las botas y los sombreros, pero no creo que mi madre y mis hermanas me dejasen vestir como mi padre.

—Ah.

—Mi padre lleva hasta el enorme bigote, se parece a Sam Elliott.

Tardé unos segundos en darme cuenta de quién era ese y entonces me reí.

—¿En serio?

—Te juro que podrían ser gemelos.

—Me encantaría verlo. ¿Y dónde tenías el sombrero anoche?

Él se encogió de hombros.

—Dejo esas cosas en el rancho.

—¿Qué? ¿Por qué?

—No las llevo por cuestión de moda, y aquí en la ciudad de los *hippies* no tengo ningún trabajo que me lo exija.

—¿La ciudad de los *hippies*? —pregunté yo sin expresividad.

—Espera a que salgamos a cualquier parte. Ya lo verás.

Yo asentí.

—¿Qué tipo de trabajo? ¿Qué tipo de rancho tienes?

—Un rancho de ganado, y lo que haya que hacer ese día. Cuidar de los animales, trasladar al ganado a las diferentes partes del rancho, arreglar verjas, marcar… —dejó la frase a medias—. Depende.

—¿Cuántas vacas tenéis?

—Unas dieciséis.

De acuerdo, entiendo que no sé mucho sobre ranchos, pero imaginaba que se necesitarían más de dieciséis vacas para poder convertirlo en un rancho de ganado.

—¿Tenéis dieciséis vacas?

Él soltó una carcajada y me sonrió.

—Mil. Dieciséis mil.

—Dios, eso son muchas vacas.

Gage se encogió de hombros.

—Pronto tendremos más, tenemos terreno suficiente.

—¿Cuántas hectáreas tiene el rancho?

—Ocho.

—¿Cientas?

—Mil.

—¿Ocho mil hectáreas? —Me quedé con la boca abierta. ¿Para qué iba alguien a necesitar tanto terreno?

—Sí, señora —dijo él haciendo girar su taza sobre la mesa.

—¿Señora? ¿En serio?

—¿Qué? —preguntó arqueando una de sus cejas.

—No soy ninguna abuela, soy más joven que tú.

Gage puso los ojos en blanco.

—No quería decir que fueses vieja, es solo una muestra de respeto. —Se quedó mirando mi expresión, negó con la cabeza y se carcajeó—. Yanquis.

—¿Sabes qué, vaquero? No soy del norte.

—Tampoco eres del sur. Yanqui. —Sonrió con arrogancia y, si pensaba que eso iba a derretirme por dentro, cuando le añadió un guiño, supe que estaba perdida.

—¿Ya estás otra vez con lo de los yanquis, tío? —preguntó Tyler al entrar en la cocina.

Gage se encogió de hombros sin más y me miró a los ojos.

—No le ha gustado que la llamase «señora».

—Acostúmbrate, Cassi. Puede que estemos en la ciudad, pero aquí las cosas son diferentes.

Murmuré para mis adentros y Gage se rio.

—¿De qué estabais hablando? —preguntó Tyler sentándose a mi lado.

—De su enorme rancho con demasiadas vacas —respondí yo.

—En eso tiene razón. Hay demasiadas vacas allí —dijo Tyler entre sorbo y sorbo de café.

—Te gustaría. —Gage me miró con una expresión extraña.

—¡Dios, no, no le gustaría! A Cassi no le gusta mancharse y odia los bichos. Tu rancho sería el peor lugar para ella.

Gage le dirigió a su primo una rápida mirada de odio y después volvió a mirarme a mí.

—Tenemos caballos.

Me quedé con la boca abierta.

—¿De verdad? ¡Nunca he montado a caballo!

—Ocho caballos árabes. Te enseñaré a montar cuando vengas de visita. —Se recostó en su silla, se cruzó de brazos y sonrió a Tyler con arrogancia como si acabara de ganar algo.

Tyler y yo nos quedamos callados. Mi padre decía que iba a dejarme tomar clases de hípica cuando cumpliera seis años y a comprarme un caballo cuando tuviera siete. Obviamente ninguna de esas cosas ocurrió jamás. No era que no tuviéramos dinero, pero mi madre ni siquiera cocinaba para mí; de ninguna manera iba a permitirme hacer esas cosas. No ayudaba que, incluso aunque siguieran gustándome los caballos, cada vez que los veía no pudiera dejar de pensar en mi padre.

—¿He dicho algo malo? —Gage parecía confuso, pero no dejó de mirar a Tyler.

—No —respondí yo con una sonrisa leve—. Me encantaría.

Transcurridos unos minutos incómodos, Gage se levantó y metió su taza en el lavavajillas antes de dirigirse hacia su habitación.

—Bueno, voy a darme una ducha. Si queréis hacer algo hoy, decídmelo.

Tyler acercó mi silla más a él.

—¿Estás bien, Cassi? ¿Es por tu padre?

—No, estoy bien. Quiero decir que estaba pensando en él. Pero no puedo creer que muriera hace casi doce años. Siento que ya debería haberlo superado, era muy joven cuando ocurrió, pero creo que nunca se me permitió llorar su muerte, y por eso aún me resulta difícil. No quiero que llegue mi cumpleaños. Siempre pensé que, cuando me alejara de mi madre y de Jeff, por fin disfrutaría de nuevo de mis cumpleaños, pero este año lo deseo menos que nunca. Creo que tenemos que buscarme un nuevo día de cumpleaños, Ty —dije con una carcajada—. Nadie quiere cumplir años el día del aniversario de la muerte de su padre.

Tyler me sentó en su regazo y me rodeó suavemente para no hacerme daño en la espalda.

—Era un padre genial; no tienes por qué olvidarlo, Cassi, siempre lo echarás de menos. Y nada de nuevos cumpleaños. Te quedarás con el que ya tienes y yo me aseguraré de que mejore cada año.

Dejé que me abrazara durante unos minutos antes de volver a hablar.

—Gracias, Ty, te quiero.

—Yo también te quiero, Cassi.

Gage

«Oh, Dios mío, ¿su padre murió el día de su cumpleaños? ¿Qué más le ha ocurrido a esta chica?». De acuerdo, admitiré que dejé la puerta del cuarto de baño entreabierta durante unos minutos antes de cerrarla y empezar a ducharme. Pero, al ver que ambos se habían quedado tan callados al final, supe que había dicho algo que no debería, y supuse que Tyler sacaría el tema en cuanto yo me marchara. Sabía que quedaría enganchada en cuanto mencionase los caballos, y así fue; lo que no sabía era que decirle que le enseñaría a montar le haría recordar a su padre, quien obviamente no tenía nada que ver con su madre o con su padrastro.

Hablando con ella en la cocina antes de que llegara Tyler había sentido que era la mejor mañana de mi vida, y no había durado ni diez minutos. Ella sonreía tanto que, cada vez que lo hacía, el corazón me daba un vuelco, y esa risa, Dios. Tenía razón; era como el canto de los ángeles. Quería morirme cada vez que empezaba a relajarse en la silla. Se le abrían los ojos por un segundo y se enderezaba como si se hubiera olvidado por un minuto de los hematomas de su espalda. No me hacía falta preguntárselo para saber que le dolía; era imposible que se sintiera cómoda con lo que yo había visto la noche anterior. Pero aun así su sonrisa nunca desaparecía, y eso era lo que más me mataba. Debería haber estado deprimida, o llorando, o algo. ¿Qué tipo de persona lleva ese modo de vida hasta hace dos días y aun así encuentra razones para sonreír?

Cuando salí del cuarto de baño, ella seguía acurrucada en el regazo de Tyler y yo solté un suspiro de frustración. Tenía que olvidarme de ella cuanto antes, o vivir allí con ellos iba a ser un desafío.

—Eh, Gage —dijo Tyler antes de que pudiera cerrar la puerta.

—¿Qué?

—¿Te apetece enseñarnos hoy la ciudad?

«No. Quiero enseñarle la ciudad a Cassidy, quiero que te vuelvas a California».

—Claro.

Cerré la puerta detrás de mí y acababa de terminar de ponerme los vaqueros cuando entró Tyler.

—¿Estás bien, tío? No tenemos que salir hoy, solo te lo preguntaba. O podríamos salir Cassi y yo solos. No es para tanto, pero pensaba que, como conoces la zona…

No le pregunté a Cassidy por qué a Tyler no le gustaba su nombre. Era perfecto para ella, ¿y por qué iba a decirle él que no le gustaba? En serio, ¿cómo podíamos ser parientes?

—No, no importa, es que tengo muchas cosas en la cabeza. Estaré listo en un minuto, así que podemos irnos cuando queráis.

—De acuerdo, supongo que ella querrá ducharse. Así que probablemente tardemos un rato —respondió él mientras salía de mi habitación.

Agarré una camisa y me dirigí hacia el salón. Tyler no estaba allí, pero Cassidy estaba sentada a la mesa de la cocina, mirándose fijamente las manos.

—¿Estás bien, Cassidy?

Ella dio un respingo y me miró ceñuda con una mezcla de confusión y dolor. No dijo nada, solo se quedó mirándome a la cara durante un minuto antes de soltar un profundo suspiro y ponerse en pie para irse a su habitación.

—Siento haberte hecho recordar a tu padre. No lo sabía. —Seguía sin saberlo. ¿Qué tenían que ver los caballos con su padre?

Cassidy dejó de andar y me miró por encima del hombro durante un segundo antes de seguir hacia la puerta.

Yo me quedé allí, mirando la puerta, sintiéndome como un idiota, incluso después de que Tyler saliera de la habitación y empezara a conectar una videoconsola a la televisión. ¿Decirle a Cassidy que le enseñaría a montar a caballo le había hecho tanto daño como para hacer que desapareciera la chica que me había preguntado por qué no vestía como un vaquero? Mi cuerpo me pedía ir a buscarla y hablar con ella, pero oí el ruido de la ducha, así que regresé hacia el salón. Le dije a Tyler que le vería jugar y me tiré en el sofá. Intenté no imaginarme a Cassidy en la ducha mientras escuchaba el agua correr, pero resultaba difícil, así que traté de centrar mi atención en Tyler, que estaba disparando a gente, e intenté no pensar en ella ni en la erección que escondía debajo de un cojín.

Cuando Cassidy salió menos de una hora más tarde, llevaba el pelo suelto y ligeramente ondulado, y menos maquillaje también que la noche anterior. Estaba preciosa. Sin el negro alrededor de los ojos y sin todas esas cosas en la cara, sus ojos color miel parecían aún más brillantes y se distinguían algunas pecas muy suaves en su nariz. No quiero decir que la noche anterior no estuviera deslumbrante, porque lo estaba. Me dejó sin aliento. Pero prefería aquel aspecto completamente natural. Llevaba unas Converse verdes, unos vaqueros con las perneras enrolladas hasta las pantorrillas y una camiseta negra y gastada de un concierto de Boston. «Boston. Esta chica es perfecta».

—Ty, ya estoy lista.

Aún no me había dirigido la mirada desde que entrara en la habitación y, aunque quería que lo hiciera, disfrutaba de poder mirarla. Me fijé en que su labio inferior era más carnoso que el superior, y en que su nariz no podría haber sido más perfecta ni aunque la hubiera elegido ella misma. Me dirigió una mirada fugaz y después volvió a mirar a Tyler; se le sonrojaron las mejillas y no pude evitar sonreír. «Es imposible que ella no lo sienta también». Empezó a morderse el labio inferior y de nuevo pensé en lo que sería besar aquellos labios. Nunca había tenido tantas ganas de besar a una chica.

—¡Tyler! —le dio una patada en la pierna y él la miró, después volvió a mirar la pantalla.

—¿Qué pasa?

—Que ya estoy lista. ¿Nos vamos o no?

—Sí, pero deja que termine esta partida y podremos irnos. Unos ocho minutos.

Yo ya me había incorporado cuando entró en la habitación para que pudiera sentarse en el sofá conmigo, y ahora estaba mirándolo, pero en su lugar se dio la vuelta y se fue al dormitorio. Se quedó allí mientras Tyler jugaba dos partidas más y no salió hasta que fue a buscarla.

Esa tarde les enseñé Austin y, aunque Cassi se mostró educada y respondía siempre que le hacía una pregunta, no mantenía conversaciones conmigo y se aseguraba de estar siempre junto a Tyler, alejada de mí. Tal vez me equivocaba al pensar que ella también sentía la conexión, porque desde luego no parecía costarle trabajo no tocarme. Yo tenía que hacer esfuerzos por no agarrarle la mano y mantenerla junto a mí.

Cuando regresábamos, preguntó si podíamos parar en el supermercado y nosotros dejamos que se hiciera cargo de la compra después de poner tres veces los ojos en blanco al oír nuestras sugerencias de comida.

—No te preocupes —susurró Tyler mientras ella comparaba paquetes de carne picada—, lleva haciéndose la comida desde que tenía seis años; es mejor que mi madre.

Yo no estaba preocupado, y ahora tenía una cosa más de la que me hubiera gustado protegerla. Como mi padre y yo trabajábamos de sol a sol casi todos los días, solo se me permitía entrar en la cocina para ayudar con los platos. Les daba las gracias a mi madre y a mis hermanas a diario por preparar la comida, pero no podía imaginarme lo que habría sido tener que hacerlo yo solo cuando era solo un niño. Tendría que volver a darles las gracias.

Salvo permitirnos llevar las bolsas de la compra, Cassi no nos dejó ayudar a guardar el contenido en los armarios y comenzó inmediatamente a preparar la cena para los tres. Me tumbé en el sofá y observé sus movimientos por la cocina mientras Tyler seguía con sus videojuegos. En un momento dado, pareció que había empezado a bailar durante unos segundos antes de parar, y a mí me pareció lo más mono que había visto jamás. Cuando Ty estaba totalmente absorto en la partida, me levanté, caminé hasta la cocina y me coloqué justo detrás de ella.

—¿Necesitas que te ayude con algo?

Su cuerpo se tensó por un momento y, cuando se relajó, giró la cabeza para mirarme.

—No, no hace falta. Pero gracias.

—¿Podría ayudar de todos modos?

Ella seguía mirándome con esa mezcla de dolor y confusión que había visto por la mañana.

—Sí, claro. Puedes preparar la ensalada. —Sacó unas cuantas cosas del frigorífico y me las acercó antes de tomar de un cuenco que había sobre la encimera un par de cosas más que había comprado en la tienda—. Corta esto en dados y… espera, ¿te gustan los aguacates?

—Me como cualquier cosa, cariño.

Ella sonrió y se le sonrojaron las mejillas; yo sonreí para mis adentros y me dije que tendría que llamarla así más a menudo.

—Bueno, si no te gustan, puedo echarlos en mi plato.

Le quité el aguacate y lo miré algo confuso.

—Ya te he dicho que me como cualquier cosa. Pero ¿cómo se corta esto?

Ella se rio suavemente, me lo quitó y colocó frente a mí el pepino y el tomate.

—Corta esto primero y después te enseñaré cómo se corta el aguacate. —Me entregó un cuchillo y se giró hacia los fogones.

Se me dio fatal cortar esas verduras, pero estar en la cocina con ella hizo que sonriera todo el tiempo, y lo que estaba cocinando olía de maravilla.

—Creo que lo he hecho bien.

—Es difícil equivocarse cortando verdura para una ensalada. —Se dio la vuelta para mirar—. No está mal. ¿Es que nunca antes habías cortado algo en dados? —Negué con la cabeza y ella me sonrió—. ¿De verdad? Bueno, pues lo has hecho genial. Deja que te enseñe cómo cortar esto.

Agarró ambos aguacates y me entregó uno antes de levantar su cuchillo. No voy a mentir, me equivoqué repetidas veces al sacar el hueso del aguacate para que ella tuviera que agarrarme las manos y mostrarme lo que tenía que hacer. Oí que tomaba aliento en cuanto nuestras manos se tocaron, y tuve que apartar la mirada para que no viera mi amplia sonrisa.

Oh. Sí.

Terminó de enseñarme cómo cortar el aguacate y me pidió que sacara cuencos y platos mientras ella terminaba de cocinar lo que tenía en el fuego. Cada vez que me volvía para mirar, ella me daba la vuelta y me decía que no se me permitía ver sus secretos. No sabía qué había ocurrido a lo largo del día, pero ahora actuaba como por la mañana. Cada sonrisa y cada caricia hacían que me gustara aún más.

Le toqué el brazo para que me mirase y estuve a punto de olvidarme de lo que iba a preguntarle en cuanto me miró a los ojos.

—Eh, ¿te he disgustado esta mañana? Juro que no era mi intención. No sabía lo de tu padre.

Ella miró hacia abajo y después se fijó de nuevo en los fogones.

—No tenías por qué saberlo. ¿Y qué es lo que crees que me ha disgustado?

—Cuando te he dicho que te enseñaría a montar a caballo.

Cassidy resopló y negó con la cabeza.

—No, Gage, eso no me ha disgustado. De verdad, me gustaría aprender a montar a caballo, si alguna vez quieres enseñarme.

¿Pensaba que iba a ofrecerme si no quisiera? ¿Y estaría mal preguntarle qué tenían que ver ambas cosas?

—Claro que sí. Quiero decir que he oído lo que decía Tyler, pero sí que creo que te gustaría el rancho. Estoy deseando llevarte allí. —Oh, demasiado. Demasiado.

—Suena genial. —Agarró una cuchara, después volvió a dejarla y colocó ambas manos sobre la encimera antes de volver a mirarme. Abrió la boca y frunció el ceño, después miró hacia el salón, donde estaba Tyler, y después a mí otra vez—. La cena está casi lista —anunció con suavidad—. ¿Te importa poner la ensalada en la mesa?

Cuando me di la vuelta con los cuencos, vi que Tyler estaba mirándonos y contuve un suspiro. Iba a arrepentirme de aquello.

Cassidy había preparado fetuchini Alfredo con pollo crujiente, y lo único que pude decir fue «Dios». Tuve que darle la razón a Tyler en que era mejor que la comida de la tía Steph, e incluso rivalizaba con la de mi madre.

Me levanté para ayudar cuando empezó a retirar los platos, pero Tyler se me puso delante antes de que pudiera llegar muy lejos.

—Hablo en serio, tío, es mía.

—Ya te oí la primera vez.

—¿Estás seguro?

Volví a mirar a Cassidy.

—Sí, estoy seguro. Pero eres tú quien la trajo aquí; no puedes pretender que no hable nunca con ella, o que no le ofrezca ayuda cuando está preparándonos la cena. Si vamos a vivir los tres juntos, tienes que superar el hecho de que voy a ser su amigo.

Tyler se quedó callado, sonrió y esperó a que Cassidy regresara a la cocina.

—A mí me da igual que seas amigo suyo. Pero no te olvides de que he sido yo quien ha estado a su lado cada día durante los últimos once años. Y no tú. Veo cómo la miras, no soy ciego, Gage.

Cassidy

—Estoy cansada, me voy a la cama. Gracias por enseñarnos la ciudad, Gage.

Tyler se puso en pie y se acercó a mí.

—¿Quieres que vaya contigo?

Miré por encima de su hombro hacia Gage, que miraba a su primo con un odio evidente.

—No, vosotros tenéis que poneros al día. Luego nos vemos.

—Que duermas bien, Cassidy —dijo Gage.

Sonreí y agité la mano como una idiota.

—Buenas noches.

Tyler me dio un abrazo y Gage me guiñó un ojo cuando miré por encima del hombro de Ty. En serio, aquel chico era muy confuso. Me fui al cuarto de baño que compartía con Tyler a lavarme la cara y a cepillarme los dientes antes de ponerme el pijama y meterme en la cama. Oía a los chicos hablar y Gage empezó a reírse, lo que calentó todo mi cuerpo. Suspiré y me tumbé de lado. No lo entendía en absoluto. Primero tenía novia, después había estado a punto de besarme la noche anterior, y esa mañana habría jurado que estaba flirteando conmigo. Después pareció molestarse cuando quisimos salir por la mañana, y Tyler me dijo que, cuando fue a hablar con él del tema, Gage le dijo que no quería que yo viviera con ellos, pero por la noche en la cocina no había parado de buscar razones para tocarme y no dejaba de sonreírme. ¿Qué diablos pasaba? Ni siquiera sabía cómo actuar cuando estaba cerca.

Debí de quedarme dormida, porque estaba un poco grogui cuando Tyler se metió en la cama aquella noche.

—Perdona, no quería despertarte —me dijo.

—No pasa nada, quería esperarte despierta. Supongo que estaba más cansada de lo que pensaba.

Me estrechó contra su cuerpo y me rodeó con los brazos.

—Los últimos tres días han sido muy largos, necesitas dormir.

—Cierto. ¿Os habéis divertido hablando?

—Sí, me alegro de volver a verlo. Hacía mucho que no pasábamos tiempo juntos.

—Siento estar echándolo a perder; no deberías haberme traído, Ty.

Se echó un poco hacia atrás para poder mirarme a la cara.

—Cassi, te llevaré allí donde vaya. Y no te preocupes por Gage, con el tiempo lo superará. No creo que sea cuestión de que no le caigas bien, solo dijo que su relación con Brynn se verá perjudicada por vivir con una chica.

—Yo no quiero que eso pase. —«Sí, sí que quiero». No había sentido celos hasta que conociera a Gage la noche anterior, y era un sentimiento muy desagradable—. Cuando cumpla dieciocho, me buscaré mi propio piso, Ty.

—No lo harás. Él lo superará y yo quiero que estés conmigo, ¿de acuerdo?

Me acurruqué contra su pecho y asentí.

—Te quiero.

Tyler volvió a apartarse y me levantó la cara.

—Yo también te quiero, Cassi. —Posó los labios sobre los míos, yo me aparté y le di un empujón en el pecho con todas mis fuerzas.

—Pero, ¿qué diablos haces, Tyler? —Dormíamos juntos en la cama, pero nunca antes nos habíamos besado.

—¡Lo siento! Pensé que querías que lo hiciera.

—¿Qué? ¿Por qué iba a querer eso? —«Dios mío, en serio, ¿qué diablos ha pasado?».

Él suspiró y relajó los brazos a mi alrededor.

—No… no sé qué me ha pasado. Lo siento, ha sido una estupidez.

—¿Por eso me has traído a Texas contigo?

—No, no es por eso, te lo juro. Eres mi mejor amiga, nunca te habría dejado allí. Lo siento, ya te he dicho que ha sido una estupidez.

Me levanté de la cama y agarré mi almohada.

—Tal vez deba dormir en el sofá esta noche.

—¡No! Cassi, vamos, no hagas eso. Lo siento.

—No importa, estos tres días no solo han sido largos para mí. Para ti lo han sido más. Creo que ambos estamos demasiado cansados y no pensamos con claridad.

—Cass. —Tyler suspiró y se levantó también de la cama—. Lo siento, no sé en qué estaba pensando al hacer eso. —Me abrazó sin mucha fuerza y dio un paso atrás—. Por favor, vuelve a la cama.

—No pasa nada, te lo prometo. Pero esta noche voy a dormir ahí fuera. Creo que será lo mejor para los dos. Mañana volveré aquí otra vez, ¿de acuerdo?

—Yo dormiré fuera, tú puedes quedarte en la cama.

Le puse la mano en el pecho y lo empujé hacia la cama.

—Yo soy mucho más baja que tú. Ese sofá está hecho para mí. Buenas noches, Ty, te veré por la mañana.

CAPÍTULO 3

Gage

No podía dormir. No soportaba pensar en lo que probablemente ocurría entre Tyler y Cassidy, pero no ayudaba que Tyler me dijera que estaba a punto de tirársela. Como si no fuera gran cosa, «voy a tirarme a mi chica», antes de abandonar la habitación sin decir una sola palabra más. Una chica como Cassidy se merecía cariño y respeto. Sabía que Tyler solo lo hacía para provocarme, dudaba que la tratara con tan poco respeto a la cara, pero caí en su trampa, porque ahora estaba haciendo un agujero en el suelo de la habitación caminando de un lado a otro. ¿Y qué ocurrió durante la cena? En la cocina pensaba que había hecho progresos, Cassi había empezado a flirtear conmigo de nuevo, respondiéndome y sonriendo como si fuera la persona más interesante con la que hubiese hablado nunca. Después comenzó la cena y de nuevo se volvió educada y distante. Juro que esa chica estaba volviéndome loco.

Después de tomar aliento para calmarme, me dirigí hacia la cocina para beber algo. Intenté no hacerlo, pero mis ojos me traicionaron y miré hacia su puerta. Tenía ganas de echarla abajo y llevármela a mi cama; no quería que Tyler la tocara en absoluto. Dios, ¿desde cuándo me volvía tan posesivo con una chica? Me sentía como un cavernícola con ganas de reclamarla como si fuera mía. Me aparté de la puerta y estuve a punto de atragantarme cuando vi a la dulce Cassidy durmiendo acurrucada en el sofá. Tras terminarme el agua, entré sin hacer ruido en el salón y sonreí al mirarla. Tenía los brazos y las piernas por dentro de lo que debía de ser una vieja camiseta de Tyler, y estaba hecha un ovillo en una esquina del sofá.

Una parte de mí se alegraba, porque no creía que hubiese salido allí después de acostarse con Ty; la otra parte estaba molesta porque Tyler hubiera hecho algo para disgustarla lo suficiente como para sentir que tenía que dormir en el sofá. Pronuncié su nombre y le toqué el hombro con suavidad; al ver que no respondía, la tomé en brazos y la llevé a mi habitación. Era una chica pequeña en cualquier caso, pero yo había levantado fardos de heno más pesados que ella, y notaba demasiados huesos. No quería ni pensar en cómo sobresalían su columna y sus clavículas en esas fotos. Ya fuera porque no le permitían cocinar con frecuencia o porque no tuviera suficiente comida en la casa, resultaba evidente que había pasado hambre. Tendría que asegurarme de que siempre tuviera suficiente comida allí; Cassidy tenía que ganar al menos diez kilos para parecer saludable.

Aparté la colcha de mi cama, la dejé sobre el colchón y volví a taparla. Tenía la cara ocultada por el pelo, así que se lo puse detrás de la oreja para poder verla mejor. Dios, era preciosa. Ansiaba meterme en la cama con ella y abrazarla toda la noche, pero probablemente me despertaría ella o Tyler dándome puñetazos. Por miedo a que se despertara y me pillara mirándola, me acerqué a la cómoda, me puse unos pantalones de deporte y me dirigí hacia el sofá. Estuve a punto de soltar un gemido cuando me tumbé y me invadió su aroma, atrapado en la almohada. ¿Cómo conseguía Ty dormirse cada noche con ella al lado? Yo apenas podía relajarme pensando que estaba en mi cama, y eso que nos separaban varias paredes.

—Gage. —Sentí una mano en el brazo—. Gage. —Aquel sueño era mejor que la mayoría; juré que podía oler su aroma dulce—. ¡Gage, tienes que levantarte!

Sentí que me quitaban la almohada de debajo de la cabeza y me golpeaba contra el brazo del sofá.

—¿Qué diablos? —Abrí los ojos y vi a Cassidy de pie delante de mí, con la almohada aferrada contra su pecho—. Oh, Cass, lo siento.

Ella puso los ojos en blanco y sonrió.

—Por enésima vez, tus blasfemias no me ofenden.

Sí, pero mi madre me habría reprendido por decir eso delante de una chica.

—Buenos días —le dije con una sonrisa.

—Ty se levantará pronto, así que tienes que levantarte. Gage, te juro que tienes que dejar de llevarme a tu cama. Una de estas noches se va a enterar de lo que haces y se pondrá furioso.

—No sé qué ocurre entre vosotros como para que a veces tengas que dormir aquí fuera, pero no me parece bien. Él es el chico, así que debería dormir aquí, no al revés. —Además, me encantaba verla en mi cama. Aquella era la quinta vez en el mes que hacía que se habían mudado en la que me la encontraba en el sofá por la noche. Eso no incluía las mañanas en las que salía a correr y me la encontraba allí.

—Bueno, no salgo aquí para que tú ocupes mi lugar. Si sigues haciendo esto, empezaré a dormir en la bañera. Ahora levántate. —Ya estaba alejándose del sofá mientras doblaba la manta que había comprado para las noches que pasaba allí.

Le quité la manta y la guardé en el armario antes de irme a mi habitación para prepararme para salir a correr. Cuando desconecté el teléfono del cargador, me fijé en la fecha y prácticamente salí corriendo hacia la cocina. Cassi estaba preparando café, dándome la espalda, así que la rodeé con los brazos y me pegué a ella.

—Feliz cumpleaños, Cassidy.

Ya no resultaba raro que la abrazara; cada mañana uno de los dos preparaba el café y ella se acercaba para recibir su «abrazo de buenos días», como lo llamaba. A mí me resultaba adorable y vivía esperando ese momento. Era el único momento en el que Tyler no me decía nada por estar junto a ella, principalmente porque no estaba allí para verlo. Pero aquella mañana Cassi no me devolvió el abrazo y siguió preparando el café, incluso con mis brazos rodeándola. Estuve a punto de maldecir en voz alta al darme cuenta de qué otra cosa sucedía aquel día.

Le di la vuelta para que me mirase, le puse las manos en las mejillas y me incliné para mirarla a los ojos.

—¿Estarás bien hoy, cariño?

Ella asintió y me dirigió una sonrisa triste mientras me rodeaba la cintura con los brazos.

—No pasa nada, pero es duro. Me gustaría que estuviera aquí.

—Ya lo sé. —Oí que Tyler estaba cerca, así que la solté y pulsé el botón de la cafetera—. ¿Qué tienes planeado para hoy? ¿Tatuajes, comprar tabaco, votar? —Le guiñé un ojo y le di un empujón cariñoso en el hombro.

—Eres tonto. No a todo lo anterior. No tengo ningún plan; pero tengo que ir al banco. Ahora que tengo dieciocho años, las cuentas bancarias están a mi nombre y puedo usarlas.

—¿Cuentas bancarias?

—Sí, antes de morir, mi padre abrió una cuenta de ahorro y una cuenta universitaria con nuestro nombre. Pero yo no podía acceder a ese dinero hasta que cumpliera dieciocho años. Ojalá tuviera ya parte de mi propio dinero, pero, cuando cumplí dieciséis y dije que iba a ponerme a trabajar, mi madre... bueno, digamos que no me lo permitieron.

Apreté los dientes y me obligué a relajar los puños.

—¿Necesitas que te lleve? Quiero decir que puedes esperar a Ty si quieres, pero yo hoy no tengo clase, así que te llevaré si quieres hacerlo cuanto antes.

—Eso sería genial, gracias, Gage. —Sirvió dos tazas de café y una con tapa para Tyler.

Justo cuando terminó, Tyler salió, le agarró la mano y se la llevó a la habitación. Me alegré de que no estuvieran allí dentro más de dos minutos; no podían haber hecho gran cosa en ese tiempo.

—¿Qué pasa, tío? —Tyler pasó junto a mí para agarrar su taza—. Cuida esta mañana de mi chica, ¿de acuerdo?

Yo sabía que Cassidy no debía de haber vuelto a entrar con él si estaba siendo tan posesivo.

—Claro. Voy a ir a correr, después la llevaré al banco para que se ocupe de todo. —Miré a mi alrededor y después lo miré a él de nuevo—. Seguimos con la idea de sacarla esta noche, ¿no?

—Sí. ¿Has llamado a todos?

—Sí, casi todos bien. Jackie, Dana y Lanie seguro; Adam, Ethan, Grant y algunos más estarán allí.

—Suena bien. Te veré esta tarde.

—Hasta luego.

Me senté a la mesa y empecé a beberme el café, esperando a que Cassie se me uniera como hacía todas las mañanas, pero entró corriendo en la habitación, me dirigió una sonrisa y volvió corriendo a la habitación con su taza en la mano. Un par de minutos más tarde, oí la ducha, así que dejé la taza en el fregadero y salí a correr.

Cuando regresé, estaba sentada sobre la encimera de la cocina con una botella de agua para mí. Le apreté la rodilla con cariño y me bebí el agua. Vi que estaba mirándome e intenté no sonreír. Llegados a ese punto, no tenía ni idea de lo que había entre Tyler y ella. Si estaban saliendo de verdad, eran una pareja extraña. Cassi siempre deseaba estar junto a él, pero él nunca hablaba de que fueran pareja a no ser que ella no estuviera allí. E incluso entonces, era como si estuviera intentando recordarme que no estaba disponible. La mayoría de los días conversábamos de manera agradable, y nuestras mañanas a solas solían acabar con cierto flirteo, pero seguía habiendo días en los que parecía como si le hubiese hecho daño y se cerraba. Aquel no era ninguno de esos días. Estaba callada y parecía triste, pero sabía que no tenía nada que ver conmigo.

Después de ducharme, regresé a la cocina y la encontré en el mismo lugar, así que me subí a la encimera junto a ella. Me quedé allí en silencio hasta que se inclinó hacia mí y apoyó la cabeza en mi hombro. Nos quedamos así unos minutos, sin hablar, y yo seguía sintiendo ese cosquilleo en el brazo. Deseaba rodearla con él, pero no sabía si eso le molestaría, así que lo dejé donde estaba. Cuando ella suspiró y se enderezó, imaginé que era mejor así.

—¿Estás lista?

Ella asintió, se bajó de la encimera y me miró expectante.

—Prometo que haremos que este sea un gran día para ti, ¿de acuerdo?

—Lo sé.

Cassi permaneció callada hasta que llegamos al banco y el banquero la hizo pasar a su despacho. Cassidy me agarró del brazo y me arrastró con ella; todo su cuerpo temblaba. Nunca antes había hecho eso, pero, cuando nos sentamos, entrelacé los dedos con los suyos y sonreí aliviado cuando ella me agarró la mano con más fuerza en vez de apartarla.

—Mmm… ¿ha dicho Cassidy Jameson?

—Eso es.

—Parece ser que el titular principal de la cuenta retiró todo el dinero la semana pasada.

Cassidy palideció y dejó de temblar al instante.

—Eso… eso no es posible. Mi padre era el titular principal de las cuentas. Murió hace doce años.

El banquero la miró con el ceño fruncido y después comenzó a escribir algo en el ordenador.

—¿Su madre es Karen Jameson Cross?

—Sí.

—Debió de convertirse en la titular principal cuando él murió. —Escribió unas cosas más—. Sí, así es. Aquí dice que todo fue transferido a su nombre y que sacó el dinero de ambas cuentas el pasado jueves.

—¿Puede decirme por favor cuánto sacó? —preguntó Cassidy con los dientes apretados.

—Claro, solo un segundo. —Volvió a teclear durante un minuto más.

Yo no dejé de mirar a Cassidy; parecía que iba a desmayarse en cualquier momento. No podía creerme que estuviera ocurriendo aquello.

El banquero imprimió una hoja de papel y la deslizó sobre la mesa hacia nosotros; había rodeado con un círculo el total de ambas cuentas, poco menos de cien mil dólares.

Cassidy dejó escapar todo el aire como si alguien le hubiese dado un puñetazo y yo seguí apretándole la mano.

—Lo siento, señor —dije—, pero ha habido un error. Esa mujer no debía poder tocar ese dinero.

—Es su madre, ¿verdad, señorita Jameson?

Cassidy no se movió; tenía los ojos desencajados y miraba al suelo.

—«Madre» es un término poco apropiado para ella —respondí yo.

—¿Seguía siendo la tutora legal? —El banquero comenzó a sudar y alcanzó el teléfono.

Cassidy se levantó de un salto.

—Deje que se lo quede —exclamó antes de volverse hacia la puerta.

Yo corrí tras ella y la alcancé justo antes de que llegara a las puertas del vestíbulo.

—Cass, mírame.

Se dio la vuelta y el corazón me dio un vuelco al ver que había vuelto a ponerse aquella máscara sin emoción.

—Háblame.

—No hay nada que decir. Se lo ha llevado, fin de la historia.

—¿Qué puedo hacer?

—Nada. —Se zafó de mí y siguió andando hacia mi camioneta—. Conseguiré un trabajo y lo superaré.

Me mordí la lengua y le abrí la puerta antes de dirigirme hacia el lado del conductor y sentarme en el asiento.

—Cassidy, puedes hablar conmigo. Sé que esto te disgusta, no hagas como si no.

—¿Qué quieres que diga, Gage? —exclamó ella mientras intentaba abrocharse el cinturón de seguridad. Yo estiré el brazo, se lo quité y se lo abroché. Ella se recostó con un soplido y apretó los labios.

Tras arrancar la camioneta y encender el aire acondicionado, dejé el vehículo estacionado y me quedé mirándola con la esperanza de que al fin me dejase entrar. Podíamos hablar durante horas, pero, en cuanto tocábamos temas personales, se cerraba y corría a buscar a Tyler. Siempre. Sonó su teléfono y, mientras lo buscaba en el bolso, sonó de nuevo. Lo leyó, se quedó con la boca abierta, después comenzó a tocar la pantalla y se llevó el dispositivo a la oreja. Vi que sus ojos se llenaban de lágrimas.

—Ty —murmuró—. Ty, por favor, llámame cuando puedas. —Un río de lágrimas comenzó a resbalar por su mejilla izquierda cuando terminó la llamada. Nunca antes la había visto llorar.

—Cassidy. —Sentía la imperiosa necesidad de abrazarla; le quité el cinturón de seguridad y la acerqué a mí—. Por favor, háblame. ¿Quién te ha escrito?

Sus hombros temblaban mientras se aferraba a mi brazo, pero no respondió. Tenía el teléfono sobre la pierna y yo lo agarré. Le di tiempo para impedírmelo, abrí sus mensajes y tuve que leerlos dos veces para asegurarme de estar leyéndolos correctamente.

Mamá

Acabo de recibir una llamada diciendo que has intentado sacar dinero de las cuentas. ¿De verdad crees que has hecho algo para merecer ese dinero? He tenido que soportarte durante 18 años, alguien tenía que pagarme por eso.

Mamá

¡AH! Casi se me olvida... Feliz día de «Mataste a tu padre».

Blasfemé y la apreté con más fuerza contra mi cuerpo.

—Cassidy, lo siento mucho. No te mereces esto. —Le rodeé la cara con las manos y me quedé mirando sus ojos color whisky; se me rompía el corazón viendo llorar a aquella chica tan guapa—. Eres asombrosa y perfecta, y tu madre es un ser humano despreciable.

—Es que no entiendo por qué me odia. —Sollozó y hundió la cara en mi pecho—. Entiendo que beba, pero no lo de Jeff, no entiendo que me deje sola, no entiendo… no entiendo que… —Volvió a sollozar e intentó apartarse, pero la mantuve allí.

No había nada más que pudiera decir en aquel momento. Si hubiera palabras de consuelo, se las habría dicho todas. Pero Cassidy no necesitaba palabras, solo necesitaba a alguien a su lado. Me recosté contra la puerta del conductor y la acerqué a mí para que quedara apoyada sobre mi pecho. La rodeé con los brazos e intenté que sintiera todo lo que no me estaba permitido decirle. Que no se parecía a ninguna otra chica en todo el mundo, que alguien la deseaba y la valoraba, que la amaba con todo mi ser. Ya no tenía sentido intentar convencerme a mí mismo de que no se trataba de eso; no me cabía duda de que estaba enamorado de Cassidy. Me consumía como nunca hubiera creído que fuese posible, y me encantaba eso también.

Sonó su teléfono y ella se incorporó de golpe.

—¿Ty? —Hubo una breve pausa—. Te necesito. ¿Puedes ir a casa?

Y ahí perdí mi corazón.

—Te veré allí, yo también te quiero. —Se secó las lágrimas y yo vi que su rostro adquiría aquella máscara de indiferencia cuidadosamente elaborada.

Contuve un suspiro de dolor mientras daba marcha atrás e iniciaba el camino a casa. No hay nada como oír a la chica de tus sueños decirle a otro que le necesita y que le quiere.

El trayecto a casa fue silencioso e incómodo. Deseaba tocarla, darle la mano, cualquier cosa. Pero sabía que eso no ayudaría, dado que yo no era la persona que siempre la había ayudado en los malos momentos. Cuando entramos en el aparcamiento y vio el Jeep de Tyler, salió de la camioneta antes de que pudiera estacionarla y corrió hacia nuestro apartamento. Yo corrí tras ella e inmediatamente deseé no haberlo hecho. Ty abrió la puerta y ella se lanzó a sus brazos, antes de rodearle el cuello con los suyos y hundir la cara en su pecho. Él le habló con suavidad mientras entraban en su habitación y, aunque yo no deseaba estar cerca de ellos, no podía marcharme. Daba igual que ella no me necesitara; yo necesitaba saber que estaba bien, así que me senté en el sofá y esperé a que volvieran a salir.

No volvieron a salir hasta que llegó la hora de marcharnos a su cena. Me levanté cuando se abrió la puerta y me quedé con la boca abierta al ver que Cassidy prácticamente salía dando saltos de la habitación, con una enorme sonrisa en la cara. ¿Lo de esa mañana habían sido imaginaciones mías? ¿O es que se lo habían pasado tan bien? Daba igual, prefería no pensar en eso.

—Ty ha dicho que vamos a salir, ¿estás preparado? —me preguntó con su sonrisa radiante.

—Ah, sí. Supongo.

—Oh. Bueno, no tienes que ir si no te apetece. Lo entiendo.

¿Entender qué?

—No. Iré.

—¿De verdad? —Pareció realmente sorprendida; sus ojos se iluminaron y su sonrisa cambió. Se suavizó, pero resultó incluso más bonita. Pero de pronto desapareció y ella susurró—: Sé que te preocupa, Gage, pero conseguiré un trabajo para que Ty y tú no tengáis que seguir pagándome las cosas. Siento que hayas tenido que estar allí hoy.

¿Qué diablos estaba diciendo? Antes de que pudiera preguntarle de dónde había sacado una idea tan absurda, Tyler entró en el salón.

—¿Preparada, cumpleañera?

Cassidy se limitó a poner los ojos en blanco y se rio mientras salíamos los tres del apartamento. Estoy seguro de que Tyler estaba enfadado al terminar la cena, pero yo no podía hacer otra cosa que mirarla durante toda la noche. Lo último que Cassidy deseaba era que llegase su cumpleaños y, después de lo de esa mañana, yo estaba dispuesto a cancelar los planes de la noche. Pero allí estaba, alegre y adorable como siempre. Ninguno de los presentes habría imaginado que le hubiese ocurrido algo malo, o que aquel día fuera más difícil para ella de lo que pudiera explicar. Yo sabía lo infrecuente que era que se derrumbara como lo había hecho esa mañana, pero estaba volviéndome loco. Estaba ridículamente feliz; debían de dolerle las mejillas de tanto reír y sonreír. E incluso cuando Lanie se puso a llorar al contarle que su novio había roto con ella, Cassidy se compadeció de ella y la ayudó a organizar una noche de chicas para que se olvidara de ese capullo. Aquel era su día, un día duro, pero Cassidy no pensaba en sí misma. Aunque yo aún deseaba poder llevármela y darle la oportunidad de llorar de verdad y de estar triste por las cosas que le habían pasado, en ocasiones como aquella me enamoraba más aún de ella.

CAPÍTULO 4

Cassidy

Me tiré en el sofá y suspiré, agradecida de que los chicos fuesen a estar fuera casi todo el día, de modo que podría descansar. Intentar evitar que Gage supiera que estaba durmiendo en el sofá y alejarme de la erección de Tyler, que tenía que continuar para recordarme que estaba allí, significó que apenas dormí en toda la noche. Habíamos adquirido una rutina muy cómoda durante los últimos dos meses, y la mayoría de los días funcionaba a la perfección. Pero aquel día no.

Me desperté temprano, salí por la puerta y me fui a dar un paseo. Después de que Tyler me ayudase a tranquilizarme el día anterior tras descubrir que mi madre se había llevado todo el dinero que mi padre me había dejado, yo había puesto buena cara como hago siempre y había ido a disfrutar de mi cena de cumpleaños. Me había sentido muy débil al derrumbarme de ese modo delante de Gage; no era propio de mí. Nadie además de Tyler estaba conmigo en mis malos momentos y, aunque ahora Gage sabía que había llevado una vida familiar diferente, nunca entendería todo lo que había vivido. No como lo entendía Tyler. Pero, como ya he dicho, hace mucho tiempo aprendí que llorar solo hacía que me pegaran con más fuerza y durante más tiempo; de hecho no recordaba haber llorado desde antes de alcanzar la adolescencia. Pero el día anterior, en la camioneta de Gage, no pude aguantar más.

No sé si fue porque sentía que empezaba a hacerse una idea de lo despiadada que podía ser mi madre, o si sus crueles mensajes habían logrado desestabilizarme del todo. Fuera cual fuera la razón, había llorado y él me había estrechado entre sus brazos para consolarme. Si Ty no me hubiera devuelto la llamada, me habría quedado en los brazos de Gage todo el día. No me había sentido tan plena desde la muerte de mi padre y no quería que aquella sensación terminase. Pero terminó, y la noche anterior Gage volvió a no dirigirme la palabra.

Probablemente lo preguntase con demasiada frecuencia, y ahora Ty me decía que Gage empezaba a tolerarme, pero a veces parecía algo más que eso. O tal vez fuera que lo deseaba tanto que eso me hacía pensar estúpidamente que él me deseaba a mí también. Tal vez fueran imaginaciones mías que siempre intentara acercarse a mí, o que por las mañanas, antes de que Ty se levantara, estuviese más feliz que nunca. Tal vez solo se acurrucara en el sofá para hablar conmigo durante horas porque se sintiera obligado, dado que vivía con él y cocinaba para él. Al principio pensaba que su distancia se debía a que tenía novia, pero deseché esa opinión un par de semanas después de instalarnos. Ahora sabía que en realidad no estaba saliendo con Brynn; había oído como le contaba a Ty lo de sus desastrosas citas a finales del año anterior. Y no voy a mentir, sonreí como una idiota durante las sigientes horas sabiendo que estaba disponible. Pero entonces no apareció para nuestro abrazo de buenos días ni para el café, y no me habló durante tres días enteros después de que oyera aquella conversación.

Lo de flirtear y después evitarme empezaba a agotarme, y no podéis imaginar lo mucho que deseaba no sentir aquella electricidad entre nosotros; mi vida habría sido mucho más fácil. Ahora sabía cuándo estaba en la misma habitación; se me erizaba el vello de la nuca antes incluso de poder oírlo, y eso me volvía loca. Tampoco ayudaba que fuese, con mucho, el hombre más sexy que había visto jamás, o que cuando hablábamos... se mostrara increíblemente dulce. ¿Esa tontería del encanto sureño? Dios mío. Qué erótico. No era que intentara ser un caballero; simplemente le salía como algo natural. Me hacía reír cuando soltaba una palabrota y entonces se daba cuenta de que yo estaba cerca; desencajaba los ojos y juro que a veces se sonrojaba. El hecho de que siempre estuviese preocupado porque su madre fuese a reprenderle por ello me hacía mucha gracia y, puede que suene extraño, pero cuando me llamaba «cariño» se me derretía el corazón. Si se hubiese tratado de cualquier otro, probablemente me hubiera reído de él, pero Gage pronunciaba aquella palabra como si fuese una caricia y me encantaba.

Me encantaba todo sobre él.

Le amaba.

No sabía qué iba a hacer con él. Al menos cuando Tyler y yo hablábamos, él me recordaba que yo era una molestia para Gage y normalmente eso me mantenía la cabeza despejada cuando estaba con él durante un día. Pero, transcurrido ese tiempo, empezaba a sentirme demasiado cómoda con él, y entonces ocurrían cosas como las del día anterior.

Levanté la mirada, vi que había un Starbucks en la siguiente manzana y decidí sentarme allí durante un rato, intentando averiguar qué iba a hacer ahora que mis refuerzos empezaban a venirse abajo. Abrí la cartera y vi que tenía solo diez dólares. Asombroso. Sabía que Tyler me daría cualquier cosa que deseara o necesitara, pero ya había estado viviendo de sus padres y de Gage durante el último mes y no quería seguir así. Me decidí al volver a mirar la cartera. Con los diez dólares o sin ellos, necesitaba un capricho.

Me acerqué al mostrador y esperé mientras la camarera preparaba el café. Cuando estaba a punto de volverse hacia mí, una persona que, supuse, sería la encargada entró apresuradamente.

—No me lo creo. ¡Victoria y Cody acaban de dejar el trabajo! llevo toda la mañana llamándolos como loca y, cuando finalmente contestan, dicen que no van a volver. —Dejó el teléfono sobre el mostrador con fuerza y volvió a levantarlo para asegurarse de no haber roto nada.

—¿Hablas en serio? —preguntó la camarera con la cara pálida. —Pero si es la mitad de mi equipo de por la mañana. ¡Nadie más puede trabajar aquí por las mañanas! Todos tienen demasiadas clases a primera hora.

—Disculpen.

Ambas dieron un respingo como si se hubieran olvidado de que estaba allí de pie. En la cara de la encargada se dibujó de inmediato una sonrisa radiante.

—¡Bienvenida! ¿Qué podemos hacer por ti?

—¿Ofrecerme un trabajo?

—Lo siento, cielo, pero no puedo permitirme contratar a más estudiantes. Necesito trabajadores a jornada completa.

—Entonces supongo que está bien que no tenga absolutamente nada que hacer en todo el día —dije yo con una sonrisa para que no pensara que estaba siendo grosera.

—Necesito a alguien que abra de lunes a sábado —dijo ella, desafiante—, seis horas entre diario, cuatro horas los sábados.

—¡Perfecto! Me gustan las mañanas —mentí.

La encargada me miró de arriba abajo y arqueó una ceja.

—¿Alguna vez has trabajado para Starbucks u otra cafetería?

—No, señora.

—¿Alguna vez has trabajado?

—No, pero soy una persona entregada y me vuelco en todo lo que hago.

—Si te tuviera en cuenta, ¿cuándo podrías empezar la formación?

—Ahora mismo.

Ella sonrió más aún y señaló con la cabeza hacia la puerta trasera por la que acababa de entrar.

—Hablemos.

Acabamos hablando y tuvimos una entrevista formal en la trastienda que duró casi una hora y, después de decirme el uniforme que tendría que comprarme, me pidió que regresara en cinco horas para mi primer día de formación. Después de la semana de formación y de dos clases, empecé a abrir seis días a la semana, como me había dicho.

Los chicos estaban encantados de que estuviera haciendo algo, pero, poco después de empezar, Tyler empezó a murmurar que ya nunca se despertaba junto a mí. Yo puse los ojos en blanco. No me había dado cuenta de que despertarnos juntos fuese una parte tan importante de su día. Sobre todo porque él volvía a dormirse de inmediato y yo me iba a la cocina a estar con Gage. Pero Tyler era mi mejor amigo; si deseaba murmurar sobre algo así, se lo permitiría. En cuanto a Gage, ya no podíamos beber café juntos, pero yo seguía recibiendo mi abrazo de buenos días. Salvo que ahora me lo daba cuando me bajaba de su camioneta cada vez que me dejaba en el trabajo por las mañanas.

Al principio yo había protestado, pero normalmente él se despertaba en torno a las cinco menos cuarto, así que despertarse treinta minutos antes no era para tanto, según decía. Sinceramente, creo que a Ty y a él les aterrorizaba imaginarme caminando los más de dos kilómetros hasta el trabajo en la oscuridad, porque dejaban que volviera a casa andando todos los días. Aunque tampoco tenían elección; ambos estaban en clase a no ser que fuera sábado.

De modo que estábamos así: Gage me dejaba en el trabajo por las mañanas, yo volvía a casa y me quedaba dormida durante unas horas mientras ellos estaban en clase, después preparaba la cena para cuando llegaran a casa. Al principio estábamos solos los tres, pero después todos sus amigos empezaron a descubrir que yo cocinaba y ahora, tres días por semana, cocino para seis universitarios ridículamente ofensivos mientras ellos juegan por turnos a la Xbox. Gracias a Dios, esta no fue una de esas noches, porque no había dormido en absoluto la noche anterior, lo que significaba que me pasé la tarde durmiendo mientras ellos estaban en clase.

—Despierta, cariño. —Abrí los ojos al oír la voz profunda de Gage en mi oído.

—¿Estás en casa? —murmuré yo con la voz ronca por haber dormido tanto.

—Ya llevamos un rato en casa, pero Tyler ha tenido que irse a un grupo de estudio. Dijo que estaría fuera hasta las once.

Miré el reloj y me quedé con la boca abierta al ver que había estado durmiendo durante seis horas.

—Mierda, lo siento mucho. Voy a preparar la cena.

—Ni hablar, ya haces bastante por nosotros. Además, esperaba que me dejaras llevarte a algún sitio esta noche.

—¿Llevarme?

—Sí, me apetece conducir.

—Ah. —Me puse seria—. De acuerdo.

Él se carcajeó y me arrastró del sofá.

—Ve a cambiarte, pillaremos algo de comer por el camino.

—¿Dónde vamos?

—No estoy seguro. Lo veremos cuando lleguemos allí.

Lo miré confusa, pero corrí al cuarto de baño a lavarme un poco, dado que aún olía a café. A pesar de estar a mediados de noviembre, aún hacía bastante calor, pero ya había aprendido demasiado bien que aquello podía cambiar muy deprisa. Así que me puse unos vaqueros, con las perneras enrolladas, y una camiseta ligera de manga larga con cuello de pico antes de agarrar mi chaqueta y regresar corriendo al salón.

—¡Lista! —La sonrisa de Gage hizo que me detuviera en seco. Dios, era tan guapo. Y ahí estaban de nuevo esos hoyuelos. Solo con eso lograba que me derritiera por dentro.

—Si quieres, podemos ir a comer a algún sitio, o pillar unas hamburguesas.

—¿Y no vas a decirme dónde vamos?

Me puso una mano en la parte inferior de la espalda y me condujo hacia la calle.

—Ni siquiera sé dónde vamos, Cass. De verdad. Solo quería salir a conducir contigo.

—De acuerdo, no me lo digas. Lo de las hamburguesas me parece bien.

Gage se carcajeó y negó con la cabeza mientras me cerraba la puerta.

De acuerdo, hablaba en serio. Realmente tenía ganas de salir a conducir sin más. Condujimos y, cuando llegábamos a una bifurcación, me pedía que eligiera yo qué dirección tomar. De vez en cuando tomábamos una carretera al azar solo porque era la primera que nos encontrábamos en un rato. Pasada una hora y media, ya había oscurecido y Gage detuvo la camioneta en un pequeño campo.

—Ah, ¿es aquí cuando me matas y me dejas abandonada en el bosque?

—¿Por qué iba a hacer eso? ¿Quién me daría de comer?

Yo le golpeé el brazo y él fingió que le dolía.

—Qué grosero.

—¿Tienes prisa por volver a casa?

—No me importa. —Mentira. No quería que acabara la noche. Teníamos las ventanillas bajadas y cantábamos la música de la radio. Yo había colocado los pies sobre el salpicadero y Gage tenía el brazo apoyado en mi reposacabezas. Entre canciones, bromeábamos, y creo que ninguno de los dos había dejado de sonreír desde que nos montáramos en la camioneta. La noche era sencilla y perfecta—. Depende de ti.

—De acuerdo. —Apagó el motor y salió del vehículo.

—¿Dónde vas? —le pregunté cuando se acercó a mi lado. Abrió mi puerta, se echó a un lado y esperó a que yo saliera. Cuando lo hice, rebuscó en la parte de atrás y sacó una manta.

—¿Por qué no vienes conmigo? —Se subió a la parte de atrás de la camioneta y estiró el brazo para ayudarme a subir. Cuando estuvimos los dos sentados, con la espalda apoyada en la cabina, nos tapó con la manta y me acurruqué junto a él.

Me había equivocado. Ahora sí que era una noche perfecta.

—Me gusta esto. Está todo tan tranquilo.

Gage murmuró a modo de respuesta y me abrazó con más fuerza.

—Hace que eche de menos el rancho.

—¿Cuándo vas a volver?

—En Navidad, probablemente. ¿Vendrás conmigo?

—No sé, ni siquiera he pensado en las vacaciones. Probablemente tenga que trabajar. Pero quiero ir; me prometiste que me enseñarías a montar.

—Te enseñaré muchas cosas allí. A montar, a cuidar del lugar, a disparar.

—¿Disparar? —Me aparté y lo miré con los ojos muy abiertos—. ¿Armas? ¿Armas de verdad?

—Pues sí. ¿No quieres?

Estaba temblando solo de pensar en ello.

—¿Estás loco?

—No deberías tenerles miedo. Hay que respetarlas, no temerlas.

—¡Gage! ¡Matan personas!

—Los coches también matan a personas, Cass —respondió él con seriedad. Suspiró y volvió a acercarme a su lado—. Es cierto, pero es la gente la que mata. Cualquier cosa con la que entres en contacto de manera regular puede matar a alguien. —Su voz se volvió suave y comenzó a dibujar círculos sobre mi brazo.

—De eso se trata… las cosas con las que entro en contacto regularmente, lo cual hace que sean normales. Yo solo he visto un arma en televisión, así que no es normal para mí.

—Cassidy, yo tengo dos en mi habitación.

—¿Qué? ¿Por qué? ¿Para qué vas a necesitarlas en tu habitación?

Gage se rio suavemente.

—Para protegerte, cariño. Deberías ver nuestra casa del rancho. Tenemos tantas que no sabemos qué hacer con ellas.

—Gage, eso es muy raro. ¿Por qué las tienes?

—No es raro. Estamos en Texas, te aseguro que es lo normal. En el rancho, son útiles con animales que se cuelan en el rancho. Pero aquí, son solo para protegernos si alguien entra en la casa. —Se rio y me frotó el brazo—. ¿Por qué estás temblando?

—Para mí las armas son como las arañas.

Él se rio con más fuerza.

—Bueno, te ayudaré con las armas. Pero no puedo ayudarte con tu miedo a las arañas, solo puedo entrar corriendo cuando grites porque haya una araña en la pared. —Me miró con una ceja arqueada.

—¡La muy bastarda se me echó encima!

—Cass, era microscópica.

—No importa. Son asquerosas y tienen demasiadas patas.

—Perfecto… las armas no tienen patas.

—¡Eso no hace que dejen de darme miedo automáticamente! Dios, no puedo creer que las tengas en tu habitación. —La última parte la susurré.

—Llevas aquí más de tres meses y no tenías ni idea. No pasará nada.

—Pero ahora sé que están ahí —razoné—. No es lo mismo.

—Te prometo que no te harán daño.

—¿Podemos hablar de otra cosa? Sigo asustada y ni siquiera las tenemos cerca.

Él se puso rígido.

—¿Gage?

—¿Qué tal va el trabajo?

—¡Gage!

Ladeé la cabeza para poder mirarlo a los ojos y él habló suavemente, atento a mi reacción.

—Llevo la escopeta en el asiento de atrás.

Me quedé sin aliento. ¿Cuántas veces había estado en aquella camioneta sin darme cuenta?

—No. —Negué con la cabeza y me obligué a relajarme—. No. estoy segura de que eso no es correcto. No hay ninguna escopeta en tu camioneta.

Él se rio.

—Sí, señora. Lo que tú digas.

—El trabajo va genial.

Él se rio con más fuerza.

—Me alegro. Aunque ahora tenemos tanto café en el apartamento que no creo que podamos terminarlo todo.

—Probablemente no. Te daré un poco para que te lleves al rancho.

—Les encantará. —Se quedó callado durante unos segundos—. También les encantarías tú. Espero que alguna vez vengas conmigo.

—Lo haré —prometí.

Nos recostamos hasta quedar tumbados en la camioneta, mirando las estrellas. Él mantuvo el brazo a mi alrededor y yo me quedé acurrucada a su lado, con la cabeza apoyada en su hombro. Nuestros abrazos de buenos días eran lo más que nos habíamos tocado, así que cerré los ojos y disfruté del momento, sabiendo que no duraría eternamente. Escuché los latidos de su corazón, aspiré su aroma limpio y masculino y memoricé cómo era el roce de su cuerpo contra el mío. Sus latidos se aceleraron cuando deslicé suavemente los dedos por su torso y sonreí para mis adentros.

—¿Qué quieres hacer durante el resto de tu vida, Cassidy? —me preguntó.

«Quedarme aquí contigo», pensé.

—¿Qué quieres decir?

—Bueno, sé que no quieres estudiar. Me preguntaba qué deseabas hacer. Si tienes algún trabajo específico en mente. —Su voz profunda se volvió aún más aterciopelada mientras hablaba—. Si quieres hacer algo con la fotografía o casarte y tener hijos, si hay algún lugar al que te gustaría mudarte… —Dejó la frase inacabada.

«Nada de hijos. Me niego a tener niños».

—En realidad no lo sé. Nunca lo he pensado.

—¿En serio? ¿Nunca has pensado en tu futuro y en dónde te gustaría estar? ¿Que te gustaría ser?

—Nunca. —Lo más que había pensado sobre el futuro era en términos de semanas.

—Creí que las chicas empezaban a planear su boda cuando son pequeñas y que tenían sueños descabellados como ser actriz o cantante.

Me encogí de hombros. Cuando era pequeña, deseaba crecer para convertirme en princesa. Pero mi padre me trataba como tal, así que ya pensaba que lo era. El día en que murió, todos los sueños de futuro se detuvieron, y desde entonces no había tenido ninguno.

—¿Qué me dices de ti?

—Quiero terminar la universidad y volver al rancho para poder suceder a mi padre. Además de una familia, eso es lo que siempre he querido.

—Suena perfecto para ti. —Ya empezaba a estar celosa de su futura esposa.

—¿De verdad nunca lo habías pensado? ¿Nunca has querido ser médico, o científica, o camarera?

Me reí y puse los ojos en blanco, aunque él no pudiera verlo.

—No.

—Todo el mundo piensa en su futuro, pero, si no quieres contármelo, no pasa nada, lo entiendo. —Bromeó y me abrazó con más fuerza—. ¿Sigues conmigo o te has quedado dormida? —susurró cuando yo no dije nada en varios minutos.

—Gage, ¿puedo contarte algo que no le he contado nunca a nadie? —pregunté suavemente.

—Claro que puedes.

—No te he mentido. De verdad, nunca he pensado en lo que quería hacer con mi vida. Eh... —Me aclaré la garganta y lo intenté de nuevo—. Nunca pensé que fuese a vivir lo suficiente para salir de esa casa, así que me parecía inútil pensar en el futuro.

—Cass —murmuró él—, lo si...

—No. No te lo cuento para que sientas pena por mí. Es que no quería que pensaras que estaba ocultándote algo. Quiero que sepas quién soy realmente, Gage.

Se quedó callado durante unos segundos.

—Gracias por confiar en mí. —Me giró hasta que quedé boca arriba, mantuvo el brazo izquierdo bajo mi cuerpo y se apoyó en el codo. Me apartó el pelo de la cara y deslizó los dedos por mi mandíbula; cerré los ojos y eché la cabeza hacia atrás cuando siguió bajando por mi cuello—. Ya los has dejado atrás; no tendrás que volver a verlos nunca. Tienes toda la vida por delante, cariño. —Su voz bajó otra octava y yo volví a abrir los ojos al sentir su aliento en los labios—. No pasa nada por soñar con el futuro.

Se me aceleró el corazón y él bajó suavemente su cuerpo hacia el mío. El calor recorrió mi cuerpo al sentir su torso sobre mí, sus caderas a escasos centímetros de las mías. Nuestras miradas se encontraron, y sus ojos verdes se oscurecieron cuando agachó la cabeza para rozar con sus labios mi frente y mis mejillas. Se apartó un poco y esperó, dándome la oportunidad de detenerlo. Deslicé la mano por su pelo negro y revuelto y, al llegar a su cuello, presioné ligeramente para que supiera que yo también lo deseaba. Una sonrisa suave iluminó su rostro antes de volver a agacharse. Justo antes de que sus labios tocaran los míos, en mi móvil comenzó a sonar el tono de Tyler.

Ambos nos quedamos mirándonos durante largo rato antes de meterme la mano en le bolsillo y sacar el teléfono.

—Hola, Tyler.

—¡Hola! Dios, estoy deseando verte, no vas a creerte el día de mierda que he tenido. Estoy a punto de salir, pero me muero de hambre. ¿Quieres que pase a pillar algo de comer?

Gage Seguía a menos de dos centímetros de mi cara, mirándome a los ojos.

—Eh, no. Ya hemos cenado. Pero hemos salido a conducir, así que puede que llegues antes que nosotros.

—Ah. Sí, de acuerdo.

Suspiré y cerré los ojos. No me gustaba no estar junto a Tyler, aunque solo fuera cuando llegara a casa después de un largo día de clases. Él había estado a mi lado casi todas las noches durante once años; le debía el estar esperándolo cuando llegara a casa.

—Ya vamos de camino, lo prometo. Nos vemos enseguida.

—De acuerdo. Te quiero, Cassi.

—Yo también te quiero, Ty.

Gage se quitó de encima y saltó al suelo antes de que yo pudiera terminar la llamada. Sabía que había echado a perder el momento en cuanto había agarrado el teléfono, pero no podía ignorar una llamada de Ty. Él tendría que saberlo.

—Será mejor que nos vayamos. —Actuaba como si no hubiese ocurrido nada—. Ya es muy tarde y tienes que trabajar por la mañana.

Yo quería llevarme las manos a la boca y gritar. No podía creerme que hubiese impedido que aquel beso sucediera. Y ya no había manera de salvar la situación. Gage no dijo nada en todo el trayecto de vuelta; tenía la mano derecha en el volante, con el cuerpo bien lejos de mí. Yo sabía que era culpa mía, así que me quedé pegada a la puerta del copiloto y no le presioné para que me hablara. Tyler intentó llevarme al dormitorio en cuanto llegamos a casa, pero Gage nos detuvo.

—Tyler, ¿puedo hablar primero un minuto contigo?

—Claro, tío. —Me dio un abrazo rápido y me dijo que se reuniría luego conmigo en nuestra habitación.

Yo esperé ansiosa sentada al borde de la cama a que regresara, moviendo las rodillas arriba y abajo. Por suerte no tardó mucho y, menos de cinco minutos después, entró en la habitación y cerró la puerta con el pestillo.

—Cassi, tienes que dejar en paz a Gage durante un tiempo.

Yo me quedé helada.

—¿Qué? ¿Por qué?

Ty miró la puerta y después a mí antes de hablar suavemente.

—Mira, no sé qué ha ocurrido entre vosotros esta noche. Pero está enfadado, ha dicho que tenías que entender que eres como una hermana para él y nada más.

Mi rostro adoptó una máscara de inexpresividad, aunque por dentro sentía como si me hubieran dado un puñetazo y estuviera intentando recuperar el aliento. No lo entendía; Gage había estado a punto de besarme. Había sido él quien había presionado su cuerpo contra el mío, quien había acariciado mi cara con besos. ¿Por qué iba a hacer eso si realmente no le gustaba? El estómago me dio un vuelco al pensar que me veía como a su hermana. Pero probablemente aquello fuese lo mejor. Me había implicado demasiado con él y necesitaba protegerme. Tyler y mi padre... eran los únicos hombres que necesitaría en mi vida. En mi corazón, eternamente roto, no tenía espacio para nadie más... incluyendo a Gage Carson. Sentí presión en el pecho y tuve que parpadear rápidamente porque aquella mentira estuvo a punto de hacer que me echara a llorar de nuevo. Cuando tuve mis emociones bajo control, miré a Ty y le dirigí una débil sonrisa.

—Lo comprendo. —Me puse en pie y fui al cuarto de baño a prepararme para irme a la cama antes de meterme bajo las sábanas con Tyler. Él se acurrucó a mi lado y de nuevo volví a estarle agradecida. Era mi roca. Al abrazarme, siempre conseguía que todo estuviese mejor, incluso el desamor.

A la mañana siguiente me vestí para abrir la tienda y me dirigí hacia la cocina. Ty me había dejado prestado su Jeep aquel día, así que no tendría que seguir molestando a Gage. Al parecer también se había quejado de tener que «ser mi chófer». Tampoco es que yo le pidiera que me llevase, simplemente no me dio otra opción. Doblé la esquina y me di de bruces con su torso firme.

Gage se rio suavemente y me rodeó con los brazos.

—Buenos días, cariño.

Coloqué ambas manos sobre su pecho, lo empujé y lo rodeé para alcanzar una barra de cereales. Sabía que estaba siendo maleducada, pero había pasado casi toda la noche intentando no llorar con la idea de que el hombre al que amaba me veía como a su hermana, de modo que estaba particularmente malhumorada aquella mañana. Volví a pasar frente a él, seguí andando hacia la puerta de casa y no me detuve hasta que él me agarró del brazo y me dio la vuelta.

Tenía el ceño fruncido y parecía confuso.

—¿Vas a esperar al menos a que vaya a por las llaves?

—Puedo ir sola —dije mostrándole las llaves de Tyler—. Que tengas un buen día.

—Espera, Cassidy, ¿qué…?

—¿Qué, Gage? —preguntó—. ¿Qué es lo que quieres?

Me soltó el brazo y dio un paso atrás.

—Anoche… hablé con Tyler. Pensé que estarías… —Se quedó sin palabras cuando yo entorné los párpados.

—¿Pensaste qué, Gage? ¿Pensaste que estaría feliz? ¿O que me parecería bien? —Me reí con ironía y di unos pasos más hacia los coches antes de volverme hacia él—. ¿Tienes idea de lo frustrante que resultas?

—Cass. —Dio unos pasos indecisos hacia mí y estiró la mano.

—¡No! No me toques. Estoy segura de que, dentro de unas semanas, miraré atrás y me daré cuenta de lo estúpida que estoy siendo ahora mismo. Y tal vez entonces me parezca bien lo que quieres, pero ahora mismo no quiero hablar contigo, no quiero que me toques y no quiero verte. —Dios, ya sabía que estaba reaccionando de forma exagerada. Pero habría jurado que él también sentía algo por mí, algo más que un vínculo de hermanos. Y me había hecho creerlo, incluso me había alentado a ello, para que después Tyler me dijera que lo dejase en paz. No era de extrañar que Brynn hubiera pensado que eran pareja. Probablemente fuese por ahí haciéndoles lo mismo a todas las chicas.

Sus ojos verdes se endurecieron y pareció abatido. Aunque eso me desconcertó por un momento, no tenía tiempo para preocuparme por cómo se sentía. Era él quien estaba jugando con mis sentimientos. Era él quien estaba rompiéndome el corazón.

Gage

Después de que Cassidy se marchara, me obligué a respirar y a volver a entrar en el apartamento. Sentía como si acabase de arrancarme el corazón. Aquella chica de la que me había enamorado nada más verla, aquella chica por la que haría cualquier cosa… no me deseaba.

—Eh, ¿estás bien, Gage? —preguntó Tyler desde la mesa de la cocina.

Yo me senté ensimismado y me quedé mirando la mesa.

—Oh… supongo que no has tenido una buena mañana.

Cuando Cassidy y yo habíamos llegado a casa la noche anterior, me había llevado a Tyler a mi habitación para poder contarle exactamente lo que sentía por ella. Él me había dicho que, por mucho que la quisiera, sabía lo que sentíamos el uno por el otro y no seguiría interponiéndose entre nosotros. Yo me había alegrado enormemente y estaba deseando verla aquella mañana. Iba a terminar lo que había empezado en tantas ocasiones, incluyendo la noche anterior. Iba a estrechar su cuerpo contra el mío y a besarla hasta hacerle perder el sentido. Me había costado trabajo hasta dormir; estaba demasiado distraído pensando en dónde podríamos llegar Cassidy y yo juntos.

—Estaba enfadada. Muy enfadada. Me ha dicho que ni siquiera quería verme. No lo entiendo. Después de lo de anoche, pensaba... bueno... no importa lo que pensara.

Tyler aclaró su taza y me dio una palmada en la espalda al dirigirse hacia su habitación.

—Qué mierda, tío. De verdad que pensaba que tú también le gustabas.

CAPÍTULO 5

Gage

Estaba triste. Habían pasado ocho meses desde que Cassidy me rompiera el corazón aquella mañana antes de irse a trabajar. Ocho meses intentando ignorar la atracción que aún sentía, ahora incluso más que antes. Ocho meses siendo su amigo y nada más. Los primeros seis meses tuve que ver cómo corría hacia Tyler siempre que ocurría algo. A lo largo de los dos últimos meses prácticamente no había tenido una sola conversación con ella. Dos meses sin abrazos de buenos días, sin conversaciones, y faltaba un mes para que volviera a instalarme con la feliz pareja.

Estábamos a finales de julio y me había ido al rancho como hago todos los veranos. Era horrible saber que iba a estar sin Cassidy durante tres meses, pero no tan horrible como verla irse a su cama todas las noches, o verla salir del dormitorio cada mañana con su camiseta. Después de aquella mañana, habíamos tardado casi una semana en volver a decirnos «hola». Al parecer el deseo que sentía de estar con ella era tan horrible que no podía soportar mirarme durante todo ese tiempo. Tyler fue lo suficientemente amable como para esperar dos semanas antes de volver a hablar de su relación. Imbécil. Lo quería mucho, haría cualquier cosa por él, pero sabía que no sentía por ella lo mismo que yo. Y, si Cassidy hubiera podido elegir estar conmigo, no se lo habría restregado a él en la cara siempre que tuviera la oportunidad. Quererlo como a un hermano y odiarlo por estar con la chica de mis sueños era una montaña rusa emocional.

—¿Estás oyendo lo que te digo, hijo?

Dejé de arreglar el poste y miré a mi padre.

—Perdona, no... ¿puedes repetírmelo?

Él suspiró.

—Tómate un descanso, Gage. Hablemos.

Dejé el poste y las herramientas y lo seguí hasta un árbol, en cuya base me apoyé.

—Tu madre y yo estamos preocupados por ti.

Lo miré, confuso, pero mantuve la boca cerrada. No se interrumpe a los padres.

—Durante las vacaciones de invierno, pensamos que estabas enfermo o algo, pero estos últimos dos meses han sido ridículos. No nos hablas, no hablas con tus hermanas, pareces un zombi. Lo único que haces es trabajar, comer y dormir. ¿Estás tomando drogas?

—¿Qué? Papá, ¿estás hablando en serio?

—Bueno, Gage, ¿qué quieres que pensemos? Tú no eres así en absoluto. Si no estás tomando drogas, entonces dime qué ocurre. O eso, o te marchas. Estás siendo completamente irrespetuoso con tu familia; no es así como te educamos.

Me senté en el suelo y me llevé las manos a la cabeza.

—Lo siento. De verdad, pensaba que lo disimulaba mucho mejor. Supongo que me equivocaba.

—¿Disimular el qué?

—Papá —tomé aliento antes de continuar—, cuando conociste a mamá, ¿supiste de inmediato que ibas a casarte con ella?

Eso le sorprendió; no había anticipado aquel giro en la conversación.

—¿Esto tiene que ver con tu actitud?

Yo asentí.

—No, creo que no. Fue mi mejor amiga durante mucho tiempo. Todos la veíamos como si fuera uno de los chicos. Una noche, cuando teníamos diecisiete años, hubo un baile en el rancho de los Miller, y recuerdo que la vi allí. Y fue como si la viera por primera vez. Se había arreglado el pelo y se había maquillado, y llevaba un vestido. No me di cuenta de que era tu madre hasta que me atreví a pedirle que bailara conmigo. Pero, claro, para entonces los demás chicos también se habían fijado en ella. Deberías habernos visto a todos discutiendo por ella, intentando convencer a tu abuelo para que nos dejara cortejarla.

Yo me reí. Me imaginaba a mi padre, incómodo, tratando de reunir el valor para acercarse a mi abuelo. Era un hombre terrorífico.

—Tardó cuatro meses en acceder a salir conmigo. Yo todavía no sabía que estaba enamorado de ella, y no me di cuenta hasta pasados los meses. Me desperté un día y me di cuenta de que no podía vivir sin ella. Esa noche le regalé un anillo, un año más tarde le regalé el de compromiso y, seis meses después, nos casamos. —Se quedó mirándome durante unos segundos—. Te preguntaría si estás enamorado, Gage, pero el amor te da vida. Y tú pareces un muerto.

—Sí, lo sé. —Resoplé, me pasé una mano por el pelo y agarré un mechón con el puño—. Esperaba que tu respuesta fuese diferente. Sé que lo que ocurre entre nosotros no es normal. Bueno, entre nosotros no, supongo... Ella no siente lo mismo por mí.

—Ah. Entiendo. ¿Y por qué no me cuentas lo que te está ocurriendo?

Me quedé mirando a mi padre durante casi un minuto y de pronto ya no pude aguantar más. Le había dicho a Tyler que la amaba, pero no había hablado con nadie sobre la profundidad de mis sentimientos.

—Es como si algo me atrajera hacia ella. Como si algo en ella me llamara. Sé que suena estúpido, pero es la única manera de describirlo. La noche que la conocí, la sentí incluso antes de verla. Es como si tuviera que mirarla y, cuando lo hice... juro por Dios que el mundo dejó de moverse. Cuando me estrechó la mano, fue como... no una chispa, sino como si una sacudida eléctrica recorriera mi cuerpo. Solo puedo pensar en ella y habría jurado que ella sentía lo mismo. Pero, cuando se enteró de mis sentimientos, se enfadó. No me habló en una semana. Lo he intentado, papá, no tienes ni idea de lo mucho que he intentado olvidarme de ella. Pero sé que debo estar con ella, sé que voy a casarme con ella. Lo supe en cuanto se bajó del Jeep de Ty.

—¿Ty Bradley? ¿Tu primo Tyler?

—Sí.

—¿Así que la conociste a través de él?

Me reí con fuerza.

—Podría decirse que sí.

—Vas a tener que ayudar a tu viejo, porque me estoy perdiendo algo. ¿Estás teniendo problemas con él?

—¿Recuerdas que te dije que Ty iba a traer a su amiga Cassi desde California para que viviera con nosotros?

—Sí... —contestó mi padre alargando la palabra.

—Bueno, pues Cassi, la novia de Tyler, mi nueva compañera de piso, es la misma chica que ocupa mis pensamientos.

—Mierda.

—Sí. —Apoyé la cabeza en el tronco del árbol y me froté el pecho, donde el dolor que nunca desaparecía se intensificó solo con pensar en ella—. Dios, papá, ¿estoy loco? Esto no es normal, ¿verdad? No puede ser sano. Ni siquiera me desea.

—¿Estás seguro de eso?

—Sí. Lo dejó bastante claro. Lo peor es que, aunque sea su novia y aunque no me desee, no puedo dejar de estar cerca de ella. No soporto ser solo su amigo, pero preferiría ser su amigo a no tenerla en absoluto. Pensé que este verano me vendría bien, me ayudaría a olvidarla; en su lugar, siento como si me muriera cuanto más tiempo paso alejado de ella.

Mi padre se quedó callado otra vez durante unos segundos.

—Bueno, nunca he experimentado esa... atracción de la que hablas. Pero no creo que estés loco. El único consejo que puedo darte es que no te rindas. Si estás seguro de que la deseas, entonces tienes que luchar por ella.

—Pero está con Tyler. Si fuera otra persona, no tendría ningún problema. Pero ¿Ty?

—Eso sí que complica un poco más la situación. ¿Has hablado con Tyler de ella?

—Oh, sí. Al principio se enfadó porque yo no dejaba de mirarla, pero una noche al fin me dijo que se echaría a un lado y nos dejaría estar juntos. A la mañana siguiente fue cuando ella me gritó y me dijo que no quería verme. Es difícil porque, aunque estoy seguro de que no está enamorada de Tyler, y sinceramente no creo que estén juntos de verdad, no puede abandonarlo. Igual que él no puede abandonarla a ella.

—Espero que estés a punto de explicarme eso. Porque esa frase es de lo más confusa.

—Bueno, como es probable que nunca la conozcas, supongo que no pasa nada si te hablo de su infancia. Su padre murió cuando ella era muy joven, el día de su cumpleaños, de hecho. Eso destrozó a su madre; se volvió alcohólica y se casó con otro. Desde el día en que murió, Cassidy tuvo que cuidarse sola; su madre dejó de darle de comer, de lavarle la ropa, incluso de hablarle. Y solo tenía seis años. Después, cuando su padrastro se fue a vivir con ellas, empezaron a pegarle. Hasta el día en que Tyler le hizo la maleta y la trajo a Texas.

—Tú también recibiste algunos azotes, hijo.

—No, papá, no me refiero a los azotes que me daba mamá cuando era pequeño. No se limitaban a darle con el cinturón cuando se metía en problemas. Podrían haberla matado. Tyler me contó algunas de las veces, y he visto fotos de después y dan ganas de vomitar. A veces el tío Jim tuvo que darle puntos, en otras ocasiones ni siquiera podía caminar. Sus hematomas cuando se instaló en mi casa no se parecían a nada de lo que hubiera visto antes. Tenía la espalda y los costados negros, azules, verdes y amarillos. Obviamente ya no tiene ninguno, pero Ty me dijo que tiene mucho cuidado con la ropa que se pone debido a las cicatrices que le dejaron algunas de las palizas.

—No entiendo cómo la gente puede hacerles eso a sus propios hijos. A esas personas habría que arrestarlas, o que matarlas. Estoy seguro de que podemos encontrar alguna zanja. —Sonrió debajo de su enorme bigote.

—Te juro que me entraron ganas de ir hasta allí y tener una conversación con ellos. Fue horrible; es la persona más dulce que puedas imaginar. Y no permitía que Tyler los delatara. Su madre es una zorra sin corazón, y aun así Cassidy nunca hizo nada en su contra.

Mi padre negó con la cabeza y se relajó contra el árbol.

—No te rindas, Gage. Uno no se siente así sin ninguna razón. ¿Qué te parece si terminamos con este poste y lo dejamos por hoy? Tienes que explicarle a tu madre lo que está pasando. Puede que ella tenga un consejo mejor que tu viejo. Y será mejor que te disculpes con ella. Está tremendamente preocupada.

Yo asentí.

—Siento haberos hecho pasar por todo esto. Sinceramente no sabía que se me notara tanto.

—Estás perdonado. Vamos, tengo hambre y tu madre y tus hermanas están preparando chili y pan de maíz.

Echaba de menos la cocina de Cassidy. Echaba de menos intentar ayudarla a cocinar, aunque generalmente la fastidiaba. Echaba de menos su risa y su sonrisa, sus abrazos cada mañana. La echaba de menos. Dios, me sentía como si fuera una maldita chica.

Arreglamos las partes rotas de la verja y en diez minutos partimos de vuelta hacia la casa. Cabalgábamos despacio, y por el camino fui contándole a mi padre más cosas sobre Cassidy y sobre nuestra vida con Tyler. Cuando estábamos a medio camino, mi hermana Amanda me escribió un mensaje para decirme que Ty, sus padres y una chica estaban en la casa y que regresáramos. No me hizo falta preguntar quién era la chica; no podía ser otra.

—Gage, ¿qué sucede?

Me di cuenta de que había parado a mi caballo Bear y me había quedado mirando en dirección a la casa. Lo miré y solo pude decir una palabra.

—Cassidy. —Si Bear corría, habríamos vuelto en unos quince minutos, e incluso eso me parecía demasiado tiempo—. ¡Arre!

—¡Gage!

No pude mirar atrás. Oí que el caballo de mi padre corría detrás de nosotros y supe que se enfadaría conmigo por marcharme así, pero Cassidy estaba allí. Cuando llegamos a la casa, vi el Jeep de Tyler aparcado delante y me quedé allí durante un minuto entero, intentando decidir si ocuparme del caballo o si ir a verla.

—Seguirá allí dentro de cinco minutos. Después de lo que acabas de hacerle pasar a Bear, será mejor que vayas a ocuparte de él.

Solté un gruñido a modo de respuesta y me bajé del caballo para llevarlo hacia los establos. Tras quitarles los arreos, lavamos a los caballos con una manguera y los dejamos sueltos por el campo. Mi padre me puso la mano en el hombro para detenerme y yo intenté que no viera lo frustrado que estaba al ver que no me dejaba ir a buscar a Cassidy.

—No me cabe duda de que hay una razón para que esté en tu vida, y sé que te he dicho que lucharas por ella. Pero lucha con cabeza, hijo. Tyler es como un hermano para ti; no querrás echar eso a perder por ella. Y otra cosa: si entras ahí corriendo con este aspecto, le darás un susto de muerte.

Me miré la camisa. Había estado sudando todo el día por el trabajo y había vuelto a ponerme la camisa justo antes de regresar a casa, pero tampoco era como si estuviese cubierto de mierda de vaca.

—No exageraba al decir que pareces un zombi, Gage. Con lo muerto que pareces, puede que sea mejor tomártelo con calma antes de volver a verla. Toma aliento y entra caminando como un ser humano normal.

Eso era muy difícil. Tenía los puños apretados para no abrazarla, y ni siquiera la había visto todavía. Abrí la puerta y atravesé el salón hacia las voces de la cocina. Al oír la risa de Cassidy, me quedé clavado al suelo. Respiré por lo que parecía ser la primera vez en dos meses y sonreí. Miré a mi padre y él me dio una palmada en el hombro.

—Bueno, vamos a conocer a mi futura nuera.

Le di un puñetazo en el brazo y recorrí los últimos metros antes de doblar la esquina que conducía a la cocina. Y allí estaba. Tan perfecta y tan guapa como siempre.

—Cassidy —murmuré.

Ella se lanzó hacia mí y me rodeó el cuello con los brazos.

—Te he echado mucho de menos, Gage —me susurró al oído.

—Yo también te he echado de menos, cariño. —Dios, no tenía idea de cuánto la había echado de menos. La abracé con fuerza y recordé su tacto. Aspiré su esencia intentando no ser muy evidente y me relajé aún más. Estaba allí. Estaba allí de verdad. La apreté con más fuerza y me alegró no sentir tanto sus costillas y sus omóplatos. Había ido ganando peso y, aunque aún debía engordar cinco kilos más, parecía más saludable y más guapa cada vez.

Tyler se aclaró la garganta y yo la solté con reticencia. Intenté que no se me notara lo mucho que me dolió cuando Cassidy se dirigió hacia él. La tía Stephanie y el tío Jim se acercaron para abrazarme y vi que mi madre me miraba con curiosidad. Le dirigí una mirada a mi padre y vi que él miraba a Cassidy del mismo modo. Supe exactamente lo que estaba pensando, porque era lo mismo que yo. ¿Cómo puede comportarse así conmigo y no sentir nada por mí?

—¿Gage?

—¿Sí, mamá? —Seguía sin poder apartar la mirada de Cassidy.

—¿Por qué no vas a limpiarte? Has estado todo el día trabajando.

—De acuerdo.

Cuando pasó un minuto y no me moví, ella volvió a hablar.

—Era una manera educada de decir que hueles mal y estás hecho un desastre, hijo. Ve a darte una ducha.

Normalmente no me doy duchas largas, pero creo que nunca en mi vida me había dado una ducha más rápida que aquella. Deseaba regresar junto a Cassidy, tenía que recuperarla. Era un estúpido por pensar que podría olvidarme de ella; en cualquier caso, el tiempo que habíamos pasado separados me había demostrado que eso sería imposible. Entré corriendo en el dormitorio, me detuve en seco y me agarré la toalla que llevaba enrollada en la cintura.

—Eh, mamá, ¿en serio?

—Será mejor que me digas por qué pensabas que no podías contarme lo que está pasando Gage.

Suspiré, agarré una camisa y me entretuve abrochando todos los botones antes de hablar.

—Lo siento mucho, mamá. Hasta que papá no ha hablado conmigo hoy, no me había dado cuenta de que estuviera actuando de manera diferente con vosotros.

—Hemos estado muy preocupados.

—Lo sé, mamá.

—Tu padre me ha contado todo lo que le has contado tú, así que no te entretendré mucho. Pero sabes que puedes hablar con nosotros. —Se puso en pie y caminó hacia la puerta, pero hizo una pausa antes de cerrarla—. Es muy mona, Gage.

Yo le dirigí una amplia sonrisa.

—Ya lo sé.

Me guiñó un ojo antes de cerrar la puerta tras ella y yo seguí intentando arreglarme frenéticamente. Me propuse no bajar las escaleras corriendo, pero dio igual. Ella no estaba en la casa. Oí que Tyler decía su nombre, salí por la puerta de entrada y estuve a punto de atragantarme de la risa cuando la vi. Tenía los ojos desencajados mientras miraba a mi padre, que estaba mostrándoles al tío Jim y a Tyler su nuevo rifle de caza. Ella me dirigió una mirada rápida y después volvió a mirar el rifle.

—No va a morderte, Cass —le dije cuando me acerqué.

—Puede que sí, eso no lo sabes.

—Podemos ir a disparar ahora mismo y te demostraré que no pasa nada.

Ella desencajó aún más los ojos y negó lentamente con la cabeza. Seguía sin apartar la mirada del rifle y yo tuve que apretar los dientes al ver que daba un paso involuntario hacia Tyler.

—Entonces comencemos con algo más fácil. —Le rocé el brazo suavemente y la giré hacia el otro lado—. Hace tiempo que te lo prometí... —Dejé la frase inacabada y sonreí al oír que se quedaba sin aliento.

La conduje hacia los establos para enseñarle a mi yegua Star. Era de color marrón con una estrella asimétrica en la frente, y era increíblemente tranquila. Sería perfecta para Cassidy. Abrí su puerta y entré, llevando a Cassidy conmigo. Tyler se quedó apoyado en la puerta y apenas dijo nada mientras la chica y la yegua se conocían.

Le froté el hocico a Star y ella me dio en el pecho.

—Star, esta es Cassidy; Cass, esta es Star. —Le agarré la mano a Cassidy, la acerqué más al animal y ella estiró lentamente el brazo hacia su cuello.

—Hola, Star —dijo con suavidad—. ¿Es tuya? —preguntó mientras levantaba la otra mano para acariciarle la mandíbula.

Yo asentí.

—Creo que te vendría bien para montar. Es tranquila.

—Es preciosa —murmuró ella.

—Es cierto. ¿Querrías montarla hoy?

—¿Puedo? —Su sonrisa era tan hermosa que le permitiría hacer cualquier cosa que deseara.

—Deja que la prepare. —Miré a Ty—. ¿Quieres tú montar a Beau?

—Claro, voy a sacarlo. —Tyler miró a Cassidy, me dirigió una mirada de advertencia y se dirigió hacia donde estaba el caballo de Amanda.

Cuando desapareció, agarré a Cass y la abracé con fuerza contra mi cuerpo. Dios, cómo echaba de menos aquello.

—Me alegro de que estés aquí.

Ella suspiró y apoyó la cabeza contra mi pecho.

—Me he sentido muy sola sin ti, Gage. Estoy lista para que vuelvas a casa.

«Si mi casa no fuera el lugar donde compartís cama, no habría sido capaz de marcharme», pensé yo. Suspiré y la apreté con fuerza antes de ponerle la silla a Star y ayudarla a montarse.

—Cassidy —susurré para no despertar a Amanda, que dormía al otro lado de la habitación.

Cassidy emitió un suave gemido y se giró hacia mí.

—Cass. —Tras darle un empujoncito en el hombro sin obtener resultados, me tumbé en el pequeño sofá cama junto a ella y le aparté el pelo de la cara. Dios, me encantaba verla dormir. Memoricé su expresión relajada antes de darle un suave beso en la mejilla.

Ella se hizo un ovillo y susurró mi nombre.

El corazón me dio un vuelco al darme cuenta de que seguía dormida. Estaba soñando conmigo. Le rodeé la cintura con un brazo y la acerqué a mí.

—Despierta, cariño —dije mientras recorría su mandíbula con las yemas de los dedos.

Cassidy abrió lentamente los ojos y los desencajó al verme justo delante de ella.

—¿Qué estás haciendo? —Pensé que se asustaría, pero su voz, aún somnolienta, sonaba casi irreal.

—Tengo que empezar a trabajar, pero primero quería un abrazo de buenos días.

Ella sonrió y se acurrucó junto a mí, me rodeó la cintura con un brazo y colocó el otro en mi pecho, con los dedos abiertos.

—Buenos días, Gage. —Bostezó y hundió la cara en mi camisa.

—Buenos días. —La mantuve abrazada e intenté saborear cada segundo en que su cuerpo permaneció pegado al mío, con su melena revuelta y su dulce aroma envolviéndome.

—¿Qué vas a hacer hoy?

—Primero tengo que dar de comer a los animales y después tenemos que arreglar más verjas. Ayer paramos temprano y tienen que estar listas antes de trasladar el ganado a esa zona. Además de eso, lo que surja.

Ella asintió pegada a mí.

—¿Necesitas que haga algo?

No necesitaba nada de ella, pero lo deseaba todo. Deseaba que abandonara a Tyler, que me amara, que deseara vivir allí conmigo el resto de nuestras vidas. Deseaba tantas cosas.

—Vuelve a dormirte y disfruta del resto del día con las chicas. Yo volveré por la noche.

—Estaré aquí esperándote.

Cerré los ojos, tomé aliento y aguanté la respiración. Si tan solo ella supiera lo que significaba para mí. Podía imaginarnos, justo así. Susurrando en la habitación a oscuras antes de que yo comenzara a trabajar cada mañana, ella diciéndome que estaría esperándome cuando regresara. Dios, deseaba besarla y quedarme en la cama todo el día, pero justo entonces oí que se abría y se cerraba la puerta principal y supe que tenía que irme. Le di un último abrazo, la solté con reticencia y abandoné la habitación.

Cassidy

—Los chicos te tratan bien, ¿verdad, Cassidy? —preguntó Stephanie mientras acercaba una silla a la barra del desayuno, donde Emily, la hermana pequeña de Gage, se encontraba coloreando—. Fue duro perder a Tyler, y encima tú tuviste que irte con él. Siento como si todos mis pequeños se hubieran ido y necesito asegurarme de que estáis cuidando el uno del otro.

—Son geniales. Trabajo temprano por las mañanas y Gage me lleva; cuando llego a casa, ellos están en clase y, cuando regresan, ya tengo la cena preparada. Todo ha ido genial hasta ahora.

—Bien, cariño —dijo ella, y yo no pude creerme lo mucho que Tessa, la madre de Gage, y ella se parecían, y lo poco que Tessa se parecía a sus hijos.

—Si mi hijo se comporta como un idiota, dímelo, ¿de acuerdo? No me importa que sea ya un adulto, igualmente le daré un buen bofetón. —Tessa me dirigió una mirada y no me hizo falta ver la cara de Gage para saber que lo haría.

Me reí.

—No tienes de qué preocuparte, Gage es… Gage ha sido… es genial.

Tessa y Stephanie se miraron y Stephanie arqueó las cejas mientras daba un trago a su té helado.

—Bueno, lo siento, pero tengo que preguntarlo. ¿Estás saliendo con Ty o no? —Amanda, la hermana mayor de Gage, retiró la pila de platos y se apoyó contra la encimera para mirarme.

Yo hice una pausa, abrí un paquete de preparado para tarta y la miré confusa.

—Eh, desde luego que no. ¿Por qué?

—Bueno… —Miró a su madre y a su otra hermana, Nikki, antes de continuar—. Todas hemos oído hablar mucho de ti desde hace tiempo… y parece como si estuvierais juntos.

Stephanie comenzó a reírse y yo pude imaginarme la cara de horror que había puesto.

—No. Tyler es mi mejor amigo; en realidad era mi único amigo hasta que me mudé a Texas. Estamos muy unidos; es como mi familia.

—Entonces, ¿estás saliendo con alguien? —preguntó Amanda, y me di cuenta de que incluso Tessa dejaba lo que estaba haciendo y me miraba.

—No. —Estiré la palabra, sin saber por qué me miraban de ese modo.

—¿Y te interesa alguien? —preguntó Tessa, que parecía demasiado preocupada por cuál iba a ser mi respuesta.

—Eh, bueno… —Se me sonrojaron las mejillas y tuve que morderme los labios para no sonreír—. Yo…

Justo en ese momento la puerta de entrada se abrió y se cerró, y llegaron hasta nosotras las voces de Gage y de Tyler. Desencajé los ojos y juro que me sonrojé aún más. Tessa me miró y sonrió para sus adentros antes de devolver la atención a la comida que estaba preparando. Cuando miré a Amanda, esta estaba estudiándome con intensidad. Dirigió una mirada rápida a su hermano y a su primo cuando entraron y puso la misma sonrisa que yo acababa de ver en su madre.

—Chicas, ¿queréis ir a una hoguera? —preguntó Gage guiñándome un ojo; juro otra vez que me sonrojé más aún.

—¡Yo sí! —gritó Nikki, y corrió hacia los chicos. Gage y Tessa no estaban de acuerdo.

—¡Desde luego que no!

—Ni hablar, Nik.

—Has dicho «chicas», Gage. ¡Yo soy una chica, ya lo sabes!

Gage le dio un beso en la coronilla y le revolvió el pelo.

—Cuando seas mayor. Amanda y Cassidy —aclaró, y sonrió con suficiencia al oír el resoplido de Nikki—, ¿queréis ir?

Miré de soslayo a Tyler y le dirigí una sonrisa al ver que estaba mirándome intensamente.

—Suena… ¿divertido? —Al ver que asentía, volví a mirar a Gage y asentí—. Sí, claro.

Amanda aceptó también, Gage sacó dos botellas de agua del frigorífico y le lanzó una a Tyler.

—De acuerdo, nos iremos después de cenar.

—¡Gage! —Amanda miró rápidamente el reloj y después a él—. La cena es dentro de… ¡unas tres horas y media!

—¿Y?

—¡No nos deja tiempo! ¡Tenemos que ir al pueblo!

—¿Por qué?

Ella negó con la cabeza y me agarró la mano antes de arrastrarme hacia la puerta principal.

—¡Volveremos antes de la cena! —gritó mientras salíamos por la puerta—. ¿Tienes botas?

—Eh, ¿qué?

—Botas. ¿Tienes?

—No…

Se metió en su coche y yo la seguí.

—Me lo imaginaba. No puedes ir a una hoguera en el campo sin ellas.

—Ah, si es por eso por lo que vamos al pueblo, no es necesario. Puedo ir con las chanclas o las Converse.

—Yanqui —murmuró, y yo resoplé.

—Me siento como un cliché.

Amanda se rio y se miró en el espejo.

—¿Y eso por qué?

—Me has vestido con una camisa de cuadros y unas botas de vaquera.

—Sí. ¡Y estás increíble! Al menos no te he dado una minifalda vaquera para ir a juego, porque tengo una. ¡Incluso puedo conseguirte un sombrero vaquero! —Me quedé mirándola, horrorizada, y se rio—. Exacto. Eso sí que sería un cliché; lo que llevas es perfecto.

Me ahuequé el pelo, que Amanda me había rizado antes de la cena; comprobé mi maquillaje una última vez y di un paso atrás para admirar todo el conjunto. Sí que me gustaban las botas y la camisa, que era de color azul eléctrico, negro y gris, y hacía juego con los vaqueros ajustados oscuros que llevaba puestos. Pero, en serio, era un cliché con patas.

—A todos los chicos les encantará, confía en mí.

—No me importan mucho los chicos que conozcamos allí —murmuré, y la seguí hacia las escaleras.

—A Gage le encantará. —Se encogió de hombros y fingió indiferencia antes de darse la vuelta y guiñarme un ojo.

—Él no... quiero decir que yo no...

—¿No se lo has dicho? Sí, lo imaginaba. Deberías cambiar eso.

—¿Cambiar qué? —preguntó Tyler, y yo di un respingo, lo que me hizo perder el equilibrio en el siguiente escalón y empezar a resbalar hacia abajo. Ty me agarró de la cintura y sonrió—. Siempre he querido llevarte en brazos.

Yo me reí y le di un empujón en el hombro hasta que me soltó.

—Eres tonto, Ty.

—Chicas, ¿estáis prep...? —Gage se detuvo en seco y desorbitó sus ojos verdes mientras me miraba hasta que Tyler se aclaró la garganta—. ¿Estáis preparadas?

Nosotras los seguimos cuando Tyler empezó a empujarlo hacia la puerta, y Amanda se inclinó hacia mí.

—Te lo dije. Es hora de cambiar eso.

Si tan solo supiera lo mucho que deseaba poder hacer eso.

—Vamos a por más cervezas, ¿queréis venir? —preguntó Gage. Amanda y yo negamos con la cabeza y seguimos hablando del chico con el que salía de vez en cuando en la universidad.

Salvo por el hecho de estar en el campo en vez de en la playa, y de que todas las chicas iban vestidas de manera similar a Amanda y a mí, aquello se parecía a muchas de las hogueras a las que había acudido con Ty cada vez que él intentaba que me relacionara más durante el instituto. E, igual que entonces, aquel no era mi lugar. Aun mudándome a Austin, seguía sin gustarme mucho conocer gente. No soportaba las miradas que algunas de las chicas le dirigían a Gage, y ya habíamos tenido un problema con uno de los chicos, Max.

Estábamos todos de pie junto al fuego, y yo debía de estar tan absorta pensando en mi padre y en el fénix mientras contemplaba las llamas que no me había dado cuenta de que Max estaba observándome, ni de que se acercó a mí para empujarme hacia el fuego y después rodearme con sus brazos y estrechar mi cuerpo contra su pecho. Le había parecido divertido hasta que Gage me apartó de él y procedió a echarle un sermón junto con Ty.

Me había evitado durante el resto de la noche, igual que los demás chicos, pues Gage y Tyler ya habían dejado claro que no debían acercarse a mí. Pero, ahora que se habían ido a por más bebida, Max se acercó tambaleándose hacia Amanda y hacia mí, lo que hizo que yo gruñera y que Amanda dejase de hablar de su seudonovio para mirarlo con odio.

—¿Qué te parece si nos vamos a mi camioneta? Y pasamos un poco de tiempo a solas. —Su aliento apestaba a cerveza y tenía los ojos rojos.

—Eh, no, gracias. Y deberías pensar en darle tus llaves a alguien. —Me volví para mirar a Amanda cuando ella resopló y negué con la cabeza. ¿En serio? ¿Quién se creía que era aquel tipo? Después del numerito que había montado antes, ¿realmente pensaba que iba a irme a algún sitio o a hacer cualquier cosa con él?

—No he dicho que vayamos a conducir.

—Ya te he dicho que no.

Me agarró de las caderas, me giró para que lo mirase y pegó mi cuerpo al suyo.

—Apuesto a que dentro de nada estás gritando mi nombre.

—Eh, ¡Max, déjala en paz! —exclamó Amanda, y yo me zafé de él.

—He dicho que no, así que largo. —Me volví hacia Amanda y le di la mano con la intención de ir a buscar a Tyler y a Gage, pero Max me agarró del brazo y tiró de mí hacia él.

—Y yo he dicho que vamos a mi camioneta. —Me apretó el brazo izquierdo con más fuerza y comenzó a hacerme daño; eso, mezclado con el olor a alcohol de su aliento, hizo que mi cuerpo se tensara en cuestión de segundos antes de que empezara a temblar descontroladamente.

—¡Max! —Amanda parecía horrorizada y comenzó a tirar de mí hacia ella—. ¿Qué diablos te pasa? ¡Vete a dormir la mona a la camioneta, tú solo!

Max aflojó la mano ligeramente y yo dejé que Amanda me apartara; pero, antes de llegar a soltarme, él volvió a apretarme con más fuerza y tiró otra vez de mí. Aunque, en esa ocasión, Amanda también me tenía agarrada y, en aquel momento, mientras tiraban cada uno hacia un lado, sentí un intenso dolor en el hombro izquierdo. Amanda me soltó, yo me tambaleé y caí al suelo de culo, lo que hizo que el dolor del hombro se intensificara, pues Max seguía agarrándome el brazo.

Amanda soltó un grito ahogado y, aunque yo intenté contenerme, dejé escapar un breve grito de dolor. Ni siquiera podía intentar levantarme; todo mi cuerpo temblaba con fuerza mientras inconscientemente esperaba a que comenzaran los golpes. Lo único que podía hacer era quedarme mirándome el regazo mientras en mi mente revivía instantes de diferentes palizas. De pronto la mano de Max desapareció y Tyler estaba frente a mí, levantándome la barbilla para que lo mirase. Desencajó los ojos y comenzó a hablar, pero yo no le oía por encima del sonido de los golpes, de los cristales rotos, de mis gritos, de los gruñidos de Jeff, de los llantos de mi madre.

Tyler me estrechó entre sus brazos y me llevó hacia su Jeep. Me sentó en el asiento del copiloto y se quedó de pie junto a la puerta abierta, entre mis piernas, frotándome con cariño el brazo, con su otra mano en mi cuello y la frente apoyada en la mía. Lentamente las horribles imágenes de mi mente fueron disipándose y pude oír los susurros de Tyler.

—... tranquila, estoy contigo. Nunca más, Cassi. Ellos ya no están, aquí no pueden tocarte. Estás a salvo, estoy contigo. Siempre estaré contigo, Cass. Se han ido...

—¿Está bien? —La voz de Gage irrumpió en mi mundo, en mi roca, en mi Tyler.

—Se pondrá bien —respondió Ty, y siguió susurrándome—. Te tengo, te pondrás bien, cariño.

Casi sin darme cuenta, Gage estaba en el asiento del conductor hablando detrás de mí.

—Cariño, ¿estás bien? Dime qué ha ocurrido.

Yo no podía responderle; no quería que viera aquello. No quería que supiera que me había alterado tanto que Max me agarrara del brazo que había empezado a sufrir un ataque de nervios delante de todos. Tyler me frotó con cariño la nuca mientras seguía susurrando. Le rodeé la cintura con los brazos y moví la cabeza para apoyarla en su pecho. Sentí sus labios en la cabeza y sus susurros comenzaron a cambiar ligeramente.

—Eso es, cariño, ya estás bien. Estoy aquí, siempre estaré a tu lado. Te quiero, Cass. Estás a salvo, te tengo.

—Ty, tío, ¿qué ha ocurrido?

Sentí que Tyler negaba con la cabeza mientras seguía susurrando.

—¡Maldita sea, Gage! —exclamó Amanda—. Le has dado un buen golpe a Max. Creo que le has roto la nariz... otra vez.

—Amanda —gruñó Tyler.

—¡Cállate, Manda! —murmuró Gage al mismo tiempo.

Todo mi cuerpo comenzó a temblar con más fuerza y yo me acerqué más a Tyler, alejándome de Gage. No deseaba oír aquello, no deseaba pensar en lo que había ocurrido entre Max y él. Me concentré solo en Tyler para que esas imágenes no se me grabaran en la mente.

—Tengo que llevarla a casa —dijo Tyler, aún hablando con suavidad—. ¿Podemos irnos?

Cuando los demás estuvieron de acuerdo, él me movió para poder montarse en el asiento del copiloto también y me sentó en su regazo. Al instante apoyé la cabeza en su hombro y dejé que sus brazos grandes, su aliento cálido y sus palabras suaves siguieran tranquilizándome durante el camino de vuelta al rancho.

Cuando regresamos, Tyler me dio una de sus camisetas y me empujó suavemente hacia el cuarto de baño. Me di una ducha rápida; me puse su camiseta, que me llegaba hasta los muslos, y volví a la habitación de Amanda. Gage estaba allí con Tyler, pero, después de mirarme, puso cara de preocupación y no dijo nada cuando pasé frente a él y me dirigí hacia el sofá cama situado en el otro extremo del dormitorio. Los chicos se marcharon cuando Amanda llegó para meterse en la cama y, cuando se quedó dormida, Tyler regresó para meterse bajo la colcha conmigo. Mi roca… mi mejor amigo. No sabía qué haría sin él. Me rodeó con los brazos y me acurruqué a su lado mientras respiraba profundamente. Sintiéndome por fin a salvo entre sus brazos, cerré los ojos, el temblor de mi cuerpo cesó y me quedé dormida.

CAPÍTULO 6

Gage

No paraba de dar vueltas en la cama. Cassidy regresaba a Austin al día siguiente y no volvería a verla en tres semanas. Aquella última semana había sido más tortuosa que vivir con ellos y empezaba a contemplar seriamente la posibilidad de no permitirle regresar con Ty. A pesar de las cosas que habían ocurrido a lo largo del último año, y lo sucedido a comienzos de la semana en la hoguera, estaba seguro de que también estaba enamorada de mí. No hacía falta que mi madre me dijera que no miraba a Ty del modo en que me miraba a mí; yo eso lo sabía desde el primer día. Pero ahora toda mi familia estaba convencida de que me deseaba, y creo que eso hacía que resultase más difícil verla con Tyler. Antes, me decía a mí mismo que solo veía lo que deseaba ver; ahora sabía que no era así y tenía que intentar meterme en su cabeza una vez más. Además, mi madre y mis hermanas, sobre todo Amanda, se habían encariñado con Cassidy y yo sabía que ya no era el único que deseaba que se quedase en nuestra familia.

Me levanté de un salto, me puse unos vaqueros y la primera camiseta que encontré antes de dirigirme en silencio hacia la habitación de Amanda. Tras asegurarme de que mi hermana estuviese completamente dormida, pues al parecer había estado despierta todas las mañanas cada vez que yo despertaba a Cassidy para recibir mi abrazo y había decidido informar a mi madre y a mis hermanas, me acerqué a la cama de Cassidy y no perdí el tiempo. Le aparté el pelo de la cara y le di un beso en el cuello y en la mejilla antes de susurrarle al oído:

—Despierta, cariño.

Ella abrió los ojos y me miró, confusa durante unos instantes.

—¿Gage? ¿Ya es hora de que te vayas a trabajar?

—En absoluto.

—Ah. —Bostezó e intentó incorporarse para mirar a Amanda—. Entonces, ¿qué estás haciendo?

—¿Quieres ir a montar conmigo?

—¿Ahora? —preguntó ella tras una pausa.

—Si quieres volver a dormirte, no tenemos que… —«Dios, esto ha sido una mala idea».

—¿Quién va?

—Solo nosotros.

Cassidy desencajó los ojos y una suave sonrisa iluminó sus labios.

—De acuerdo, vamos. —Se levantó de la cama, me miró y después se fijó en su ropa—. ¿Qué tengo que ponerme?

Contemplé su cuerpo menudo con aquellos pantalones cortos de pijama y esa camiseta ajustada sin mangas; mi cuerpo comenzó a arder y sentí la presión en mis pantalones solo con verla.

—Eso.

Cassidy se mordió el labio inferior e, incluso en la oscuridad, vi que sus mejillas se sonrojaban.

—Entonces supongo que estoy lista.

Le di la mano y la guie por la casa oscura. De caminó saqué una manta del armario. Ensillé a Bear antes de subirnos a él juntos. Podría haber ensillado a Star para que ella la montase, pero deseaba aquella excusa para rodearla con los brazos y sentir su espalda contra mi torso.

Conduje a Bear hasta un arroyo que circulaba por mi lugar favorito del rancho. Até las riendas a la rama de un árbol situado en lo alto de la colina antes de extender la manta y tumbarme allí con Cass. Hablamos durante dos horas del rancho, de las estrellas, de la tranquilidad del lugar salvo por el viento suave y las chicharras, y de las luciérnagas, que eran sus favoritas. Cassidy comenzó a bostezar mucho y yo empecé a preguntarme si debía llevarla de vuelta a casa, pero no quería ponerle fin a aquello.

—Echaré de menos esto —dijo ella con un suspiro—. Todo es precioso.

—Puedes volver siempre que quieras.

Ella sonrió y se apoyó en un costado para mirarme.

—Se cansarían de mí si viniera siempre que quisiera.

—Eso no es posible, a mi familia le encantas. —«Y yo te quiero».

—Voy a echarlos de menos a ellos también; son asombrosos. Nunca había estado unida a otras chicas, ni siquiera a Jackie. Quiero decir que ella es una buena amiga y todo eso, pero no es así como me siento con tu madre y con tus hermanas. Ojalá hubiera tenido una familia así cuando era pequeña.

Dios, había tantas cosas que deseaba decirle, pero sería demasiado. La asustaría. Volvió a bostezar y me incorporé.

—Estás cansada, debería llevarte de vuelta a casa.

Cassidy me agarró del brazo, tiró de mí hacia abajo y apoyó la cabeza en mi pecho.

—Aún no. regresar significa que tengo que abandonarte, y no quiero.

El corazón me dio un vuelco y después se me aceleró.

—Cassidy. —Coloqué los dedos bajo su barbilla y le eché la cabeza hacia atrás; sus ojos de color miel brillaban bajo la luz de la luna. Me quité de debajo y me quedé encima de ella, con mis labios a un centímetro de los suyos—. Por favor, no te vayas.

Rocé su boca con la mía, ella aguantó la respiración y sus ojos se oscurecieron antes de rodearme el cuello con las manos y besarme. Nuestros labios se encontraron y ella dejó escapar un sollozo cuando yo le mordí suavemente el labio inferior. Como había deseado hacer desde la noche en que la conociera. Presioné mi cuerpo contra el suyo y no pude evitar soltar un gemido cuando su lengua se encontró con la mía y deslizó las manos por mi pelo. Bajé mi cuerpo hacia el suyo y quise morirme cuando ella clavó las rodillas en mis caderas; coloqué los antebrazos a ambos lados de su cabeza para apoyarme, hundí las caderas en las suyas y fui recompensado con un gemido de lo más dulce. Dios, cómo la deseaba, deseaba sentirla y oírle susurrar mi nombre, pero sabía que debía contenerme para no hacer nada semejante todavía, lo que significaba que tenía que dejar de besarla. Pero no quería. Quería arrancarle la ropa y pasar el resto de la noche venerando su cuerpo. Deseaba hacerla gemir así una y otra vez… maldita sea, tenía que parar de verdad. Me obligué a que nuestros besos se suavizaran hasta que ya apenas nos rozábamos e intenté no pensar en poseerla.

Cuando al fin me calmé, abrí los ojos y vi que estaba mirándome con los párpados hinchados.

—Eres tan guapa, Cassidy —susurré contra su mejilla antes de darle un beso allí.

Seguía teniendo las mejillas sonrosadas después del beso y una sonrisa en los labios que empezaba a darme cuenta de que me dedicaba solo a mí. Mi sonrisa.

Nos quedamos mirándonos mientras ella iba cerrando los ojos poco a poco, y supe que tenía dos opciones: llevarla de vuelta a casa y darle las buenas noches o quedarme con ella.

—Ven aquí. —La estreché entre mis brazos y me tumbé boca arriba para que ella quedara tendida sobre mi pecho. Le di un beso en la coronilla y me relajé bajo el peso de su cuerpo—. Duerme un poco, cariño.

Ella asintió contra mi torso y me dio dos besos allí antes de acurrucarse encima de mí.

—Buenas noches, Gage.

Eran buenas de verdad.

Cassidy

Me desperté con la espalda pegada al pecho de Gage, con la cabeza apoyada en uno de sus brazos y el otro rodeándome la cintura.

«Lo de anoche no fue un sueño. Oh, Dios mío, Gage me ha besado y he dormido entre sus brazos». Tomé aliento y no pude evitar sonreír. Tyler se había equivocado en todo; Gage sí que me deseaba. Me rodeó con más fuerza la cintura antes de entrelazar los dedos con los míos y llevarse mi mano a los labios.

—Buenos días. —Su dulce voz sonaba aún más profunda por el sueño.

—Buenos días. —Me giré y me sonrojé al posar los labios en su cuello. No estaba segura de cómo debían ser las cosas por la mañana, pero no pude evitarlo. Aguanté la respiración durante unos segundos hasta que su sonrisa y sus hoyuelos se hicieron visibles justo antes de que me besara suavemente en los labios. Empecé a notar un cosquilleo por todo el cuerpo en cuanto su boca rozó la mía. Dios santo, si hubiera sabido que besar a Gage sería así, habría intentado hacer que ocurriera mucho tiempo atrás.

Se apartó, pero me dio dos besos más en los labios antes de incorporarse y levantarme con él.

—Vamos, tengo que volver a la casa. —Debió de ver el dolor en mis ojos, porque desorbitó los suyos y me rodeó la cara con las manos—. No regresaría si no tuviera que hacerlo. Probablemente mi padre ya esté enfadado por no haber estado allí esta mañana. Pero hoy no voy a trabajar; nos vestiremos y te llevaré a otro lugar del rancho que quiero que veas. Solo nosotros. Pero tengo que decirle que hoy no estaré por allí. —Sus ojos brillaban y, aunque intentaba contener la sonrisa, los hoyuelos lo delataban.

Me levanté y le ayudé a doblar la manta.

—Pensé que ya había visto todo el rancho.

—Ni de lejos, solo has visto la mitad. El lugar al que quiero llevarte hoy no está muy lejos de la casa, pero está muy aislado.

El estómago me dio un vuelco y de pronto estaba extremadamente ansiosa por llegar al lugar del que estaba hablando. Me apoyé sobre él cuando me rodeó con un brazo, sonreí y dejé que me llevara de vuelta hasta su caballo. El viaje de vuelta a la casa fue tranquilo, igual que la noche anterior, pero a la vez no se parecía en nada. Gage jugueteaba con mis manos, me acariciaba el cuello con los labios y se aseguró de que Bear se tomara su tiempo para regresar. Yo estaba nerviosa cuando nos encontramos con su padre, pero este nos miró, sonrió abiertamente y nos dijo que disfrutáramos de nuestro día juntos.

—Tengo que ocuparme de Bear. Te veré en la cocina.

—De acuerdo. Voy a darme una ducha, pero intentaré darme prisa. —Me di la vuelta, pero él me agarró la mano, me giró de nuevo y me apretó contra su pecho para besarme.

—Nos vemos enseguida.

La cabeza me daba vueltas y sentía las mariposas revoloteando en mi estómago cuando subí corriendo a la habitación de Amanda para buscar ropa limpia y meterme en la ducha. Estaba deseando volver a encontrarme con él. Durante casi un año ya, Gage había ocupado todos mis pensamientos y creía que nunca sería capaz de tenerlo. Era como si fuese demasiado bueno para ser verdad ahora que al fin lo tenía, o al menos eso pensaba. No sabía si eso cambiaría cuando regresara a Austin aquel día, o cuando él regresara en agosto. Negué con la cabeza para aclararme las ideas. Gage no me abandonaría de ese modo; incluso cuando pensaba que solo era su amiga, le importaba demasiado como para tratarme de ese modo.

Solté un grito, sobresaltada, al entrar en la habitación de Amanda; ella no estaba, pero Ty estaba sentado en mi cama.

—¡Tyler! ¡Me has dado un susto de muerte! —Lo miré atentamente y corrí hacia él—. ¿Qué sucede, Ty?

—¿Dónde estabas esta mañana?

Me mordí el labio y desvié la mirada.

—Estaba con Gage.

—Cassi —murmuró él, y se dejó caer sobre el sofá cama—, ¿por qué estás haciendo esto? Te hará daño.

—No lo hará.

—¿No recuerdas todo lo que ha dicho de ti desde que nos mudamos?

¿Cómo iba a olvidarlo? No quería que yo viviera allí, tenía que dejar de pedirle que me llevara a trabajar, era como una hermana para él, estaba echando a perder sus relaciones con otras chicas viviendo en el apartamento.

—Tal vez haya cambiado de opinión —dije suavemente.

Tyler negó con la cabeza y me abrazó para que me tumbara a su lado.

—Si te hace daño, lo mato.

—No lo hará.

—Lo que tú digas, Cassi. Sé que en el pasado he impedido que tuvieras relaciones, pero no seguiré haciéndolo. Si lo deseas a él, entonces deberías estar con él. Pero sigues siendo mi chica; siempre lo serás.

—Te quiero, Ty. Si te tranquiliza, que sepas que nadie te reemplazará jamás.

—Obvio —respondió él con una sonrisa arrogante.

Yo me reí y le di un golpe en el pecho.

—Me siento mal por mi futuro marido. Tendrá que compartirme contigo.

—¿Por qué no nos casamos tú y yo y les ahorramos el sufrimiento a los demás? —bromeó él, abrazándome con más fuerza.

—Eres tonto. Bueno, tengo que arreglarme el pelo muy deprisa. Hoy va a llevarme a ver el rancho. Volveré antes de que nos vayamos. ¿Tus padres siguen queriendo marcharse esta noche? —Alargué las últimas palabras.

—Probablemente por la tarde… ¿me he perdido algo?

Arrugué la cara al mirarlo.

—No quiero marcharme; quiero quedarme aquí con Gage hasta que él vuelva. Pero no sé si a él le parecerá bien. No sé si querría que estuviera aquí durante las próximas semanas.

Tyler se puso serio, pero me dio un beso en la frente y se levantó de la cama.

—Habla con él del tema antes de salir esta mañana; de ese modo, si ambos decidís que quieres quedarte, mis padres y yo podremos marcharnos antes y tú no tendrás que acortar tu día.

—Eh. —Le di la mano mientras se levantaba—. Gracias, Ty.

—Te quiero. Ten cuidado con esto, Cassi.

Yo asentí y lo vi salir de la habitación. ¿Tan preocupado estaba por la posibilidad de que me rompieran el corazón? Parecía tan triste que estuve a punto de decirle que no me quedaría en el rancho y que regresaría a Austin con ellos aquel mismo día. A punto.

Gage

Se me aceleró el corazón cuando oí a alguien bajar por las escaleras, pero volvió a su ritmo normal al darme cuenta del ruido que hacía, justo antes de que Tyler doblara la esquina. Llevaba una enorme sonrisa de idiota dibujada en la cara.

—¿Por qué estás de tan buen humor? ¿Tanta ilusión te hace marcharte hoy? —Sentía un nudo en el estómago; no quería que Cassidy se marchara.

Él enarcó una ceja y agarró una taza.

—Si tu chica te despertara con una mamada, tú también estarías de buen humor.

Me atraganté con el café y tuve que esperar un minuto hasta poder volver a hablar.

—¿Perdona?

—¿Qué?

—¿Qué acabas de decir?

Él frunció el ceño y me miró confuso. Después relajó la expresión y sonrió desde detrás de su taza.

—Ah, ¿lo de Cassi? Te lo juro, no sabes qué cosas sabe hacer esa chica con la boca.

Golpeé la mesa con la taza y la silla se volcó de lo rápido que me levanté.

—Eh, Gage, ¿qué te pasa? Las vacas seguirán ahí si llegas tarde.

«Respira. Respira hondo», me dije. Tyler no podía estar hablando en serio; solo estaba intentando provocarme como siempre. Seguía sonriendo con suficiencia y yo deseaba darle un puñetazo. «Respira,

Gage». Apreté el puño sobre la mesa y me di la vuelta para abandonar la casa antes de hacer algo al respecto, pero, justo antes de llegar al salón, oí que Cassidy bajaba las escaleras. Tenía que preguntarle yo mismo en qué consistía su relación; estaba muy cansado de enterarme de las cosas por Tyler. Me di la vuelta, me dirigí de nuevo hacia el comedor y aminoré el paso al oír hablar a Tyler.

—¡Buenos días, preciosa!

Cassidy se rio suavemente.

—Actúas como si no nos hubiéramos dicho eso mismo hace unos minutos.

El estómago me dio un vuelco al oírle decir eso, justo antes de doblar la esquina y verla caer en brazos de Tyler. Él la abrazó contra su cuerpo y le dio un beso en la mejilla.

—¿Has hablado con él? —preguntó Tyler cuando se apartó para mirarla a la cara.

—¿Con Gage? No, aún no, pero lo haré.

—Bueno, mejor que sea pronto.

Ella suspiró y dio un paso atrás.

—Lo sé, es que estoy nerviosa. No sé cómo va a reaccionar.

—Fuera —dije yo.

Cassidy dio un respingo y se volvió para mirarme con los ojos desencajados. Tyler se limitó a mirarme con una ceja levantada.

—¿Gage? —Parecía preocupada.

«No puedo creer que me haya tragado sus mentiras», pensé.

—He dicho que fuera. Los dos.

—¿Qué? —Cassidy se llevó las manos al estómago y los ojos se le llenaron de lágrimas.

Sin decir una palabra más, salí de la casa, agarré a Bear y me dirigí hacia el lugar al que había querido llevar a Cass. La casa que mi padre y yo habíamos estado construyendo lentamente desde que cumplí dieciséis años. Cuando me casara, sería allí donde viviríamos, y nunca había querido enseñársela a nadie antes de conocer a Cassidy.

Mientras la recorría ahora, pensé en lo perfecta que sería para ella. Durante las vacaciones de Navidad y en los dos primeros meses de verano, habíamos ampliado la cocina y sabía que a Cassidy le habría encantado. Dios, la había ampliado para ella. Había una enorme bañera en el dormitorio principal, y sonreí al recordar la conversación con ella meses atrás sobre lo mucho que daría por tener una bañera en la que poder relajarse. Las de nuestro apartamento no eran muy relajantes, pero aquella lo era. Volví a salir a lo que sería el salón y me senté en el suelo de madera con la cabeza entre las rodillas. Salvo las ventanas y el porche que rodearía la casa y que aún deseaba construir, lo único que el lugar necesitaba eran muebles, y entonces habría terminado. Pero sería Cassidy la encargada de elegir los muebles. No, Cassidy no. Mi esposa. Fuera quien fuera, pues era evidente que no sería ella.

Me dolía el corazón y no podía parar de revivir en mi mente la noche anterior y aquella misma mañana. Antes de despertarla la noche anterior, había estado muy seguro y, después del tiempo que habíamos pasado junto al arroyo, sabía que estaba en lo cierto. Cassidy y yo teníamos que estar juntos. Pensé en las palabras de Tyler y en la confirmación de Cassidy al entrar en la cocina, y sentí náuseas. Me pasé las manos por el pelo, me eché hacia atrás para quedar tumbado en el suelo y miré hacia el techo con la mirada nublada. Dios, ¿qué estaba ocurriéndome? No recordaba la última vez que había llorado. No... sí que me acordaba. Fue cuando murió mi abuela siendo yo un niño. Y ahora esta chica, que al parecer no tenía reparos en provocar a un chico y luego liarse con otro, estaba lográndolo de nuevo. Quería darme una paliza por enamorarme de ella. Por haber pasado un año entero decaído por no poder estar con ella, y por permitirme pensar una vez más que sí que podía.

El sol había empezado a ponerse cuando mi padre entró en mi casa.

—Supuse que estarías aquí.

—Aquí estoy. —Hizo un movimiento con el brazo para abarcar el espacio antes de volver a dejarlo sobre mi pecho.

—¿Quieres decirme por qué he llegado a casa y me he encontrado a mi familia confusa y a la familia Bradley muy enfadada?

—En realidad no.

—¿Y por qué Cassidy estaba tan rara? No hablaba con nadie; Dios, parecía casi tan destrozada como lo estabas tú antes de que ella llegara aquí.

—¿Se han ido ya?

—Hace unas horas.

—No puedo volver a vivir con ellos, papá. Este año necesito otro piso.

Se sentó a mi lado y se quedó mirando la chimenea de piedra.

—No nos iremos hasta que no me digas qué está pasando. Por lo que he visto esta mañana, no podía imaginarme lo que he presenciado esta tarde. —Me miró—. O lo que estoy viendo ahora mismo.

—No importa —dije tras una pausa de varios minutos—. Pensé que yo le gustaba. Me equivocaba. Sigue colgada por Tyler.

—No lo parecía esta última semana.

Solté un gruñido.

—Ya lo sé, papá. Pero confía en mí. Esta mañana han dejado extremadamente claro con quién deseaba estar Cassidy.

—¿Y eso?

—Preferiría no repetir lo que les he oído decir.

—Tal vez no hayas oído la historia entera.

—Estoy bastante seguro de haberlo oído todo.

Mi padre se levantó y estiró la espalda.

—Bueno, no puedo hacerte cambiar de opinión; nadie puede. Pero me he quedado allí sentado, escuchando mientras tu madre y tus hermanas intentaban averiguar qué podría haber pasado. Y todas han llegado a la conclusión de que le has hecho daño. Después de todo el tiempo que han pasado con ella esta semana, al parecer no hacía más que hablar de ti, pero no ha mencionado a tu primo.

—¿Que yo le he hecho daño? —Me incorporé y lo miré con incredulidad—. ¡Lo único que ha hecho ella es arrancarme el jodido corazón!

Mi padre no pareció sorprendido por mi estallido y se quedó allí de pie, esperando a ver si había terminado.

—No soporto esto que siento, no soporto preocuparme tanto por ella. No hay razón para que una chica insignificante haga que me vuelva loco.

—¿Insignificante? —preguntó él después de que yo volviera a tumbarme resoplando—. ¿De verdad crees eso?

—No, papá, no lo creo. Pero ahora mismo estoy enfadado. Incluso después de lo ocurrido esta mañana, he llegado aquí y he pensado en todas las partes de la casa que sabía que le encantarían. En las cosas que aún quería añadir para ella, y en que ella lo convertiría en nuestro hogar. —Me quedé allí, con las manos en el pecho, sintiendo un dolor casi insoportable—. Pero eso no ocurrirá.

Mi padre abrió la boca, pero la cerró y siguió mirando la chimenea.

—No puedo soportarlo. Es como lo que te dije hace una semana, antes de que llegaran. Ya me duele pensar en no tenerla en mi vida. Aunque sea como amiga. Pero no sé cómo hacer eso. La quiero demasiado como para ser solo su amigo, y me mata verlos juntos. Ahora más que antes. No sé qué hacer. Sé que tengo que irme del apartamento, pero sé que tampoco seré capaz de mantenerme alejado. Es como si estuviera pidiendo que siguiera rompiéndome el corazón.

—Yo no sé lo que ocurrirá. Pero creo que deberías dejar pasar un poco de tiempo. Eres parte de un triángulo, lo que significa que no puedes ver las cosas como las vemos los demás. Admito que es raro que se pegue tanto a Tyler y, si no hubiera visto cómo te mira, yo también pensaría que son pareja. Pero sí he visto cómo te miraba, todos lo hemos visto, y no hay duda. Bueno… tal vez debas irte del piso. Hazlo y así podrás decidir desde ahí cómo acercarte a ella. Ya sea como amigo o si sigues luchando por ella, será entonces cuando lo decidas. Tienes tres semanas más hasta que regreses a Austin. Terminemos con el trabajo de este verano y después podrás buscarte una nueva casa, concentrarte en terminar los estudios y dejar que las cosas sucedan como tienen que suceder. —Se dirigió hacia la puerta—. Les explicaré a las chicas la situación, pero deberías regresar pronto a casa. Sé que has estado fuera todo el día; tienes que comer algo y además se avecina una tormenta. Se quedará con nosotros unos días.

—Ahora voy —dije desde mi lugar en el suelo, del que no me había movido desde aquella mañana.

—Todo saldrá como tiene que salir.

Recordé a Tyler abrazando a Cass aquella mañana.

—Eso es lo que me preocupa.

CAPÍTULO 7

Cassidy

—Un café moca grande con hielo para Natalie —anuncié, y miré el reloj que llevaba en la muñeca; solo me quedaban cinco minutos. Podía lograrlo. Me puse a preparar los últimos pedidos y me acerqué a la supervisora—. ¿Necesitas que haga algo más antes de irme?

Ella me miró y me dirigió una sonrisa radiante.

—No, Cass, te veo el lunes.

Estaba temblando tanto que tuve que probar tres veces hasta introducir mi código para poder fichar a la salida. Hacía casi tres semanas que no veía a Gage y sabía que volvería a casa ese día o al día siguiente, dado que las clases empezaban el lunes. Estaba hecha un desastre, y eso era quedarme corta. Desde que Gage nos dijera que nos fuéramos y me abandonara, no había cruzado una sola palabra con él, y el corazón se me rompía un poco más cada día que pasaba. No tenía ni idea de lo que había ocurrido ni de por qué estaba tan enfadado de pronto aquella mañana. Tyler se había quedado tan confuso como yo. Lo único que sabía era que Gage y yo habíamos vuelto a nuestra rutina habitual de flirtear y después ignorarnos, solo que en esta ocasión era peor, ya que no podía verlo. Tyler y los compañeros del trabajo estaban preocupados por mí, pero yo sabía que solo tenía que aguantar hasta que Gage regresara; entonces podríamos hablar de todo cara a cara e intentar solucionar lo que hubiera salido mal.

Volví andando a casa, con el corazón acelerado mientras en mi cabeza imaginaba posibles conversaciones y situaciones para cuando apareciera. Casi todas esas situaciones acababan conmigo en sus brazos, devorando sus labios y, para cuando llegué a casa, me había convencido a mí misma de que aquello saldría bien. Cerré la puerta detrás de mí y vi a Tyler, con cara de pocos amigos, de pie en el salón con los brazos cruzados.

—¿Estás bien, Ty?

Él tomó aliento y dejó escapar el aire antes de responder.

—Se ha ido, Cassi.

—¿Quién se ha ido?

—Gage. Ha venido justo cuando he llegado a casa esta mañana después de dejarte en el trabajo, se ha llevado todas sus cosas.

El corazón me dio un vuelco antes de que saliera corriendo hacia su habitación. Un sollozo emergió de mi garganta al ver que su cama seguía allí, pero sin sábanas, y no había nada en su armario, ni en sus cajones, ni tirado por la habitación. Se había asegurado de hacerlo mientras yo estuviera en el trabajo; se había marchado sin ni siquiera despedirse. Intenté fingir indiferencia para que Tyler no me viera perder los nervios por aquello, pero no podía. Me temblaban las rodillas y los labios, y las lágrimas me nublaban la visión.

—Lo siento, cariño —Tyler me rodeó con sus brazos y me estrechó contra su pecho.

—No… no sé… ¿por qué?

—No lo sé, Cassi, pero lo siento mucho. —Me dio la vuelta para mirarme y me acarició la mejilla con una mano—. ¿Qué puedo hacer para que estés mejor?

—Nada.

—Cassi…

—Hablo en serio, solamente… necesito estar sola ahora mismo. —Me aparté de sus brazos, me fui a nuestra habitación y me hice un ovillo sobre la cama. Cuando Tyler abrió la puerta, me apresuré a hablar antes que él—. Por favor, Ty. Déjame sola un rato.

Tras darme un beso en la frente, se dio la vuelta y abandonó la habitación.

—Vamos, cariño. Vístete, deja que te lleve a comer o algo.

Yo suspiré profundamente y apreté la almohada contra mi pecho.

—No tengo hambre, Ty.

—Tienes que comer, estás perdiendo mucho peso.

—Estoy bien. —No, no lo estaba. Aquello no podía ser normal, aunque nada entre Gage y yo hubiera sido normal nunca. Ni el amor súbito que sentía por él, ni lo mucho que me costaba respirar cuando no estaba cerca de mí, ni desde luego el zombi en que me había convertido, como solía decir Tyler. Dejé de hacer los turnos de los sábados, pero, salvo eso, seguía yendo a trabajar y preparando la cena para Tyler y los chicos. Cuando no estaba haciendo ninguna de esas cosas, me acurrucaba en la cama e intentaba ignorar el intenso dolor provocado por la indiferencia de Gage. Habían pasado otras tres semanas desde que sacara todas sus cosas del apartamento, lo que sumaba un total de mes y medio desde que lo viera o hablara con él por última vez. Tyler seguía viéndolo en la universidad, y yo me alegraba de que su relación no se hubiera resentido también, sabiendo que seguían quedando a desayunar los sábados por la mañana en Kerbey Lane.

Tyler resopló, salió del dormitorio y cerró la puerta tras él. Cuatro horas más tarde, empezaba a pensar que debería levantarme y comenzar a prepararle la cena cuando volvió a entrar. Caminó con decisión hacia la cama, me estrechó contra su pecho y me besó en la boca.

Yo empecé a resistirme, pero tenía el corazón tan destrozado que apenas podía encontrar la voluntad necesaria para apartar la cabeza.

—Ty... —conseguí decir al fin, pero, cuando abrí la boca, él introdujo la lengua, me recostó sobre la cama y se tumbó encima de mí.

—Maldita sea, Cassi —gruñó contra mis labios cuando se dio cuenta de que no estaba devolviéndole el beso. Se apartó ligeramente y me miró con dolor en los ojos—. ¿Qué tengo que hacer? Te he querido desde que éramos niños. ¿Qué tengo que hacer para conseguir que tú también me quieras?

—Yo te quiero, Tyler.

Él negó con la cabeza.

—No de ese modo, Cassi. Yo te deseo. Deseo que seas mía, deseo cuidar de ti en todos los aspectos durante el resto de nuestras vidas. ¿No te das cuenta?

Seguí mirando sus ojos marrones, sin parpadear.

Al ver que no decía nada, dejó caer la cabeza sobre el hueco entre mi cuello y mi hombro y suspiró.

—No puedo seguir haciendo esto. No puedo seguir esperando a que me veas como yo te veo. Albergaba la esperanza de que algún día te dieses cuenta. Pero veo que eso no va a pasar. Lo siento, Cass, pero no puedo seguir haciendo esto.

—¿A qué te refieres?

—A esto, Cass. A todo esto. A vivir aquí contigo, siendo solo tu amigo. No puedo seguir haciéndolo. Te deseo toda para mí.

—¿Qué?

—Tú nunca...

—¡Creí que eras mi amigo!

—Lo soy, maldita sea, Cassi. ¿Acaso no he sido siempre tu amigo? ¡Pero estoy cansado de ser solo tu amigo! No puedo seguir haciendo esto contigo.

—Tyler... —Mi pecho subía y bajaba al ritmo frenético de mi respiración. Sentía que estaba a punto de tener un ataque de pánico—. ¿Cómo puedes hacerme esto? ¡No puedo perderte, eres todo lo que tengo!

—¡Entonces no me pierdas!

—Eso no es justo, nunca he pensado en ti de esa forma, Ty, y Gage... —Tyler entornó los párpados al oír el nombre de su primo—. ¡Sabes lo que significaba para mí!

—¿Por qué no puedo ser eso para ti? Al menos yo no haré que te destruyas a ti misma como ha hecho él con todo el dolor que te ha causado. Así que decide, Cass, ahora mismo. O estás conmigo o te marchas.

Me quedé con la boca abierta y no pude evitar que las lágrimas brotaran de mis ojos. ¿Por qué estaba haciendo aquello? ¿Cómo podía hacer eso después de todos esos años?

—¡Estás rompiéndome el corazón ahora mismo!

—¿Y crees que tú no me has roto el mío? ¿Cómo crees que me sentí cuando, después de años a tu lado, cuidando de ti y queriéndote, miras a Gage y estás dispuesta a entregarle tu corazón?

Me quedé sin palabras durante unos segundos negando con la cabeza, intentando encontrar algo adecuado que decir. No podía perder a Tyler. Él era mi roca y, sin Gage, volvía a ser lo único que me quedaba.

—Deja que te quiera, Cassi. —Su voz se volvió suave y tranquila—. Déjame ser aquel a quien necesitas.

—¡Ty! —grité, y negué con la cabeza una vez más.

Al instante sus gestos se endurecieron y comenzó a levantarse de la cama. Dios, no. Me di cuenta entonces de que haría cualquier cosa, siempre y cuando no me abandonara también él. Le agarré la cara y la mantuve a pocos centímetros de la mía. Él había sido la única razón por la que me había quedado en esa casa toda mi vida, y había sido también la única razón por la que había sobrevivido. Lo quería más de lo que podría explicarle a nadie. Le debía mi vida. Pero tenía razón, no era así como él describía sus sentimientos hacia mí. ¿Podría quererlo de esa manera también? Nadie me entendía como Tyler. Nuestra relación, por rara que hubiera sido, era el resultado de apoyarnos y querernos el uno al otro durante casi toda la vida. Él sabía exactamente lo que necesitaba y se preocupaba antes por mí que por él mismo, igual que hacía yo. Tomé aliento, aparté la mirada de sus ojos y me fijé en su cara y en sus hombros. No cabía duda de que era atractivo, siempre me lo había parecido, pero, ahora que intentaba verlo de manera diferente, me daba cuenta de que no solo era atractivo. Era sexy. Todo su cuerpo poseía una belleza masculina desgarradora, y sentí que se me aceleraba el corazón al observar las partes de él que podía ver. Sus ojos penetrantes eran tan oscuros en aquel momento que casi parecían negros. Estaban ocultos detrás de unas pestañas largas y rubias que hacían juego con su pelo revuelto, que siempre me había encantado. Su nariz fuerte conducía hasta su boca, que era carnosa, pero no demasiado. Era como si siempre estuviera haciendo pucheros, salvo cuando ponía una de sus sonrisas arrebatadoras.

Mi corazón y mi mente anhelaron al instante unos ojos verdes, un cabello negro y unos profundos hoyuelos, pero ignoré esos anhelos. Gage no me deseaba. Contemplé su mandíbula angulosa y seguí bajando hasta su cuello y sus hombros. Durante el instituto había sido nadador y el estilo mariposa era el que mejor se le daba; debido a eso, sus hombros eran anchos y musculosos, y comencé a desear que se quitara la camiseta para poder estudiar al fin el resto de sus músculos. ¿Podría hacerlo? ¿Podría ser lo suficientemente egoísta como para intentar obligarme a enamorarme de él con tal de no perderlo? No era justo para él y probablemente fuese una persona horrible por ello, pero sí, podría. Y lo haría. No podía perder a Tyler y, si eso significaba intentar entregarle mi corazón, que siempre pertenecería a su primo, entonces sería eso lo que haría.

Volví a mirarlo a los ojos y seguí convenciéndome a mí misma de que podría hacerlo mientras acercaba lentamente su cara a la mía y me incorporaba ligeramente para encontrarnos. Seguíamos mirándonos a los ojos cuando mis labios rozaron suavemente los suyos una vez, después otra. Tyler se quedó mirándome a la cara un segundo antes de volver a unir nuestras bocas, con suavidad aunque con firmeza. Me parecía que no estaba bien, nada bien. Aquello no era como besar a Gage; no sentí como si el mundo se detuviese cuando Tyler me besó, y comencé a sentir náuseas sabiendo que nunca volvería a tener a Gage. Cerré los ojos con fuerza y regrese a la colina junto al arroyo en el rancho, a la mejor noche de mi vida. Pensé en el aliento cálido de Gage en mi cuello mientras dibujaba un camino de besos desde la base de la garganta hasta llegar a mi boca. Pensé en el peso de su cuerpo sobre el mío mientras intentábamos pegarnos más. Pensé en la abrumadora sensación de alegría y pertenencia que experimenté en sus brazos. Pensé en todas esas cosas e intenté aplicarlas a mi beso con Tyler.

Al notar que Tyler deslizaba la lengua por mi labio inferior, los abrí ligeramente y, en esa ocasión, cuando comenzó a explorar mi boca, yo hice lo mismo. Gimió y presionó mi cuerpo contra el colchón mientras deslizaba la boca por mi cuello y por mi hombro al tiempo que me bajaba el tirante de la camiseta. Contuve la respiración cuando volvió a subir y me mordisqueó el cuello antes de succionar suavemente en un punto muy sensible situado detrás de la oreja.

—Puedes hacerlo mejor, Cassi. Necesito saber que me deseas tanto como yo a ti —susurró contra mi piel.

Lo agarré del pelo y tiré de su cabeza hacia arriba para que volviera a estar frente a mí. Deseaba gritarle, decirle que no estaba siendo justo teniendo en cuenta que yo no había superado lo de su primo. En su lugar, lo besé en la boca y succioné su labio inferior antes de mordisquearlo. Le agarré el dobladillo de la camiseta, se la saqué por encima de la cabeza y deslicé los dedos por su cuerpo musculoso, lo que hizo que se estremeciera y que su erección se volviera asquerosamente evidente. Tenía ganas de vomitar. Intentar imaginármelo como si fuera Gage no ayudaba en absoluto; en todo caso, empeoraba la situación. No había manera de engañar a mi mente pensando que aquel era el hombre que siempre habitaría en mi corazón. Cada caricia y cada beso eran completamente diferentes, les faltaba todo aquello que era tan… propio de nosotros.

Tyler estaba deslizando la mano sobre mi vientre desnudo en dirección al pecho y, justo cuando estaba a punto de detenerlo, con la esperanza de no herirlo, sonó su móvil. Intenté contener un suspiro de alivio cuando se me quitó de encima y agarró el teléfono para contestar. Cuando colgó el teléfono, volvió a la cama y se colocó sobre mí a cuatro patas mientras me daba dos besos en la mejilla.

—Ty… —Tuve que aclararme la garganta antes de continuar—, tendrás que ser paciente conmigo. Además de besar a Gage en el rancho —Tyler entornó los párpados de nuevo—, nunca he hecho nada. No quiero hacer nada aún, solo… solo necesito tiempo, si no te importa.

—No me importa en absoluto, Cassi. Tómate el tiempo que necesites.

—Y creo que debería trasladarme al otro dormitorio.

—¿Qué? —Se incorporó y me miró con las cejas arqueadas—. Cassi, ¿por qué?

—Porque ahora resultará incómodo dormir juntos.

—Cass —dijo él mientras se colocaba sobre un costado y apoyaba la cabeza en la mano—, has dormido en mi cama durante años; eso no debería cambiar ahora.

Pensé en todas las veces en las que Ty me rodeaba fuertemente con sus brazos, haciendo que su erección fuese más evidente, y ni siquiera teníamos una relación cuando eso ocurría. Si la tuviésemos, podía imaginarme la frecuencia con la que eso ocurriría, y ya sentía náuseas solo con pensar en ello. No quería nada de eso con Tyler… no después de haber pasado un año fantaseando con el cuerpo desnudo de Gage junto al mío.

—Lo siento, Ty, pero, si vamos a intentar tener una relación, no puedo empezarla en la cama contigo.

Tyler dejó escapar el aliento lentamente.

—De acuerdo, si es lo que necesitas, Cass. —Se agachó para cubrir mi mandíbula de besos suaves—. Entonces, ¿vamos a hacer esto? ¿Vas a ser mi chica?

—Sí, Ty —dije suavemente—. Lo seré.

Sonrió más abiertamente de lo que jamás le había visto y me besó.

—Gracias. Te quiero.

—Yo también te quiero. Puede que aún no como deseas, pero ya sucederá. Es que… desde que te conozco, solo he pensado en ti como amigo. Nunca pensé tener nada más contigo, hasta hace cinco minutos, así que lo siento si requiere más tiempo del que te gustaría.

—No lo sientas, sé que lleva su tiempo. —Me acarició la clavícula con la nariz y yo cerré los ojos—. Llevo tanto tiempo deseando esto que me encanta que al fin nos des una oportunidad. —Se levantó de la cama y volvió a ponerse la camiseta—. Venga, vamos.

—¿Ir dónde?

—Bueno, si vas a abandonar mi cama, no voy a permitir que duermas en un colchón sin sábanas en una habitación sin nada. Vamos a comprar lo que quieras.

—¿De verdad, Ty? —Le dediqué una sonrisa; aquel era mi Tyler—. ¿No vas a enfadarte conmigo?

Me levantó de la cama, me rodeó con los brazos y me besó la nariz.

—No podría enfadarme contigo ni aunque lo intentara.

—¿Te gusta? —me preguntó Tyler horas más tarde.

Habíamos ido a varias tiendas y, por primera vez desde que tenía seis años, tenía una habitación y un cuarto de baño que eran absolutamente de mi estilo. Desde las cortinas y las sábanas hasta las lámparas, pasando por las alfombras y las toallas. Todo era cálido, diseñado para ser un refugio, y sería perfecto para acurrucarme y perderme en los libros.

—Me encanta.

—No voy a mentirte, me matará no compartir habitación contigo, pero has hecho bien. Esto huele a Cassi por todas partes.

—Estaba pensando justo eso. —Suspiré mientras me abrazaba y apoyé la cabeza en su pecho. Ahora que estábamos saliendo… supongo… era extraño pasar de sentirme cómoda con Ty a que todas nuestras caricias significaran algo. Con la excepción de besarnos de verdad, todo lo que siempre habíamos hecho hacía que pareciese como si Tyler y yo ya estuviéramos juntos. No me había dado cuenta de aquello hasta esa noche y, al hacerlo, no pude evitar pensar en Gage y en lo que él debía de haber pensado cuando vivíamos juntos. Si alguna vez me había deseado, ahora entendía por qué tardó tanto en reaccionar. Tomé aliento y me mordí las mejillas por dentro al darme cuenta de que Ty y yo podríamos haber sido la razón por la que nunca hubiese ocurrido nada con Gage.

Tyler me frotó los brazos lentamente y me besó el cuello.

—Siento que aún te duela. Sé que no soy él, pero intentaré hacerlo mejor.

Por supuesto, Tyler sabía lo que estaba pensando sin necesidad de decírselo. Me di la vuelta entre sus brazos y dejé que mis manos se enredaran en su pelo.

—Lo haces. Siempre lo haces, Ty. No sé cómo no te has dado cuenta de que eres la única persona en mi vida a la que no soportaría perder. Has mejorado mi vida, siempre has cuidado de mí y me has antepuesto a ti mismo. —«Ahora es mi turno», pensé. Arrastré su cabeza hacia la mía y lo besé con decisión.

Gage

No sabía qué era más fácil, vivir con ellos y soportar que Cassidy saliese de la habitación cada mañana, o no vivir con ellos y no verlos juntos. Pero, claro, con la última opción, no la veía en absoluto. Estábamos a principios de noviembre… lo que significaba que no la había visto en tres meses. Tres meses lentos y tortuosos. Seguía viendo a Tyler cada sábado por la mañana, pero, por alguna razón, hacía como un mes y medio, había dejado de hablar de ella y de restregarme su extraña relación cada cinco segundos. No soportaba no saber cómo estaba ella y no me gustaba la idea de perderme su cumpleaños, pero no sabía cómo llevaría el hecho de verla.

El sábado anterior, Ty me había pedido que empezara a ir a las cenas, al menos cuando se reunieran todos los demás, y estaba pensando en hacerlo para poder recuperar a mi Cassidy, pero había algo que debía hacer antes. Tenía que verla sin Tyler cerca y, como no tenía ni idea de cuál era el horario de clases de mi primo aquel semestre, ahora me dirigía hacia Starbucks con la esperanza de que ella siguiera allí.

Aparqué y me dirigí andando hacia la puerta de entrada; al abrirla, juro por Dios que el corazón se me detuvo. Cassidy estaba allí, más guapa que nunca. Estaba ocupada en la barra, así que pedí mi café sin dar mi nombre y, como el asqueroso que soy, me eché a un lado para poder observarla durante unos minutos. Llevaba el pelo recogido y tenía los ojos brillantes y muy abiertos mientras sonreía por algo que había dicho una compañera. «Dios, esa sonrisa. Haría cualquier cosa por hacerle sonreír de nuevo». Cuando estiró el brazo para pasarle el café a un cliente, vi algo en la cara interna de su antebrazo, pero se movió demasiado deprisa como para poder verlo bien.

Antes de lo que a mí me hubiera gustado, anunció que mi café estaba listo y tuve que tomar aliento antes de acercarme hasta allí.

—¡Gracias! —dijo alegremente, y me dirigió una mirada rápida antes de volverse hacia la barra. Dio un respingo, miró hacia atrás y se quedó con la boca abierta—. Gage —susurró.

—Hola, cariño.

Se le sonrojaron las mejillas y siguió mirándome.

—¿Sales pronto?

Se miró la cara interna de la muñeca. Yo sonreí al ver su reloj, demasiado grande, que siempre se le daba la vuelta.

—Eh… diez minutos.

Desencajé los ojos cuando pude verle bien el antebrazo. No me cabía duda de lo que era. Llevaba un tatuaje. Un puñado de estrellas. La Osa Mayor. Recordé la noche junto al arroyo, habíamos estado hablando de constelaciones, ella la había señalado y me había dicho que siempre había sido su constelación favorita. Recordé que entonces yo había añadido una más a la lista de razones por las que me parecía asombrosa, pues esa constelación era la razón por la que había llamado Bear a mi caballo. Se lo había dicho, ella me había dedicado una sonrisa y había estirado la mano para acariciarme el brazo. Había sido un estúpido al pensar que se había hecho el tatuaje por esa noche, pero deseaba saber si pensaba en ello cuando se miraba el brazo.

Observé los vasos de cartón que tenía a su lado y agarré mi café.

—De acuerdo. —Deseaba decirle que la esperaría, pero no sabía si querría hablar conmigo. Me había roto el corazón, pero yo había sido frío y cobarde en lo referente a ella. Así que me di la vuelta y fui a sentarme en uno de los enormes sillones situados en un rincón.

Cassidy

«Oh, Dios mío, está aquí. Gage está aquí». El corazón se me detuvo al levantar la mirada y ver esos ojos verdes y brillantes mirándome. Dios santo, era tan guapo. Mis sueños a lo largo de los últimos tres meses no le habían hecho justicia en absoluto. Intenté seguir trabajando, pero estaba tan agitada que apenas podía concentrarme en los cafés que estaba preparando.

«¿Para qué ha venido? ¿Y estará esperándome a mí o habrá quedado con alguien? No me habría preguntado si salía pronto si no estuviera esperándome, ¿no? Maldita sea, Cassidy… cálmate y respira». Saqué otros dos cafés y no pude evitar mirarlo. Como si pudiera notar que estaba observándolo, levantó la cabeza y me miró. No podía apartar la mirada y deseé desesperadamente que lo hiciera él. Dios, no ayudaba que llevase la camiseta que más me gustaba; era una vieja camiseta de los Ramones, y el color verde era casi del mismo tono que sus ojos. Tenía que dejar de mirarme; podría perderme en aquellos ojos sin darme cuenta, incluso desde el otro lado del establecimiento.

Por fin pude apartar la mirada cuando Stacey, una de mis compañeras, me preguntó por unos cafés que estaba esperando para la ventanilla de los pedidos. ¿Por qué tenía que ir Gage a aquel Starbucks? Había muchos por la zona, y muchas cafeterías más. No sabía dónde se había ido a vivir, pero aquella no debía de ser la única tienda que le pillara cerca y, aunque así fuera, no tendría más que conducir cinco minutos más para encontrar otra. Necesitaba que aquellos diez minutos pasaran más deprisa; me sentía como si fuese a derrumbarme allí, delante de todos. En las últimas seis semanas, desde que Ty y yo empezamos a salir, había logrado volver a tener una vida normal. No fue de la noche a la mañana, claro, porque aún sufría por Gage, aún soñaba con él todas las noches, pero por fin había vuelto a reír. Y allí estaba él ahora. Reviviendo todos los buenos y malos recuerdos. No quería seguir enamorada de él, y que estuviera allí no ayudaría en absoluto.

Durante el resto de mi turno, mantuve la mirada fija solo en los cafés; sabía que era maleducado para los clientes que se acercaban al mostrador, pero, si los miraba, miraría a Gage. Y no podía permitirme eso en aquel momento.

—Cassidy. —Stacey me agarró del brazo y di un respingo.

—¿Sí?

—Ya has terminado, ficha y vete a casa. ¿Estás bien?

Tomé aliento y apreté los labios mientras negaba con la cabeza.

—Vamos. —Me condujo con la mano hasta la entrada para fichar y después me arrastró a la parte de atrás—. ¿Qué sucede?

—¡Está aquí! —exclamé, e intenté dejar de temblar.

—¿Quién? —Stacey miró hacia el monitor donde se veían las grabaciones de las cámaras.

—Gage... Gage está aquí. Dios mío, ¿por qué hace esto? ¡No me desea! Nunca me deseó y se marchó sin decir adiós.

—Mierda —dijo ella con los ojos desorbitados—. ¿El primo de Tyler?

Asentí mientras me quitaba el delantal verde.

—Creo que está esperándome. ¿Debería hablar con él?

—¿Quieres hacerlo?

—No lo sé. Quiero, pero no sé si puedo.

—Cassidy —me dijo ella con un suspiro—, el hecho de que ahora estés con Tyler no significa que pueda controlar con quién hablas.

—No, no. No es eso. Es que... aún le quiero, Stacey. No quiero, pero es así. Pensaba que estaba mejor, pero, cuando ha aparecido aquí, no sé.

Stacey me dio un abrazo rápido.

—Depende de ti. Antes de que vuelvas a salir ahí, piensa en si te arrepentirás si no hablas con él.

Asentí, esperé cinco minutos más y decidí que, si seguía allí solo cuando saliera, iría a hablar con él. Tomé aliento por última vez, salí de la trastienda y rodeé el mostrador. Gage seguía en el mismo lugar, con la cabeza gacha mientras hacía girar entre sus manos el vaso, probablemente vacío. Al igual que antes, se detuvo abruptamente y levantó lentamente la cabeza. Me miró, después se fijó en la puerta que tenía a mi lado y se dispuso a levantarse con una mirada de súplica. Cuando comencé a andar hacia él, volvió a sentarse y pareció aclararse la garganta varias veces. Me senté en el sillón situado junto a él y recogí las piernas bajo mi cuerpo para no seguir moviéndolas nerviosamente.

—¿Cómo estás? —Por fin rompió el silencio transcurridos varios minutos.

—Estoy bien. —Odiaba que mi voz sonara tan baja—. ¿Y tú?

—Bien. Eh... tienes muy buen aspecto, Cassidy.

«Por favor, no me digas eso. Tengo que olvidarme de ti, necesito que seas malo otra vez o que vuelvas a ignorarme».

—Te marchaste.

—Sí —respondió él con un suspiro—. Tenía que hacerlo.

Yo asentí.

—Mira, entiendo que estuvieras enfadado por algo, pero ni siquiera te despediste. Desapareciste, Gage. ¿Tan horrible resultaba vivir con una chica, o se trataba de mí? —Negué con la cabeza y murmuré para mis adentros—. Claro que se trataba de mí.

—Debería haberme despedido, debería haberte dicho que me marchaba. Pero no sabía cómo.

—¿Para qué has venido, Gage?

Frunció el ceño y advertí el dolor en sus ojos verdes.

—Eh... necesitaba verte. Tyler ha estado pidiéndome que me pase por allí; necesitaba saber si sería una mala idea.

—Eres adulto, puedes hacer lo que quieras.

—Si no quieres que vaya, Cassidy, no tienes más que decirlo.

Yo entorné los párpados. ¿Que si no quería que fuera? ¡Era él quien me había abandonado!

—Nunca me interpondría entre Ty y tú.

—No es eso lo que estoy preguntándote.

«Bueno, no quiero responder a eso». Aparté la mirada e intenté que mi corazón se calmara. Gage me acarició el brazo y le dio la vuelta ligeramente para deslizar los dedos por el regalo de cumpleaños que me había hecho a mí misma.

—Me gusta.

—A mí también. —Mi voz sonaba temblorosa e intenté disimularlo con una leve carcajada. Claro que me lo había hecho por mí, pero no mentiré diciendo que Gage no tuvo nada que ver con mi decisión de hacerme aquel tatuaje. Sabía que había salido de mi vida, pero, aunque no hubiera llegado a haber nada entre nosotros, siempre sería el hombre del que estaba enamorada. Estaba segura de ello. A lo largo del tiempo que habíamos vivido juntos, habíamos descubierto muchas cosas que teníamos en común, pero mirando las estrellas aquella noche, antes de besarnos y de quedarme dormida entre sus brazos... me había dado cuenta de que esa constelación era la cosa que compartíamos que más me gustaba—. Y sí, quiero que vayas. Ha sido... diferente no tenerte allí. —«He estado triste. Muy triste».

Él asintió y siguió acariciando las estrellas del tatuaje con el pulgar.

—Siento haberme perdido tu cumpleaños y siento haberme marchado sin más. Te echaba mucho de menos, Cassidy.

Dejé escapar un suspiro ahogado y tuve que apartar la mirada para recomponerme.

—¿Por qué te marchaste?

—Ya sabes por qué. No podía seguir allí con vosotros.

Claro, porque yo interfería en sus relaciones.

—¿No podías seguir con nosotros? ¿O solo conmigo?

Él apretó la mandíbula y se apartó.

—Da igual. No hace falta que contestes.

—Cass...

—No, en serio, Gage, no lo hagas. —Me puse en pie y caminé hacia la entrada. Me alcanzó cuando salí a la calle; me puso la mano en el hombro, me dio la vuelta y me tambaleé al ver lo cerca que estaba.

—No quiero seguir lejos de ti; no tienes idea de lo mucho que significas para mí.

«¿Por qué hace esto? ¿Por qué siempre anda jugando con mi corazón?». Quería gritarle por haberme abandonado, por hacer que me enamorase de él, por seguir haciendo que lo deseara como estaba haciendo en aquel momento. Pero entonces pensé que probablemente fuese eso lo que quisiera. Probablemente le encantara hacer que las chicas se enamorasen de él.

Me rodeó con los brazos y me estrechó contra su cuerpo.

—¿Podemos al menos volver a ser amigos? Echo de menos hablar contigo, echo de menos llevarte al trabajo por las mañanas, echo de menos nuestros abrazos de buenos días… te echo de menos.

Intenté no dejarme llevar por su aroma, ni por la sensación de estar al fin donde debía estar, por primera vez en tres meses. No sabía si podría ser amiga de Gage sin más, pero cualquier cosa sería mejor que el infierno que había estado viviendo sin él. Me aparté ligeramente, él me puso una mano en el cuello y me recordó a todas esas veces en las que había pensado que estaba a punto de besarme.

—Yo también te echo de menos, Gage. Mucho. Me encantaría que vinieras. ¿Tienes…? Eh… ¿Hay alguien que te haga la comida?

—No, estoy yo solo. —Hizo una pausa de varios segundos—. No salgo con nadie, si es lo que preguntas.

«¡Claro que es lo que pregunto!».

—No era eso, pero sé lo mal que se te da la cocina. Me sorprende que hayas logrado durar tanto —intenté reírme, pero sonó raro—. Te prepararé la cena todas las noches, si estás allí. Sé que Tyler echa de menos que vivas con nosotros; creo que le gustaría que estuvieras allí.

—Tengo clases nocturnas los lunes y miércoles, pero, si lo deseas, allí estaré.

Dios, claro que lo deseaba. Deseaba eso y muchas más cosas. Cosas que no podía ni debía desear.

—Entonces supongo que te veré el resto de noches.

CAPÍTULO 8

Cassidy

—La cena ha estado fantástica, Cassi, ¡te veo el jueves! —Jake me dio un abrazo rápido y se dirigió hacia la puerta.

—Gracias de nuevo, Cass. ¿Puedes preparar lasaña la próxima vez?

—Claro, Grant. —Le devolví el abrazo después de poner los ojos en blanco—. ¿Alguna preferencia para el postre?

—¡Tu tarta de tres chocolates!

Todos gimieron y se volvieron para mirarme con ojos de cordero degollado.

—Por favor, Cass, hace semanas que no la haces. —A Adam le temblaba patéticamente el labio inferior y tuve que hacer un esfuerzo por no volver a poner los ojos en blanco.

—Chicos, sois patéticos. De acuerdo, dado que será nuestra última noche juntos durante algunas semanas, el jueves habrá lasaña y tarta de tres chocolates. Ahora marchaos o ayudadme con los platos. —Nunca había visto vaciarse tan rápido un apartamento. Idiotas.

Gage se dirigió hacia la cocina, pero se detuvo en seco cuando Ethan y Adam volvieron a entrar corriendo, agarraron el resto de brownies de mantequilla de cacahuete y salieron corriendo por la puerta otra vez. Se rio suavemente y se acercó a mí.

—¿Esta noche friegas o secas?

—Anoche sequé, así que esta noche fregaré.

Agarró un trapo de cocina y se echó a un lado cuando Tyler entró y me dio un beso en la mejilla.

—Una cena maravillosa, cariño. ¿Necesitas ayuda aquí?

Arqueé una ceja y dejé de frotar la cacerola.

—¿Quieres fregar los cacharros?

—Eh… Voy a ver cómo va el partido.

Eso me parecía. Seguí con la cacerola y se la pasé a Gage cuando hube terminado. Esa era nuestra nueva rutina. Gage me ayudaba con los cacharros antes de volver a su casa, y Tyler entraba para asegurarse de que no pasara nada que no le gustara. Hacía un mes y medio que Gage cenaba en casa, y uno pensaría que ya lo habría superado. Al parecer no. Ty seguía besándome con demasiada frecuencia y dejaba clara su presencia cada vez que Gage y yo estábamos en la misma habitación. Aunque nunca hacíamos nada. Me daba un abrazo cuando entraba por la puerta y otro al salir. Aparte de eso, era una relación estrictamente de amistad.

—¿Vas a ir de visita? Mis hermanas no paran de preguntar por ti.

—No creo, Gage. —La última vez que había estado allí me había enamorado de su familia casi tan rápido como me había enamorado de él. Por las noches aún soñaba que vivíamos juntos en algún lugar de su rancho, o cerca del mismo. Había algo en ese rancho que hacía que me sintiera más en casa de lo que me había sentido jamás en Mission Viejo. Pero ir allí me haría recordar aquella horrible mañana y todavía no estaba preparada para eso—. Además, ni siquiera vamos a volver a California este invierno. No tengo días libres en el trabajo; casi todos los empleados van a tomarse unas largas vacaciones. Así que necesitan toda la ayuda posible.

—Bueno… —me dio un codazo cariñoso en el costado—, serás bien recibida siempre que quieras. Lo sabes, ¿verdad?

—Sí. —Tras dirigir una mirada rápida a Tyler para asegurarme de que estuviera absorto en el partido, me giré ligeramente hacia su primo—. No creo que sea muy buena idea, teniendo en cuenta… —Dejé la frase inacabada y me atreví a mirarlo a los ojos, pero vi que él estaba mirando a Tyler con la mandíbula tan apretada que prácticamente podía ver sus músculos.

—Probablemente lleves razón. Entonces, feliz Navidad, supongo. Por la mañana me voy al rancho; volveré dentro de tres semanas.

—Feliz Navidad, Gage… ¡Oh, espera! Tengo tu regalo.

—¿Un regalo? Cassidy, no era necesario que me compraras nada.

Sonreí, lo agarré del brazo y lo arrastré hacia mi habitación.

—No te he comprado nada. Y, si no te gusta, no te preocupes. No herirás mis sentimientos ni nada. —Me sorprendió que Tyler no se levantara de un salto y nos siguiera hasta allí, pero imaginé que tendría más o menos un minuto hasta que se diera cuenta de que ya no estábamos en la cocina—. Aquí tienes. —Me mordí el labio inferior mientras le entregaba el regalo con manos temblorosas.

Gage se acercó a su antigua cama, se sentó en el borde y se quedó mirando el regalo envuelto durante unos segundos. Negó levemente con la cabeza, lo desenvolvió despacio y se detuvo al ver la parte delantera. Oí cómo tomaba aliento y vi que ponía cara de dolor.

—Cass. —Levantó la mirada y acto seguido entornó los párpados y se fijó en algo que había detrás de mí.

Tyler me rodeó con los brazos y apoyó la barbilla en mi coronilla.

Gage se puso en pie con rapidez y salió de la habitación.

—Tengo que irme. Os veré en unas semanas.

—Hasta pronto, tío —dijo Tyler tras él, y esperó a que la puerta se cerrara antes de volver a hablar—. ¿No le ha gustado?

El corazón me dio un vuelco.

—Supongo que no.

Gage

¿Qué diablos hacía? ¿Estaba retorciendo el cuchillo que ya me había clavado en el corazón? Tenía que restregarme por la cara la mejor noche de mi vida incluso aunque ya me doliese tremendamente verlos juntos. Y ya no me quedaba duda de que estaban juntos. No sé si siempre había sido así y yo no los había visto besarse nunca o si estaba tan enamorado de ella que había elegido no verlo. Pero ahora sí lo veía. Era como si Tyler no pudiera quitarle las manos de encima. Eso no era nuevo, pero ahora la besaba tan a menudo que hasta yo me daba cuenta de lo incómoda que hacía que se sintiera. Golpeé el volante con la mano y maldije a Tyler. No importaba que yo siguiera destrozado por lo ocurrido el verano pasado, o que ella estuviera haciéndome revivir ese recuerdo; no soportaba ver cómo la tocaba. Era mía. Cierto, ya no flirteábamos, pero seguía mirándome igual que el año anterior. ¿Y entonces va y me regala esa foto? Sabía que se le daba bien la fotografía, aunque ella pensara que sus fotos no eran nada especial, y vi que sacaba la cámara con frecuencia cuando estuvo en el rancho, pero no tenía ni idea de que hubiese sacado una foto de nuestro lugar. No la había mirado más que un par de segundos, pero era perfecta. El árbol, el arroyo y la colina en la que habíamos dormido estaban allí, impresos en blanco y negro. ¿El tatuaje y aquello? Era como si estuviese intentando asegurarse de que no pudiera olvidar aquella noche, lo cual, por supuesto, hacía que me resultase imposible olvidar la mañana de después. Puse los ojos en blanco cuando sonó mi móvil; supuse que sería Tyler, dispuesto a echarme la bronca por marcharme de ese modo.

—¿Qué? —gruñí al descolgar.

—Oh… ¿perdón? ¿Interrumpo algo?

Miré la pantalla, de nuevo la carretera, volví a llevarme el teléfono a la oreja y suspiré.

—Perdona, Cara, pensé que eras mi primo. ¿Qué pasa?

Ella se rio e hizo una pausa antes de continuar.

—Bueno, sé que no es lunes ni miércoles, pero me marcho a mi casa mañana para las vacaciones y pensaba que podríamos quedar… —Dejó la frase inacabada de modo sugerente.

Recordé cómo Tyler le rodeaba la cintura a Cassidy con los brazos mientras ella me veía abrir esa foto y apreté el volante con más fuerza.

—Estaré en tu casa en diez minutos.

—Aquí te espero.

Me pasé una mano por el pelo y tiré de él ligeramente. Cara era una de las chicas con las que había estado saliendo desde que empezara a ver a Cass de nuevo. Aunque «saliendo» quizá fuese el término equivocado, pues nunca hacíamos nada más allá de pasar media hora en el dormitorio. Tras darme cuenta de que Tyler no mentía y de que realmente estaban juntos, había dejado de esperar a una chica que nunca sería mía y había hecho lo único que sabía que molestaría a Cassidy más que nada. Me acostaba con cualquier chica que fuese exactamente lo contrario a ella. Incluyendo a Brynn. Alta, pelirroja o rubia, y con unos ojos de cualquier color salvo el color miel de los ojos de Cassidy.

Tampoco es que yo se lo restregara por la cara; de hecho sabía que ella no tenía ni idea de lo que hacía, y quería que siguiera siendo así. En el fondo odiaba lo que estaba haciendo… me daba asco a mí mismo, pero no podía parar. Deseaba olvidarla, olvidar su cuerpo pegado al mío, envuelto entre mis brazos.

Aparqué frente al apartamento de Cara, me bajé de la camioneta y caminé hasta su puerta. La abrió antes de que pudiera llamar y me recibió con ropa interior negra de encaje, sujetando un paquetito plateado con los dedos índice y corazón. Tras arrebatarle el paquete, me agarró la mano y me condujo hacia su dormitorio; cerró la puerta una vez dentro. Se dio la vuelta, me rodeó el cuello con los brazos y tiró de mi cabeza para besarme, pero yo me zafé de sus brazos y la empujé contra la cama. No pude evitar poner los ojos en blanco cuando ella hizo un puchero, pero no dijo nada; sabía cómo funcionaba aquello y, el hecho de que estuviera intentando cambiarlo, me hizo saber que no podría haber nada entre nosotros después de esa noche. Nada de besos ni abrazos después. Las únicas dos cosas que había hecho con Cassidy, y no podía hacerlas con ninguna otra.

El mohín de Cara se convirtió en una sonrisa lujuriosa cuando me quité la ropa y me puse el preservativo. Me metí en la cama con ella, le quité la ropa interior y la tiré al suelo antes de penetrarla. Mi gemido igualó al suyo, y tuve que obligarme a abrir los ojos antes de perderme imaginando a Cassidy bajo mi cuerpo. Había cometido ese error en una ocasión con una chica, Hannah, y el bofetón que recibí al decir el nombre de Cass cuando llegué al orgasmo me servía como recordatorio para mantener siempre los ojos abiertos.

Una hora más tarde estaba de vuelta en mi casa, dándome una ducha caliente e intentando borrar cualquier rastro de Cara. No podía sacarme de la cabeza la cara de Cassidy al decirme que tenía un regalo para mí, lo cual me hacía sentir más náuseas aún por lo que acababa de hacer. No entendía por qué seguía intentando sacármela de la cabeza de ese modo, pues era evidente que no estaba funcionando. Y, si alguna vez se enteraba, sabía que nunca volvería a mirarme del mismo modo. La idea de que pudiera mirarme con el asco que yo ya sentía hizo que se me revolviera aún más el estómago y tuve que apoyarme en la pared porque noté que iba a vomitar la cena.

—Dios, ¿qué diablos me pasa? —dije en voz alta—. Ni siquiera me desea.

Cerré el grifo, salí de la ducha y acababa de enrollarme una toalla alrededor de las caderas cuando mi móvil pitó. Me estremecí ante la idea de que Cara me pidiera que volviéramos a estar juntos cuando volviéramos de las vacaciones. Ya lo había pensado antes, pero ahora lo sabía con certeza; no podría volver a verla después de esa noche. Temeroso, alcancé el teléfono y dejé escapar un suspiro de alivio al ver el nombre de Cassidy.

CASSIDY

Siento mucho que no te gustara la foto. Me dijiste que era tu lugar favorito del rancho y me di cuenta de que había sacado una foto de ese sitio durante la semana cuando regresamos… pensaba que… Bueno, es igual. Te he dicho que no tienes que quedártela. Espero que pases una buena Navidad y un feliz Año Nuevo. ¿Nos vemos cuando vuelvas?

¿Qué iba a responderle a eso? Quería preguntarle cómo podía pensar que aquello era algo que me gustaría recordar. Quería decirle que me encantaba solo para que no pensara que odiaba algo que ella me había regalado. Quería decirle que lo que no me gustaba era que hubiera vuelto con Tyler como hacía siempre, y quería suplicarle que se viniera conmigo al rancho y que dejara allí a Ty. Dios, ¿por qué siempre hacía que me convirtiese en una chica?

Sí que me gusta la foto, Cass. Siento haberme marchado así, pero tenía que hacer algunas cosas antes de irme mañana. Disfruta de las vacaciones, nos vemos en tres semanas.

Tres largas semanas de mi vida sin Cassidy. Otra vez.

CAPÍTULO 9

Cassidy

Estaba a punto de meterme en la cama cuando Tyler entró en mi habitación con una mirada lujuriosa. Dios, otra vez no. Había hecho la colada, había ido a hacer la compra para nosotros y para Gage, pues él regresaría al día siguiente o al otro, y lo único que me apetecía era descansar. Antes de que pudiera decirle nada, me levantó en brazos y me tumbó sobre la cama.

—Ty, estoy muy cansada… ¡Oh!

Dejé de pensar con claridad cuando me succionó ese punto tan sensible de detrás de la oreja y fue bajando por el cuello con besos y lametones. Se llevó las manos al cuello de la camiseta y se la sacó por encima de la cabeza antes de dejarla caer al suelo y volver a aprisionarme contra la cama. Yo deslicé los dedos suavemente por su espalda y por sus costados, haciendo que se estremeciera y que su erección, siempre presente, se volviera evidente. Sentí el calor en el vientre y el corazón se me aceleró cuando deslizó las manos por mi cintura y bajo mi camiseta. Cerré los ojos y eché la cabeza hacia atrás sobre la almohada mientras imaginaba el cuerpo de Gage encima del mío. Antes de darme cuenta de lo que estaba haciendo, tenía la sudadera desabrochada, la camiseta levantada por encima del pecho y su boca succionando uno de mis pezones erectos a través del satén del sujetador.

Nunca habíamos llegado tan lejos y, aunque resultaba increíble y una parte de mí deseaba que me quitara el sujetador para que no hubiera nada entre su boca y mi piel, mi cuerpo comenzó a temblar. Y no era un temblor agradable. Tal vez en mi cabeza hubiera imágenes de Gage, pero no podía seguir diciéndole a mi cuerpo que era él cuando era evidente que se trataba de Ty. Me bajó el sujetador con la mano, dejó mi pecho al descubierto y siguió con lo que estaba haciendo.

—Ty —susurré, e intenté ignorar el hecho de que mi cuerpo temblara con más fuerza—. Ty. —Esa vez me salió más como un gemido.

—Lo sé, cielo. —Sus manos abandonaron el sujetador y se entretuvieron en desabrocharme los vaqueros e intentar bajármelos. Gruñó y se incorporó para terminar de quitármelos y después volvió a apoyarse sobre los codos, de modo que solo su boca y sus caderas me tocaban—. Cassi —susurró contra mi piel al restregarse contra mí. La presión y la aspereza de la tela vaquera me produjeron un cosquilleo. Y entonces volvió a hacerlo.

Cuando deslizó la mano sobre mis bragas y las echó a un lado, mi cuerpo se quedó helado por un momento y entonces comenzó a temblar con más fuerza.

—No, no, no, no, no. Tyler, no puedo, no puedo hacer esto.

—Lo disfrutarás, Cassi, te lo prometo.

Sabía que sería así. No sería mi primer orgasmo; pero sí el primero que me provocara alguien que no fuera yo misma. Pero no estaba preparada. No con Tyler.

—Ty, por favor… —Gemí al sentir sus dedos recorriendo mi zona más sensible y me maldije a mí misma por sentir placer mientras a mi cuerpo y a mi mente les horrorizaba la idea de permitir que aquello continuara—. ¡Tyler, en serio, para!

Detuvo los dedos cuando empezaba a introducirlos en mi interior y levantó la cabeza para mirarme a los ojos.

—¿Estás de broma? —No apartó la mano y me miró con desconfianza—. Lo deseas, Cassi, no me digas que no. Tus gemidos y tus suspiros y, joder, Cassi, estás húmeda. ¿Por qué me dices que pare?

—Me miró a la cara y negó con la cabeza—. Te juro por Dios que, si me dices que no lo deseas…

—Lo… lo deseo. —Tomé aliento y me obligué a mantener los ojos abiertos y a no hacer ningún ruido cuando dobló los dedos en mi interior—. Lo deseo, Tyler, pero todavía no. No estoy lista aún.

—Estás…

—Tyler. Por favor. —Todo mi cuerpo temblaba con más fuerza ahora y, por alguna estúpida razón, estaba a punto de echarme a llorar—. Te deseo y, sí, es… —Busqué la palabra adecuada—… increíble. Pero nunca hemos hecho nada más que besarnos y esto va demasiado deprisa ahora mismo. ¿No podemos hacerlo con tranquilidad?

—¿Con tranquilidad? ¿Tranquilidad? ¡Maldita sea, Cassi! Llevamos casi cuatro meses sin hacer otra cosa que enrollarnos.

—Quería decir que…

—Tienes que estar de coña. —Se levantó de la cama, agarró su camiseta y cruzó el apartamento en dirección a su puerta.

Temblorosa, volví a ponerme las bragas, me bajé la camiseta y me abroché la sudadera antes de ir a su puerta.

—Tyler, por favor, háblame. —Intenté abrir, pero había cerrado por dentro y, aunque me quedé allí rogándole que abriera, no hubo respuesta.

Arqueé la espalda mientras él succionaba uno de mis pezones y dejé escapar un suave gemido. Sentí su mano subiendo hacia mi otro pecho, masajeándolo con cuidado mientras empezaba a bajar la otra mano, me acariciaba la cintura y la cadera antes de colocarla sobre mis bragas.

—Gage, por favor —le rogué mientras le tiraba del pelo.

—Por favor, ¿qué? —Si no hubiera podido sentirlo ya sobre mi piel, el tono de su voz me habría indicado que estaba sonriendo.

—Tócame.

Deslizó la mano bajo mis bragas y gemí de manera vergonzosa cuando finalmente me tocó donde más lo deseaba.

—Gage… —gemí mientras me arqueaba contra su mano.

—¿Qué coño me has llamado?

Abrí los ojos y encontré unos ojos marrones en vez de verdes mirándome, con los labios cerrados y la mandíbula apretada.

—Ty… —Intenté que no me entrara el pánico con la posibilidad de haber dicho el nombre de su primo mientras nos besábamos. Dios, si el beso era real, ¿qué pasaba con el resto? Esperé un segundo y casi suspiré de alivio al darme cuenta de que Tyler tenía una mano en mi pelo y la otra bajo mi espalda, sujetándome junto a él. Llevaba la camiseta puesta y tenía la colcha hasta la cintura.

—¿Qué me has llamado?

—No… no lo sé.

Sus ojos se oscurecieron, se incorporó y abandonó la cama. Recordé entonces la noche anterior y recé para que la mañana no empezase del mismo modo. Se dispuso a salir de mi habitación y yo me peleé con las sábanas y la colcha para correr tras él, pero ya se había puesto la sudadera y estaba saliendo por la puerta cuando yo llegué a la puerta de mi dormitorio.

—Mierda. —Corrí a mi mesilla de noche, agarré el teléfono y lo llamé, pero saltó el buzón de voz. Esperé unos minutos con la esperanza de que fuese una casualidad y volví a intentarlo con el mismo resultado. Le dejé un mensaje rogándole que me llamara y regresara.

Pasaron dos horas sin que supiera nada de él y finalmente llamé a Jackie, porque estaba volviéndome loca.

—¡Enseguida voy! —me prometió.

—¡Jackie, tengo que ir a buscarlo!

—¡No! ¡Nada de eso! Voy para allá y hablaremos de esto.

Nos despedimos y me vestí para prepararme para el clima gélido en caso de que decidiera ayudarme a buscarlo. Apareció con dos cafés y magdalenas, me dijo que mejor volviera a ponerme cómoda porque no íbamos a ir a buscarlo y se sentó a la mesa del comedor.

—Muy bien, escupe.

—¿Qué? Ya te lo he contado todo.

—En realidad no. Me has dicho que le has llamado Gage y que se ha enfadado y se ha largado. Pero, ¿cómo ha empezado? ¿Gage ha vuelto? —Obviamente Tyler no sabía lo de mis sentimientos hacia Gage, pero Jackie era la única que lo sabía todo.

Me levanté y caminé hasta la barra del desayuno, agarré el papel y se lo di a Jackie mientras iba a sentarme.

—Debe de haber vuelto. He encontrado esta nota de Ty diciendo que iba a desayunar con él. Ha debido de escribirla antes de ir a despedirse… y, bueno, yo estaba soñando con Gage…

—¿Soñando? ¿Qué tipo de sueño?

Arqueé las cejas y seguí mirándola.

—De ese tipo, ¿eh?

—Bueno, en realidad no estábamos haciendo nada aún, pero he murmurado su nombre y, de pronto, he oído la voz de Tyler preguntándome qué le había llamado. He intentado no ponerme nerviosa, pero, a juzgar por cómo me miraba, he sabido que había dicho el nombre de Gage en voz alta.

—¿Qué estaba haciendo Tyler? ¿Estaba haciendo lo mismo que Gage en tu sueño?

Gracias a Dios Jackie lo entendió.

—No, ¡pero me preocupaba que estuviera haciéndolo! Supongo que solo había venido a darme un beso y yo he respondido debido al sueño y… mierda, Jackie, ni siquiera te he contado lo de anoche. —Le expliqué todo lo sucedido la noche anterior y esperé a que respondiera.

—¿Y no ha ocurrido nada entre Ty y tú durante estas tres semanas que habéis estado solos?

—No, nada más que besos. Quiero decir, hubo algunas veces en las que los besos empezaban a ser demasiado cuando estábamos en la misma cama, pero siempre le detenía antes de ir más lejos. Y sus padres estuvieron aquí durante una semana y media, así que, Gracias a Dios, no hemos pasado de eso. Pero anoche fue lo más lejos que había intentado llegar.

—¿Lo ha estado intentando mucho?

Asentí y puse los ojos en blanco.

—Y siempre se enfada. Me grita porque no quiero acostarme con él; anoche no era la primera vez que acabábamos mal.

—Espera. —Jackie levantó ambas manos con las palmas hacia mí antes de dejarlas caer sobre la mesa—. ¿Qué? No te hará daño, ¿verdad, Cassi?

—¡No! Tyler nunca me tocaría de ese modo. —No sabía cómo asegurarle eso a Jackie, dado que ella no sabía nada de mi vida antes de llegar a Texas, pero yo sabía que Tyler nunca me pegaría—. No, solo se enfada, nada más.

Ella seguía mirándome con cierta incredulidad.

—Si alguna vez te hace daño, dímelo y le daré una paliza.

—¿Y cómo vas a hacer eso?

—Tengo mis secretos.

—Ya. Estoy segura de que sí. —De hecho, no lo dudaba. Era una asiática muy feroz. Ethan la llamaba su pequeño petardo, y el apodo le iba a la perfección. Era pequeña, pero tenía más energía que cualquiera de los que conociera, y se le notaba en las emociones; ya fuera felicidad o rabia, amor o depresión, se le notaba la energía. Y Jackie furiosa daba mucho miedo.

—Hablo en serio. Si alguna vez te toca, me lo dices.

—Jackie, te lo juro. Él no lo haría. Pero grita y dice que ha esperado suficiente, que quiere saber si es por Gage. Anoche no me lo preguntó, pero entre lo de anoche y lo de esta mañana, sé que le he hecho daño, Jackie. Tal vez debería hacer lo que quiere.

—Cass, no, esto es importante. No te acuestes con Tyler solo porque es lo que él quiere y actúa como un niño si no se sale con la suya. Nadie debería presionarte jamás para hacer algo así, Cassi, y tampoco es que estés tomándole el pelo. Todos os hemos visto juntos y sé que eres sincera con él cuando dices que no estás preparada. Eres realmente sumisa con cualquier muestra de cariño con él; es él quien está todo el tiempo insistiendo, incluso en público. Además, Tyler sabe lo de tus sentimientos hacia Gage, ni siquiera has intentado ocultarle eso. Tal vez deberíais tomaros un descanso.

—Lo sé, también he pensado en eso, pero... me da miedo perder a Tyler. Es mi mejor amigo; no sé cómo me las apañaría sin él a mi lado.

—Con lo unidos que estabais cuando llegasteis aquí, me cuesta imaginar que vayas a perder ese tipo de amistad si la cosa no funciona.

Decidí no contarle que Tyler había dicho que era todo o nada entre nosotros. Me mordí el labio inferior, miré el teléfono y confirmé lo que ya sabía: seguía sin llamar y contestar a mis mensajes.

Jackie se marchó cinco horas más tarde y yo intenté ocupar la mente con *reality shows* para pasar el tiempo. No soportaba que Tyler se enfadara conmigo y me preocupaba no haber sabido nada de él. Podría haber llamado a Gage para averiguar si Tyler seguía con él, pero no sabía si Tyler le habría contado lo sucedido y, de no haberlo hecho, no deseaba ser yo quien lo hiciera.

Tras varios programas y una película, intenté llamar a Tyler una última vez antes de quitarme la ropa para darme una larga ducha caliente con la esperanza de que el agua relajara mi cuerpo, todavía tenso. Acababa de ponerme unos pantalones de pijama y una camiseta y estaba cepillándome el pelo cuando oí una llave en la cerradura. Salí corriendo del cuarto de baño y vi a Tyler entrar tambaleándose con una pelirroja alta pegada a su cara. Cerró la puerta y presionó a la chica contra ella, agarrándola por detrás de los muslos y levantándola para que ella pudiera rodearle la cintura con las piernas.

—¿Tyler? —murmuré, y él giró sus cuerpos para poder verme.

—¡Ah, hola! —Tenía la mirada turbia y, aunque vocalizaba, hablaba más despacio que de costumbre, así que supe que había estado bebiendo—. Cara, esta es mi hermana, Cassi. Cassi, esta es Cara, tenemos un par de clases en común.

¿Hermana? ¿Hermana? Abrí la boca, pero no me salió nada. Me quedé allí parada, viendo cómo se metían en su habitación. Segundos más tarde, Tyler volvió a salir y sacó dos cervezas del frigorífico antes de volverse hacia mí.

—Perdona, ¿querías decirme algo?

—Tyler, ¿qué… qué estás haciendo? —Me temblaba la voz y apenas se me oía.

—Buscarme a alguien que se ocupe de lo que tú no te ocupas —respondió él con desprecio, mirándome con los párpados entornados—.

¿Qué esperabas? ¿Qué te esperase eternamente? No puedo creerme que haya perdido todo este tiempo contigo, esperando a que estuvieses preparada. Debería haberte obligado.

—¡Ty!

—Tengo necesidades que tú no satisfaces, Cassidy. O me das lo que deseo o te marchas.

—¿Qué? Ty, no puedo…

—Ahórratelo, Cass. —Me agarró la mano y me condujo hacia la puerta de entrada—. Estoy harto de ser tu muleta; búscate a otro para eso. —Me empujó por el umbral de la puerta antes de cerrar con llave detrás de mí.

—¡Tyler! —aporreé la puerta durante unos cinco minutos sin parar y aun así no salió a abrirme.

Me castañeteaban los dientes y me temblaba el cuerpo. El día anterior, mientras hacía la compra, la temperatura rondaba los cero grados, y eso cuando hacía sol. Ahora el viento soplaba con fuerza y ya había oscurecido. No podía imaginar cuál sería la temperatura. Pero allí estaba, con el pelo mojado, en calcetines, con unos pantalones de pijama y una camiseta fina. Sin teléfono. Sin llaves. No conocía a ninguno de nuestros vecinos y, al no obtener respuesta tras llamar a sus puertas, comencé a caminar hacia casa de Gage. Cuando llevaba más o menos un kilómetro recorrido, comenzó a granizar… con fuerza. Podría haber entrado en una tienda y pedir que me dejaran usar el teléfono, pero no me sabía de memoria el número de nadie, y no iba a pedirle a un desconocido que me llevara en coche. Intenté correr con la esperanza de entrar en calor, pero tenía tanto frío que sentía que iba más despacio que cuando caminaba.

Gage

Me detuve de camino a mi habitación y me di la vuelta lentamente para mirar a mi alrededor. No sé lo que oí, pero, al no volver a oírlo, seguí andando y cerré la puerta antes de encender la tele. Gracias a Dios, Cassidy había comprado comida antes de que yo regresara. Como había terminado la cena con los chicos hacía varias horas, ya me moría de hambre y estaba a punto de terminarme una bolsa de patatas fritas. Al oír otro ruido amortiguado en la puerta de mi casa, quité el sonido a la tele y agarré mi pistola. Salí al recibidor sin hacer ruido y oí un golpe fuerte contra la puerta. Miré por la mirilla y no vi nada, pero no era tan estúpido como para dejarlo ahí. Antes de que pudiera alcanzar las cortinas, oí sollozos y una voz suave y melódica que pronunciaba mi nombre.

—¿Cass? —pregunté incluso antes de abrir la puerta y encontrarme su cuerpo hecho un ovillo frente a la puerta—. Mierda. ¡Cassidy! —Dejé la pistola en la mesita situada junto a la puerta y fui a por ella.

—¿Ga-Ga-Gage? —tartamudeó mirándome mientras la tomaba en brazos.

Estaba helada. Tenía el pelo literalmente congelado e incluso con la luz tenue situada sobre mi puerta me di cuenta de que su cara estaba azul. ¿Por qué diablos no llevaba abrigo ni zapatos? ¿Dónde coño estaba Tyler? Corrí al cuarto de baño con ella en brazos y abrí el grifo del agua caliente mientras la sentaba sobre el lavabo. Encendí la luz, la vi con claridad por primera vez y no pude evitar soltar una retahíla de improperios. Tenía los labios y la zona de alrededor azules, así como las puntas de los dedos. El resto de su cuerpo estaba rojo y temblaba descontroladamente. Sus párpados aleteaban mientras luchaba por mantener los ojos abiertos antes de rendirse y cerrarlos. Tenía las pestañas, las cejas y el pelo congelados y los malditos calcetines pegados a los pies. Intenté levantarle la camiseta, pero estaba pegada también, lo que hizo que soltara un grito y empezara a sollozar de nuevo.

Yo deseaba gritarle, preguntarle por qué salía a la calle vestida así cuando estaba granizando y la temperatura era bajo cero, preguntarle dónde estaba su maldito novio y por qué no me había llamado. Pero estaba tan asustado que lo único que pude hacer fue susurrarle que se pondría bien mientras la abrazaba e intentaba transmitirle algo de mi calor corporal. El agua de la ducha ya estaba caliente, así que me quité los pantalones del pijama, quedándome solo en bóxer, y la metí conmigo en la ducha. Volvió a gritar y supe que debía de estar quemándole, pero tenía que entrar en calor. La mantuve abrazada, frotándole el cuerpo con los brazos y, a medida que la ropa fue soltándosele, se la quité y la tiré al suelo del baño. Levantó las manos hacia mi cuerpo y me estremecí con el contraste entre el agua caliente y sus dedos helados. Estábamos en una ducha de agua hirviendo y me estaba dando frío. Sentí un vuelco en el estómago cuando ella apoyó la cabeza en mi pecho y su cuerpo se quedó laxo.

—No, no, no. ¡Despierta, Cassidy! ¡Despierta! —grité, me senté en la bañera, aliviado de haber puesto el tapón para que se llenara mientras caía el agua—. ¡Cassidy! —Le agarré la barbilla y le levanté la cara, pero me estremecí al ver lo azul que tenía la boca—. ¡Despierta, cariño! —La besé en los labios, como si estuviera haciéndole el boca a boca, y le soplé aire caliente en la cara.

—¿Ga-Ga-Gage?

—Eso es, Cass, despierta. Sigue hablándome. —Cerró los ojos y yo sacudí su cuerpo—. ¡No, Cassidy! No puedes dormirte ahora. Quédate despierta, háblame. ¿Por qué estabas fuera? —Le agarré los dedos y se los soplé también antes de sumergirlos bajo el agua caliente, aumentar la temperatura de la ducha y volver a agarrarle la barbilla.

—Ty…

—¿Dónde está Ty, Cass?

—Me-me-me ha e-echa-echado.

Me quedé helado.

—¿Así vestida?

Ella asintió, aunque yo aún tenía su barbilla agarrada.

—¿Por qué no me has llamado, Cassidy? —le pregunté gritando, e intenté calmarme al ver que se estremecía.

—Ha-ha-ha cerra-do con lla-llave. Sin mó-móvil.

—¿Te ha cerrado la puerta y no tenías móvil?

Volvió a asentir y yo abracé su cuerpo con fuerza.

—Dios, Cassidy. Lo mato. Lo mato, joder. —Vi que dejaba la boca abierta y volvía a cerrar los ojos—. ¡No! Despierta, pequeña. Tienes que despertarte. Vamos, Cass. —Volví a sacudirla—. ¡Necesito que sigas despierta!

—Te-tengo frío.

—Lo sé, Cass. Lo sé. Lo siento mucho. Siento no haber estado a tu lado.

—¿Ga-Gage?

—¿Sí, cariño?

—Estoy can-cansada.

—Lo sé. —Suspiré aliviado al mirarle la cara y ver que la tenía roja y no azul—. Pero todavía no puedes dormirte.

Tomé algo de agua en la mano que tenía libre y la dejé caer sobre su pelo varias veces antes de acariciárselo para asegurarme de que estaba caliente. Seguí hablando hasta que dejaron de castañetearle los dientes y su cuerpo paró de temblar. Cuando la saqué de la ducha y la envolví en numerosas toallas, me di cuenta de que había estado en la ducha con ella desnuda. Pero apenas podía pensar en eso en aquel momento. Tenía miedo por ella y ahora estaba temblando de rabia hacia mi primo. Cassidy volvió a cerrar los ojos cuando la llevé a mi habitación a buscar una camiseta y unos pantalones que pudiera ponerse.

—Cassidy, necesito que te quedes sentada y despierta. Voy a encender el fuego. Sé que estás cansada, pero, si te quedas despierta media hora más, entonces dejaré que te duermas, ¿de acuerdo?

Ella asintió y se quedó sentada rodeándose con los brazos, vestida con mi ropa, que le quedaba grande.

—Enseguida vengo. Quédate despierta.

Agarré el teléfono, me puse otros bóxer, unos vaqueros y una sudadera antes de salir corriendo al salón a encender el fuego.

—Adam. Oye, tío, siento despertarte, pero ¿puedes hacerme un favor enorme?

—Eh, sí. —Le susurró a alguien que era yo quien llamaba y preguntó—: ¿Qué pasa?

—¿Estás con Dana?

—Estábamos viendo una película. ¿Qué sucede?

—Necesito que venga alguien a cuidar de Cassidy mientras voy a pegarle una paliza a Tyler. Pero, si estás con Dana, puedo llamar a otra persona.

—¡No! —pareció asustado—. No, no, no pasa nada. ¿Qué le ha ocurrido?

—No sé toda la historia, pero la ha echado del apartamento vestida con una camiseta y con pantalones de pijama, sin teléfono ni nada. Supongo que ha venido andando hasta aquí; estaba azul, congelada, cuando he abierto la puerta. —El fuego ya estaba en marcha y esperé a que se estabilizara antes de apagar el gas.

—¿Hablas en serio? —Apartó la cara del teléfono y le susurró a Dana que fuera con él—. Ya vamos. ¿Necesitas que llevemos algo?

—No. Solo necesito a alguien que la vigile y se asegure de que se queda despierta durante un rato. La he tenido en la ducha durante un rato y ahora ya lleva ropa seca. Acabo de encender el fuego y voy a preparar café.

Oí como le contaba la historia a Dana.

—Maldita sea. Gage, hay como seis kilómetros desde su casa hasta la tuya. Mi coche dice que estamos a nueve bajo cero y está granizando a lo bestia.

—Lo sé —gruñí yo mientras ponía la cafetera en marcha—. Debió de salir hace al menos hora y media y Tyler no me ha llamado ni una vez para decirme que se había ido. Te juro por Dios que, si está sentado cómodamente en el apartamento cuando llegue…

—Gage, tal vez deba ir contigo para asegurarme de que no lo matas. Dana puede quedarse con ella.

Quería decirle que me encargaría de él yo solo, pero sabía que tenía razón.

—Sí, de acuerdo. ¿Cuánto tardáis?

—Menos de cinco minutos.

—De acuerdo, la puerta está abierta. Voy a ver cómo está.

—Muy bien, nos vemos.

—Cariño, ¿sigues despierta? —pregunté mientras entraba en la habitación.

Cassidy tenía lágrimas en las mejillas cuando levantó la mirada y sentí que iba a rompérseme el corazón.

—Vamos, el fuego está en marcha y el café probablemente ya esté listo. —No esperé a que intentara levantarse; la envolví con la colcha, la tomé en brazos y la llevé al sofá que había colocado frente al fuego, donde la senté—. ¿Estás bien?

Asintió y se quedó mirando las llamas.

—Voy por el café. Cuando te lo bebas, podrás tumbarte, ¿de acuerdo? —Al ver que asentía de nuevo, me fui a la cocina y le serví una taza de café antes de añadir un poco de leche y azúcar—. Aquí tienes, Cass. Bébetelo todo. —La puerta se abrió y ella dio un respingo. Cuando Dana y Adam entraron, volvió a mirarme y agarró la taza.

—Hola, cielo —le dijo Dana con suavidad mientras se sentaba a su lado—. ¿Qué ha ocurrido como para que cometas la locura de salir a pasear con este tiempo? —preguntó con una carcajada.

Yo me alegré de que se lo preguntara, porque eso era justo lo que deseaba saber. Me daba miedo que Cassidy fuese a ponerse a llorar de nuevo y sabía lo poco que le gustaba que la gente la viese llorar, pero, en su lugar, entornó los párpados y le susurró a Dana que Tyler se había marchado aquella mañana y que había vuelto por la noche con una pelirroja cuyo nombre no recordaba. Dijo que la había presentado a ella como su hermana y se había llevado a la pelirroja a su habitación, y repitió lo que Tyler dijo al regresar a la cocina. Eso fue lo último que oí antes de agarrar a Adam del brazo y salir hacia mi camioneta. Iba a matar al muy cabrón.

Llegamos allí en seis minutos y ni siquiera me molesté en llamar cuando vi el Jeep en el aparcamiento. Utilicé mi vieja llave para entrar y mi ira se disparó al oír unos gemidos de mujer en la cocina. Doblé la esquina y me detuve un instante al ver a Tyler tirándose a Cara en la encimera de la cocina antes de seguir andando hacia él.

—¿Qué diablos, tío? ¡Lárgate!

Yo no dije nada, simplemente lo agarré del hombro y le di la vuelta antes de que mi puño impactara contra su nariz.

—¡Gage! —gritó Cara, e intentó taparse al darse cuenta de que Adam estaba conmigo—. ¡Tuviste una oportunidad conmigo y la dejaste escapar!

—Esto no tiene nada que ver con nosotros, Cara. Sinceramente, no podría importarme menos con quién decidas acostarte. Pero él tiene una novia y podría haberla matado esta noche porque estaba siendo un estúpido. ¡Ahora vístete y lárgate! —Agarré a Tyler del brazo y lo arrastré hacia el sofá, donde lo dejé caer antes de lanzarle una manta.

—¡Maldita sea, Gage! Me has roto la nariz.

—Quiero romperte más cosas, pero primero voy a darte unos minutos para que te expliques. ¿Dónde está Cassidy?

Me miró con incredulidad.

—¿Cómo diablos voy a saberlo? Le dije que se fuera y se ha ido.

—Tu Jeep está aquí.

—¿Y?

—¿Le has dado tus llaves?

—No. —Agarró un cojín y se lo llevó a la cara.

—¿Cómo le has dicho que se fuera?

—La he echado. ¿A ti qué te importa? ¿A qué vienen tantas preguntas?

—La has dejado fuera sin medios para ir a ninguna parte o llamar a alguien. ¡Estaba en pijama y, por si no te has dado cuenta, hace un frío de muerte!

—Espera, si sabías todo esto, ¿por qué me lo preguntas?

—¡Porque tenía la esperanza de que lo que me ha contado no fuera cierto! Ha ido andando hasta mi casa y, cuando ha llegado, estaba azul, completamente helada. ¡Podría haberse muerto, hijo de puta!

—Mierda, ni siquiera lo he pensado... Dios, ¿está bien? —Se levantó y le di otro puñetazo antes de que pudiera ir a alguna parte. Adam apareció detrás de mí y me puso una mano en el hombro.

—Eres un pedazo de mierda. No vuelvas a acercarte a Cassidy, ¿me oyes? No sé por qué ha estado tan pegada a ti toda la vida; lo único que has hecho ha sido herirla. No entendía cómo pudiste permitir que le hicieran daño en el pasado, y ahora no entiendo por qué la tratas así solo porque no quiere acostarse contigo. No la mereces y te mataré si vuelves a hacerle daño.

—¿Puedes al menos decirme si Cassi está bien?

—Está bien. Y estará bien siempre y cuando esté conmigo.

—¡Eh, espera! —Nos dimos la vuelta y vimos a Cara allí de pie, con cara de asco—. ¿Estás saliendo con tu hermana?

—No es su hermana y ya no está saliendo con ella. Es todo tuyo. —Señalé con la cabeza hacia mi antigua habitación y Adam me siguió hasta allí. Saqué la maleta de Cassidy del armario y metí toda la ropa que pude, después agarré su móvil y su cargador y me dirigí hacia el cuarto de baño para guardar todo lo que había allí en otra bolsa que sujetaba Adam. Cuando volvimos a salir al salón, Cara estaba de rodillas frente a Tyler con una toalla limpiándole la sangre de la cara y del pecho.

—Gage...

Le dirigí a mi primo una mirada de odio y este dejó de hablar.

—Hablo en serio. Mantente alejado de Cassidy.

Cuando volvimos a mi casa, Dana dio un respingo y se llevó un dedo a los labios antes de susurrar:

—Se ha bebido una segunda taza de café y se ha quedado dormida hace como tres minutos.

—¿Le has puesto azúcar? —El café era descafeinado; no estaba intentando que se quedara despierta toda la noche, pero quería que bebiera algo caliente y que tuviera algo de azúcar en su organismo.

Dana asintió.

—Y leche.

—Gracias, Dana, te lo agradezco, y siento haberos interrumpido.

—No te preocupes. Es una de mis mejores amigas y cuida de vosotros todo el tiempo. Se lo debo por dar de cenar a mi chico.

Murmuré a modo de respuesta y no pude evitar sonreír al acercarme al sofá. Estaba adorable. No había otra palabra para describirla.

Se perdía dentro de mi sudadera; tenía la capucha puesta y su pelo ondulado asomaba por los lados. Tenía las mejillas sonrosadas por el calor del fuego y seguía envuelta en la colcha.

Tras despedirme de Adam y de Dana, llevé sus bolsas a la habitación de invitados antes de regresar al salón y tomar en brazos a la chica a la que amaba. Cuando estuvo acomodada en la cama de invitados, le quité la capucha de mi sudadera y le retiré el pelo de la cara. «Dios, es preciosa. Y está aquí». Había acudido a mí. Por primera vez, había acudido a alguien que no fuera Tyler. Cierto, era todo culpa de él, pero Cassidy había acudido a alguien, y ese alguien era yo.

—Te quiero, Cassidy —susurré, y le di un beso en la frente antes de dejarla sola y regresar a mi habitación.

Cassidy

El olor a café me despertó a la mañana siguiente y me sentí brevemente desorientada al no reconocer la habitación en la que estaba. Al intentar levantarme de la cama y volver a caer sobre el colchón con un gemido, recordé de pronto la noche anterior y quise morirme al darme cuenta de cómo Gage había cuidado de mí. Y Tyler… ¿qué diablos? ¿Cómo podía hacerme eso? Nunca había mantenido en secreto mis sentimientos hacia Gage y él sabía que necesitaba tiempo para acostumbrarme al hecho de que fuéramos pareja. Pensaba que había hecho progresos significativos, pero al parecer no eran suficientes. Pero no podía creerme que hubiera llevado a alguien a casa de esa forma. No era propio de Tyler en absoluto y me sorprendía lo mucho que me dolía. No se parecía a lo que sentí cuando Gage me rompió el corazón, pero aun así era como si alguien me hubiera asestado un puñetazo en el estómago. O tal vez fuera un efecto secundario de lo que estuviese ocurriéndole al resto de mi cuerpo. Intenté volver a incorporarme, pero mi cabeza no tardó en volver a caer sobre la almohada.

Alguien llamó con suavidad a la puerta y Gage asomó la cabeza.

—Buenos días, ¿cómo te encuentras?

—Como si me hubiera pasado por encima un camión.

—¿En qué estabas pensando, Cass? —Entornó los párpados mientras se sentaba al borde de la cama.

—Espera. ¿Estás... estás enfadado conmigo?

—¿Enfadado? Cariño, estoy furioso. ¡Podrías haber muerto! ¿Es que nadie lo entiende? Porque al parecer a Tyler tampoco le entraba en la cabeza.

Me quedé sin respiración.

—¿Has hablado con Tyler? ¿Cuándo?

—Cuando te dejé con Dana anoche, fui a hablar con él. —Sus ojos verdes brillaron y apartó la mirada con rapidez antes de volver a mirarme.

—No recuerdo muchas cosas de anoche. Solo haber llegado aquí, y partes de la ducha.

Su mirada se suavizó por un segundo.

—Cass, dime por qué no intentaste buscar a alguien que te ayudara. O por qué no le pediste a alguien que te dejara usar el teléfono.

—No me sé el número de nadie; lo tengo todo grabado en mi móvil. Y era muy tarde, no creía que fuese seguro hacer autostop hasta aquí.

—¿Y venir caminando hasta aquí en pijama te parece seguro?

—Anoche me lo pareció —murmuré patéticamente, conseguí levantarme de la cama e intenté ignorar la sensación de que mi cuerpo iba a derrumbarse y a no volver a levantarse jamás—. Siento haberte molestado, Gage. Gracias por cuidar de mí. Te veré más tarde.

—¿Qué? ¿Dónde vas?

Lo miré sorprendida por la rabia de su voz.

—Me iré donde Jackie hasta que pueda buscarme un apartamento. —Dejé de andar y me quedé allí quieta, de piedra, cuando los pantalones de chándal de Gage resbalaron y cayeron al suelo. Algo más que añadir a la lista de cosas humillantes en lo referente a Gage. Al menos su sudadera era lo suficientemente grande como para taparme todo lo importante. Me sonrojé al darme cuenta de que ya me lo había visto todo la noche anterior.

—¿Me dejas usar tu teléfono para que pueda llamarla? O a Ethan —pregunté.

—Cassidy, ¿por qué te marchas?

—¡Porque no debería haber venido aquí para empezar! Obviamente fue una mala idea.

—No quiero que te marches. —Suavizó la voz drásticamente y estiró el brazo para darme la mano y tirar de mí hacia la cama. Soltó una carcajada cuando tropecé con sus pantalones de chándal—. Perdona, es la prenda más cálida que tenía anoche para dejarte.

Yo me limité a asentir y giré la cabeza para que no viera mi rubor.

—Oye. —Me puso los dedos debajo de la barbilla y me giró la cabeza para que viese sus ojos verdes—. Lo siento. No estoy enfadado contigo, pero anoche me diste un susto de muerte. Estuve a punto de llamar una ambulancia. Probablemente debiera haberlo hecho, pero estaba demasiado concentrado intentando que entraras en calor.

Eso sí que hizo que me sonrojara diez veces más. «Dios, no puedo creer que haya estado en la ducha con Gage. Aunque tampoco es que haya podido disfrutar de la experiencia, ni siquiera darme cuenta de que estaba pasando».

—Gage —murmuré transcurridos unos segundos de silencio—, ¿ella seguía allí cuando llegaste anoche? —Estuve a punto de decirle que no respondiera, pero entonces puso cara de pena y ya no hizo falta que lo hiciera—. Estoy cansada —agregué para cambiar de tema—. ¿Te importa que duerma un poco más antes de llamar a Jackie?

—Puedes volver a dormirte. Necesitas descansar todo lo posible después de lo de anoche. Pero quiero que te quedes aquí, Cass. Adam y yo trajimos casi todas tus cosas anoche. No tienes que hacerlo, pero serías bien recibida si quisieras quedarte a vivir aquí. Solo si tú quieres.

¿Vivir otra vez con Gage? Pero si, la última vez, no soportaba tenerme allí.

—Agradezco lo que estás haciendo, Gage, pero no me debes nada. Y no quiero que me des un lugar donde vivir solo porque sientas pena por mí.

—No es eso en absoluto. Deseo que estés aquí. Sinceramente, prefiero que seas tú antes que cualquier otra persona.

Yo lo dudaba. Pero la idea de estar otra vez cerca de Gage me provocó un vuelco en el corazón. Me di cuenta de que aún no había dicho nada cuando se levantó y caminó hacia mí.

—Piénsalo —dijo con voz profunda—. Pero ahora vuelve a dormirte, cariño. Voy a salir a correr. Vendré a verte cuando regrese. —Me acarició la frente con la mano cuando me metí bajo la colcha y frunció el ceño—. ¿Tienes calor?

—No, de hecho sigo teniendo frío. ¿Puedes lanzarme tus pantalones?

Gage maldijo en voz baja, caminó hacia la puerta y me lanzó los pantalones de chándal al salir. Antes de que pudiera intentar ponérmelos, había regresado con la colcha de su cama.

—Aquí tienes. —Volvió a acariciarme la frente y también la mejilla—. Volveré enseguida, ¿de acuerdo?

—Diviértete —murmuré yo mientras me hacía un ovillo en la cama. Ni siquiera tenía fuerzas para ponerme otra vez los pantalones.

Gage

Ni siquiera había llegado a la acera cuando volví a entrar corriendo en casa a por mis llaves. No podía correr. No mientras estuviera tan preocupado por ella. Llamé a mi madre en cuanto me metí en la camioneta. Sí, lo sé. Estaba muy desesperado.

—¿Por qué no me sorprende que ya estés despierto? Es tu último día antes de que comiencen las clases. Deberías estar durmiendo.

—Hola a ti también, mamá.

—¿Cómo está mi chico?

—Bien. Oye, mamá, necesito tu ayuda. Cassidy está ardiendo y no sé qué debería hacer. Voy a buscar un termómetro, pero ¿hay algo que deba comprar? ¿Comida, bebida, medicinas?

—¿Cassidy? —No pudo ocultar su sorpresa al decir su nombre—. ¿No debería estar ayudándola Tyler si no se encuentra bien?

—Eh… ¿te lo resumo?

—Claro. —Mi madre suspiró, haciéndome saber que después tendría que contarle la historia completa.

—Anoche Tyler llevó a casa a otra chica y echó a Cassidy de casa.

—¿Qué? ¿Estás seguro?

—Sí, mamá. Estoy seguro. Yo mismo se lo pregunté. Pero esa no es la peor parte. La dejó en la calle sin teléfono, sin llaves y sin nada y acabó caminando hasta mi casa. Estaba granizando con fuerza y llevaba puesto el pijama; no llevaba abrigo ni nada.

—Oh, pobre chica. ¿Está bien? ¿Dices que está ardiendo?

—Sí. —Respiré profundamente y golpeé el volante con el pulgar mientras esperaba a que el semáforo se pusiera verde—. Lleva un chándal y anoche subí la calefacción al máximo. Me ha dicho que tiene frío, pero está roja y muy caliente.

—De momento compra el termómetro y un antigripal. Llámame otra vez cuando le hayas tomado la temperatura.

—De acuerdo. Gracias, mamá, te quiero.

—Yo también te quiero. Adiós.

Entré corriendo en la farmacia, compré el termómetro más caro que encontré y varios paquetes de antigripales antes de volver a casa. Había estado fuera unos veinte minutos, pero no cabía duda de que Cassidy había empeorado en ese tiempo. Sentí el calor que emitía su piel y vi que estaba temblando otra vez.

—Cass, despierta, deja que te tome la temperatura.

Ella gimió y se subió ambas mantas hasta las mejillas.

Seguí intentando despertarla mientras abría la caja. Finalmente asintió cuando le mostré el termómetro y se lo metí en la boca. Mientras esperaba, le toqué las mejillas y la frente y tuve que hacer un esfuerzo para no gritarle al aparato que se diera prisa. Estoy seguro de que las personas que lo inventaron disfrutaban con poder torturar a la gente con la espera. No podía quedarme allí sentado sin hacer nada, así que volví a llamar a mi madre y le puse al corriente de los cambios. Parecía que Cassidy estaba mucho más caliente ahora. Al fin el aparato de tortura del infierno pitó y se lo saqué de la boca con cuidado.

—Mierda, es mucho —murmuré.

—¡Gage Michael Carson!

Tardé unos segundos en darme cuenta de lo que había ocurrido.

—Lo siento, mamá, pero aquí pone que tiene cuarenta con ocho. ¿Qué debo hacer?

—Llévala al hospital ahora mismo. Si se mantiene mucho tiempo con esa temperatura, puede empezar a sufrir ataques o caer en coma.

¿Qué?

—De acuerdo. Luego hablamos.

—Llámame en cuanto el médico te diga algo, ¿entendido? Quiero saberlo inmediatamente.

—Sí, mamá. —Colgué el teléfono y tomé en brazos a Cassidy; ya se había quedado dormida y no se movió hasta que llegamos a Urgencias. Entonces comenzó a temblar descontroladamente y deseé haber llevado las colchas conmigo, o al menos haber vuelto a ponerle los pantalones. Nunca antes había tenido que cuidar de nadie y sentía que estaba haciendo un gran trabajo…

Levanté la mirada al sentir una mano en la espalda y sonreí.

—Agradezco mucho que estés aquí, mamá. No tenía ni idea de lo que estaba haciendo. —Me pasé una mano por el pelo y suspiré al volver a mirar a Cassidy, que estaba dormida en mi cama—. Obviamente.

—Calla. Has hecho todo lo que podías.

—Si la hubiera llevado al hospital nada más llegar aquí…

—Habría tenido neumonía igualmente, Gage. Estuvo caminando con ese tiempo sin la ropa adecuada y con el pelo mojado. No puedes culparte. Tyler, por otra parte…

—Dios, quiero volver a pegarle.

—Para empezar —dijo ella con un suspiro—, yo no intentaría detenerte.

Cassidy se dio la vuelta y dejé de respirar por un momento para poder escuchar su respiración suave y rítmica. Llevaba dos días en mi casa después de haber pasado cuatro en el hospital para que pudieran asegurarse de que iba mejorando. Mi madre le había dejado la cocina y la limpieza del rancho a mi hermana mediana, Nikki, y había corrido a Austin nada más decirle que el médico había dicho que Cass tenía neumonía. Se negó a dejar que me saltara las clases y, si no podía estar junto a Cassidy, al menos me sentía mejor sabiendo que era mi madre la que estaba con ella, no Tyler. Quien, por cierto, se había presentado en el hospital mientras yo estaba en clase y, tras una reprimenda de mi madre, se había marchado y solo había intentado ponerse en contacto por teléfono. Por suerte, Cassidy no había querido hablar con él, aunque yo no le hubiera permitido hablar con ella en cualquier caso.

Mi madre se había portado genial. Había cocinado para nosotros y había cuidado de Cass como solo lo haría una madre. Me daba cuenta de que al principio Cassidy no llevaba muy bien que cuidaran de ella de esa forma, pero, con lo débil que estaba, no le quedaba otra opción y yo sabía que ahora le encantaba tener a una madre cuidando de ella por primera vez en años. Mi madre dormía en la habitación de invitados, de modo que naturalmente instalé a Cassidy en la mía y, sinceramente, no habría tolerado ninguna otra alternativa. Técnicamente yo dormía en el sofá, pero siempre acababa sentado en una silla junto a la cama para poder asegurarme de que su respiración fuese normal. O, al menos, eso era lo que me decía a mí mismo. Cassidy era la única que creía eso. Esa sonrisa cómplice que me dirigía mi madre cada vez que me veía allí me indicaba que no podía engañarla a ella; sabía que deseaba estar a su lado.

—Ven a hablar conmigo, Gage —susurró mi madre por encima del hombro mientras salía de mi habitación.

Me levanté y me estiré antes de inclinarme sobre la cama y darle a Cassidy un beso en la frente. Tenía tan buen aspecto ya que no me cabía duda de que el lunes intentaría levantarse de la cama y volver a trabajar. Disimulé una carcajada mientras me dirigía hacia la cocina al pensar en lo mona que se ponía Cassidy cuando intentaba salirse con la suya, pero de ninguna manera iba a permitir que saliera de esa cama durante al menos otra semana más.

—¿Sí, señora?

—Solo quería saber cómo llevas todo esto.

—Estoy bien. —Fruncí el ceño—. ¿Por qué?

—Quiero decir que cómo llevas lo de que Cassidy esté aquí. Después de su visita en verano, y durante las vacaciones de Navidad, estabas tan… No sé. ¿Destrozado? Y ahora está aquí después de tener problemas con Tyler. Solo quería asegurarme de que no volvieras a pasarlo mal, hijo.

—Sí, lo entiendo. No sé cómo interpretar algunas de las cosas. Estaba… y estoy aún alterado con el asunto, pero no puedo… Sigo enamorado de ella.

—Lo sé.

—He intentado superarlo, mamá —mi madre no sabía exactamente cómo había intentado superar lo de Cassidy, pero lo mejor sería que eso no lo supiera nadie más que yo y las chicas con las que había estado—, y he intentado entender por qué hace determinadas cosas… tiene que haber algo que se me escapa. Cassidy no es el tipo de chica que hace daño a alguien a propósito y, si no la conociera tan bien como la conozco, no me habría dado cuenta de que ella también sufría. Por alguna razón, este verano acabé disculpándome con ella al regresar aquí. Estaba muy enfadada porque me hubiera marchado y, aunque intentó ocultarlo, sé que estaba disgustada. Y después… no sé. Tal vez esté obligándome a mí mismo a creer que todo esto está ocurriendo de verdad.

—Bueno, no estoy tan segura. No hay más que estar en la misma habitación que vosotros para saber que algo hay. Te mira como si… Bueno, da igual. Pero ten cuidado. Lo esté haciendo a propósito o no, ya te ha hecho daño demasiadas veces.

Tampoco necesitaba que me lo recordara. Pero tenía razón. Sabía que, si seguía dándole demasiada importancia al hecho de que Cassidy hubiera acudido a mí, algo me devolvería bruscamente a la realidad y acabaría más enfadado que las últimas veces que eso ocurriera.

Mi madre comenzó a decir algo, pero vaciló y abrió el frigorífico y el congelador para buscar algo.

—Será mejor que lo digas, mamá.

—¿Estás seguro de que es buena idea que viva aquí contigo? No me malinterpretes, cariño, yo la adoro. Pero, con todo lo que ha ocurrido, ¿de verdad crees que deberías estar haciendo esto?

—Sí —respondí sin dudar—. Lo creo y estoy seguro.

—De acuerdo. —Levantó las manos con las palmas hacia mí—. De acuerdo, te entiendo. Solo quería asegurarme —añadió guiñándome un ojo.

CAPÍTULO 10

Cassidy

Estaba aclarando mi taza en el fregadero cuando llamaron con fuerza a la puerta. Todavía eran las seis y media de la mañana, por el amor de Dios; ¿quién estaba tan loco como para ir por ahí despertando a la gente tan temprano? Aunque ya estábamos despiertos. Gage había ido a ver cómo estaba antes de salir a correr hacía poco tiempo y ya no había podido volver a dormirme. Me acerqué a la puerta de puntillas y miré por la mirilla.

—¿Qué diablos?

Volvió a llamar y, aunque estaba observándolo, el golpe me hizo dar un respingo.

—¿Qué quieres, Ty? —gruñí mientras abría la puerta, pero me quedé en el umbral para que no pudiera entrar.

—Dios, Cassi, he estado volviéndome loco. ¿Cómo estás? ¿Te encuentras bien? —Estiró la mano hacia mi cara y yo se la aparté de un manotazo.

—Estoy bien. ¿A qué has venido?

—Cariño, lo siento mucho. No tienes idea de cuánto. Por favor, déjame entrar para que podamos hablar de lo sucedido.

—No hay mucho de que hablar. Te llevaste a una chica a casa para tirártela porque yo no quería. Es un buen resumen, ¿no te parece?

—La… —Se pasó ambas manos por el pelo y tiró de él con fuerza, haciendo que se le despeinara. Si no hubiera estado tan alterada por volver a verlo, me habría reído—. ¡La cagué! Lo siento. Estaba borracho y enfadado por lo que me habías llamado, aunque eso no es excusa. Sé que estabas dormida, no pensaba. O sea, sí pensaba, pero…

—Vaya, esto sí que empieza bien. Estabas borracho, no pensabas, sí pensabas. Suenas muy coherente.

—Cassi…

—No. Tienes que irte.

—¿No podemos hablar de esto, por favor? Lo siento mucho, Cassi.

Puse la mano en la puerta y comencé a retroceder.

—Yo también diría que lo siento, pero no puedo, Ty. Nunca sentiré no haberte entregado mi virginidad, sobre todo porque ha hecho que me dé cuenta del tipo de hombre que eres realmente.

—¡Yo no soy ese hombre!

—¿Hablas en serio? Ty, sí que eres ese hombre. No estaba preparada y seguiste insistiendo. Cuando no cedí, te buscaste a otra, me insultaste delante de ella y después me echaste de nuestra casa. —Comencé a cerrar la puerta, pero él estiró un brazo para detenerme—. Creía que tú lo habías dejado bastante claro, pero parece que no estamos en el mismo punto. Déjame intentarlo a mí. Hemos terminado, Tyler.

—¡Cassi, por favor! ¡Esperaré todo el tiempo que necesites! Lo de Cara fue un error.

Me temblaba el cuerpo y estaba a punto de echarme a llorar. No podía creer que estuviera haciendo aquello. Despidiéndome de mi Tyler. Estaba a punto de ceder y correr a sus brazos, rogarle que solucionase la situación, como siempre había hecho. Quería lo que teníamos antes, antes de cometer el error de aceptar convertir nuestra relación en algo más. Pero eso ya no existía.

—Es demasiado tarde, Tyler.

—Cariño —me rogó, y sus ojos adquirieron un brillo extraño cuando comencé a cerrar la puerta otra vez. Antes de darme cuenta de lo que estaba haciendo, me rodeó la cintura con un brazo, me colocó la otra mano en la nuca y me besó con fuerza en los labios.

Me resistí contra su cuerpo con tanta fuerza que, cuando Gage apareció tras él y lo apartó de mí, aterricé de culo en el suelo.

—¿Estás bien? —preguntó Gage. Me miraba fijamente con sus ojos verdes y seguía intentando recuperar el aliento después de su carrera. Incluso en aquellas circunstancias, no pude evitar admirar su asombroso cuerpo. Tenía la camiseta empapada y pegada al pecho y a los abdominales, y sus mallas cortas dejaban al descubierto sus pantorrillas firmes.

—Sí —asentí mientras me ponía en pie—. Estoy bien.

Deslizó una mano por mi brazo hasta estrechar la mía y me miró a la cara durante unos segundos antes de volver a hablar.

—Vuelve a la cama, Cass, yo iré a verte dentro de un minuto.

—¿Es por eso por lo que no me hablas? ¿Tú y él? ¿Hace cuánto que estáis juntos?

Desencajé los ojos al mirar a Tyler. ¿Hablaba en serio? Él sabía mejor que nadie lo que Gage sentía por mí… o lo que no sentía.

—Ty…

Gage tiró de mí hasta que quedé medio escondida detrás de su espalda.

—Ni se te ocurra intentar echarle en cara algo que ni siquiera está ocurriendo. La cagaste. Acudió a mí por tu culpa. Tú eres la razón por la que ya no estáis juntos.

—Te lo dije desde el primer día, tío. Te dije que te mantuvieras alejado de ella.

Antes de que yo pudiera preguntar a qué se refería Tyler, se encaró con su primo y supe que aquello iba a empeorar.

—Tyler, vete —le exigí mientras tiraba del brazo de Gage para que entrase en casa; él apretó los puños y juro que su cuerpo comenzó a vibrar—. Gage, vamos. Entremos. —«Por favor, por favor, no os peleéis». Sinceramente no podía soportar ver a alguien soltar un puñetazo y Tyler lo sabía. Yo sabía que él quería que fuese Gage quien empezara la pelea, porque suponía que eso me asustaría y me entrarían ganas de marcharme—. Es lo que quiere, por favor, cierra la puerta.

—¿Qué? —preguntó Tyler—. ¿Ahora eres demasiado bueno para pegarme otra vez?

Me quedé helada. ¿Gage le había pegado?

—Te mereces eso y más por todo lo que le has hecho pasar.

—¿A qué estás esperando? Estoy aquí mismo.

Gage me empujó hacia atrás y se irguió para mirar a Tyler con superioridad.

—Cariño, vete a tu habitación.

Vi como Tyler sonreía con suficiencia; ya había insinuado alguna vez cosas sobre el temperamento de Gage, pero yo nunca lo había visto… y no quería verlo. Mi cuerpo temblaba y, aunque me sentía clavada al suelo, me obligué a moverme y me coloqué entre ellos, mirando a Gage, pero con la cabeza agachada para no ver cómo miraba a Tyler; su actitud me decía todo lo que necesitaba saber.

—Cariño.

—Por favor. —Mi voz sonó temblorosa mientras me obligaba a estirar la mano y agarrarle el puño cerrado. Apreté la mandíbula e intenté detener los temblores de mi cuerpo. Ver aquel lado de Gage lo cambiaría todo. No podía permitir que lo hiciera—. No lo hagas.

El cuerpo de Gage se tensó antes de inclinarse y ponerme la mano bajo la barbilla para levantarme la cabeza. Yo había cerrado los ojos y los abrí lentamente al oír su suave voz.

—Cass. —Tenía los ojos muy abiertos y me miraba fijamente.

—Por favor —susurré de nuevo, y él asintió. La mano que no sujetaba mi barbilla se relajó y estrechó la mía mientras nos apartábamos de Tyler.

—Tienes que irte. No vuelvas a aparecer por aquí sin haber sido invitado, ¿entendido?

—Cassi… —dijo Tyler, pero Gage cerró la puerta y echó ambos candados antes de envolverme entre sus brazos.

—Lo siento.

—Gage, no quiero que lo que ocurre entre Tyler y yo eche a perder vuestra relación. Sois familia. Tal vez deba irme…

—No. Tú te quedas aquí. No me importa que sea de mi familia. Dios, ya he dejado pasar demasiadas cosas de las que ha hecho solo porque somos familia. Pero esto no, no puedo ignorar la manera en que te ha tratado.

—Pero…

—Estaremos bien, Cassidy. Está siendo un idiota, se me permite no querer verle.

Yo asentí sin más.

—¿Estás bien? Siento haberte asustado.

—Estoy bien, es solo que… Estoy bien.

Deslizó la mano por mi espalda arriba y abajo para tranquilizarme.

—Yo nunca te haría daño.

—Lo sé, Gage —dije con un suspiro. No me haría daño, pero no entendía que tampoco podía verle hacer daño a otra persona.

Gage

Todo fue casi perfecto a lo largo de las semanas siguientes. Cassidy había vuelto a trabajar el lunes después de que Tyler se presentara en casa, y él no había vuelto a molestarla desde entonces. Yo seguía viéndolo en la universidad y habíamos vuelto a desayunar los sábados por la mañana, pero, aunque las cosas iban volviendo a la normalidad, aún había tensión. Yo llevaba a Cassidy al trabajo y la recogía al salir. Seguía sin saber cómo ayudarla por las noches en la cocina, pero era uno de mis momentos favoritos con ella.

Los chicos iban a mi casa a disfrutar con su cocina una vez por semana y a mí me alegraba que fuera con menor frecuencia que en casa de Ty. Sabía que estaba siendo egoísta, pero me encantaba pasar tiempo con ella y eso era incompatible con tener invitados en casa.

Cuando estábamos solos, nos acurrucábamos en el sofá y ella veía la tele mientras yo hacía los trabajos de clase. Y, cada vez con más frecuencia, la llevaba a la cama por las noches. Si teníamos invitados, Cassidy siempre mantenía una distancia de al menos medio metro entre nosotros y, aunque no era mucho, no me gustaba estar lejos de ella. No nos tocábamos mucho, pero era horrible saber que no podía rodearla con mis brazos. Como ahora. Habíamos salido a cenar con algunos de nuestros amigos y, aunque estaba sentada a mi lado, era como si hubiera una mesa entre los dos.

—Eh, Gage.

—¿Sí? —Aparté la mirada a regañadientes de Cassidy, miré a Grant y le lancé la patata que él me había lanzado.

—Joder, pensé que te habías quedado sordo.

—Estaba distraído. ¿Qué?

—Apuesto a que sí. —Adam y Jake se rieron junto a mí y Grant miró a Cassidy explícitamente. Yo estiré la pierna y le di una patada por debajo de la mesa cuando su mirada se volvió lasciva. Grant se quejó y volvió a mirarme—. Mañana, noche de chicos. ¿Te apuntas?

—Sí, claro. —Cassidy se rio de algo que había dicho Jackie y, como un adicto a la heroína, no pude evitar volverme para observarla. Mi primera descripción seguía siendo cierta; sonaba como la risa de los ángeles.

Ethan miró más allá de Jackie y de Cassidy.

—¿Vas mañana? —me preguntó y, cuando asentí, continuó—. Muy bien, siempre y cuando no tenga que ser yo el único que se encargue de estos borrachos al final de la noche, también me apunto.

Cassidy se rio suavemente y se volvió para mirarme con una sonrisa que me obligó a esforzarme por no inclinarme y besarla delante de todos. Un momento, ¿mañana? Era sábado.

—Ah, olvídalo, perdona, se me olvidaba qué día es mañana. No puedo ir.

—¿Qué? —preguntaron Jake y Grant al mismo tiempo. Grant continuó—. No. Noche de chicos. Lo que significa que tenéis que venir los dos.

—Lo siento. —Me encogí de hombros; en realidad no lo sentía—. Mañana es sábado, ya tengo planes.

—Tío. Tres palabras. Noche de chicos. —Grant me miró como si se me hubiese ido la cabeza y se me estuviera escapando el verdadero significado de la frase.

Yo sabía lo que implicaba una noche de chicos, pero, hasta hacía unos meses, cuando me di cuenta de que Cassidy y Tyler estaban realmente juntos, no había prestado mucha atención a eso. Y en realidad me sentía aliviado de tener una excusa legítima para no ir.

—Tengo una cita. Lo siento.

Adam dejó de besarle el cuello a Dana y me miró con una ceja levantada antes de mirar rápidamente a Cass. Después volvió a mirarme y negó con la cabeza. Él sabía lo de todas las chicas con las que había estado a finales del último año, sabía por qué lo había hecho y lo que sentía por Cass. Se lo había contado todo en mi camioneta cuando volvíamos de pegar a Tyler aquella noche. Era evidente que pensaba que estaba saliendo con cualquier chica; tendría que informarle de que mi cita era con Cassidy. Me giré para decirle a Ethan que se había quedado solo, pero me detuve cuando vi la actitud rígida de Cassidy. Su rostro era inexpresivo. Si no fuera porque Jackie estaba matándome con la mirada, habría pensado que Tyler había aparecido. Aun así, miré a mi alrededor y no entendí por qué Cassidy había vuelto a ponerse la máscara. ¿No quería pasar la noche del sábado conmigo? Habíamos empezado a ver películas cada sábado por la noche cuando vivía con Tyler y con ella, y habíamos recuperado esa misma rutina desde que se trasladara a vivir conmigo. Tal vez hubiera hecho planes con Jackie y quizá por eso Jackie me miraba como si estuviera a punto de explotar.

Aumentó mi confusión y, cuando Cassidy regresó de hacer la compra con Jackie al día siguiente, estaba completamente desconcertado. La noche anterior no me había dirigido la palabra durante todo el trayecto de vuelta a casa, no se había levantado para nuestro abrazo de buenos días ni antes ni después de que yo saliera a correr aquella mañana. Y yo acorté mi desayuno con Ty para poder estar en casa cuando ella regresara. Aun así no me dijo nada y se dedicó a quitarme de las manos los productos que yo intentaba ayudarla a guardar, empeñada en hacerlo ella misma. Cuando terminó de guardarlo todo, se fue a su habitación y cerró la puerta.

Yo terminé los trabajos que tenía para el fin de semana y decidí pedir pizza para que ella no tuviera que cocinar aquella noche. Tras colgar el teléfono, me acerqué a su habitación y llamé a la puerta.

—¿Sí?

Giré el picaporte, abrí la puerta y me preocupé al verla acurrucada en la cama.

—¿Te encuentras bien, cariño?

Ella suspiró y se giró para mirarme.

—¿Qué pasa, Gage?

—Eh… he pedido una pizza. —Sonó más bien como una pregunta, pero estaba tan confuso que ya no sabía qué decir ni qué hacer.

—Gracias, pero estoy segura de que podré apañármelas sola mientras estés fuera. Sé manejarme en la cocina para variar —respondió con tono sarcástico.

—Eh… no voy a salir.

Enarcó las cejas y apretó los labios antes de dedicarme una sonrisa que parecía forzada.

—Así que tu cita viene a casa. ¿Querías que me marchara?

—Cass, ¿en serio? Es sábado.

—Sí, lo sé.

—¿Y? Es noche de película.

—Vaya… —negó ligeramente con la cabeza y desorbitó aún más los ojos—. Lo siento, pero preferiría no ver películas con tu cita y contigo.

Dios mío, ¿de verdad pensaba que tenía una cita con alguien que no fuera ella? Yo sabía que no era exactamente una cita y además ella vivía conmigo, pero aquellas eran mis noches con ella. Debía de saber que no iba a permitir que nadie se interpusiera entre nosotros y nuestras noches juntos, mucho menos otra chica. Sinceramente no era nada sutil en lo referente a mis sentimientos hacia ella. Era patético en lo que a Cassidy respectaba; todo lo que tuviera que ver con ella me hacía sonreír. Tampoco me importaba; estaba enamorado de ella y todos lo sabían, aunque no se lo hubiera dicho. La noche anterior incluso los chicos estaban comentando que no podía dejar de mirarla, y ella estaba justo allí.

—Cariño —dije con suavidad—, se te ha ido la cabeza si crees que tengo una cita con una chica esta noche.

Cassidy arrugó la cara y se puso tan mona que tuve que hacer un esfuerzo por no sonreír. Estaba disgustada porque pensaba que tenía una cita. Por fin le encontré sentido a todo lo que había ocurrido desde la noche anterior y, sí, me reconfortó la idea de que estuviera celosa.

—Pero anoche les dijiste a todos que… —Se detuvo y ladeó la cabeza—. ¿No tienes una cita?

—Oh, no, sí que la tengo. Pero al parecer mi cita preferiría pasar la noche sola en la cama a pasarla en el sofá conmigo, viendo una película y comiendo pizza.

—¿No has salido de fiesta con los chicos por nuestra noche de película? —me preguntó.

Dios, cómo amaba a esa chica.

—Pues sí. ¿Ahora vas a salir ahí fuera conmigo o tengo que echarte encima del hombro, aprisionarte contra el sofá y obligarte a ver una peli conmigo? —Mentiría si dijera que no sentí la presión en los pantalones con la idea de aprisionarla contra el sofá.

Ella no logró disimular su sonrisa, se levantó lentamente de la cama y caminó hacia la puerta. Cuando pasó junto a mí, se detuvo y giró la cabeza para mirarme.

—Gracias, Gage.

CAPÍTULO 11

Cassidy

Miré el reloj y estuve a punto de suspirar aliviada al ver que solo quedaban cinco minutos para que acabase mi turno. Era viernes y, por alguna razón, aquel viernes parecía lunes. Habíamos tenido clientes enfadados en la ventanilla de pedidos que gritaban a Lori porque había tardado casi tres minutos en llevarles su pedido de seis cafés, después un mocoso tiró su chocolate caliente al suelo porque tenía nata montada, en serio ¿a qué niño no le gusta la nata montada?, y su madre exigió que le preparásemos otro gratis, a pesar de no haber mencionado en ningún momento nada sobre la nata montada antes de que yo preparase la bebida. Lori se había disgustado tras el pedido de los seis cafés y nos habíamos intercambiado el puesto poco después, de modo que ella fue a limpiar el desastre mientras yo preparaba otro chocolate caliente. Y, embarazada de dos meses, Lori había empezado a tener náuseas matutinas delante de todos. Como consecuencia, aquello hizo que el mocoso vomitara también junto a ella. Por si eso no fuera suficiente, la madre comenzó a gritar que iba a demandarnos por hacer que su hijo vomitara por, y cito textualmente, «obligar a mi niño a tragarse esa horrible nata montada». No había sido mi intención, pero yo estaba tan harta del día que solté una carcajada cuando dijo aquello, y decidió pagar su ira conmigo. Dijo que no decía mucho a favor de Starbucks que permitieran a una muchacha drogadicta con marcas de aguja preparar las bebidas de sus clientes, mientras señalaba mi tatuaje de la Osa Mayor.

Estaba quitándome el delantal e introduciendo mi código cuando entró Stacey con una mujer mayor que supuse que sería su madre. Stacey estaba asombrosa; resplandeciente y sonriente, como debería estar una chica el día antes de su boda.

—¡Hola! No esperaba verte hoy, pero debo decirte que te has perdido un día alucinante.

—¿De verdad? —preguntó ella con brillo en la mirada.

—No. Ha sido horrible. Alégrate de no haber estado aquí.

—Oh. —Arrugó la nariz y sonrió—. Bueno, vamos a reunirnos con mis chicas para hacernos las uñas, pero me alegra haberte visto antes de que te fueras. Me preguntaba si mañana vendrías acompañada. Sé que la historia con Tyler terminó hace unos meses, así que no sabía que pensabas traer a alguien.

—Ja. Ni siquiera había pensado en eso. Supongo que iré sola. Si es por el precio del catering, comeré por dos si quieres.

La mujer y ella se rieron.

—No, no es eso. Estuve hablando de ti con Russ y me dijo que vienen algunos chicos solteros de su fraternidad y que debería emparejarte con alguno de ellos. —Yo desencajé los ojos, pero ella siguió hablando—. Obviamente yo habría hablado antes contigo del tema, pero Christian, uno de los chicos de la fraternidad, estaba allí sentado y una cosa llevó a la otra, se metieron en tu página de Facebook... y, bueno, ahora Christian se muere por conocerte.

—Eh...

—Es muy mono, Cass, tiene veintidós años, juega al béisbol...

—Voy a ir con Gage —dije al ver su camioneta entrando en el aparcamiento.

Stacey se quedó con la boca abierta.

—Dios mío. ¿En serio? —preguntó dando un chillido. Un auténtico chillido—. ¿Cómo es que no me lo habías contado? ¡Oh, Cass, cuando vuelva de la luna de miel me lo tienes que contar todo!

Maldita sea.

—Eh, bueno, es algo nuevo.

—Cassidy, lo tuyo con Gage no es nuevo. Puede que hayáis tardado una eternidad, pero desde luego no es nada nuevo.

Gage se bajó de la camioneta y se encaminó hacia la puerta, así que yo me di la vuelta para que Stacey no tuviera oportunidad de decirle nada, sobre todo porque Gage no sabía nada de la boda de Stacey ni de nuestra relación, que era tan nueva que podría decirse que era inexistente. Porque lo era.

—Sí, bueno… —Sonreí y la abracé con fuerza—. Lo llevamos con discreción de momento, por Ty, así que… —Me detuve cuando entró Gage y me dirigió su sonrisa devastadora, con hoyuelos y todo—. ¡Nos vemos mañana, Stacey!

Gage acababa de ponerme el brazo sobre los hombros cuando Stacey gritó con voz cantarina:

—¡Adiós, Gage Carson, nos vemos!

Él mantuvo la sonrisa, pero era evidente en su rostro la confusión provocada por la manera de hablar de Stacey.

—Adiós, Stacey. —Le salió más como una pregunta y ladeó la cabeza mientras yo lo empujaba hacia la puerta.

—Parece que estaba de buen humor —dijo mientras me abría la puerta del copiloto.

—Eh, sí… algo así —murmuré yo, e intenté averiguar cómo pedirle que me acompañara a la boda sin que supiera nada de nuestra «relación».

—¿Gage? —dije tímidamente desde el pasillo. Sabía que me acompañaría, pero, siendo sincera conmigo misma, me daba un poco de miedo que viera lo mucho que deseaba que fuera mi cita para aquel evento.

—¿Sí, Cass? —Se abrió la puerta de su dormitorio y Gage salió vestido solo con unas mallas, con el pelo todavía mojado después de la ducha y unas gotas de agua resbalando por sus hombros y su torso.

Me quedé con la boca abierta e intenté mirarlo a los ojos. Eso tampoco ayudó; podía perderme en aquellos ojos verdes y dorados.

—Eh… —Me di cuenta de que estaba mordiéndome el labio y mirando su abdomen firme otra vez. «¡Contrólate! No es la primera vez que lo ves medio desnudo». Me reprendí mentalmente a mí misma y, en su lugar, miré al suelo—. Bueno, es que Stacey se casa mañana y, antes de que todo ocurriera, yo ya había respondido diciendo que iría con Tyler. Pero como eso evidentemente no es una opción, me preguntaba si querrías ser mi pareja. ¡Como amigo, quiero decir! Ser mi pareja para la boda. —De acuerdo, aquello estaba yendo justo como no quería que fuera. Me había perdido mirando su cuerpo, le había pedido que fuera mi pareja y sabía que me había puesto roja de la vergüenza.

Gage no dijo nada, pero prácticamente sentí su risa silenciosa abriéndose paso por su cuerpo. Suspiré y me giré hacia el salón.

—No te preocupes, seguramente estés ocupado mañana. —No, no lo estaba. Al día siguiente era sábado, nuestra noche de película.

—¿A qué hora es?

Dejé de andar, pero no me di la vuelta.

—Empieza a las cinco.

—Muy bien, entonces tenemos una cita. —Su siguiente carcajada no fue silenciosa.

Fruncí el ceño al recordar nuestro malentendido de la «cita» de la semana anterior con la noche de película y me di un manotazo en la cara al entrar en el salón.

—Genial —murmuré contra mi mano.

Me dejé caer en uno de los sofás, cerré los ojos e intenté pensar en algo que no fuera el asombroso cuerpo de Gage. Le había visto sin camiseta cientos de veces y, claro, el pulso se me aceleraba siempre, pero siempre lograba controlarme. Por desgracia, empezaba a convencerme otra vez de que podría haber una relación entre nosotros, y como una estúpida pensaba que Gage también me deseaba a mí. Me maldije a mí misma en silencio por enésima vez por pensar que vivir con Gage podría ser una buena idea.

Abrí los ojos y sentí el sol que entraba por mi ventana. Agarré otra almohada y me tapé con ella la cara. Un momento… ¿otra almohada? Estaba en mi cama y ya era de día. Gage. No importaba el número de veces que él me metiera en la cama, porque siempre me avergonzaba a la mañana siguiente cuando me despertaba. ¿Quién sabe si roncaba, babeaba o hablaba en sueños mientras lo hacía? Salí de la cama y me dirigí hacia la cocina, donde olí el café recién hecho.

—Buenos días.

—Agg. —Impacté contra su pecho cuando tiró de mí para darme el abrazo de buenos días. No voy a mentir, seguía siendo mi momento favorito del día con él.

Gage se rio y me dio un beso en la coronilla. Ambos nos tensamos por un momento y tuve que contener la sonrisa antes de apartarme de sus brazos. No era la primera vez que Gage me besaba desde el episodio del rancho, pero normalmente era un besito en la mejilla o en la frente cuando me metía en la cama, e incluso entonces yo solía estar casi siempre dormida, de modo que siempre pensaba que lo había soñado.

—¿El café está listo? —pregunté mientras buscaba la leche en polvo en el frigorífico.

—Sí. —Se inclinó por encima de mí y sacó la leche, que estaba justo delante de mis narices—. ¿Buscabas esto?

—Da igual, es demasiado temprano. —Agarré mi taza y fui a sentarme a uno de los taburetes de la barra.

Nos bebimos el café en silencio mientras yo pensaba en el beso y en el estrés porque Stacey pudiera decirle algo a Gage sobre nuestra «relación» esa noche. Cuando terminó, Gage se fue a su habitación a cambiarse.

—Volveré en un rato, pero después voy a salir a desayunar con Ty.

—De acuerdo, puede que no esté aquí cuando vuelvas. Tengo que hacer algunos recados. Pero que sepas que tenemos que marcharnos sobre las cuatro y cuarto, ¿de acuerdo?

—Entonces te veré luego. —Me sonrió mientras agarraba su iPhone y se dirigía hacia la puerta.

Si seguía así, al final su sonrisa iba a volverme completamente loca.

Miré mi teléfono y maldije al tiempo por ir tan deprisa. Teníamos que marcharnos en diez minutos y todavía no me había probado el vestido. Después de que Gage se marchara aquella mañana, me había dado una ducha, había ido con Jackie a hacerme la manicura y después había ido a comprarme un nuevo vestido de verano, porque estábamos a mediados de marzo y la temperatura no había parado de subir en toda la semana. Habría tenido tiempo suficiente para prepararme, pero había tardado mucho en arreglarme el pelo para que quedase perfecto. No recordaba haberme tomado tantas molestias con mi apariencia en toda mi vida. No paraba de decirme que solo intentaba estar guapa porque íbamos a una boda, pero sabía que estaba haciéndolo por Gage. Y eso no era bueno.

Cuando quedé satisfecha con los tirabuzones de mi melena, corrí al armario y me puse el vestido. Era de un verde oscuro que me había recordado a los ojos de Gage, así que, naturalmente, me había enamorado de él. Era ajustado a la altura del pecho, con un escote en uve que me hacía tener canalillo por primera vez en mi vida, y me llegaba hasta un poco más arriba de las rodillas. Era una mezcla perfecta entre mono y sexy. Deseaba combinarlo con las botas de vaquera que la hermana de Gage me había comprado el verano pasado, pero en su lugar saqué unos zapatos negros de tacón. Me miré en el espejo, me di la vuelta para asegurarme de que no tuviera ninguna etiqueta colgando y sonreí satisfecha. No solía pensar aquello de mí misma, pero la verdad es que estaba guapa.

Tomé aliento, abrí la puerta e intenté no tropezar cuando vi a Gage. Estaba guapísimo de un modo increíblemente masculino. Llevaba unos pantalones color caqui y una camisa negra remangada hasta por encima de los codos. Lo miré a la cara e intenté no sonreír al ver que me miraba con la boca abierta.

—Vaya, Cassidy. Estás… vaya —dijo mientras me miraba de arriba abajo.

Intenté que no pareciera que se me había acelerado el corazón y que el estómago me daba vueltas.

—Tú tampoco estás mal, G. —«¿Se dará cuenta de lo mucho que me altera?»—. ¿Estás listo?

Él asintió y me condujo hacia su camioneta. El trayecto hasta la ceremonia, que se celebraba al aire libre, fue intenso, por decir algo. Ninguno de los dos podía decir nada; no parábamos de mirarnos por el rabillo del ojo. Podía palparse la tensión entre nosotros y tuve que hacer un esfuerzo tremendo para no acercarme a él. Cuando llegamos y estuvimos rodeados de más gente, la tensión se disipó enseguida y volvimos a relacionarnos como siempre. Yo solo conocía a un puñado de personas de la boda, otros compañeros de trabajo, y aunque estábamos muy unidos me sentí inmensamente agradecida de que Gage hubiera aceptado ir conmigo. Habría sido incómodo estar allí sin él, sobre todo cuando Christian se presentó; en cuanto vio el brazo de Gage en mi cintura, sonrió educadamente y se alejó. Stacey tenía razón; el tipo era bastante mono, pero no era Gage. La ceremonia fue rápida y conmovedora, y Stacey estaba radiante con su vestido palabra de honor.

Poco después de que empezara el banquete, Stacey y mis otros compañeros de trabajo nos arrastraron a Gage y a mí a la pista de baile con ellos. Imaginé que él volvería a sentarse, pero se quedó allí, divirtiéndose con los demás, y en ningún momento se separó de mi lado. Bromeamos y bailamos como locos mientras los demás ejecutaban sus propios pasos al ritmo de los clásicos, pero también con música moderna que no se podía bailar exactamente, aunque a nadie parecía importarle. Yo tomé aliento cuando Gage me rodeó la cintura con los brazos y estrechó mi espalda contra su torso al empezar una nueva canción. El tema tenía un ritmo sensual e hizo que la carpa adquiriese una atmósfera de club. Cuando nuestros cuerpos comenzaron a moverse lentamente, fui consciente de cada parte de mi cuerpo pegada al suyo y no pude evitar que se me acelerase la respiración.

Sentí sus manos en mis muslos, agarrándome la parte inferior del vestido, yo aparté la mano izquierda y la deslicé por su pelo. Después le acaricié con ella la mejilla antes de colocar ambas manos sobre las suyas y desear que me agarrara con más fuerza, aunque al mismo tiempo deseaba que me soltase. Aquello me rompería el corazón cuando acabase la canción. Me colocó una mano en el vientre e hizo que nos juntáramos más mientras deslizaba la otra mano por mi pelo hasta el hombro. Eché la cabeza hacia atrás para apoyarla sobre su pecho, sentí sus labios en la base del cuello y dejé escapar un suave gemido. El corazón se me aceleró y noté la tensión en mi interior. ¿De verdad estaba ocurriendo aquello? Recordé las imágenes del día posterior a la noche que habíamos pasado en la colina del rancho, pero intenté ignorarlas. No volvería a hacerme lo mismo, ¿verdad? Dejé la cabeza apoyada contra su cuerpo hasta que terminó la canción, permitiéndole besarme el cuello y el hombro varias veces más. Deseaba darme la vuelta para mirarlo a los ojos, para preguntar qué estaba ocurriendo, pero Lori me agarró la mano y tiró de mí hacia donde se encontraban los novios a punto de partir la tarta.

No volví a ver a Gage hasta después de que Russ hubiera lanzado la liga y Stacey el ramo. Yo empecé a preocuparme cuando el DJ anunció que solo faltaba una canción para que la feliz pareja se marchara, en ese momento las manos cálidas de Gage encontraron las mías.

—¿Uno más? —murmuró con seriedad.

—Claro. —Intenté sonreír, pero su mirada me preocupaba.

Me puso una mano en la cintura y, con la otra, agarró una de las mías para llevarla a su pecho. Yo apoyé la cabeza junto a nuestras manos unidas mientras bailábamos.

A mitad de canción volvió a hablar.

—Cassidy. —Yo lo miré a los ojos y él se fijó en algo que teníamos detrás antes de negar lentamente con la cabeza—. Mira, yo…

Le interrumpí, porque no quería oír los arrepentimientos que pudiera tener sobre aquel día.

—Gage, no.

—No, tengo que decirte esto.

Me mantuvo abrazada cuando yo intenté apartarme. Cerré los ojos para que no viera mi dolor.

—Lo entiendo. No quieres…

—Estoy enamorado de ti —dijo entonces.

No podía haberlo oído correctamente. Abrí los ojos de golpe y lo miré a la cara.

—¿Que qué?

Dejó escapar el aliento antes de volver a mirarme. Su voz sonaba tan profunda y tan llena de emoción que me provocó un escalofrío por la espalda.

—Estoy locamente enamorado de ti.

Desorbité los ojos mientras asimilaba aquella información.

—He intentado controlar mis sentimientos y sé que no se me da bien, pero no puedo seguir haciéndolo. No te veo solo como a una amiga, Cass. Nunca ha sido así. Pensé que deberías saberlo. Sé que tú no sientes lo mismo, pero estoy cansado de mentir y de ocultártelo.

—¿Por qué no me lo habías dicho nunca?

—¿Cuándo iba a hacerlo? Has estado saliendo con mi primo desde que nos conocimos.

Sentí un nudo en la garganta y me di cuenta de la cantidad de tiempo que había malgastado pensando que Gage solo podría ser mi amigo.

—Gage, yo estoy enamorada de ti.

—Pero, Tyler…

Negué con la cabeza y me aclaré la garganta.

—Espera, ¿por qué pensabas que Tyler y yo estábamos juntos cuando nos conocimos?

—Porque me lo dijo él. —De pronto frunció el ceño.

Por motivos evidentes, yo no era fan de la violencia, pero en aquel momento deseé pegarle un puñetazo a Tyler.

—Tyler y yo solo salimos durante unos pocos meses. Tú no me deseabas y te marchaste. Yo tenía miedo de perder a Tyler también, así que accedí a ser su novia poco después de que tú te hubieras mudado.

Gage dejó de bailar y me miró con incredulidad.

—¿Qué? No. —Negó con la cabeza—. Eras tú la que no me deseaba. Me dijiste que no estabas a gusto con lo que yo sentía; estabas con Tyler cuando estuvisteis en el rancho. Me dijo lo que le hiciste la mañana que os marchasteis.

—¿Lo que le hice? ¿A qué te refieres? Tyler era mi mejor amigo y nada más. Gage, fuiste tú quien me dijo que me marchara de allí. Yo iba a preguntarte si podía quedarme contigo, iba a decirte que estaba enamorada de ti y tú nos echaste; Tyler me dijo que te mudaste del apartamento porque no soportabas vivir conmigo. Había estado diciéndome eso desde el primer día después de instalarnos contigo.

—¿Aquella última mañana en el rancho ibas a decirme que estabas enamorada de mí? —Cuando asentí, Gage levantó la mirada y blasfemó. Me agarró la cara con ambas manos y me acercó a él—. Tyler mintió.

Me besó en los labios y empezaron a temblarme las rodillas por todas las emociones que recorrían mi cuerpo, pero Gage apartó las manos de mi cara y apretó los brazos en torno a mí para que no me cayese. ¿Cómo había podido besar a Tyler después de haber probado los besos de Gage? Deslizó la lengua entre mis labios y yo gemí suavemente. Un escalofrío recorrió mi cuerpo cuando me pegué más a él y lo agarré del pelo; sonreí al saber que podía hacerle aquello. Gage deslizó entonces los labios por mi mandíbula hacia mi oreja.

—Deja que te lleve a casa —me susurró al oído.

Dejaría que me llevase a cualquier parte.

Empezamos a dirigirnos hacia los coches, pero era el mismo momento en el que los novios iban a marcharse, así que tuvimos que esperar junto con los demás y lanzarles besos mientras corrían hacia su limusina. Cuando los faros del vehículo desaparecieron en la distancia, Gage me agarró la mano, entrelazó los dedos con los míos y me llevó hacia la puerta del copiloto de su camioneta. Me dio un beso ardiente en los labios, me subió con suavidad al asiento y deslizó los dedos desde mi cintura hasta mis rodillas. Estuvo a punto de parárseme el corazón.

Rodeó la camioneta, se sentó tras el volante y tiró de mí para besarme hasta dejarme sin sentido. Poco después, ambos sin aliento, se apartó, pero yo no estaba lista para que acabara aún. Me volví para mirarlo mejor y acerqué los labios a su cuello para alternar besos suaves y pequeños mordiscos, haciéndole probar la tortura que él me había hecho pasar antes. Colocó los dedos en mis caderas y dejó escapar un gemido profundo cuando yo deslicé los labios por su mandíbula. Aquel sonido calentó mi cuerpo y pude sentir cómo iba perdiendo el control lentamente. Bajó la mano por mi muslo, me agarró la rodilla y tiró de mí hasta sentarme encima. Suspiré y volví a besarlo en la boca. Lo necesitaba. Todo entero. Deslicé los dedos por su pelo y arqueé la espalda para poder presionar mi cuerpo de forma más íntima contra el suyo.

—Cass —murmuró entre besos—. Cass, deberíamos parar.

Yo le mordí el labio inferior y tiré suavemente a modo de respuesta.

El sonido que salió entonces de su boca solo podía describirse como el gemido más sexy que había oído jamás en un hombre. Volvió a devorar mi boca y pronto las ventanillas quedaron empañadas. Gage metió las manos por debajo de mi vestido y las dirigió hacia mi ropa interior. Gracias a Dios aquella noche llevaba unas bonitas bragas de encaje. Acababa de agarrar la prenda con los dedos para empezar a bajármela cuando sus manos y su boca se detuvieron.

—No, Cassidy, tenemos que parar. —Llevó entonces las manos a mis mejillas y sujetó mi cara a pocos centímetros de la suya—. No voy a hacer esto aquí contigo.

Negué con la cabeza e intenté volver a besarlo.

—No me importa, Gage.

Él me detuvo y me miró directamente a los ojos.

—No.

Dejé escapar el aire de mis pulmones y agaché la cabeza con desánimo. Intenté apartarme, pero él me mantuvo agarrada. Apoyó la frente en la mía y nos quedamos así mientras nuestra respiración recuperaba su ritmo normal. Tiempo después, lo que a mí me pareció una eternidad intentando ocultar mi vergüenza, por fin me dejó de nuevo en el asiento y salió del aparcamiento. Ninguno de los dos dijimos nada hasta que estuvimos a cinco minutos de casa, entonces me agarró la mano y se la llevó a los labios.

—No estés triste, Cass, por favor.

Para él era fácil decirlo. Me encogí de hombros y miré por la ventanilla.

—No lo estoy.

Se detuvo en un semáforo y me agarró la barbilla con la mano para obligarme a mirarlo. Sabía que estaba mintiendo.

—Te juro que no es que no te desee. —Tuve que contener una carcajada irónica; lógico que dijera eso—. Pero no pienso arrebatarte eso, y menos en mi camioneta. Te mereces algo mejor que eso. —Alguien tocó el claxon detrás de nosotros y Gage se puso en marcha de nuevo.

La distracción no pudo producirse en un momento mejor, porque tenía los ojos desencajados y las mejillas sonrojadas. Había olvidado que, mientras les contaba a Gage, a Adam y a Dana el motivo por el que Tyler había llevado a esa chica a casa, también había revelado el hecho de que seguía siendo virgen. «Que alguien me mate, por favor», pensé.

En cuanto detuvo el vehículo en la puerta, dejé los zapatos en la camioneta, salté y corrí hacia la puerta con la llave en la mano.

—¡Cassidy, espera! —gritó Gage mientras terminaba de aparcar.

Sé que es una niñería, pero es lo que he hecho siempre. Cuando surge una situación difícil, salgo corriendo. Es difícil romper esa preciosa costumbre. Pero, en esa ocasión, no podía acudir a Tyler o a Gage. Pensé en llamar a Jackie y hacer la maleta, pero primero tendría que conseguir abrir la maldita puerta. Tras estar a punto de dejar caer la llave, por fin conseguí meterla en la cerradura y abrí mientras Gage volvía a llamarme. Cerré de un portazo detrás de mí y corrí hacia el armario de mi habitación, saqué mi maleta y la lancé sobre la cama. Ya había vaciado el contenido de un cajón en la bolsa y me dirigía hacia otro cuando Gage me alcanzó.

Me agarró de los brazos y me dio la vuelta para mirarlo. Aunque no me hizo daño, logró que me estuviera quieta.

—Maldita sea, Cassidy, ¿qué estás haciendo? —Estaba mirándome a los ojos y yo vi la confusión en los suyos, vi cómo se llenaban de dolor y de miedo al fijarse en la maleta situada sobre mi cama. Podrían haber sido segundos, minutos u horas. El tiempo pareció detenerse y el corazón se me rompió contemplando a aquel hombre asombroso. Gage dejó escapar el aliento, se quedó allí de pie y me soltó los brazos para poder apartarme el pelo de la cara—. No acudas a él. No me abandones.

Dejé escapar un suspiro ahogado, pero no se me ocurrió nada que decir. «Oye, Gage, agradezco que intentes proteger mi virtud. Pero, por si no te habías dado cuenta, acabo de exponerme y tú me has rechazado antes de sacar el tema de que sigo siendo una virgen inexperta». No estaba enfadada con él; lo entendía. ¿Quién querría estar con alguien que no tuviera ni idea de lo que hacía?

—Por favor, no te vayas, Cass. Quiero que estés aquí, conmigo.

Nunca nadie me había pedido que no me marchara, y él acababa de hacerlo dos veces.

—No lo haré —susurré. Él arqueó una ceja y soltó una carcajada irónica—. Lo prometo —me apresuré a agregar.

Me dio un beso suave en la frente, me soltó el pelo y se apartó. Parecía muy dolido y tuve que hacer un gran esfuerzo por no lanzarme a sus brazos. Estaba dándome espacio a pesar de estar tan seguro de que estaba a punto de abandonarlo. Prácticamente tenía escrito en la cara que no creía que fuese a quedarme. Suspiró, se dio la vuelta y abandonó mi habitación. Cuando llegó al salón, oí su voz profunda detrás de él.

—Te quiero, Cassidy Jameson.

Dios mío, estaba enamoradísima de él. No creía que fuese a cansarme nunca de oír esas palabras en sus labios. Daba igual que mi instinto me gritara que agarrara mis cosas y me marchara antes de que tuviera la oportunidad de volver a hacerme daño. Me obligué a vaciar la maleta y me dispuse a acostarme. Me puse unos pantalones cortos y una vieja camiseta de un concierto, fui al cuarto de baño a lavarme la cara y recogerme el pelo. Salí al salón y me fui hacia su habitación con la esperanza de asegurarle que no pensaba huir de él, pero la puerta estaba cerrada con llave y no se veía luz por debajo. Suspiré y regresé con reticencia a mi habitación.

Gage

¿Cómo había podido fastidiarla tanto la noche anterior? No podía creerme lo que Cassidy me había contado de Tyler, y juro que me daban ganas de volver a darle una paliza. Al darme cuenta de cómo nos había mentido a ambos para mantenernos separados me enfurecía tremendamente. Pero que Cassidy me dijera que me amaba me hacía olvidarme de todo. Era muy agradable besarla y que me devolviera los besos, y no soportaba haber perdido tanto tiempo, pero no pensaba dejar que nada volviera a interponerse entre nosotros. Y luego me había dedicado a estropearlo todo.

Fui a verla esa mañana antes de salir a correr, para saber que se había quedado, pero no sabía si planeaba hacerlo o si solo estaría esperando un día para poder mudarse. Pensar en que pudiera macharse me provocaba un agujero en el pecho, pero no la obligaría a quedarse. No la obligaría a hacer nada; ya había tenido bastante con Tyler. La trataría como siempre y permitiría que hiciera lo que quisiera. Me aterrorizaba no tener el control de la situación, pero sabía que Cassidy tenía que tomar sus propias decisiones, así que me mantendría al margen y esperaría. Rezando para que, al finalizar el día, siguiera en mi casa y deseara estar conmigo.

El café acababa de terminar de hacerse cuando Cassidy salió de su habitación y, una vez más, me asombró lo guapa que era. Tenía el pelo hecho un desastre, estaba medio dormida y aquella camiseta de los Sex Pistols le quedaba enorme, pero seguía siendo la chica más guapa que había visto nunca. Se sonrojó cuando me vio allí de pie y aguanté la respiración hasta que se acercó a mí para darnos nuestro abrazo de buenos días. Gracias a Dios.

—Buenos días.

Ella murmuró en respuesta y yo me reí.

—¿Cómo estás?

Aquellos ojos color whisky me miraron y, durante unos segundos, no dijo nada, solo se quedó mirándome. Yo deseaba besar esos labios carnosos, pero me obligué a dejar que hiciera las cosas a su propio ritmo.

—Estoy bien —dijo al fin con voz somnolienta—. ¿Y tú?

—Bien también. —«Ya no», pensé cuando se apartó para servirse el café. Se bebió dos tazas sin decir una sola palabra y, tras meter su taza en el lavavajillas, se dio la vuelta y se quedó mirándome durante un minuto.

—Ayer no hicimos la compra, así que iremos hoy.

«Va a comprar comida. ¿Eso significa que se queda?».

—De acuerdo, te llevaré.

—Eh, no, siempre voy con Jackie. Me recogerá enseguida. Iré con ella.

«Se marcha. Maldita sea».

—Aquí estaré Cassidy. —«Para cuando decidas regresar». Antes de quedar como un tonto y arrodillarme para rogarle que se quedara, me obligué a volver a mi habitación y fui a darme una ducha.

Cassidy

—No lo entiendo. Creí que se alegraría de que me quedara. —Miré a Jackie y vi su cara de incredulidad. Acababa de contarle todo lo sucedido la noche anterior.

—Eh, seguro que está encantado de que te quedes, pero no esperarías que te tomara en brazos y te besara hasta dejarte sin aliento esta mañana, ¿verdad?

—Bueno… sí.

Jackie resopló y agarró un paquete de fruta troceada.

—Cassidy, anoche huiste de él y empezaste a hacer la maleta. Cierto —me interrumpió con una mano cuando me dispuse a responder—, te has quedado. Pero probablemente él no sepa cómo actuar contigo ahora. Por lo que dices, pensaba que tenías algo con Tyler después de la primera vez que os besasteis, y la segunda vez saliste huyendo. ¿Qué va a pensar?

—Maldita sea —susurré yo.

—Si fuera yo, iría directa a ese chico y lo besaría.

—¿De verdad? Pero, ¿y si estoy equivocada? ¿Y si anoche me mintió?

—¿Crees que te mintió? —me preguntó ella.

—No.

—Bueno, pues asunto zanjado. Cuando vuelvas, mueve tu culito hasta él y lo besas. Te estrechará entre sus brazos, tú dirás «llévame a la cama ahora o piérdeme para siempre», él se pondrá en plan machito y te llevará a su cama para devorarte durante horas.

Yo puse los ojos en blanco.

—¿*Top Gun*, Jackie? ¿En serio? —Sonreí y agarré un pomelo—. Y tu culo es más pequeño que el mío.

Jackie me deseó buena suerte cuando salí de su coche y caminé hacia la casa. Por alguna razón, seguía esperando que Gage me besara en cuanto lo viera, pero eso no ocurrió. De hecho, no estoy muy segura de lo que ocurrió. Abrí la puerta y me lo encontré sentado a la mesa de la cocina con las manos en la cabeza. En cuanto cerré la puerta, levantó la mirada, desencajó los ojos y se quedó mirándome con la boca abierta.

—Eh, voy a guardar todo esto.

Se levantó tan deprisa que tuvo que agarrar la silla antes de que cayera al suelo. Después corrió a la cocina conmigo para ayudarme a guardar la compra. No dijo nada mientras lo hacíamos, aunque en varias ocasiones lo pillé mirándome por el rabillo del ojo. Su extraño silencio me confundía y me ponía nerviosa, así que, en vez de seguir el consejo de Jackie allí mismo, me comporté como una cobarde y me fui a mi habitación.

—Voy a darme una ducha —murmuré mientras me alejaba. Cuando llegué a mi puerta, lo miré por encima del hombro y vi que caminaba lentamente hacia su habitación, con la cabeza agachada y una mano frotándose la nuca—. Gage.

Se volvió de inmediato y sus ojos verdes pasaron por un sinfín de emociones mientras su cara permanecía impasible.

Antes de que pudiera cambiar de opinión, caminé rápidamente hacia él, me puse de puntillas, le rodeé la cabeza con las manos y tiré hacia abajo. Él me rodeó con los brazos y sonrió mientras nos besábamos. Fue un beso largo, lento y perfecto.

—¿No te marchas? —susurró contra mis labios.

—No puedo. —Me encogí de hombros con la esperanza de que comprendiera lo que eso significaba.

Volvió a besarme en los labios y me acarició la lengua con la suya.

—Dios, me daba miedo no volver a experimentar nunca esto —confesó cuando nos separamos.

—Espera, entonces ¿por qué estabas tan distante esta mañana y ahora, cuando he regresado?

—No soy Tyler, cariño. Nunca te presionaré. Estoy amoldándome a tu ritmo, pero, por favor, ¿puedes explicarme qué pasó anoche cuando volvimos a casa?

¿Estaba esperando a que yo hiciera algo? Dios, Jackie era brillante.

—Gage, me sentía humillada. De hecho aún me siento así. —Él no lo entendía—. Me rechazaste y después me recordaste que nunca había estado con nadie. Tiene sentido que no quieras estar conmigo por eso, pero eso no hace que duela menos.

—Eh, espera… ¿Qué? ¿De dónde has sacado esa conclusión? —Abrí la boca para responder, pero él continuó—. Cassidy, que seas virgen no hace que no desee estar contigo. En todo caso, me hace desearlo más, para poder decir que eres mía. Solo deseo que tu primera vez sea perfecta, y mi camioneta en el aparcamiento durante la boda de tu amiga es cualquier cosa menos perfecta.

—Anoche la fastidié, ¿verdad?

Él se rio y me rodeó con los brazos.

—Me alegro de que te quedes. —Me cubrió las mejillas y los labios con besos suaves.

—Gage, ¿acabas de decir que quieres que sea tuya?

Su risa aterciopelada me llegó hasta los dedos de los pies.

—No he querido hacer otra cosa desde que me tiraste la cerveza encima.

—Dios, ¿otra vez con eso? ¿Alguna vez me dejarás olvidarlo?

—Jamás. —Sonrió con perversión y se inclinó para volver a besarme.

—Gage —murmuré cuando me dio un beso detrás de la oreja—, ¿yo tengo el control de lo que hacemos?

Él levantó la cabeza para mirarme a los ojos.

—Desde luego, Cass. ¿Quieres que pare?

—No, pero, si quiero parar…

—Entonces paramos. Sin preguntas.

Asentí y me mordí el labio interior, pensando que por fin podría hacer realidad mis sueños sobre él… bueno, al menos algunos.

—Vamos, veamos una película. —Malinterpretó mi silencio, me agarró de la mano y tiró de mí hacia los sofás.

Antes de que llegáramos al sofá, le tiré del brazo y volví hacia su habitación.

Sus ojos se oscurecieron y desvió la mirada un instante hacia la puerta de su dormitorio.

—Cassidy, no hagas esto por mí.

—No lo hago —respondí yo suavemente—. ¿Ya te has olvidado de lo de anoche? —le pregunté con una sonrisa pícara.

—Me lo dirás si…

—Te diré si quiero parar, Gage —le aseguré.

Sin más, me puso las manos en la cara interna de los muslos, me tomó en brazos y me llevó a su habitación sin dejar de besarme. Me tumbó suavemente sobre la cama y aguantó su peso sin dejar de presionar su cuerpo contra el mío. Se arrodilló sobre mí y me desabrochó la sudadera antes de quitármela y volver a cubrir mi cuerpo con el suyo. Llevé las manos al dobladillo de su camiseta y se la levanté hasta que me ayudó a quitársela y dejarla sobre mi sudadera en el suelo. Recorrí el contorno de sus hombros, de su torso y de su vientre mientras memorizaba con los ojos cada centímetro de su cuerpo. Tenía un cuerpo asombroso, eso ya lo sabía, pero siendo capaz de tocarlo y sintiendo su peso encima, no pude evitar sonreír y levantar la cabeza de la almohada para volver a besarlo. Dejó que lo besara con voracidad y pronto empecé a temblar cuando fue bajando con los dientes por mi cuello. Arqueé la espalda para pegar mi pecho al suyo y deseé que me tocara. Solo sus besos me hacían arder por dentro, pero deseaba más. Me llevó un minuto más darme cuenta de que no haría nada hasta que yo se lo dijera. Seguía sin poder creerme que estuviera cediéndome el control.

—Gage —murmuré contra su boca, y él la movió para besarme la mandíbula.

—Dime lo que deseas, cariño.

—Desnúdame.

Esperaba que me arrancase la ropa, pero Dios, lo que hizo fue mucho mejor. Lo primero que me quitó fue la camiseta y, a medida que me la levantaba centímetro a centímetro, su boca y su lengua sustituían al dobladillo. Cuando finalmente me la quitó, me besó en la boca hasta dejarme sin aliento. Después me torturó de igual forma con los vaqueros, cubriéndome de besos calientes las caderas, los muslos y las pantorrillas hasta llegar a los pies. Yo sabía que al menos debería haberme sentido un poco avergonzada por mi manera de retorcerme bajo su cuerpo, pero en aquel momento no me importaba en lo más mínimo. Ni siquiera me había tocado aún y ya estaba temblando de placer. Volvió a subir por mi cuerpo y, sin apartar la cabeza de mi vientre, deslizó las manos por mi espalda, me desabrochó el sujetador, me bajó los tirantes y me lo quitó.

Colocó una mano a cada lado de mi cuerpo y se incorporó para contemplar descaradamente cada centímetro del mío. Levantó una mano lentamente y comenzó a acariciarme la parte inferior del vientre en dirección a la cadera. En cuanto las yemas de sus dedos rozaron mi piel, supe dónde estaban, qué estaba mirando, y mi cuerpo se cerró al instante. Nunca había dejado que nadie salvo Tyler viera mis cicatrices, pero no tenía elección, dado que él era quien siempre había cuidado de mí. ¿Cómo podía haberme olvidado de las horribles cicatrices que marcaban mi cuerpo? Sobre todo en un momento como aquel. No quería que Gage viese aquella parte de mí. Dios, debería haber esperado a que la habitación estuviese completamente a oscuras. Había visto mis hematomas durante un segundo al mudarme allí, pero estoy segura de que ni siquiera se había fijado en las cicatrices la noche que caminé hasta allí desde casa de Tyler. Prefería que fuese así. Había solo dos resultados posibles: asco o pena. No podría soportar ninguna de las dos cosas viniendo de él. Apreté los puños e intenté apartarlo con una de mis manos, mientras con la otra intentaba absurdamente cubrirme la cicatriz más grande del torso.

—Para. —Su voz sonó tan suave que apenas pude oírla.

—Por favor, deja que me ponga una camiseta —le rogué.

—No, cariño —respondió él, y me sujetó las manos contra la cama—. Quiero verte.

—Gage… —Tomé aliento, él agachó la cabeza, colocó los labios al comienzo de la enorme cicatriz y fue recorriéndola lentamente con ellos.

Se apartó de mi piel sin mirarme, posó los labios en otra cicatriz ligeramente más pequeña y procedió a cubrirla de besos también. Una y otra vez, Gage besó mi vientre, mis muslos, mis brazos y mis hombros hasta haber recorrido todas las cicatrices provocadas por mi madre y mi padrastro. Cuando terminó, se dedicó a estudiarme de nuevo. Dijo algo que no entendí y, tras otro minuto mirándome a los ojos, los suyos se llenaron de deseo.

—Eres perfecta, Cassidy.

«Dios, es mía». No podría haber apartado la mirada de ella aunque lo hubiera deseado, pero no era el caso. Su cuerpo yacía allí; lo único que se movía era su pecho, que subía y bajaba rápidamente mientras me miraba observarla.

—Eres preciosa —murmuré, y era cierto. Cada parte de su cuerpo, con cicatrices y todo, era absolutamente preciosa.

Recorrí con los ojos sus caderas y su vientre hasta llegar a su cintura y sus pechos perfectos. Perfecta. No había otra manera de describir a la chica que tenía debajo. ¿Cómo podía haber malgastado un segundo de mi tiempo con otras mujeres que no fueran ella? Y aun así, nunca les había prestado tanta atención a ellas como estaba prestándole a Cassidy. Las demás habían sido un medio para llegar al fin, pero habría podido pasar el resto de la noche mirando a Cassidy y no habría sido tiempo suficiente. Sentía la presión en mis pantalones, pero me resistí a la necesidad de quitármelos y seguí explorándola. Me fijé en sus hombros pequeños, fui subiendo por su cuello antes de contemplar sus labios carnosos, hinchados por los besos y ligeramente abiertos. Por fin llegué a sus ojos dorados, brillantes por las lágrimas no derramadas. «Mía. Esta preciosa chica es mía».

—Eres perfecta, Cassidy.

Cassidy dejó escapar un sonido que era una mezcla de risa y sollozo, apartó los brazos de debajo de mis manos y me rodeó el cuello con ellos para hundir la cabeza en el hueco de mi cuello. Temblaba ligeramente y yo deslicé la mano por su pelo largo y espeso.

—¿Estás bien? —le pregunté al ver que no me soltaba.

Vi su cara un instante frente a la mía antes de que volviera a desaparecer en mi pecho, donde comenzó a darme besos que resultaban una tortura. Pero ese instante fue suficiente; seguía teniendo los ojos húmedos, pero tenía la sonrisa más hermosa que le había visto nunca. No era solo mi sonrisa, y deseaba verla de nuevo.

Le tiré suavemente del pelo para que volviera a besarme en los labios. Estuvimos besándonos durante unos segundos y yo di gracias a Dios cuando arqueó la espalda y guio mi cabeza hacia su pecho. Colocó las manos en la parte superior de mis vaqueros cuando le besé el pecho y gemí contra su piel al sentir que me desabrochaba los pantalones y me los bajaba ligeramente.

—Tócame —me rogó, y de nuevo me obligué a ir despacio.

Mis dedos acababan de acariciar el algodón de sus bragas y me disponía a bajárselas cuando sonó el timbre tres veces seguidas.

—Ignóralo —gruñí contra su pecho.

—De acuerdo. —Su voz sonaba entrecortada y un escalofrío recorrió su cuerpo cuando acaricié su calor con los dedos y le bajé las bragas. Volvieron a llamar al timbre y ella se tensó—. ¡Vienen los chicos a cenar y a ver el partido!

Estuve a punto de decirle que captarían la indirecta cuando recordé que le había dado a Adam una llave de la casa después del incidente en el que Cassidy casi se congela. Mierda.

—Adam tiene una llave —dije apresuradamente justo cuando oí que se abría la puerta de la entrada y que la gente entraba en la casa. Gruñí con frustración, le di un último beso, me aparté de ella y me puse la camiseta en cuestión de segundos. Me recoloqué la erección, me abroché los vaqueros, miré hacia atrás y vi a una Cassidy frustrada y sonrojada contemplándome desde la cama—. Les diré que se vayan.

—No, no pasa nada. Se irán después de cenar. —Aquella última frase estaba cargada de promesas; yo sabía que tendría que esperar al menos a que terminara el partido.

Asentí y abrí ligeramente la puerta para poder salir sin que nadie me viera si estaban cerca del pasillo. Menos mal, porque Ethan estaba a punto de entrar.

—Ey, tío, pensábamos que no estabais en casa.

—No, es que estaba ocupado. ¿Alguien quiere cerveza? —pegunté mientras caminaba incómodamente hacia la cocina con la esperanza de que desviaran la atención de la puerta de mi dormitorio. Pero fue inútil, porque, en cuanto Cassidy, completamente vestida, salió con el pelo revuelto y las mejillas sonrojadas, el salón quedó en absoluto silencio.

Mi preciosa chica estiró los hombros y entró con seguridad en la cocina sin dejar de mirarme a los ojos.

—¿Alguna petición para la cena? —preguntó cuando al fin se dirigió a ellos. Vi que se sonrojaba más aún, pero mantuvo la barbilla levantada mientras los demás la miraban.

Ethan me miró y articuló las palabras «por fin» con los labios antes de mirar a Cass.

—Podrías preparar tus hamburguesas.

—Claro —dijo ella, y miró a los demás, que seguían sin hablar, pero Adam le sonrió. Para intentar evitar sus miradas, se dedicó a prepararnos todo tipo de aperitivos. Cuando sacó del frigorífico los ingredientes para las hamburguesas y los dejó sobre la encimera, me coloqué tras ella y puse una mano a cada lado de su cuerpo.

—¿Estás bien, cariño? —Si los chicos no empezaban a hablar pronto, iba a empezar a sentirme incómodo.

—Estoy genial —respondió ella. Echó la cabeza hacia atrás y me sonrió; me rodeó el cuello con la mano y tiró de mi cabeza hacia abajo para darme un beso lento delante de todos. Sabiendo lo poco que le gustaban las muestras de afecto con Ty delante de la gente, aquel beso significaba muchas cosas.

Le devolví la sonrisa y la besé suavemente antes de erguirme y volverme hacia los chicos y hacia Dana y Jackie, que debían de haber entrado en algún momento después de que acorralara a Cassidy contra la encimera. Se dirigieron hacia la cocina, yo le quité el mando a distancia a Jake y encendí la tele.

Le lancé de nuevo el mando sobre la tripa y dije en voz alta, para que Grant y él pudieran oírme:

—¿Habéis venido a ver el partido o a mirar a mi chica? Porque, si es a lo segundo, ya podéis marcharos.

—¿Cassi y tú? —preguntó Jake finalmente con las cejas arqueadas.

—Sí, Cass y yo. Si tenéis algún problema, podéis interpretarlo como otra invitación a largaros de aquí.

—Me parece bien —dijo él, y yo miré a Grant, que acababa de apartar la mirada de Cassidy y me dirigió una sonrisa de satisfacción antes de aposentarse en uno de los sofás.

Terminé de despedirme de Grant y de Jake después de haberlos echado prácticamente de la casa. Todos los demás se habían marchado hacía una hora y yo no era tan tonto como para no darme cuenta de que estaban quedándose para fastidiarme. No se me fue la erección en toda la noche y no paré de tocar a Cassidy de un modo u otro. Habíamos estado esperando ansiosos a que todos se fueran, y esos dos se quedaron sentados en el sofá y empezaron a pasar canales en mi tele después de que terminara el partido. Cass y yo habíamos fregado los platos y nos habíamos quedado en la cocina hablando al terminar para intentar que captaran la indirecta. Al darme cuenta de que no se iban por su propio pie, me aseguré de que supieran que su tiempo se había acabado.

Me di la vuelta tras cerrar la puerta con pestillo y vi que Cassidy tiraba su camiseta al suelo y me dirigía una mirada de «ven a por mí» antes de darse la vuelta y caminar hacia mi habitación. «Dios, mi chica es muy sexy». Yo tampoco esperé a llegar al dormitorio; dejé la camiseta tirada en alguna parte del salón y mis vaqueros llegaron hasta la puerta de la habitación antes de ser abandonados también. Cassidy se había quitado el sujetador, yo la tomé en brazos y la lancé sobre la cama; su carcajada inundó la habitación cuando aterrizó encima del colchón. Me lancé inmediatamente sobre ella y devoré su boca. Ella gimió y me pegó a su cuerpo con brazos y piernas, pero no era suficiente… probablemente nunca lo fuese. Siempre desearía estar más cerca de mi Cassidy.

Ella deslizó las manos por mi espalda hasta llegar a mis hombros, después bajó hasta mi mano, que estaba enredada en su pelo. Me agarró los dedos, tiró de mi mano y fue deslizándola por su cuerpo, con nuestros dedos entrelazados mientras me guiaba para terminar de quitarle la ropa interior. Dejé de besarla para ver como nuestras manos recorrían su pierna y se detenían bajo su cadera izquierda. Observé sus ojos oscuros por el deseo y le mantuve la mirada mientras apartaba la mano de la suya y la deslizaba lentamente sobre su cuerpo antes de meter un dedo en su interior. Soltó un grito ahogado, echó la cabeza hacia atrás, cerró los ojos y abrió la boca ligeramente. Contemplé su cara mientras las sensaciones recorrían su cuerpo y enseguida añadí un segundo dedo, lo que le hizo gemir. Dios, estaba muy apretada. Miré otra vez hacia abajo, vi que acariciaba su cuerpo con la mano y tuve ganas de hacer algo que nunca antes había hecho. Sé que le había dicho que ella tenía el control, y así era, pero no pude evitar pedírselo. Dios, estaba dispuesto a rogarle que me permitiera hacerlo.

—Cariño…

—Por favor, Gage —murmuró ella con un gemido, y me miró con los párpados hinchados—. He soñado con esto durante mucho tiempo. No quiero que pares. —Llevó las manos temblorosas a mis caderas y me bajó la goma de los bóxer lo suficiente para agarrar mi erección con las manos y provocarme un escalofrío por todo el cuerpo.

Apenas me había tocado y ya tuve que hacer un esfuerzo para no llegar al orgasmo. Nunca había tenido problemas con eso, pero, claro, nunca antes me había tocado Cassidy. Centré toda mi atención en lo que estaba haciéndole y no pude esperar un segundo más para conseguir lo que deseaba. Cuando apartó las manos de mi erección sentí como si me hubieran dado un puñetazo, pero aquello se trataba de ella. Deslicé mi cuerpo sobre la cama, seguí estimulándola con los dedos y me agaché para saborearla. Cassidy susurró mi nombre y llevó las manos a mi cabeza, pero, en vez de apartarme como esperaba, me mantuvo allí. Y gracias a Dios, porque, ahora que la había probado, no quería parar.

Cuando su cuerpo tembló y ella gritó mi nombre, terminé de quitarme los bóxer y me coloqué entre sus muslos. Me miró cuando le acaricié la mejilla con la mano y yo le mantuve la mirada.

—Si dices que paremos, pararemos. ¿De acuerdo?

Cassidy asintió y se retorció bajo mi cuerpo antes de decir:

—Deseo hacerlo, no pares.

Todos los músculos de mi cuerpo se tensaron y apreté la mandíbula mientras la penetraba lentamente. Dios, estaba muy apretada.

—Joder —murmuré. Vi el placer incómodo en su cara y le di tiempo para que su cuerpo se dilatase. No había terminado de penetrarla cuando su cuerpo se tensó y ella soltó un grito. La miré a los ojos, grandes y confiados—. ¿Seguro que estás preparada para esto, Cass? —La primera chica con la que me había acostado era virgen, pero, desde entonces, no había habido otra hasta Cassidy. Mi primera vez no me había dado cuenta de lo que hacía hasta prácticamente haber terminado, y ni siquiera entonces me preocupaba mucho haberle hecho daño. Pero saber que iba a hacerle daño a Cassidy deliberadamente me produjo un vuelco en el corazón.

Su única respuesta fue apretar las rodillas contra mis caderas y rodearme el cuello con las manos.

Me aparté ligeramente y repetí la operación varias veces para que pudiera prepararse. A la cuarta me aparté más antes de penetrarla por completo con una embestida rápida, aunque suave. Cassidy cerró la boca y los ojos, presionó con la frente contra mi cuello y me agarró con más fuerza. Dejó escapar un sollozo, y no me cupo duda de que había sido malo. No me moví hasta que volvió a recostarse sobre la almohada y, cuando vi su cara, estuve a punto de morirme. Tenía los ojos brillantes y unas lágrimas resbalaban por sus mejillas. El dolor en su rostro era evidente, igual que el amor que sentía por mí.

—Cassidy —susurré mientras comenzaba a retirarme lentamente.

Al darse cuenta de lo que estaba haciendo, desencajó la mirada y clavó los talones en mi espalda mientras negaba con la cabeza.

—No, Gage, no lo hagas.

—Estoy haciéndote daño.

—No importa, estoy bien. —Le temblaba ligeramente la voz y yo apreté la mandíbula—. Me matarás si paras ahora. Deseo hacer esto contigo, no pares, por favor. Te quiero.

La besé en los labios, volví a penetrarla despacio y me estremecí al oír otro sollozo ahogado.

—Yo también te quiero, cariño.

Durante unos minutos actué con lentitud y tranquilidad, escuchando atentamente cada sonido que hacía y observando sus expresiones. Primero echó la cabeza hacia atrás, después, un par de minutos más tarde, su cuerpo se relajó por completo y sus sonidos empezaron a convertirse en gemidos entrecortados. Aceleré el ritmo un poco y, más tarde, cuando me clavó las uñas en la espalda y tensó los muslos a mi alrededor al alcanzar su segundo orgasmo, me retiré del todo y volví a penetrarla. Dios, aquel gemido erótico que sonó en mi oreja estuvo a punto de hacerme perder el control. Cassidy empezó a seguir el ritmo de mis embestidas y pronto sus gemidos se convirtieron en ruegos para que fuera más rápido, y yo estuve encantado de darle a mi chica lo que deseaba. Justo antes de entregarme por completo a ella, sentí que sus músculos se tensaban por tercera vez. ¡Dios, era tan receptiva! Apreté los dientes y aguanté hasta que tuvo otro orgasmo; grité su nombre al alcanzar el clímax con ella. Mis brazos cedieron y giré con ella sobre la cama para que quedara tumbada encima de mí mientras nuestra respiración volvía a la normalidad.

A Cassidy empezaron a cerrársele los ojos, así que, sin soltarla, me levanté de la cama y la llevé al cuarto de baño. La puse en pie, abrí la ducha y caminé hacia la papelera para tirar el preservativo cuando me detuve en seco. Mierda.

—¿Gage? ¿Estás bien? —Corrió a mi lado y, siguió la dirección de mi mirada y se tapó la boca con la mano mientras se sonrojaba.

—Oh, Dios, qué vergüenza.

La miré y volví a mirar hacia abajo al darme cuenta de lo que estaba viendo. Tenía su sangre en mi miembro y sabía que ella también la tenía, por eso había ido al cuarto de baño. Pero no fue eso lo que me detuvo. La rodeé con el brazo y le levanté la cara para que me mirase.

—Cassidy, eras virgen y eso no es algo de lo que haya que avergonzarse. Pero, cariño… no me he puesto preservativo.

Aún parecía avergonzada, pero negó con la cabeza y le quitó importancia a mis palabras con un movimiento de su mano.

—Lo sé, pero tomo la píldora para regularme la regla. No pasa nada.

Me sentí aliviado al oírlo, pero seguía sin poder creer que no se me hubiera pasado por la cabeza. Nunca antes se me había olvidado ponerme un preservativo; era lo primero y lo último en lo que pensaba en lo referente a las mujeres. Pero supongo que debería haber sabido que sería incapaz de pensar en nada mientras estuviera con Cassidy. Ahora que sabía que tomaba la píldora, me excitó la idea, porque no deseaba que hubiese nada entre nosotros, jamás.

—Cassidy, mírame. Acabas de darme algo increíblemente especial; lo valoraré, y valoraré esta noche para siempre. Esta noche ha sido perfecta, no te avergüences de ello, ¿de acuerdo?

Ella asintió y sonrió cuando le di un beso.

Cassidy

Sentía que el corazón me iba a explotar cuando Gage volvió a hacerse cargo de mí en su ducha. Esa vez fue muy diferente a la primera, pero, de algún modo, me hizo enamorarme aún más de él. Sus manos se movían con ternura mientras me lavaba el pelo y el cuerpo. Y, cuando yo hice lo mismo por él, no paró de abrazarme, de darme besos en los labios y de susurrarme al oído lo mucho que me quería y lo mucho que deseaba volver a hacer el amor conmigo.

Experimentar todo eso con Gage era mucho más de lo que jamás hubiera podido imaginar. Él tenía razón, aquella noche había sido perfecta. Me había dolido más de lo esperado, pero había sido muy cariñoso conmigo hasta que estuve preparada para lo demás, y lo demás había sido tan increíble y había estado tan lleno de pasión que no deseaba que terminara jamás.

Cuando nos secamos, me llevó de nuevo a su habitación y me tumbó en la cama antes de abrazarme y acurrucarse junto a mí. Me recordó a la noche en el rancho y me relajé contra su pecho, sabiendo que en esa ocasión Tyler no estaría cerca para echar a perder el día siguiente.

—¿Piensas alguna vez en aquella noche? —me preguntó mientras me levantaba el brazo y recorría mi tatuaje con el pulgar. Al parecer yo no era la única que se había acordado de aquella noche en el rancho estando el uno en brazos del otro.

—A todas horas. Hasta esta noche, había sido la mejor noche de mi vida —respondí suavemente, y contemplé con él el conjunto de estrellas—. Por fin había aceptado que nunca formarías parte de mi vida como yo deseaba. Pero habías vuelto mi vida del revés y sabía que nunca volvería a ser la misma, igual que sabía que nunca encontraría a nadie como tú. Sabiendo que la constelación era especial para ti también, y habiéndolo descubierto aquella noche juntos, decidí que quería que eso me recordara a ti.

Gage me dio un beso en la coronilla.

—Me he preguntado desde la primera vez que lo vi si esa noche tendría algo que ver. Y, ¿Cassidy?

—¿Sí?

—No tengas miedo a olvidarme. No voy a ir a ninguna parte.

Recordé el momento en que se había marchado sin decir palabra.

—¿Lo prometes?

—Lo prometo. —Me rodeó la cintura con más fuerza y yo cerré los ojos.

Gage me despertó temprano a la mañana siguiente con besos en el cuello y me di la vuelta para mirarlo, intentando ignorar el profundo dolor que sentía entre mis piernas y que subía por la parte inferior del abdomen. Dejé escapar un gemido involuntario y él me miró preocupado.

—¿Te encuentras bien?

—Sinceramente, me encuentro de maravilla. —Y era cierto. Despertarme entre sus brazos sabiendo que por fin todo iba bien me hacía sentir exultante—. Un poco dolorida, pero es un dolor bueno.

—Siento haberte hecho daño —dijo él contra mi cuello, y sentí su erección contra mi vientre.

Era curioso que, cuando eso ocurría con Tyler, aunque estuviéramos completamente vestidos, no me gustara nada. Ahora, tumbada desnuda con Gage, no se me ocurría una manera mejor de despertarme.

—Yo no lo siento; tampoco me importaría que volvieras a hacerlo.

Dejó los labios quietos y levantó la cabeza para mirarme con sus ojos verdes oscuros.

—Cassidy, yo no…

A juzgar por su expresión, supe que pensó que volvería a hacerme daño, pero le interrumpí y fingí que me dolía.

—Oh… lo entiendo, iré a ponerme la… —Dejé la frase a medias y me reí cuando me colocó bajo su cuerpo y me besó en la boca.

—Te equivocas si piensas que no te deseo. —Clavó sus caderas en las mías y me separó las piernas con la rodilla—. Perdona, cariño, pero hoy vas a llegar tarde a trabajar.

Gemí de placer y de dolor cuando me penetró.

—Estoy segura de que lo superaré.

CAPÍTULO 12

Gage

Sinceramente pensaba que nada podría echar a perder mi buen humor. Cassidy y yo pasábamos juntos todo nuestro tiempo libre y, aunque nuestros momentos en la cama… y en la ducha… y en el sofá… y en la mesa de la cocina… aunque todos nuestros momentos juntos eran asombrosos, me encantaba pasar tiempo con ella sin más. Era mejor que antes; ahora que ninguno de los dos intentaba disimular sus sentimientos hacia el otro, podíamos hablar libremente de todo. Todas las noches me quedaba dormido con ella en mis brazos y me despertaba igual. Había pasado casi una semana desde la boda y, como ya he dicho, pensaba que nada podría arruinar mi mal humor. Pero entonces vi a Tyler en la universidad.

—Hijo de perra… esto no va a acabar bien.

—Perdona, ¿qué? —Miré a Ethan, entonces seguí su mirada y vi que Tyler se acercaba hacia nosotros—. Mierda, lo sabe.

—¿Ibas a decírmelo? —me preguntó cuando nos alcanzó.

Yo tomé aire para relajarme; realmente no deseaba hacer aquello en el campus.

—¿Decirte qué, exactamente?

—No te hagas el tonto conmigo, Gage. Estás acostándote con Cassi.

Mantuve la boca cerrada y dejé que mi silencio respondiera por mí.

—¡No puedo creérmelo!

—Ty, venga, tío. Hablemos de esto en otra parte.

Dejó escapar una carcajada de frustración y se pasó una mano por el pelo.

—¡Mi propio primo se está tirando a mi novia!

Entorné los párpados y hablé apretando los dientes.

—Primero, no es tu novia. Segundo, sabemos lo que estabas haciendo. Sabemos que estuviste mintiéndonos.

Tyler desencajó la mirada por un instante.

—Sí, nos lo contamos todo. Todo lo que nos dijiste. Y tengo que decir, primo, que estuvo muy, muy mal. ¿Vas a jugar conmigo la baza de la familia? ¿Sabías lo que sentía por ella y te sentías tan amenazado porque ella sintiera lo mismo que tuviste que decirme que era tu novia? ¿Que te la había chupado cuando sabías que acabábamos de pasar la noche juntos? ¿Tuviste que decirle que no podía soportarla y que pensaba en ella como en una hermana? Ty, tío, eras como un hermano para mí. Y estuviste jodiéndonos repetidamente a Cassidy y a mí.

—¡Te dije que era mía y aun así no te apartaste!

—Te lo repito, le hiciste daño a Cassidy. ¿Sabes lo mucho que te odio por todo lo que le has hecho pasar durante los años? —Me acerqué más hasta que nuestros pechos se tocaron y bajé la voz hasta que se convirtió en casi un gruñido—. Dejaste que la golpearan. Estuviste a punto de dejar que muriera. Le rompiste el corazón una y otra vez porque encontró a otra persona con la que deseaba estar. Y, como no conseguiste lo que querías, encontraste la manera de romper el vínculo que tenías con ella llevando a casa a otra chica… obligándola a marcharse… y de nuevo permitiendo que estuviera a punto de morir. —Di un paso atrás al notar que su cuerpo comenzaba a vibrar. No había acabado todavía con él, pero no pensaba enzarzarme en una pelea con él en público—. Nunca entendí por qué te necesitaba en su vida y me molestaba más de lo que puedo explicar. Pero ya no tengo que preocuparme por eso; por fin ha visto cómo eres, Ty. Así que tengo que darte las gracias por eso al menos. Nunca tendré que ver cómo sale corriendo a buscarte. Gracias a Dios.

—Es mía. Siempre será mía. Tú no estuviste a su lado durante su vida. No cuidaste de ella... no la mantuviste con vida. ¡Yo sí! Soy lo mejor que puede pasarle. Le doy seguridad y comodidad. Cassi siempre regresará junto a mí. Estoy deseando que llegue el día en que huya de ti y acuda a mí. Y, confía en mí, ese día llegará. Cuando llegue, no permitiré que vuelva a marcharse —continuó antes de que yo pudiera hablar—. Así que disfrútala mientras la tengas, porque al final quedaremos ella y yo.

Ya daba igual estar en público. Apreté los puños y di un paso hacia él, pero Ethan se acercó y me dio un empujón.

—Déjalo estar, Gage —me dijo—. Déjalo estar.

—Siempre seremos Cassidy y yo. Tú tienes mucho temperamento. ¿Crees que, con la vida que ha llevado, querrá estar con alguien tan temperamental como tú, que está deseando explotar? ¿O que yo permitiría que llevase una vida en la que la tratasen como la trataron durante doce años?

—¡Yo nunca le pondría la mano encima y lo sabes! —Me zafé de Ethan, volví a acercarme a mi primo y lo agarré del cuello de la camiseta.

Él se quedó mirando mis manos temblorosas y resopló.

—Sinceramente, no, no lo sé. Y ella no tiene ni idea de lo que le espera contigo. En cuanto que vea tu rabia, porque ambos sabemos que no vio nada aquella mañana en tu casa, se marchará y yo estaré allí para abrazarla y para apartarla de ti, como siempre he hecho.

—Y, déjame adivinar, vas a intentar que eso vuelva a suceder, ¿verdad?

Me tocó el puño y Ethan me puso una mano en el hombro para volver a apartarme.

—Como ya he dicho... temperamento. —Sonrió con suficiencia, se zafó de mí, se dio la vuelta y se marchó por donde había venido.

—En serio, Gage, no pretendo ofenderte, pero tu primo es un gilipollas —dijo Ethan dándome una palmada en la espalda—. Vamos, tenemos que ir a clase.

Vi a Tyler doblar la esquina y miré el reloj.

—No, hoy me la salto.

—¿Necesitas ir a relajarte? Podemos ir a por una cerveza.

—Voy a por Cass. ¿Te veo luego?

Ethan sonrió.

—Sí, apuesto a que Cassi podrá ayudarte a relajarte mejor que una cerveza.

—Listillo.

—Diviértete con la relajación, Gage. —Me guiñó un ojo y comenzó a alejarse, pero de pronto se detuvo—. Pensándolo mejor, Jackie ya está en casa esperándome… creo que a mí también me apetece relajarme un poco ahora mismo. —Sonrió con picardía, se sacó las llaves del bolsillo y se dirigió hacia su coche.

Volví a mirar el reloj y caminé hacia la camioneta con la esperanza de llegar al Starbucks antes de que Cassidy se marchara a casa.

Cassidy

—Lori, ¿estás bien? —¿Cómo podía salir del cuarto de baño sonriendo? Acababa de vomitar.

—¡Estoy genial! Siento haber tenido que salir corriendo mientras tomaba un pedido.

—No te preocupes, ¿quieres irte a casa? Yo puedo hacer tus dos últimas horas. —Estaba verdaderamente agotada; Gage y yo apenas habíamos dormido aquella semana, aunque no me quejaba, y estaba deseando acostarme un poco antes de que él llegara a casa en unas horas.

—¡Ni hablar! Ni siquiera has comido, y no creas que no me he dado cuenta de que has fichado para ir a hacerlo y has seguido trabajando. En serio, Cassi, estoy bien. ¡Vete a casa! Te veré la semana que viene. —Se metió un chicle en la boca y comenzó a bailar al ritmo de la canción que sonaba en la cafetería mientras iba a lavarse las manos antes de ordenar la vitrina de los pasteles.

Embarazadas. Juro que están locas.

Miré a uno de los nuevos y fruncí el ceño. Preparaba unos cafés perfectos, pero me aseguré de no volver a ponerlo en la barra un viernes por la mañana, porque solía tomarse su tiempo con cada pedido. Era la segunda vez que trabajaba con él, pero otra de las jefas de turno decía que había hecho un gran trabajo en la barra durante la tarde, y también el anterior fin de semana; sin embargo, había tenido que ir a echarle una mano en cuatro ocasiones cuando estábamos desbordados.

—Eh, Jesse, ¿quieres que te ayude antes de irme?

Sus ojos casi negros se desorbitaron con alivio, pero mantuvo una expresión tranquila.

—Puedes decirlo, Cassi, esto se me da fatal.

—No es cierto. —Me reí y me acerqué a la barra, donde se encontraban las dos máquinas de *espresso,* y preparé dos cafés—. Solo has estado en la barra unas pocas veces y ha sido en horas de poco bullicio. Las primeras mañanas de los lunes y los viernes serán un poco agobiantes, pero lo superarás.

Jesse tomó aliento y agarró dos vasos para preparar té.

—Y tú vas y me avergüenzas en nada de tiempo.

—Jesse —dije suavemente, y lo miré a los ojos antes de ponerme a preparar más bebidas—, si te sientes avergonzado por esto, dímelo. Solo intentaba ayudarte. Sé lo estresante que puede llegar a ser.

Dejó escapar una carcajada y me sonrió de medio lado.

—No me avergüenzas. Solo siento que estoy quedando como un idiota delante de ti.

—Oh, no es cierto. Estás aprendiendo, como nos pasó a todos. —Anuncié tres bebidas y le entregué dos a la chica de la ventanilla de pedidos mientras Jesse le entregaba los dos tés. Su brazo se rozó con el mío, así que di un innecesario paso hacia atrás para agarrar las tres jarras de leche y limpiarlas.

Jesse comenzó a preparar las dos últimas bebidas que había sobre la barra y yo me tomé mi tiempo limpiando y reponiendo la zona para poder observar si había algo que pudiera cambiar para ayudarle en sus turnos. Por desgracia, no lo había. Simplemente debía darse más prisa y, ahora que tenía más bebidas, no me cupo duda de que lo haría. Anunció las dos bebidas, limpió y, por tercera vez desde que comenzara a preparar esas dos últimas bebidas, se llevó la mano derecha a la pierna y se palpó rápidamente el pantalón antes de suspirar y seguir limpiando la barra.

—¿Te vibra el teléfono?

Me miró por encima del hombro con esa sonrisa torcida que resultaba demasiado adorable para su propio bien.

—¿Así de evidente es?

Yo me encogí de hombros.

—Quizá es que yo soy muy observadora.

—Quizá... o quizá es que me estás vigilando.

Yo desorbité los ojos y mis estúpidas mejillas se ruborizaron al instante.

—Oh, no. Desde luego que no.

—Igual que yo no he estado haciendo lo mismo contigo.

—Jesse... —Me dispuse a hablarle de Gage, pero su sonrisa desapareció al llevarse de nuevo la mano a la pierna—. Mira, no me importa que mires el teléfono siempre y cuando no interfiera con la preparación de los pedidos. Si quieres ir a la trastienda y tomarte un descanso de diez minutos, yo te sustituyo.

Él se miró el reloj que llevaba en la muñeca.

—Cassi, deberías haber salido hace cinco minutos.

—Bueno, sea quien sea, es evidente que necesita hablar contigo si te ha llamado cuatro veces seguidas. No me importa, ve a tomarte un descanso.

Jesse negó con la cabeza e intentó sonreír, pero no lo logró.

—Lo siento, pero sé quién es y probablemente sea una emergencia. No me tomaré todo el descanso. Vuelvo enseguida, lo juro.

Terminé de reponer la barra, revisé la nata y los siropes para asegurarme de que no fueran a acabarse pronto y rellené el compartimento de los vasos justo cuando Jenn regresó.

—¡Lo siento mucho! Había muchísima cola en el banco. Pero ya estoy aquí, vete a casa. Y Lori me ha dicho lo de tu comida, Cassi.

—Me miró con los párpados entornados—. Deberías comer de verdad, no limitarte a decir que lo haces.

—Esto ha estado lleno toda la mañana, no me parecía bien marcharme. —Introduje mi código para fichar y me incliné hacia ella—. Oye, le he dado a Jesse diez minutos de descanso; su teléfono no paraba de sonar en su bolsillo y parecía nervioso. Quiero decir que estaba en vibración, pero, cada vez que vibraba, se ponía pálido. Sea quien sea, le ha llamado cuatro veces seguidas. Podrían haber seguido haciéndolo. Ha dicho que sabía quién era y que probablemente fuese una emergencia. Ahora está en la parte de atrás y voy a ir a ver si está bien antes de marcharme, pero solo quería advertirte. No sé cuál es la emergencia o si tendrá que marcharse; en caso de que sea así, no quería que te pillase por sorpresa.

—Oh, mierda. —Se mordió el labio inferior y miró el horario para ver quién iría después—. Mmm, bueno, si tiene que marcharse, al menos vienen dos personas más dentro de una hora. —Jenn miró rápidamente hacia la puerta que conducía a la trastienda y después se inclinó hacia mí—. Está muy bueno, ¿verdad?

Me desaté el delantal y me lo saqué por encima de la cabeza.

—¿Jesse? Sí, supongo. —Nada de «supongo». Estaba bueno, pero, ¿comparado con Gage? En realidad no había competición posible. Probablemente Jesse fuese un poco más bajo que Ty, tenía la piel bronceada y los ojos tan oscuros que eran casi negros, al igual que su pelo. Pero, como Ty, parecía haber pasado demasiado tiempo en el gimnasio. Y, aunque le sentaba bien, sobre todo con la camisa blanca que llevaba remangada hasta los antebrazos, yo prefería los músculos largos que Gage había desarrollado trabajando en el rancho toda su vida, no los músculos compactos que desarrollaban los chicos de gimnasio.

—¿Supones? Oh, Cassi, sé que estás pillada, pero, tía, sé que no estás ciega. Ahora ve a ver si va a regresar y después vete a casa.

—Sí, sí... ya me marcho. —Me dirigí hacia la trastienda e intenté que no resultara evidente que caminaba en silencio para poder oír la conversación de Jesse.

—¿Necesitas que vaya a casa?... ¿Seguro?... Sí, de acuerdo... No te preocupes por eso, ya conseguiré otro trabajo... No, no quiero que te preocupes, hablo en serio. Cuidaré de ti, ¿de acuerdo? Muy bien, yo también te quiero, te veré cuando llegue a casa. —Cuando doblé la esquina sin hacer ruido, Jesse se dejó caer en la silla del escritorio y se llevó las manos a la cabeza—. Maldita sea.

Me aclaré la garganta y me sentí culpable por haber escuchado la conversación cuando él se volvió apresuradamente.

—¿Va todo bien, o tienes que marcharte?

Jesse se puso en pie y negó con la cabeza.

—No, estoy bien. Gracias por darme el descanso.

—No hay problema... Eh, ¿Jesse? ¿Vamos a tener que buscar a otra persona que haga el turno de la mañana? —Seguí hablando al ver que parecía confuso—. ¿Te he oído decir que ibas a conseguir otro trabajo?

—Ah, no, no es eso. Es que necesito un trabajo adicional durante un tiempo. —Parecía tan atormentado que tuve que resistirme para no abrazarlo.

—¿Quieres hablar de ello?

—No... —Su teléfono comenzó a vibrar de nuevo y se pasó la mano por la cabeza antes de responder—. ¿Sí, mamá...? No, no importa, compraré de camino a casa... ¿Necesitas algo más? De acuerdo, si llamas, deja el mensaje, porque tengo que volver a trabajar... Yo también te quiero. —Jesse suspiró profundamente y me miró mientras manipulaba el teléfono con la mano—. Mi madre se está muriendo. Tiene cáncer y ahora se está extendiendo muy rápido. Mi padre siempre fue un imbécil, pero, cuando ella descubrió que tenía cáncer hace poco más de un año, se marchó y se llevó todo el dinero. Ella no había trabajado desde que se casaron y no podía empezar entonces. Yo llevaba casi cuatro años en las fuerzas aéreas cuando nos enteramos. Seguí enviándole todo mi dinero, pero ya ni siquiera puede cuidarse sola. Así que, cuando llegó el momento de volver a alistarme un mes y medio después, decidí no hacerlo y regresé. He estado yendo a la academia de policía por las noches y compaginando varios trabajos sueltos, pero con sus facturas se me acababa el dinero enseguida. —Miró a su alrededor, avergonzado, y suspiró de nuevo—. Así que aquí estoy. Habría aceptado cualquier trabajo con un sueldo medio decente, pero no me llega. —Levantó el teléfono como para decir que ese era el motivo de la llamada—. Estoy a punto de graduarme en la academia, pero aún tengo que solicitar plaza en los departamentos y quién sabe cuánto tardarán en contratarme en alguna parte. Así que, como ya sabes, tengo que encontrar algo que compaginar con el Starbucks.

—Jesse, lo siento mucho. ¿Hay algo que pueda hacer?

—No. No te lo he contado por eso. Es que… resulta agradable contárselo a alguien, ¿sabes?

—Sí. ¿Qué necesita que compres? Puedo ir a comprártelo para que no tengas que parar de camino a casa.

—Cassi —sus ojos oscuros se iluminaron y volvió a dirigirme aquella sonrisa torcida—, eres un encanto, pero no. —Miró el reloj y frunció el ceño—. Por mi culpa llevas aquí veinte minutos más de lo necesario. Vete a casa y te veré la semana que viene, ¿de acuerdo?

Intenté no sonreír.

—De acuerdo. —Me quedé allí mientras regresaba a la parte delantera e intenté no estremecerme cuando me rozó el brazo con la mano al pasar. Pronto tendría que hablarle de Gage. Suspiré y me acerqué al lugar donde guardábamos los expedientes de los trabajadores. Después me apresuré a garabatear la dirección de Jesse en un papel. Sabía que podría meterme en problemas por eso, pero era por una buena razón. Me guardé el papel en el bolsillo de atrás y salí de la trastienda con la cabeza agachada mientras escribía a Gage para decirle que estaba a punto de irme a casa. Por alguna razón, se sentía mejor sabiendo cuándo me marchaba y cuándo llegaba a casa; deseaba saber que estaba a salvo. Acababa de enviarle el mensaje cuando oí su voz profunda.

—Hola, cariño.

Se me aceleró el corazón y sonreí mientras terminaba de recorrer la distancia que nos separaba. Gage me rodeó la cintura con los brazos y me levantó ligeramente para darme un beso antes de volver a soltarme.

—¿Te han cancelado las clases?

—Hoy no me sentía con ganas. —Miró algo por encima de mi cabeza antes de volver a fijarse en mí—. ¿Qué tal el trabajo?

—No ha estado mal, aunque algo ajetreado. ¿Quieres algo antes de que nos vayamos? Estoy agotada y, ahora que te has saltado las clases, tengo la sensación de que no voy a dormir nada.

Gage me dedicó una sonrisa increíblemente sexy que me provocó mariposas en el estómago.

—Y yo tengo la sensación de que llevas razón. Llevémonos algo de café.

Hicimos el pedido y, después de que Jenn, Krista y Lori... Lori casada y embarazada, babearan mirando a Gage de nuevo, nos echamos a un lado y estuvimos hablando tranquilamente, yo entre sus brazos.

—¿Quieres decirme por qué ese chico no deja de mirarme como si fuera a saltar de detrás del mostrador y a arrancarte de mis brazos?

Fruncí el ceño, me di la vuelta y vi que Jesse devolvía la atención a las bebidas.

—¿Jesse? —Me reí alegremente—. Creo que no sabía que tenía novio.

Gage entornó de nuevo los párpados y miró a Jesse. Juro que su pecho rugió y dejó escapar algo parecido a un gruñido.

—Tranquilo, tigre —le susurré rodeándole el cuello con una mano para que volviera a mirarme—. Confía en mí cuando te digo que no hay razón para que te preocupes por él. Pero, cuando lleguemos a tu camioneta, sí que quiero hablar contigo de él.

—¿Ha intentado algo contigo?

—No, Gage, en serio, no es eso. Tienes que calmarte. Ya te he dicho que no tienes de qué preocuparte. Es sobre su madre. Hablaremos de camino a casa, ¿de acuerdo?

—El pedido está listo, Cassi —anunció Jesse bruscamente desde detrás de la barra.

Le di la mano a Gage y caminé hacia el mostrador.

—Gracias, Jess. Jesse, este es mi novio, Gage. Gage, este es Jesse.

Jesse asintió con la cabeza para sí mismo mientras limpiaba la barra.

—Novio. —Murmuró algo que parecía ser «tiene sentido»—. Tienes una novia fantástica, Gage.

—¿Verdad? —respondió Gage, desafiándolo con una sonrisa de superioridad, y me soltó la mano para pasarme un brazo por los hombros y darnos la vuelta para abandonar la cafetería.

—Bueno, no hacía falta que fueras un maleducado —le dije cuando llegamos a la camioneta—. Mira, después de ver cómo has reaccionado con él, puede que esto sea una mala idea, pero quiero prepararle algunas cenas a su madre.

Gage giró la cabeza desde su asiento y me miró como si estuviera loca.

—Deja que me explique. —Le conté lo que Jesse me había dicho antes de marcharme y vi que la mirada de rabia de Gage se transformaba en culpabilidad—. Así que estaba pensando que podría cocinar algunas cosas que podrían comerse ahora y otras que podrían guardar en el congelador para otro momento. Ni siquiera me importa si Jesse sabe que es de nuestra parte, de hecho preferiría que no lo supiera, pero quiero ayudarle de alguna forma. Y es la única forma que se me ocurre.

—Dios, ahora me siento como un idiota.

—Y deberías —bromeé, y me deslicé sobre el asiento para apoyar la cabeza en su hombro—. No tenemos por qué hacerlo, era solo una idea.

—Es una buena idea. Lo haremos hoy mismo. Bueno, lo harás tú; yo solo te miraré y te ayudaré a llevar la comida hasta allí. —Me abrazó y me dio un beso en la coronilla—. Dios, eres tan buena.

Yo negué con la cabeza y sonreí.

—Gracias por ofrecerte a ayudar, Gage.

Paramos en el supermercado de camino a casa para comprar ingredientes con los que preparar platos que pudieran durarles al menos una semana y me puse a cocinar de inmediato. Aunque no duró mucho; menos de veinte minutos más tarde, Gage y yo acabamos en el suelo de la cocina haciendo el amor. Después de otro asalto en el dormitorio, volvimos con la comida y pasamos varias horas preparando cosas que pudieran durar algunos días y preparando otras que pudieran ir al congelador hasta que quisieran meterlas al horno.

Gage estaba llevando las últimas fuentes de comida al porche de Jesse cuando la puerta se abrió de pronto y Jesse se quedó mirándonos con los ojos muy abiertos. Se había puesto una camiseta gris ajustada y unos vaqueros de cintura baja después de salir de trabajar y, tras mirarlo de arriba abajo, confirmé que, aunque fuese atractivo, no tenía nada que ver con Gage.

—Cassi, ¿qué estás haciendo aquí? —Se quedó mirando las pilas de cajas, *tuppers* y fuentes que había entre nosotros—. ¿Qué es esto?

—¡Por favor, no te enfades! —dije, y salí de detrás de las cajas de las que me había rodeado—. Solo queríamos ayudar de alguna manera y a mí me encanta cocinar. Así que… —Me quedé sin palabras al ver que sus ojos brillaban mientras seguía mirando toda la comida del porche.

Transcurrió lo que me pareció una eternidad antes de que alguien hablara.

—De verdad, tienes una novia fantástica. Lo sabes, ¿verdad? —Parpadeó para contener las lágrimas cuando miró a Gage.

—Ya lo sé —respondió él con voz suave y profunda.

Una voz débil y extranjera emergió del interior de la casa y Jesse giró la cabeza en esa dirección para responder en italiano.

—Mi madre quiere conoceros. Adelante. —Cuando Gage y yo nos agachamos para recoger algunas de las pilas, Jesse negó con la cabeza y comenzó a ayudarnos—. No puedo creerme que hayáis hecho esto. Muchísimas gracias.

—Ha sido cosa de Cass, créeme. Si yo la hubiese ayudado, no habría salido nada comestible.

Jesse se rio y nos guio hasta la cocina. Cuando hubimos guardado todo, nos llevó al salón, donde estaba su madre sentada en el sofá. Murmuró algo en italiano y sonrió alegremente; aun enferma, no cabía duda de que era guapa.

—Mamá, ella me ha oído antes hablar contigo por teléfono y sabe que hablas inglés. —Puso los ojos en blanco al volver a mirarnos, pero el amor que sentía por su madre era evidente—. Dice que es maravilloso ver amor verdadero en una pareja.

—No es algo que se ve a menudo. —La voz de la mujer era débil y su inglés era perfecto, aunque con un poco de acento—. Sobre todo en parejas jóvenes como vosotros. Ojalá pueda ver así a mi hijo antes de que me vaya.

—Mamá —dijo Jesse suavemente mientras se acercaba a ella—. Cassi y Gage, esta es mi madre, Isabella. Mamá, estos son Cassi y su novio, Gage.

—Es un placer conocerla —dijimos Gage y yo al unísono.

—Es un placer conoceros a vosotros. ¿Y qué es eso de que nos habéis preparado comida? Querida, es muy amable por tu parte.

—De verdad, ojalá hubiera algo más que pudiera hacer, pero por desgracia lo único que se me da bien es cocinar.

Isabella se rio suavemente.

—Oh, querida, tengo la impresión de que nos llevaríamos muy bien.

—Eh, Jesse, ¿te importa que hable contigo un minuto? —preguntó Gage y, cuando yo levanté la cabeza para mirarlo con preocupación, me abrazó con fuerza y me dio un beso en la frente—. Habla con Isabella un rato, cariño, enseguida vuelvo.

—Sé amable —le susurré para que solo él pudiera oírme.

Lo prometo —respondió él mostrándome sus hoyuelos.

Los vi salir, pero no tuve tiempo para preocuparme; Isabella golpeó el sofá junto a ella y me pidió que hablara de comida con ella.

Gage

—Eh, tío, no sabes lo agradecido que estoy. Mi madre era una cocinera excelente, sus padres tenían un restaurante en Italia hasta que murieron, pero ya no puede hacer nada y, sinceramente, yo soy el peor cocinero de la historia. Sé calentar sopa y poco más, así que lo que habéis hecho es asombroso. Gracias.

—Como te he dicho, ha sido cosa de Cassidy. Pero entiendo lo que quieres decir; los chicos y yo nos moriríamos de hambre sin ella. —Me reí y él ladeó la cabeza.

—¿Se llama Cassidy? Le pega; me gusta más que Cassi.

Me aclaré la garganta al sentir de nuevo el enfado por su evidente cariño hacia mi chica.

—Sí, estoy de acuerdo. Pero, oye, quería hablar contigo de una cosa y quiero que tengas la mente abierta. Cassidy no sabe nada; mientras ella preparaba algunas de las cosas me he ido a la otra habitación para llamar por teléfono. Supongo que, si quieres decírselo, es cosa tuya. Además, no quiero que pienses que no te creo capaz de…

—Escúpelo de una vez, tío. —Jesse seguía con la cabeza ladeada, pero ahora tenía el ceño fruncido y parecía vacilante.

—De acuerdo. Mi familia quiere hacerse cargo de las facturas médicas de tu madre, siempre y cuando…

—No. —Tensó el cuerpo y la cara de inmediato—. Ni hablar.

—Jesse, escúchame, por favor.

Él se inclinó hacia mí y me habló con voz suave, aunque firme.

—Ni hablar. No necesito tu ayuda y no quiero aceptar la caridad de tu familia.

—No sería caridad. Dios, Jesse. Entiendo lo que has vivido, pero no seas tan testarudo como para que tu madre tenga que sufrir aún más viendo cómo te desvives para cuidar de ella. —Tal vez eso sonara demasiado duro. Me aclaré la garganta e intenté calmar mi voz—. Mira, la mejor amiga de mi hermana Amanda murió inesperadamente cuando éramos pequeños. Estaba enferma de cáncer y su familia no se lo dijo a nadie. ¿Por qué? No lo sé, pero no tenían dinero ni un seguro para pagar la quimioterapia ni nada de eso, así que el médico les sugirió tratamientos naturales alternativos. Para cuando mi madre empezó a darse cuenta de que algo no iba bien, Kasey había muerto. Todos en el pueblo alucinaron con el caso y los padres de

Kasey se mudaron de repente. Amanda… bueno, tardó mucho tiempo en recuperarse. Estaba segura de que, si nos lo hubieran dicho, podríamos haber hecho algo. Bueno, ahora tenemos la oportunidad de hacer algo. Mi padre y yo, además de Cass, pensamos que lo que has hecho por tu madre ya es increíble y te respeto por ello. Pero no deberías tener que aceptar un segundo trabajo mientras vas a la academia de policía, o mientras intentas entrar en un departamento. Tienes que pasar tiempo con ella y no preocuparte por el dinero para manteneros a flote. Queremos hacernos cargo de sus facturas actuales y futuras, todo el tiempo que lo necesitéis. Además, si la casa no está pagada, nos haremos cargo de la hipoteca también. No será caridad, solo queremos ayudar.

A Jesse se le humedecieron de nuevo los ojos.

—No puedo, no puedo. —Se le quebró la voz con la última palabra y se volvió para darme la espalda.

—Si quieres, puedes pensarlo durante un tiempo, pero de verdad quiero que lo medites. Podría seros de mucha ayuda y no tendrías que esforzarte tanto. Sé que quieres cuidar de tu madre, pero no es malo pedir ayuda. No dice nada malo de ti. —Ambos nos quedamos allí en silencio durante un par de minutos y entonces decidí dejarlo solo por el momento. Le di una palmada en el hombro y me di la vuelta para entrar en la casa cuando él estiró el brazo y me tocó el hombro también.

—No sabes lo que esto significa para mí y lo que significará para ella. Cuando mi padre se marchó, nos quedamos ella y yo solos. No soy ingenuo; sé que no le queda mucho. Hace meses dejó de responder a los medicamentos y tratamientos, así que poder pasar más tiempo con ella y no estar tan estresado sería… bueno, significaría mucho.

—Me alegro. Estamos encantados de hacerlo. Si no quieres que Cass lo sepa, te daré mi número y podemos acordar un momento en el que pueda yo venir aquí y revisar las facturas para empezar a pagarlas. Así que, si en los próximos días pudieras recopilarlas todas, te lo agradecería.

Él asintió y sus ojos parecieron oscurecerse más al mirar hacia la casa.

—Cassi será más que bienvenida aquí también.

Apreté la mandíbula y ya no pude aguantar más; bajé la voz.

—También te agradecería que dejaras de mirar a mi chica. La he esperado durante mucho tiempo y no pienso dejarla escapar.

—Te entiendo. —Jesse intentó reírse y negó con la cabeza—. Antes no me importaba en absoluto que tuviera novio; no pensaba parar. —Levantó las manos en un gesto de rendición—. Has de saber lo sexy y lo dulce que es. Pero mi madre os ha emparejado nada más veros; eso lo cambia todo. Ella tuvo un marido de mierda, pero podría haberse casado con cualquiera después de lo que le ocurrió siendo más joven. Creo que había un chico con el que se había criado; ambos supieron siempre que estarían juntos toda la vida y, la noche antes de la boda, él fue asesinado. Después de eso, mi madre supo que nunca volvería a encontrar a nadie a quien amar y accedió a casarse con el primero que se le presentó. Pero tiene un sexto sentido en lo referente a las parejas. Nada más verlas ya sabe si van en serio o no, así que, si ella lo dice, yo no pienso meterme. Conmigo no tienes de qué preocuparte.

No sabía si me sentía aliviado por lo que había dicho o molesto porque admitiera que habría ido tras ella aunque supiera que estábamos juntos. Decidí no darle muchas vueltas y dije:

—Tu madre lo ha pasado mal, así que intentemos que se estrese lo menos posible, ¿de acuerdo?

—Sí, gracias de nuevo. Ni siquiera sé cómo darle las gracias a tu familia.

—No es necesario, tú solo pasa tiempo con ella.

—Dios mío, ¿vais a estar siempre así cuando lleguemos aquí? —gritó Adam desde la entrada.

Cassidy soltó un grito, salió de la cama y agarró su ropa.

—¿Se han molestado en llamar esta vez?

—Tengo que quitarle esa llave. —La abracé de nuevo después de ponerme los pantalones y le di un beso—. Estás lista, ¿o no? —Me quedé desconcertado al ver que tenía una camiseta diferente en cada mano. Me reí y le di un beso en la mejilla—. Buena suerte. —Recogí mi camiseta del suelo y salí.

—¡Ya era hora! —gritó Grant dejándose caer en uno de los sofás—. Es de mala educación hacer esperar a tus invitados.

—También es de mala educación entrar sin llamar. Adam, te juro que, si vuelves a hacer eso, te quito la llave.

—¿Dónde está Cassi? Tengo hambre —murmuró Jake, y miró esperanzado hacia la puerta del dormitorio.

—¡Eres un adulto, consíguete tu propia comida! Deberíais alegraros de que cocine para vosotros y de que os dejemos venir todos los domingos a ver los partidos.

—Bueno, ¿y dónde si no vamos a ir a verlos? ¡Tú tienes la tele más grande!

—¿A vuestra propia casa? ¿Y si Cass odia los deportes? O, mejor aún, ¿y si os odia a vosotros? —Sonreí y esquivé un cojín que me lanzó Adam.

—Bueno, al menos no tienes a una zorra engreída. Al menos tienes... —Jake se detuvo cuando Cassidy salió del dormitorio ruborizada—. Eso.

Miré a mi chica. Era un hijo de perra muy afortunado. Llevaba el pelo suelto y algo alborotado por el acalorado encuentro sexual que acabábamos de tener. Esos ojos color miel brillaban llenos de promesas para más tarde y vi que sus mejillas se sonrojaban más aún. Contemplé su cuerpo, detuve la mirada en seco y me reí.

—¿Crees que has elegido? Mala elección, cariño. Estás en Texas, no lo olvides. —Llevaba todo el día debatiéndose sobre qué camiseta ponerse; solo tenía dos, y las dos eran de baloncesto. Una era de los Lakers, la de Lamar Odom, y la otra de los Spurs, la de Tim Duncan. Ambos equipos se enfrentaban aquel día y, según Cassidy, eso no estaba permitido.

—¡Esto no es justo! —dijo señalando su camiseta dorada—. Son mi equipo, no puedo abandonarlos... —Me dirigió una sonrisa felina, se levantó la camiseta hasta la barbilla y me enseñó la camiseta blanca que llevaba debajo—. Pero Tim Duncan es mi jugador favorito de todos los tiempos y el único hombre por el que te dejaría, así que he decidido guardarlo más cerca de mi corazón.

Yo puse los ojos en blanco y contuve una carcajada cuando habló Ethan.

—No puedes animar a ambos equipos, Cass. Elige uno u otro. Y recuerda lo que ha dicho Gage: ya no estás en California, cariño.

—¡Pero es muy difícil! —exclamó ella golpeando el suelo con el pie.

—Cariño —dije yo sin poder contener la risa—, ¿acabas de dar una patada al suelo?

Se fijó en la tele cuando Jake puso el canal donde estaban emitiendo el programa previo al partido y desencajó los ojos.

—¡Shh! —exclamó con una mano levantada, como si eso fuese a impedir que siguiésemos hablando. Curiosamente lo consiguió.

Yo solté un gruñido al fijarme en lo que estaba viendo atentamente. En cuanto terminó la entrevista a Tim Duncan, seguí hablando.

—¿Estás contenta ahora que ya has tenido tu dosis?

Cassidy se dio la vuelta con brillo en la mirada y una gran sonrisa. Yo negué con la cabeza, la abracé y la besé con fuerza. No me quejaba; se ponía muy mona cuando se emocionaba viendo a Tim Duncan. Ni siquiera me importaba que siempre me recordara que me abandonaría por él; si Tim Duncan era lo único por lo que tuviera que preocuparme, diría que lo tenía bastante fácil.

—¿Sabes lo que creo que no es justo? —preguntó Jake—. Que Gage tenga una chica como Cassi. Ella sabe de lo que van todos los deportes que vemos y disfruta viendo los partidos. ¿Dónde está mi Cassi? ¡Eso quisiera saber!

—Yo te buscaré una, Jake —prometió ella mientras todos se reían. Después abandonó mis brazos—. Esta noche nada especial, chicos. Voy a preparar sándwiches. Si alguien quiere cerveza, hemos llenado la nevera. Servíos.

—¡Y encima eso! ¡Yo también quiero una ZPS! No importa que ella crea que «no es nada especial», pero no hay por ahí una ZPS como Cassi. Ya está, la voy a secuestrar. —Jake parecía exasperado.

—¿Qué diablos es una ZPS? —preguntó Ethan, pero todos estábamos confusos.

Jake nos miró como si tuviéramos que saberlo ya.

—¿ZPS? Una Zorra que Prepara Sándwiches.

La habitación quedó en silencio y Adam, Ethan y yo nos dispusimos a darle una paliza a Jake por hablar así de Cassidy. Pero de pronto ella se echó a reír con tanta fuerza que tuvo que agarrarse a mi brazo para no caerse. Jake y Grant se rieron con ella.

—¿Ves? Lo pilla —dijo Jake, y agarró el mando para subir el volumen.

Cassidy estaba secándose las lágrimas de los ojos mientras intentaba parar de reír.

—Jake, solo por eso prepararé tu sándwich el primero e iré a por tu cerveza.

—¿Hablas en serio? —le preguntó Ethan, que aún parecía molesto. Al menos todavía quedaba alguien cuerdo en la habitación.

—Bueno, sí. Hacía tiempo que no escuchaba algo tan gracioso. —Me miró y dejó de sonreír al darse cuenta de que a mí no me parecía gracioso en absoluto—. Muy bien, Jake, ¿pretendías que fuese ofensivo?

—Dios, no —dijo Jake—. Es el mejor cumplido que podría hacerle a una tía. No dejaré que cualquiera me prepare un sándwich —agregó con una sonrisa.

—Y yo no me lo he tomado como algo ofensivo. —Yo aún no me había relajado y, al parecer, Ethan y Adam tampoco, así que Cassidy siguió hablando—. Es como lo de que las mujeres tienen que estar en la cocina descalzas y embarazadas; es gracioso. Si Jake hubiera hablado en serio, dudo que le pareciera bien que yo viera el partido con vosotros.

—¡Exacto! —Jake estiró un brazo en dirección a Cassidy—. Ella lo pilla. ¿Por qué vosotros no?

Cassidy me dio un beso en el cuello y se dirigió hacia la cocina.

—Pero, Jake, espero que este año me regales por mi cumpleaños una camiseta de los Cowboys con las iniciales ZPS en la espalda, no con el nombre de un jugador.

—Gage, eres un jodido afortunado. Es lo único que voy a decir —dijo Grant en voz baja, de modo que dudaba que Cass lo hubiera oído.

—En serio, tío, es un cumplido, relájate —dijo Jake, y subió el volumen más aún.

Pero, llegados a ese punto, ya me había relajado por completo. No paraba de darle vueltas a algo que había dicho Cassidy, y me volví para mirarla. Ella levantó la mirada al terminar de sacarlo todo del frigorífico y me sonrió. Me había dado cuenta de que esa sonrisa estaba destinada solo a mí. Se dio la vuelta para sacar la tabla de cortar el pan y contemplé de nuevo su cuerpo; el pelo largo que le llegaba hasta la cintura, la camiseta de los Lakers sobre sus caderas y aquellos pantalones negros supercortos que estaban volviéndome loco. Sentí la presión en los vaqueros mientras seguía bajando por sus piernas hasta llegar a sus pies descalzos. Sonreí ligeramente y volví a subir la mirada un poco más mientras ella se daba la vuelta. Mantuve la vista fija en ese punto, dejando que en mi cabeza apareciese la imagen que ella había sugerido, hasta que al fin volví a mirarla a la cara. ¿Sería algo retorcido que me excitara más aún imaginándome a Cassidy embarazada? Antes de que los chicos se dieran cuenta de que tenía una erección, me di la vuelta y regresé a nuestro dormitorio.

¿Cuántas veces había pensado en casarme con Cassidy y formar con ella una familia? Miles de veces, pero por alguna razón nunca me la había imaginado embarazada. Y no quería que esa imagen abandonase mi mente. Hacía solo un mes y medio que estábamos juntos, pero yo llevaba enamorado de ella casi dos años. «No es una locura pensar ya en eso, ¿verdad? Joder… ¿a quién pretendo engañar? Claro que lo es. Solo tengo veintidós años y ella diecinueve. No debería empezar a pensar en esto hasta dentro de unos años». Y dudo que hubiera pensado en tener hijos si ella no hubiese hecho aquel comentario tan inocente. Pero lo había hecho y ahora no podía pensar en otra cosa. Cassidy embarazada de mí. Sería algo digno de ver.

—¿Cariño?

Me di la vuelta y vi su cara de preocupación al cerrar la puerta tras ella.

—¿Te encuentras bien? No estarás de verdad enfadado con Jake, ¿verdad? A mí me ha parecido divertido.

—No, no lo estoy.

Cass sonrió antes de volver a fruncir el ceño.

—Entonces, ¿qué sucede? ¿Por qué estás aquí? Y con esa cara. No sé si estás enfadado o confuso o… no tengo ni idea.

Dios, deseaba decírselo. Deseaba decirle que iba a echar a los chicos, que deseaba que dejara de tomar la píldora y que deseaba casarme con ella de inmediato. Pero sabía que la asustaría, incluso yo estaba asustado. No por lo de casarme con ella; me habría casado con ella en cualquier momento. Sino por el resto. Tenía que tomármelo con calma; tenía que encontrar la manera de introducirle la idea de tener una familia. Sabía que, debido a su infancia, le daba miedo tener hijos. Le aterrorizaba convertirse en su madre. Yo sabía que era imposible que eso ocurriera. Sin embargo, si le decía que estaba imaginándomela embarazada, volvería a ponerse la máscara de inexpresividad que yo tanto detestaba. Lo echaría todo a perder, no solo aquel día, sino durante algún tiempo. Se cerraría, no me cabía duda. Así que, en su lugar, relegué a un rincón de mi cabeza la imagen de ella embarazada y sonreí.

—Estoy bien, cariño. Es que estaba mirándote y se me ha puesto dura pensando en cuando nos han interrumpido. He pensado que era mejor salir antes de que los chicos se dieran cuenta.

Sus ojos se llenaron de deseo, bajó la mirada y mi erección hizo acto de presencia de inmediato. «Relájate, tío», pensé. Ella se acercó más y presionó su cuerpo contra el mío.

—Me ocuparé de eso en cuanto se hayan ido —me susurró con voz rasgada y, con una sonrisa sugerente, se dio la vuelta y salió de la habitación.

CAPÍTULO 13

Cassidy

Había pasado casi toda la semana siguiente en casa de Jesse e Isabella y, por suerte, Gage estaba conmigo. Ambos estábamos encantados con las historias que nos contaba sobre Italia y sobre el hombre con el que se había criado y al que había amado. Era una mujer muy dulce y no nos gustaba verla tan enferma, razón por la que habíamos pasado todo nuestro tiempo libre allí desde la mañana de después del partido de la ZPS.

Isabella tenía unos días buenos y otros no tan buenos, pero aquella semana había sido horrible y yo me daba cuenta de lo mucho que afectaba a Jesse. Aquel lunes no había sido capaz de preparar un solo café correctamente y al final le había enviado a comer y después a casa cuando me dijo que Isabella no había podido levantarse de la cama esa mañana, ni siquiera con su ayuda. Hasta aquella mañana no había podido levantarse sola y ya se encontraba mejor.

A lo largo del mes y medio que hacía que les habíamos llevado comida por primera vez, se había convertido en un ritual semanal para nosotros. Cada domingo por la mañana, antes de que vinieran los chicos a ver el partido, nos acercábamos con comida para toda la semana y hablábamos con Jesse y con ella durante horas hasta que llegaba el momento de irnos a casa. Sin embargo, después de esta última semana, Gage y yo estábamos agotados emocionalmente. Yo no entendía cómo podía hacerlo Jesse; tras solo un puñado de tardes con ella, estábamos los dos exhaustos emocionalmente por preocuparnos de ella y lo único que deseábamos era dormir el fin de semana y rezar para que mejorase. Pero Jackie nos había llamado cuando regresábamos de casa de Isabella y nos había dicho que teníamos que ir a su fiesta esa noche.

Al imaginar que necesitaríamos toda la ayuda posible para alegrarnos, habíamos decidido ir y yo ya me estaba arrepintiendo seriamente.

—Maldita sea —murmuró Gage en voz baja, y yo me detuve. Tyler estaba allí; era la primera vez que le veía desde la mañana que se presentara en casa de Gage, e iba con esa pelirroja que había llevado a casa la noche que me echó a la calle—. Cariño, si quieres irte, dímelo y nos vamos.

—No importa. No voy a permitir que controle lo que hacemos; es una tontería.

En cuanto Ty me vio, se apartó de la pelirroja y caminó rápidamente hacia nosotros. Le dirigió a Gage una mirada asesina antes de acercarse más a mí.

—Cassi, ¿cómo estás?

El corazón se me encogió y me entraron ganas de rodearle la cintura con los brazos, pero Gage me apretó la mano y, cuando vi a la pelirroja mirándonos con odio, recordé por qué eso no era una opción.

—Tyler.

—No te pongas así, cariño.

—No la llames «cariño» —dijo Gage con los dientes apretados mientras me pegaba más a él.

Tyler entornó los párpados y miró a Gage de arriba abajo.

—Nunca se ha quejado de ello. —Volvió a mirarme y adoptó una actitud de súplica—. Cassi, ¿podemos hablar, por favor?

—No creo que sea buena idea, Ty —dije suavemente, consciente de que Grant, Ethan y Jackie estaban cerca de nosotros.

—¿Por qué? ¿Es que Gage te ha dicho que no puedes hablar conmigo?

—No, no me lo ha dicho. Es que no tengo nada que decirte.

—Hola, Gage. —Una voz suave y sensual se unió a la conversación, yo miré por encima del hombro de Tyler, vi a la pelirroja y me di cuenta de que era la primera vez que la oía hablar.

—Cara. —Gage me apretó con más fuerza la mano y cualquiera a nuestro alrededor podría haber notado la tensión que emitía su cuerpo.

Tenía el cuerpo de medio lado, de modo que yo tenía el hombro contra su estómago y él estaba mirándome, pero yo estaba mirando fijamente a Cara. Sus ojos adquirieron un brillo extraño al mirar a Gage y morderse el labio inferior. Sentí un vuelco en el estómago y la sensación fue a peor cuando me miró a los ojos y le dio la mano a Tyler.

—Te llamas Carrie, ¿verdad? —me preguntó. No me cabía duda de que sabía perfectamente cómo me llamaba, pero siguió hablando antes de que yo pudiera corregirla—. Diría que lamento haberte quitado a Tyler. Pero la verdad es que no lo lamento. —Se encogió de hombros y sus labios adoptaron una forma extraña, lo que le hizo parecer un pato—. No eres su tipo, pero estoy segura de que, si se lo pides de buenas maneras, Gage te cederá mi hueco del lunes o del miércoles por la noche.

Sentí que el cuerpo de Gage se cerraba aún más; juro que, si alguien le hubiera golpeado, se habría hecho pedazos. Pero no tenía ni idea de lo que quería decir Cara con «su hueco del lunes o del miércoles por la noche». No me hizo falta preguntar; Cara no mantuvo el suspense durante demasiado tiempo.

—Quiero decir que probablemente sería más una cuestión de caridad que otra cosa, pero Dios sabe que tienes que aprender a cuidar de tus novios a Gage tendrá que buscarse a alguien a quien llamar para echar un polvo.

—Cara, cállate —susurró Gage. No me hizo falta verle la cara para saber que lo que ella decía era cierto. El tono de horror en esas dos palabras lo decía todo.

—Oh —continuó ella—. Vaya, ¿ya has encontrado con quién echarlos? Dios, Gage, sabía que tenías un apetito voraz, pero pensé que al menos llorarías mi pérdida durante algún tiempo. No te preocupes, cielo —me dijo con poca convicción—, no suelen durarle mucho las chicas. Estoy segura de que pronto te hará un hueco.

Yo miré a Tyler y vi su preocupación por mí mientras se apartaba de ella, pero Jackie ya me estaba apartando de él, de Cara y de Gage.

—¡Cassidy! —gritó Gage mientras me arrastraba mi amiga.

Yo vivía con Gage y pasaba todas las noches con él; me habría enterado si por las noches saliese a encontrarse con alguna chica. Pero la reacción de Gage ante las palabras de Cara indicaba que había algo de cierto en lo que decía.

—Maldita zorra. No le hagas caso, Cass, solo estaba intentando restregarte su relación con Tyler.

—Entonces, ¿qué estaba diciendo de Gage?

Jackie me miró como si deseara poder tener la respuesta, entonces empezó a temblar y puso cara de odio.

—Será mejor para ti que lo que estaba diciendo Cara no fuese cierto, Gage Carson.

Me di la vuelta y vi a Gage pálido y desencajado cerrar la puerta de Jackie tras él.

—Cariño...

—¿Es cierto? —le pregunté.

—Puedo explicarlo.

—Dios mío, ¿es cierto? ¿Tenías días concretos? ¿Tenías un jodido calendario para tirarte a tus amantes, Gage?

Desencajó aún más los ojos y tomó aliento de forma temblorosa.

—¿Cuándo fue eso? —¿Qué había dicho Cara? Algo sobre que tenía un apetito voraz, pero que pensaba que lloraría su pérdida primero.

—Cassidy —dijo Gage—, tengo que explicártelo.

—¿Cuándo, Gage? Porque, por lo que estaba diciendo Cara, no me parece que haga dos años.

—La última vez fue la noche antes de marcharme al rancho para las vacaciones de Navidad.

Aquella era la noche en la que le había dado la fotografía y se había marchado apresuradamente. ¿A qué chica se habría tirado aquella noche? Y entonces me di cuenta y mi voz perdió toda su fuerza.

—Dios mío, me mentiste. —Jackie intentó abandonar la habitación, pero yo le apreté la mano con más fuerza—. Tyler tenía razón, dejaste el apartamento porque no querías que estuviera allí contigo. Hacía que tus relaciones se complicaran. —Yo era un estorbo, como decía Tyler. Y, si Tyler no había mentido en eso, ¿en qué otras cosas tampoco habría mentido?

—No, no, cariño, no es eso. No te mentí. Nunca te he mentido.

—¡Y una mierda!

A juzgar por su expresión, mi lenguaje en la habitación le había sorprendido. Se acercó más e intentó estrecharme entre sus brazos, pero yo me aparté con Jackie.

—Cassidy, eso no comenzó hasta que no empecé a pasarme por allí de nuevo después de haberme mudado. Solo duró un mes y medio. Solo intentaba olvidarte. Pensaba que me habías engañado; ya sabes todo lo que me dijo Tyler cuando vivíamos juntos, ¡y en el rancho! Estaba enfadado y quería devolvértela y olvidarte; era mi manera de hacerlo.

La habitación quedó en silencio durante unos segundos mientras yo intentaba tragarme el nudo que sentía en la garganta.

—Es la cosa más patética y asquerosa que he oído jamás.

—Cassidy…

—¿A cuántas de esas chicas trataste como has estado tratándome a mí? ¿Les decías a todas que las querías? ¿Que eran perfectas? Te juro por Dios, Gage, que sabía que tenías experiencia, ¡pero no tenía ni idea de que tuvieras un jodido calendario!

—Nunca le he dicho a una chica que la quiero. Solo a ti, Cassidy. Solo ha sido contigo. —Se veía el dolor en sus ojos verdes y tenía los hombros hundidos.

—Gage, ¿de verdad esperas que te crea? ¿Todo esto era un juego para ti? A la ingenua e inocente de Cassidy la dejó su novio porque no quería acostarse con él; vamos a ver cuánto tardo en tirármela.

Se estremeció como si le hubiera abofeteado, pero seguí hablando antes de que pudiera decir nada.

—Dios mío. ¿A cuántas de ellas te tiraste sin utilizar preservativo? ¿Tampoco se te pasó por la cabeza con ninguna de ellas?

—Esto es muy incómodo —dijo Jackie cuando Ethan entró en la habitación y se dio media vuelta al oírme decir aquellas últimas palabras.

—¡Cariño! —Gage ya no parecía herido; él también estaba enfadado—. ¿Cómo puedes pensar eso? ¿Hablas en serio, Cassidy? Yo nunca he…

—¿Cómo sabes que no me has pegado ninguna enfermedad, Gage?

—¡Cass!

—Lárgate. —Agarré a Jackie con una mano y señalé con la otra hacia la puerta—. Lárgate, Gage.

—Cariño —dijo él con suavidad y dio dos pasos hacia mí con un brazo estirado.

—¡Ni me toques! —grité—. ¡Lárgate!

—Vamos, Gage —dijo Ethan mientras tiraba de él hacia la puerta del dormitorio—, tienes que dejarla sola un rato. Volvamos ahí fuera.

—Cassidy, te juro que no es lo que piensas. Yo te quiero.

—Vamos, tío —insistió Ethan agarrándolo del brazo y tirando con más fuerza.

Gage se quedó mirándome con una expresión de tristeza mientras salía de la habitación detrás de Ethan.

—¿Cómo ha podido? —le pregunté a Jackie en cuanto la puerta se cerró tras ellos.

—Ven aquí, Cass. —Jackie tiró de mí hacia la cama y me sentó—. Sé que probablemente no quieras oír esto, así que deja que empiece diciendo que estoy de acuerdo contigo, es asqueroso que tuviera días concretos para chicas determinadas. Creo que es un cerdo por ello, pero, cariño —dijo mientras me apartaba el pelo de la cara—, ¿el resto? No puedes enfadarte con él por eso. ¿No estabas haciendo tú algo parecido? Pensabas que Gage no quería nada contigo, así que empezaste a salir con Tyler. Y, mientras que vosotros dos no os acostabais, os enrollabais todo el tiempo y tú estabas intentando prepararte para poder hacerlo con Tyler.

Quería enfadarme con ella por ponerse del lado de Gage, pero, como siempre, sabía que Jackie veía las cosas desde otra perspectiva.

—Conozco a Gage desde hace casi tres años. Ha tenido un par de novias, ha salido con algunas chicas más, pero nunca ha estado enamorado de ninguna de ellas. Nunca ha tratado a ninguna como te trata a ti. Ya te he dicho que lo que hizo no estuvo bien. Pero al menos habla con él del tema. No rompas con él por una estupidez que cometió mientras intentaba olvidarse de ti.

—Pero ¿y ella, Jackie? ¿Por qué tuvo que acostarse con Gage y después con Tyler?

—Lo sé, estaba a punto de lanzarme sobre ella, pero Gage no sabía que Tyler iba a hacerte eso. No se lo eches en cara. —Se quedó callada durante un minuto antes de seguir hablando—. Me doy cuenta de que no vas a seguir mi consejo, así que escucha esto: todo el mundo comete estupideces cuando está triste. Da igual qué, puede ser atiborrarse a helado o puede ser lo que hizo Gage. Una vez yo hice algo parecido a eso. Salí con un chico, Anthony, durante cuatro años en el instituto; se marchó a la universidad al terminar, pero yo hice una formación profesional durante un año antes de decidir venir a la universidad también. Pensaba que estaríamos juntos toda la vida, pero al final él encontró a otra y me lo dijo después de que yo ya hubiera empezado las clases aquí. Estaba tan triste que fui y me acosté con su compañero de habitación, que además era su hermano gemelo, y me aseguré de que Anthony se enterase.

—¡No puede ser! —exclamé yo, me quedé con la boca abierta y después empecé a reírme.

—¡Sí puede ser! —contestó Jackie, riéndose también.

—¿Y a su hermano no le importó que estuvieras utilizándolo?

—No, estaba tan enfadado con Anthony por lo que me había hecho que se apuntó en cuanto se lo dije. De hecho, él y yo seguimos siendo buenos amigos y es quien me presentó a Ethan... Se trata de Adam.

—¿Te acostaste con Adam? —susurré, horrorizada. ¿Cómo podía

ser Jackie amiga de Dana? ¿Cómo podían ser amigos Ethan y Adam?—. ¿Ethan y Dana saben lo que ocurrió? ¿Y dónde está Anthony?

Jackie se rio con más fuerza y tuvo que secarse las lágrimas de los ojos.

—Sí, todo el mundo lo sabe, De hecho Adam ya le había hablado a Ethan de mí y le había contado lo ocurrido. Aun así Ethan quería conocerme. A Dana no le caí bien al principio cuando empezó a salir con Adam, pero, cuando empezó a salir con Ethan y conmigo, lo superó enseguida. Y Anthony decidió que quería alistarse en el ejército, así que se marchó después del segundo año.

—Dios mío.

—Lo sé. —Tomó aliento para controlar la risa—. Lo que quiero decir es que la gente hace estupideces cuando está triste. No seas muy dura con Gage. No te está engañando. Y recuerda que yo tengo información privilegiada del enemigo porque salgo con uno de sus mejores amigos. Se enamoró de ti en cuanto te vio. No hizo falta que tú me lo contaras para saberlo; se lo contó a Ethan también. Estábamos todos esperando a que empezarais a salir.

—¡Ahora me siento una estúpida por reaccionar así! —Me puse en pie de un salto y la arrastré conmigo—. Gracias, Jackie, ¿qué haría sin ti? —Le di un abrazo rápido.

—Bueno, esperemos que Gage siga aquí para que no tengamos que salir a buscarlo.

Justo entonces se oyó un fuerte golpe y algunos de los chicos comenzaron a gritar; uno de ellos era Gage.

—Oh, mierda.

Gage

Ethan tuvo que arrastrarme de la habitación para no seguir haciendo el idiota y complicando más las cosas con Cassidy. ¿Era demasiado pedir poder salir una noche sin que pasara nada?

Le di un empujón.

—Suéltame.

—Tienes que calmarte, tío.

—¡Estoy calmado! ¡Es que no puedo perder a Cassidy por culpa de Cara!

Dios, en diciembre pensaba que me moriría si alguna vez Cassidy se enteraba porque sabía que me vería de forma diferente, y no creía que pudiera asimilar aquello, pero no sabía lo dolorosa que sería esa muerte. No creía que pudiera soportar que me mirase de ese modo una vez más. Como si… justo lo que había dicho: me miraba como si le diese asco, y no podía culparla; yo mismo me daba asco. Pero, ¿cómo podía pensar, ni por un segundo, que podría utilizarla como un juego, o que trataría a alguien como la trataba a ella? Desde que estábamos juntos no había parado de decirle lo especial y lo diferente que era para mí. Pero, al parecer, no se había creído ninguna de esas cosas.

—Joder —gruñí, dejé atrás a Ethan y me dirigí hacia el salón, pero me detuve en seco al ver a Tyler y a Cara con cara de superioridad—. ¿Ya estáis contentos? —les pregunté.

—Ya te lo dije, primo, Cassi siempre será mía. Ahora solo tengo que esperar. Ya ha terminado contigo y pronto se dará cuenta de que yo soy lo único que le queda. Regresará corriendo junto a mí.

Cara desencajó los ojos y se volvió hacia Tyler.

—¿Qué?

—No te hagas la sorprendida —respondió Tyler—. Sabías perfectamente por qué te he traído aquí esta noche. Ya has hecho tu parte.

Yo arqueé las cejas e imaginé que Cara lo abofetearía, pero se limitó a darse la vuelta indignada y a abandonar el apartamento.

—Estoy seguro de que aún puedes alcanzarla, si quieres volver a las andadas —me dijo Tyler.

—Cassidy es mía. ¿De verdad crees que va a volver contigo después de haberla engañado y haberla tratado como lo hiciste?

Antes de que Ty pudiera responder, Grant decidió intervenir y ofrecer su opinión.

—Sinceramente, me sorprende que los dos penséis que podéis tener otra oportunidad con ella. Cassi termina con uno de vosotros y se va con el otro; ahora que ya ha terminado con los dos, mirará hacia otra parte.

—Será mejor que te calles, Grant. Ahora —murmuré yo.

Sonrió abiertamente y el desafío de su mirada se volvió más que evidente.

—Y mentiría si dijera que no he querido tirármela desde la primera noche que Ty se presentó con ella. Prometo no ser demasiado duro con ella. Ahora, si me disculpáis… —Me dirigió una sonrisa irónica y se dirigió hacia la habitación de Ethan y Jackie, donde seguían Jackie y Cassidy.

—¡Hijo de perra! —gritó Tyler y corrió hacia Grant, pero yo ya me había lanzado sobre él y lo había empujado contra la mesa, que se rompió con el peso de ambos.

Todos los chicos comenzaron a gritarse de inmediato y las chicas se dispersaron. Ethan y Adam me apartaron de Grant, gritándome que me calmara, y Tyler ocupó mi lugar dándole un puñetazo a Grant en la cara. Jake acababa de empezar a apartar a Tyler cuando Sean entró en defensa de Grant y le dio un puñetazo a Ty en el estómago. Jake soltó a Tyler y fue detrás de Sean mientras Ty se doblaba e intentaba recuperar el aliento.

—Tío, ¿tan buena es en la cama? —preguntó Grant mientras escupía sangre en el suelo.

—¿Quieres morir, imbécil? ¡Cállate! —gritó Adam, pero yo ya me había zafado de Ethan y de él y cargaba de nuevo contra Grant.

En cuanto le di un puñetazo a Grant en la mandíbula, alguien me agarró del cuello para ahogarme y yo intenté echar los brazos hacia atrás para quitármelo de encima, pero Grant me los agarró y me dio una patada en el estómago. Acto seguido me soltaron el cuello y no tuve tiempo de recuperar el aliento antes de sentir los pies de Grant de nuevo en mi estómago. Me di la vuelta y me puse en pie, sin apenas darme cuenta de que Adam estaba peleándose con Reid y de que Ethan intentaba sujetar a Tyler.

Grant estaba levantándose de nuevo, pero yo le hice un barrido, lo agarré de la camiseta y lo levanté ligeramente del suelo para darle otro puñetazo en el lado derecho de la cara. Eché de nuevo el brazo hacia atrás y alguien me lo agarró; me di la vuelta, pero Tyler ya estaba golpeando a otro tipo al que yo no conocía y volvieron a soltarme el brazo. Después de otro golpe, tuve que hacer un esfuerzo para que Grant no se me echara encima, pues todavía me costaba recuperar el aliento y estaba recibiendo golpes constantemente de las peleas de mi alrededor.

Cassidy

Jackie y yo nos quedamos allí, de piedra, viendo como la fiesta se convertía en una batalla campal. Las chicas estaban acurrucadas en un rincón junto a la puerta del jardín y, aunque algunos de los chicos estaban con ellas, el resto estaban peleándose o intentando separar a otros.

Levanté la mirada y vi que Tyler estampaba a alguien contra el suelo de madera y se inclinaba hacia atrás para empezar a pegarle, pero entonces lo empujaron y fue él quien recibió los golpes. Ethan agarró al tipo y lo apartó lo suficiente para que Tyler pudiera levantarse, pero se chocó contra otra persona antes de volverse hacia el chico al que Ethan aún tenía sujeto. Me di cuenta de que Gage era la persona contra la que Ty acababa de chocarse y le vi levantar a Grant y golpearle en la cara.

«¿Por qué está pasando esto?», me pregunté. No paraba de temblar viendo como los chicos se pegaban los unos a los otros. Me vinieron a la cabeza diversos episodios con mi madre y mi padrastro y lo único que quise hacer fue gritarles que se detuvieran, pero no me salía la voz. Me temblaban las piernas mientras mi peor pesadilla se reproducía ante mis ojos. Intenté gritarles de nuevo, pero seguía sin salirme la voz. Solté el brazo de Jackie y corrí hacia Gage antes de que pudiera golpear de nuevo a Grant. No podía soportar ver al hombre al que amaba golpear a otra persona sin ninguna razón aparente.

Gage

—Si vuelves a decir algo así de ella, acabaré contigo. —Levanté el brazo una última vez, pero Grant miró por encima de mi hombro y yo sentí que alguien me agarraba del brazo. Sin estirar el brazo ni el cuerpo, eché el codo hacia atrás para golpear a la otra persona. Antes de poder darme cuenta de que había golpeado una cara y no un torso, me había dado la vuelta dispuesto a asestar otro puñetazo, pero lo que vi hizo que mi mundo se detuviera.

La pelea, los gritos, las chicas chillando en un rincón de la habitación, mi respiración.

Todo se detuvo.

Vi a mi preciosa chica tirada en el suelo, con las manos de Ethan bajo sus brazos. Tenía un ojo muy abierto, mirándome con lo que debería haber sido sorpresa, pero en realidad era miedo. El otro lo tenía tapado con una mano. Tenía la boca ligeramente abierta y, cuando tomó aliento y se dispuso a tapársela con la otra mano, mi mundo cobró vida otra vez, me arrodillé frente a ella e intenté abrazarla, pero ella se acurrucó contra Ethan.

Cassidy se apartó de mí.

Fue como si me hubieran pegado un tiro en el pecho.

—¿Qué diablos te pasa? —me gritó Jackie.

—¡Dios, Cassidy! Cariño, ¿estás bien? Lo... lo siento mucho.

Me puse en pie y los seguí cuando Ethan la tomó en brazos y la llevó al dormitorio con Jackie; Ty no andaba lejos.

—¿Estás de broma? No paras de decirme que yo le hago daño, ¿y ahora vas y le pegas?

Yo sentía ganas de vomitar.

—No tenía ni idea de que era ella, ni siquiera sabía que estuviese en la habitación. Dios. Cassidy, ¿estás bien? Por favor, di algo. —Ethan ya la había sentado sobre la cama, así que me acerque y le toqué el brazo con cuidado, pero ella volvió a apartarse.

—¡No la toques, imbécil! —Tyler me apartó de un empujón y se encaró conmigo.

—Dejad de pelear —murmuró Cassidy con voz suave y robótica. Me di la vuelta y se me rompió el corazón al ver aquella máscara sin vida en el lado derecho de su cara—. Tyler.

—¿Sí, cariño? —Se agachó junto a ella, le agarró la mano y la sonrisa de su cara demostró lo contento que estaba porque hubiera vuelto junto a él, como siempre.

—Quiero que te marches. Necesito tiempo…

—Cassi, yo siempre…

—Ya no. No después de lo que me hiciste. —Su voz perdió parte de su tono mecánico y se convirtió en un susurro cuando lo miró a los ojos—. Has cerrado la ventana, Ty.

Yo supe que aquello era lo que más daño podía hacerle a Tyler. Le mató oír a Cassidy decir esas últimas palabras, por confusas que fueran. Se quedó allí, con los ojos desorbitados durante unos segundos, antes de asentir y salir de la habitación. Por mucho que yo lo odiara, aun así me sentía mal por él. No podía imaginarme lo mucho que le dolía, pero, a juzgar por la manera en que Cass me miró, supe que estaba a punto de averiguarlo.

—Ethan, Jackie, ¿podéis salir un minuto, por favor?

Joder.

En cuanto la puerta se cerró tras ellos, levanté la mirada y vi que estaba mirándome. Se había quitado la mano de la cara y vi que estaba roja. No me cabía duda de que iba a tener el ojo morado por la mañana. Intenté contener la bilis que sentía en la garganta y di dos pasos hacia ella.

—No me toques, Gage Carson.

«Dios mío. ¿Qué diablos he hecho?».

—Cassidy —mi voz sonó áspera y tranquila—, te juro que no sabía que estabas en la habitación, cariño. Yo nunca te haría daño.

—Una parte de mí ya lo sabe, Gage.

«Una parte de ella. Una parte de ella. ¿Qué diablos?».

—Pero no puedo... yo no... tú... —Se quitó la máscara, se llevó las manos a la cara y empezó a sollozar.

Terminé de recorrer la distancia que nos separaba, me dejé caer en la cama y la senté sobre mi regazo. Su cuerpo se agitó como si eso la hubiese sorprendido, pero la abracé con fuerza y no la solté. No pensaba soltarla de ninguna manera.

—Cassidy, te quiero mucho —dije antes de darle un beso en la coronilla—. Dios, cariño, cuánto lo siento.

Cassidy

Era la primera vez en muchos años que había llorado después de recibir un golpe. Aunque aquello era completamente diferente al resto de ocasiones. Aquel golpe iba dirigido a otra persona y era en defensa propia; yo lo sabía. De verdad, lo sabía. Aun así, era sin duda el peor golpe que había recibido.

Salir de la habitación y entrar en el salón había sido como caer en una pesadilla. Odiaba cualquier tipo de enfrentamiento físico. Lo odiaba con toda mi alma. Y encontrarme a al menos diez chicos pegándose los unos a los otros me había traído recuerdos que había intentado por todos los medios borrar de mi mente. Ver a Gage en medio de la pelea había convertido la pesadilla en un auténtico infierno. Ese era mi infierno personal, ver a Gage pegándole una paliza a Grant. Yo aún no sabía qué había dado pie a la pelea, ni quién había empezado, pero no importaba. Para mí solo hay una razón para pegar a alguien, y es si está intentando matarte o matar a alguien a quien quieres. Pero, sabiendo que aquellos chicos estaban unidos, dudaba seriamente que fuese ese el caso.

No debería haberme metido, debería haberle gritado a Gage que parase. Había intentado gritar, pero no me salía la voz y, en cuanto a lo de meterme en la pelea… fue una estupidez, pero solo quería que parasen. En su lugar, había recibido un codazo en el ojo. Teniendo en cuenta todo lo que había vivido, no estaba tan mal. Me había quedado tan sorprendida cuando se me fue la cabeza hacia atrás que tardé un segundo en darme cuenta de por qué estaba cayendo al suelo, hasta que aterricé de culo al mismo tiempo que Ethan estiraba las manos para agarrarme. Fui consciente al fin del dolor en el ojo y en la cabeza cuando Gage se dio la vuelta con una mirada de odio y el brazo levantado, dispuesto a volver a golpear. Y eso era lo que recordaba ahora mismo, solo eso.

El dolor en la cabeza. La mirada de odio de Gage y el puño levantado, dispuesto a darme otro golpe.

Me abrazó con fuerza mientras me besaba la coronilla otra vez. Yo coloqué mis manos temblorosas contra su pecho y empujé, pero no cedió. No podía estar en sus brazos, no cuando no lograba quitarme de la cabeza esa horrible imagen. No sabía si alguna vez sería capaz de hacerlo. Era evidente que mis palabras le habían hecho daño, pero no quería mentirle. Una parte de mí sí que sabía que Gage nunca me haría daño. Antes de esa noche lo sabía con toda mi alma y, aunque sabía que no lo había hecho a propósito y que había sido culpa mía, mi pasado me impedía comprenderlo.

—Cariño, lo siento mucho —repitió mientras apoyaba la frente en el hueco de mi cuello.

Volví a empujar contra su pecho y noté que negaba con la cabeza.

—Por favor, no. Deja de apartarme de ti, Cassidy. —Parecía tan dolido que se me cortó el aliento, dejé de ejercer presión con las manos y le agarré la camiseta con los puños—. Te quiero. —Me acarició la mejilla con la mano, apoyó en mi la cabeza y me dio un beso suave como una pluma en el ojo magullado.

Intenté apartarme, pero me mantuvo agarrada con un brazo alrededor de la cintura.

—Yo no soy como ellos. —Me dijo tras permanecer callado unos minutos más—. Nunca seré como ellos, cariño. Lo he visto. —Le temblaba la voz y tuvo que aclararse la garganta—. He visto el miedo en tus ojos, Cass. No puedo imaginarme lo que piensas ahora mismo, pero, si fuera yo, estaría pensando en ellos… en lo que te hicieron y en lo que yo acabo de hacer. Maldita sea, lo siento mucho. —Me rodeó con más fuerza y volvió a poner la cabeza en mi cuello.

Con su frente apoyada en mi cuello, sentí su aliento caliente en el pecho, y después algo ligero y húmedo. Mi cuerpo se quedó rígido y me centré completamente en Gage. Sin darme cuenta le había rodeado los hombros con los brazos en algún momento y sentía la tensión y los espasmos en los músculos de su espalda. Antes de poder obligarme a relajarme y deslizar la mano por su espalda para que se tranquilizara, volví a sentir la humedad en mi pecho. Separé mi cuerpo y enredé las manos en su pelo para apartar su cabeza de mi cuello. Miré mi pecho un instante antes de fijarme en sus ojos húmedos y atormentados.

Gage estaba llorando.

«Oh, Dios mío».

Le había visto furioso, le había visto alegre, le había visto abatido y había visto el amor en sus ojos cuando me miraba. Pero nunca había visto llorar a Gage Carson.

—Por favor, deja que te lleve a casa y cuide de ti. —Su voz sonaba más profunda y rasgada de lo habitual.

De no haber sido por lo emotivo de la situación, estoy segura de que me habría provocado un intenso deseo. Dadas las circunstancias, tenía la piel de gallina y lo único que pude hacer fue asentir con la cabeza.

Horas más tarde, seguía despierta, viendo como el ventilador del techo del salón daba vueltas lentamente. Gage y yo no habíamos vuelto hablar desde que me pidiera llevarme a casa. Al llegar al apartamento, se había ido directo al cuarto de baño a buscar un analgésico y se había encontrado conmigo en la cocina. Tras tomarme las pastillas y ponerme en el ojo la bolsa de hielo que Gage me había preparado, me había dado la mano y me había conducido hacia el dormitorio. Y, por primera vez desde que estábamos juntos, me había preparado para irme sola a la cama. Gage había agarrado los pantalones cortos con los que solía dormir en los meses calurosos y había entrado en el cuarto de baño para darse una ducha. Había cerrado la puerta y no había vuelto a abrirla hasta que salió para meterse en la cama.

Antes de poder deprimirme más por el asunto, me había obligado a ir al cuarto de baño a prepararme para irme a dormir. Volví a entrar al dormitorio, dispuesta a abandonarlo e irme a dormir al otro, pero Gage estaba sentado en la cama, mirándome con una expresión extraña y, cuando vio que me dirigía hacia la puerta, se levantó, me dio la mano, tiró de mí hacia la cama y me rodeó con su cuerpo. Empezó a darme besos suaves en el cuello y el hombro hasta que se quedó dormido y, transcurridas un par de horas, incapaz de dormirme, me levanté con cuidado y me fui al salón. No me había movido desde entonces.

Vibró mi móvil y yo fruncí el ceño al mirarlo. Eran casi las tres de la madrugada; ¿quién diablos me escribiría a esas horas? Cuando vi el nombre de Tyler, estuve a punto de no leerlo, pero, al no tener nada mejor que hacer y viendo que solo era un mensaje, lo abrí de todos modos.

TYLER
Cassi, ¿estás despierta? Te ha llamado tu madre???

«¿Mi madre? ¿Por qué iba a llamarme? No he hablado con ella en… Dios, ni me acuerdo. ¿No era mi cumpleaños poco después de mudarme aquí?».

Eh… no. Por?

TYLER
Te puedo llamar?

Me adelanté y le llamé yo; respondió al primer tono.

—¿Jeff y ella no te han llamado? —fue lo primero que dijo.

—No —respondí yo mientras entraba en el dormitorio de invitados para no despertar a Gage—. ¿Qué pasa, Ty? Sé que no hemos hablado en meses, pero ya sabes que no hablo nunca con ellos.

—Cassi, cariño, me acaba de llamar mi padre. La casa de tus padres se ha incendiado y el fuego se ha extendido a las casas colindantes.

—¡Oh, Dios! Ty, ¿ha llegado también a casa de tus padres? —Había solo una casa entre la mía y la de Ty; recé para que no hubiera llegado hasta allí.

—No, no. Los bomberos lo controlaron antes. No ha dañado demasiado las casas de los lados, pero, Cassi, tu casa ya no está.

Dejé escapar un grito ahogado, pero no supe por qué... salvo por la sorpresa ante la idea de que un incendio pudiera extenderse tan rápido como para devorar una casa tan grande. Claro que había mucho alcohol en esa casa.

—¿Estás bien, cariño? Mi padre ha dicho que intentaron llamar a tu madre, pero...

—Ty —dije al ver que no seguía hablando—, ¿qué me estás ocultando?

—Su coche seguía allí. —Oí que cerraba una puerta y después el sonido de unas llaves—. Acabo de hacer la maleta. Voy a buscarte. ¿Puedes hacer la maleta deprisa, Cass?

—Espera. ¿La maleta? ¿Por qué?

—Cassi, confía en mí, yo odiaba a tu madre y a Jeff tanto como tú, pero tu casa acaba de quedar reducida a cenizas y, en teoría, ambos estaban dentro. Tienes que ir allí por muchas razones, pero principalmente porque eres su única familia.

—Ah, claro. —Mi voz sonó suave, pero extrañamente tranquila—. Empezaré a hacer la maleta ahora mismo. Llámame cuando estés fuera. No quiero despertar a Gage.

—¿Que qué? —Sonaba perplejo, pero yo no tenía tiempo de entrar en eso.

—Tú llámame, Ty, tengo que hacer la maleta.

Tras colgar el teléfono, me puse en marcha, dando gracias a Dios por haber dejado toda mi ropa en la habitación de invitados. No sé por qué nunca trasladé mis cosas a la habitación de Gage; fue algo que nunca surgió. Cuando tuve la bolsa preparada, entré de puntillas en su dormitorio, fui al baño y recogí las cosas que iba a necesitar. Ty llamó segundos después de haber cerrado la bolsa y, dos minutos más tarde, ya estaba en su Jeep.

—Mi padre nos ha conseguido un vuelo que sale en unas horas —dijo mientras se metía por otra calle—. ¿Estás bien, Cassi?

—Estoy bien. Me siento… —Me detuve, porque no quería que supiera lo que había estado pensando desde que me contara lo del incendio, pero entonces me estrechó la mano y ya no pude aguantarme—. Me siento culpable. Porque debería estar triste, ¿no? Pero no lo estoy, y no sé por qué, pero, Ty, siento como si… como si se hubiese hecho justicia. Siento como si hubiera cumplido una venganza perversa, y esa casa, Dios, la casa ya no está, Ty. Había tantos malos recuerdos allí.

—Lo sé. —Me apretó la mano con fuerza mientras conducía hacia el aeropuerto—. No te sientas culpable, Cassi. Sé que es tu madre, pero no ha hecho nada en los últimos doce años para merecer tu amor o tu compasión.

—Aun así siento que debería estar triste por esto, pero no me sale. Al menos de momento.

Tyler asintió como si me entendiera y bajó la voz.

—¿Qué tal está tu ojo?

—Está bien. En serio, no me ha dolido tanto, ha sido más bien la sorpresa, y ver a Gage así ha sido… —Me detuve de pronto.

—¿Y por qué no querías que se despertara? ¿No querías decirle que te ibas? —Al ver que yo no respondía, asintió y se quedó callado durante unos minutos antes de añadir—: Sé que la he jodido, cariño, pero nunca he cerrado esa ventana. Desde que teníamos siete años, esa ventana ha estado abierta y siempre lo estará. Pase lo que pase.

Se me encogió el corazón.

—Ahora no, pero en algún momento del viaje tenemos que hablar de lo que salió mal entre nosotros. Pero yo siempre te querré, Ty.

—Y yo siempre te querré a ti.

CAPÍTULO 14

Gage

No me hizo falta abrir los ojos para saber que Cassidy no estaba en la cama cuando me desperté. No solo porque palpé con el brazo unas sábanas frías, sino porque faltaba toda su esencia. Me levanté de la cama, fui al cuarto de baño y después corrí al salón. ¿No se sentiría cómoda durmiendo a mi lado después de lo sucedido la noche anterior? Yo no había parado de flagelarme durante el camino de vuelta a casa, ni después de llegar allí. No podía creer que hubiese accedido a volver conmigo, pero aun así me miraba con tanto miedo que sentía náuseas.

Me detuve un instante al ver que el salón y la cocina estaban vacíos, y fui directo al cuarto de invitados. Tras echar un vistazo rápido y ver que la cama estaba hecha y que Cassidy no estaba, cerré la puerta y regresé a mi dormitorio a buscar mi teléfono. Fue entonces cuando vi la nota que había debajo.

> *Gage,*
> *Por favor, entiéndeme, tengo que hacer esto. No sé cuándo volveré, pero te llamaré en cuanto pueda. Siento mucho marcharme cuando estás durmiendo, pero sabía que intentarías detenerme. Perdóname.*
> *Te quiero. Siempre.*
> *Cassidy*

«Se ha ido. Cass me ha dejado».

Agarré la lámpara que había sobre la mesilla de noche y la lancé contra la pared. ¿Detenerla? ¡Claro que la habría detenido! No podía vivir sin ella, no habría permitido que se fuera. Miré el teléfono y me di cuenta de que también debía de haber desconectado mi alarma, porque ya eran poco más de las cinco de la mañana. Debería haberla llevado ya al trabajo. «A la mierda, no le habría permitido marcharse si hubiera estado despierto y tampoco voy a permitir que se marche así. Sé que anoche la asusté, pero fue un accidente y, a pesar de su pasado, sé que podremos superarlo».

Me puse lo primero que encontré de ropa y me disponía a salir de casa cuando se me ocurrió otra cosa. Entré en nuestro cuarto de baño y tuve que respirar profundamente varias veces al ver que faltaban sus cosas. Me di la vuelta, fui a la habitación de invitados y tuve que agarrarme al marco del armario al darme cuenta de que se había llevado casi toda su ropa.

—¡Maldita sea! —exclamé mientras salía corriendo de la casa en dirección a mi camioneta.

Llegué al Starbucks en nada de tiempo y entré sin ni siquiera apagar el motor.

—¡Jesse!

Se dio la vuelta y me miró confuso.

—Gage, tío, ¿qué sucede?

—¿Está Cassidy aquí? —pregunté casi sin aliento mientras doblaba la esquina para ir a la trastienda.

—No, por eso te pregunto qué sucede. Me llamó hace unos cuarenta y cinco minutos, dijo que se marchaba a California con un tipo llamado Tyler. ¿Sabes quién es y por qué diablos se marcha a California de repente?

Me detuve en seco al oír eso. Cass no solo me había dejado. Me había dejado por Tyler y se había vuelto a California. ¿Dónde? ¿A casa de sus padres? ¿Por qué no podía haberse quedado conmigo? Eso ya no importaba; me dieron ganas de vomitar al pensar que había perdido a Cassidy para siempre, y de nuevo frente a mi primo.

—¿Estás seguro?

—¿Qué?

—Jesse, ¿estás seguro de que ha sido eso lo que ha dicho?

—Sí, pero ¿qué diablos está pasando?

Al principio no podía responder y me quedé allí parado mirando al vacío.

—Es justo lo que te ha dicho; Cassidy… Cassi se ha ido. —Dios, se había ido de verdad. Quería volar a California y rogarle que volviera conmigo, pero había tomado una decisión y, sinceramente, ya me había abandonado demasiadas veces como para creer que regresaría. Una parte de mí esperaba que no lo hiciera, porque sabía que al final acabaría marchándose de nuevo. Como había dicho Tyler, y yo me quedaría en el mismo lugar de siempre, solo y con el corazón roto.

—¿Y por qué se ha ido? —Jesse ya no parecía confuso; me miraba con desconfianza.

—No lo sé —dije por encima del hombro mientras me daba la vuelta para marcharme—. Ya te ha dicho a ti más que a mí.

Mientras salía por la puerta empezó a sonar mi móvil y estuve a punto de lanzarlo por los aires al ver el nombre de Tyler.

—¿Qué? Dios, Ty, juro que, si me llamas para restregármelo, se acabó. Para siempre, ¿entendido?

—No es por eso y no tengo mucho tiempo, tío. Cassi va a salir del cuarto de baño y se enfadará si se entera de que te he llamado. —Dejó escapar el aliento y empezó a murmurar para sus adentros—. No puedo creerme que esté a punto de hacer esto por ti. No puedo creer que… —Volvió a tomar aliento y continuó hablando deprisa—. Mira, Gage, a juzgar por cómo has contestado al teléfono, ya sabrás que se ha marchado. Así que no hace falta que te cuente esa parte, pero no quiero que pienses que se ha marchado sin más. Mi padre me llamó esta noche para decirme que la casa de Cassi se había incendiado y había quedado hecha cenizas y, al parecer, su madre y Jeff seguían en la casa.

—Mierda —murmuré. Pero, si eso era cierto, ¿por qué no me había despertado? Sí, faltaban un par de semanas de clase hasta la graduación, pero lo habría dejado todo para irme con ella.

—Sí, mira, Cassi no está destrozada, pero tiene que estar en California de momento. Hasta que no iba de camino no he sabido que no quería despertarte, he intentado hablar con ella del tema, pero, cada vez que lo hago, se cierra. Sabes de lo que te hablo, ¿verdad?

Lo sabía. Su máscara. La cosa que más odiaba del mundo.

—Sí, lo sé.

—Tío, por poco que me guste veros juntos, me gusta menos ver a Cassi así. El año pasado, cuando volvimos del rancho, fue peor, mucho peor, pero ahora mismo está tan centrada en ignorar lo que sucedió anoche que es capaz de ocultar gran parte de lo que siente. —Hizo una pausa antes de continuar más lentamente—. Aun así, está triste. Lleva puesta una de tus camisetas, Gage, y cada cinco minutos huele el cuello; no creo que se dé cuenta de que lo hace. Estoy seguro de que te ha destrozado que se marchara sin decir nada, y por eso te llamaba...

—Me ha dejado una nota —le interrumpí yo, saqué el papel del bolsillo del pantalón y se lo leí.

—Dios, Cassi, has hecho que sonara peor de lo que era —murmuró Tyler, más para sus adentros—. Escucha, ya estaba pensando en ello y, después de saber lo que te ha escrito, es algo clásico de Cassi. Sé lo que está haciendo, Gage. Está asustada; esto es lo que hace cuando huye. No huye de vuestra relación, y no sé si se habría marchado sin más si yo no la hubiera llamado por lo de la casa. Así que céntrate en eso; no huye de ti, huye de su pasado y de sus miedos, ¿de acuerdo?

—No sé, a mí no me lo parece. —Me metí en la camioneta y apoyé la cabeza en la mano que sujetaba el volante—. Tú lo dijiste, Ty. Dijiste que acabaría haciéndole algo así.

—Gage, solo intentaba espantarte. Sé que nunca la tocarías. Estaba enfadado porque la tuvieras y... no sé, quería que pensaras que la perderías.

—Y ahora la he perdido.

—No la has perdido. Mira, anoche estaba empeñado en hacer que te sintieras como una mierda, aun sabiendo que no tenías ni idea de que era Cassi la que estaba detrás de ti. Sé que no le harías daño; probablemente seas el único chico con el que sé que estaría a salvo —admitió a regañadientes—. Así que créeme cuando te digo que no estoy intentando hacer que te sientas mal ahora. Ya sabes lo que le ocurrió; no sabes hasta qué extremo, pero lo sabes. Imagínate lo que es tener su pasado y ver que tu pasado resurge en la persona con la que deseas pasar el resto de tu vida.

Dejé escapar el aliento y apreté el volante con más fuerza.

—Cassi sabe que nunca le harías daño intencionadamente; sé que está luchando con lo que sabe y con lo que vio en ti en ese instante. Creo que está huyendo mientras intenta aclararse, Gage. Vi cómo te torturabas antes de que me pidiera que saliera de la habitación, lo que significa que ella también lo vio. Conozco a Cassi mejor que nadie. No me cabe duda de que está pensando que su lucha por superar esto está haciéndote a ti más daño. Probablemente piense que tú querías que huyera.

—¿Cómo diablos iba a pensar que quería que se fuera? —Apenas me salía la voz, pero, si seguía intentándolo, me rompería. Mi chica se había ido y, aunque deseaba creer a Tyler, no sabía si podría hacerlo después de lo mucho que nos había fastidiado a Cassi y a mí.

—Es de Cassi de quien estamos hablando —razonó Tyler—. Probablemente no tarde en volver; tengo que colgar antes de que me pille hablando por teléfono.

—No puedo perderla, Tyler.

—Sí, lo sé. Dale un poco de tiempo; cuando se cierra, suele estar así unos días, una semana como mucho. Tú nunca la habías visto así porque, cuando la traje a Texas, las dos ocasiones en las que empezó a cerrarse, yo le recordé que ya estábamos lejos de su madre y de Jeff. La única vez que se cerró de verdad desde que estamos aquí fue cuando tú te mudaste, así que tampoco pudiste verla entonces. Esa fue la vez que peor la vi, y esta también tiene que ver contigo, así que tal vez tarde un tiempo. No te rindas. Te mantendré informado, ¿de acuerdo??

—¿Por qué haces esto? Has estado intentando interponerte entre nosotros todo el tiempo. ¿Por qué ahora das marcha atrás?

Tyler se quedó callado durante unos segundos.

—Yo tampoco puedo perderla. Y anoche por fin me di cuenta de que estaba a punto. En todo caso, siempre será mi mejor amiga y yo siempre cuidaré de ella. Dándole bolsas con hielo por la noche o ayudándola a no cometer el mayor error de su vida huyendo de ti... sea como sea, cuidaré de ella.

—Gracias, Tyler, te lo agradezco.

—Tengo que colgar, tío.

—Protégela por mí, ¿quieres?

—Siempre —murmuró mi primo—. Ella te quiere, Gage. Volverá contigo.

Yo sabía que me quería, pero nada podía convencerme en aquel momento de que regresaría junto a mí. Dejé caer el teléfono en el asiento de al lado y me quedé negando con la cabeza lentamente.

Cassidy

—Esto es... ni siquiera lo sé —dijo Tyler con un suspiro de exasperación.

—Es raro, ¿verdad? —«Raro» era quedarse corto. Era como si estuviese viendo el coche derretido de un desconocido, que ahora parecía un malvavisco en llamas, no el coche de mi madre. Además de un gran alivio, no sentía nada. Ni dolor, ni pérdida, ni anhelo.

Según los investigadores, el fuego se había iniciado en la zona del bar, lo cual no resultaba sorprendente. Como ya he dicho, en la casa había tanto alcohol como en un bar de verdad y, si mi madre y Jeff estaban allí como creían los investigadores, entonces estaba claro. Jeff fumaba mucho, pero, siendo el capullo adinerado que era, le gustaba fumar en pipa como si fuera Hugh Hefner, así que estaba siempre encendiendo cerillas para dar un par de caladas. Si se había derramado un poco de Everclear, el alcohol favorito de Jeff, y este había intentado encender una cerilla al lado... bingo. Adiós al bar y adiós a la casa.

Vimos a un par de hombres y a una mujer caminar con cuidado entre las cenizas, examinando pilas de ladrillo y evitando las vigas maestras que aún quedaban en pie. Tyler me rodeó la cintura con los brazos y me estrechó contra su pecho mientras uno de los hombres llamaba a los otros. Se acercaron a él y, tras echar un vistazo, llamaron a un agente y le enseñaron lo que fuera que hubieran encontrado. Yo aguanté la respiración y Tyler me rodeó con más fuerza cuando el agente habló con un detective y ese detective se acercó hasta donde estábamos, de pie junto a los padres de Tyler y medio vecindario.

—¿Señorita Jameson?

—¿Sí?

—Soy el detective Sanders, ¿podríamos hablar en un lugar más íntimo? O, si lo prefiere, podemos hablar en mi coche o en la comisaría.

—¿Por qué no vamos a casa, Cassidy? —sugirió Jim, el padre de Tyler.

El detective Sanders miró rápidamente su libreta y sacó su bolígrafo.

—¿Y usted es?

—Es James Bradley. Los Bradley son prácticamente de la familia y su casa está justo ahí —respondí yo señalando en dirección a su casa.

—Podemos ir allí —dijo el detective Sanders al mismo tiempo que le hacía gestos a un hombre vestido de traje que llevaba un rato observándonos a Ty y a mí. Me quedé mirándolo cuando al fin vi su cara. Habría jurado que lo conocía, pero no sabía de qué. El hombre nos siguió y se presentó como el compañero de Sanders, el detective Green, cuando entramos en la casa—. Señorita Jameson, ¿preferiría hacer esto a solas?

—No, ya he dicho que son como de la familia. Y, por favor, llámeme Cassidy.

Sanders asintió y aceptó una silla que le ofreció la madre de Ty.

—Cassidy, sé que ya pasaste por esto al llegar, pero, para confirmar la información que he recibido, ¿dónde estabas hoy a medianoche?

—En mi casa de Austin, en Texas.

—¿Y qué te ha traído a Mission Viejo?

—Tyler —señalé a Ty, que estaba sentado prácticamente debajo de mí— me escribió a eso de las tres de la mañana… hora de Texas, y me preguntó si sabía algo de mi madre o de Jeff. Le dije que no y después le llamé y me contó que su padre acababa de llamarle diciendo que había habido un incendio. Me lo explicó todo y dijo que iba a venir a buscarme. Después tomamos el primer avión y aquí estamos.

Sanders asintió y se rascó la mejilla antes de cerrar su libreta.

—Cassidy, por desgracia parece que tenemos malas noticias. —Hizo una pausa y levantó la cabeza para mirarme a los ojos—. Los investigadores parecen haber encontrado dos cuerpos entre los restos de la casa. Están irreconocibles, así que tendremos que realizar algunas pruebas para confirmar que se trata de tu madre y de tu padrastro. A no ser que supieras de alguien más que estuviera viviendo allí, todo apunta a que el resultado de las pruebas será positivo.

Yo asentí y me apoyé en Tyler cuando él me rodeó con el brazo.

—Familia Bradley, ¿podrían dejarnos a solas unos minutos? —preguntó de pronto cuando el detective Green se inclinó hacia delante para murmurar algo.

—¿Quieres que me vaya? —me preguntó Tyler al oído.

—Quizá sea lo mejor, Ty, estoy bien.

Él asintió con reticencia y me dio un beso en la frente.

—Señorita Jameson… —comenzó el detective Green.

—Cassidy —dije yo, y me quedé observándolo. ¿Por qué me resultaba familiar? Había algo en él, pero yo nunca olvidaría una cara así, sobre todo esos ojos. Su compañero y él no se parecían en nada. Mientras que Sanders debía de tener cuarenta y muchos años, con el pelo pelirrojo y patillas grises, así como una barriga que asomaba por encima del cinturón y una altura que envidiaría cualquier jugador profesional de baloncesto, Green era increíblemente guapo, probablemente tuviera veintimuchos años, mediría unos veinte centímetros más que yo, tenía un cuerpo musculoso y el pelo castaño y corto, igual que Gage. Sentí el aire en los pulmones al pensar en Gage.

—Cassidy, me resulta bastante interesante que no parezcas disgustada en lo más mínimo por el hecho de que tu casa haya quedado reducida a cenizas ni porque probablemente los cuerpos que hemos encontrado sean los de tus padres —dijo Green con una intensidad extraña que, por un momento, me dejó la mente en blanco e hizo que se me acelerase el corazón. ¿Qué diablos?

—No sé cómo debo sentirme, detective Green.

—Bueno, entendería que estuvieras en shock, pero tampoco parece ser eso. Como ya te he dicho, resulta bastante interesante.

—¿Está insinuando algo, detective Green?

Él se inclinó hacia delante y apoyó los codos en las rodillas.

—¿Cuándo fue la última vez que hablaste con tu madre o con tu padrastro?

¿En serio? ¿De verdad estaba interrogándome? ¡Un momento! ¿No se suponía que debíamos estar en una comisaría para algo así? Decidí que no colaborar sería peor, así que pensé durante unos segundos.

—No había hablado con Jeff desde la mañana que me marché a Texas; y con mi madre igual. Pero ella me escribió por mi cumpleaños como un mes más tarde. Así que, si tenemos en cuenta el mensaje, entonces diría que hace más de un año y medio que no tenía ningún tipo de comunicación con ella, aunque yo no respondí.

—¿Tenías una mala relación con tus padres, Cassidy? —preguntó Green mirándome con sus ojos de acero; Sanders había vuelto a sacar su libreta.

—Algo así.

—¿Tan mala como para querer matarlos?

Me quedé mirando directamente sus ojos azules. Dios, me resultaban muy familiares; sentí un vuelco en el corazón y negué lentamente con la cabeza.

—No soy una persona violenta, detective Green, hasta el punto de que ni siquiera soporto ver películas en las que haya violencia. Así que no, nunca le desearía la muerte a nadie.

—Aun sin estar unida a tus padres, Cassidy, es extraño que no muestres ninguna emoción con respecto a esta situación.

Tomé aliento y por fin pude apartar los ojos de su mirada para intentar aclarar mis ideas.

—Esa casa tenía recuerdos que me atormentan; esas personas son las que convirtieron esos recuerdos en pesadillas. Así que no, detective Green, no tengo ningún sentimiento con respecto a su muerte. Lamento si piensa que esto significa que he tenido algo que ver, pero no tengo buenos recuerdos de California desde la mañana en que cumplí seis años.

Sanders dejó de escribir y miró a Green antes de que este preguntara:

—¿Y tu padre biológico? ¿Tendría el algún motivo para haber provocado esto?

Tensé la columna al oír que mencionaba a mi padre.

—Detectives, ¿creen que el incendio ha sido provocado?

Volvieron a mirarse y Sanders suspiró antes de admitir:

—Los investigadores no lo creen, pero eso no significa que no debamos buscar a alguien que tuviera razón para querer verlos muertos.

—Bueno, teniendo en cuenta que mi padre murió la tarde de mi sexto cumpleaños de un ataque al corazón, diría que él tampoco ha sido.

Al entender mis palabras, Sanders intentó disimular una mirada avergonzada tomando más notas, y los ojos de Green se suavizaron; volví a sentir ese estúpido vuelco en el estómago.

—Sinceramente, no, no me entristece su muerte. Pero, si supieran cómo ha sido mi vida, no me culparían, y dudo que alguien lo hiciera. Esas personas eran alcohólicas y eran horribles, pero no tenían enemigos, porque los últimos doce años habían estado solos con el alcohol. Razón por la que no me sorprende que la casa haya ardido tan deprisa. Con las cosas que guardaban allí, sería como tener botes de gasolina esperando explotar. —Me puse en pie para intentar intimidarlos con mi metro sesenta de estatura—. De modo que, si necesitan algo más, detectives, les dejaré mi número para que puedan ponerse en contacto conmigo. Por cuestiones legales y funerales, estaré en California durante unos días. Si necesitan que me quede más tiempo, lo único que tienen que hacer es decírmelo.

No me entendieron, o les dio igual que estuviera pidiéndoles educadamente que se marcharan, pues no movieron un solo músculo.

—Podemos terminar esto aquí o en la comisaría, señorita Jameson; siéntese —dijo Sanders mientras repasaba unas notas y tachaba algo.

—¿Qué ha querido decir con lo de «si supieran cómo ha sido mi vida»? —preguntó Green.

Cerré la boca al volver a mirar los ojos de Green; seguían teniendo esa misma intensidad, pero su rostro se había transformado por completo. Lo sabía. Era una estúpida; ¿por qué había seguido hablando?

—Cassi, ve a sentarte con mis padres en la barra del desayuno.

Me di la vuelta y vi a Tyler allí de pie mirando a los detectives.

—No hemos…

—A no ser que estén a punto de arrestarla, ya ha terminado de hablar con ustedes —dijo Tyler interrumpiendo a Green, y yo me quedé con la boca abierta.

—¡Tyler! —murmuré.

—Cass, vete a la cocina.

Los detectives se pusieron en pie y Sanders me estrechó la mano. Green me agarró la mano, pero no me la estrechó; simplemente la sujetó y se acercó más a mí.

—Esta es mi tarjeta —dijo—. Si alguna vez necesitas algo, llámame.

Me miró a los ojos durante unos segundos, después centró su atención en Tyler y lo miró con odio. Prácticamente podía sentir la rabia que transmitía y tardé un momento en darme cuenta de que tenía un ojo morado.

Al pensar en el ojo morado, en el aspecto que debía de tener después de toda la noche sin dormir y en el estrés emocional después de haber pasado la semana con Isabella, tuve que contener una sarta de palabrotas que habría enorgullecido a cualquier marinero y agarré la tarjeta que tenía en la palma de la mano. Quería explicarle que no era lo que parecía, pero me di cuenta de que probablemente eso fuese lo que decía todo el mundo. Al menos era lo que yo le decía a todos los que no eran Tyler cuando era pequeña.

Volví a tener la extraña sensación de haber conocido ya a aquel hombre cuando me miró de nuevo. Asentí ligeramente y una suave sonrisa se dibujó en su rostro antes de soltarme la mano. Pasé frente a Tyler, que estaba mirando a Green con un odio descarado, entré en el recibidor y después retrocedí de puntillas otra vez hacia el estudio, donde escuché que Sanders le preguntaba a Tyler si había algo que pensara que debían saber.

—Lo entiendo, piensan que debería estar destrozada por haber perdido su casa y a sus padres. Es sospechoso que no sea así, pero es Cassi, y no va a contarles lo sucedido y sé que el hecho de que no diga nada le hará parecer más sospechosa y probablemente le traiga problemas. Además, han de entender que yo soy la única persona a la que Cassi se lo ha contado por voluntad propia. Yo se lo he contado solo a otra persona y esa persona no es ninguno de mis padres. De modo que no le gusta la idea de que se sepa; mis padres ni siquiera lo saben y, como pueden ver, creció a una casa de distancia y somos muy buenos amigos.

—¿Vas a contárnoslo ya o vas a hacer que parezca todavía peor? —reconocí la voz de Sanders y me pregunté por qué seguían insistiendo en que hablara.

—Cassidy fue maltratada por su madre y por Jeff todos los días desde que cumplió siete años hasta que me la llevé a Texas conmigo un mes antes de que cumpliera dieciocho. Y, antes de que me juzguen, porque el tipo al que se lo conté no ha dejado de hacerlo desde hace dos años cuando se lo conté, deseaba contárselo a alguien, deseaba alejarla de ellos. Pero ella me dijo que huiría antes de que la llevaran a un hogar de acogida, y entonces yo no podría cuidar de ella si eso ocurría.

Me llevé el puño a la boca para intentar calmar mi respiración acelerada. «¡Maldita sea, Tyler! Eso no es algo que se pueda compartir sin más». Me había ocurrido a mí y solo se lo había contado a él; ¡él ya se lo había contado a tres personas!

—De modo que, como ya les ha dicho, y sí, estaba escuchando la conversación, no le da pena que hayan muerto, pero les juro por Dios que esa chica no mataría ni a una mosca. No ha mentido al decir que no es violenta; odia la violencia. Ya sé que han visto su cara y, antes de que vuelvan a mirarme como si pensaran que fui yo, les contaré lo ocurrido. Estábamos en una fiesta y se produjo una pelea entre un grupo de chicos; Cassi ni siquiera estaba en la habitación cuando comenzó, pero debió de oírlo y se disgustó tanto al verlo que intentó detenerlo y acabó recibiendo un golpe.

Yo dejé escapar el aliento cuando terminó; ¿por qué no había mencionado que el causante había sido Gage? Tyler tenía tantas ganas de separarnos que debía de estar deseando decir que había sido peor y que yo mantenía una relación de abusos.

—¿Y en cuanto a su madre y a Jeff? No ha hablado con ellos y no habla de ellos. Esa chica de ahí ha tenido una vida de mierda, y esa vida de mierda le ha explotado de nuevo en la cara después de dos años intentando olvidarla. Entiendo que ustedes son detectives y este es su trabajo, pero mi trabajo es cuidar de ella. Así que, si quieren interrogar a alguien, interróguenme a mí. No a ella. Por favor, a ella no. —Había comenzado a hablar con un tono autoritario que imaginé que los detectives querrían frenar de inmediato, pero, cuando terminó, su voz sonaba tan torturada que estuvo a punto de romperme el corazón.

—¿Has acabado, hijo? —preguntó Sanders tras unos segundos.

—Sí.

—Entonces siéntate y dime, ¿tus padres o tú sabéis de alguien que querría hacer daño al señor Jeff Kross y a su esposa?

—No, al igual que Cassi, no he hablado con ellos ni los he visto…

Dejé de oír su voz cuando entré al salón y me tumbé en el sofá. Debería haber ido a reunirme con sus padres, pero, llegado ese punto, estaba tan cansada que no me creía capaz de intentar mantener otra conversación. Sabía que querían averiguar qué le había pasado a mi ojo, pero tendrían que esperar.

A lo largo de la última semana había recibido dos visitas más de los detectives Sanders y Green: la primera para confirmar que el fuego había sido un accidente provocado por una vela cerca de la barra, una visita que incluyó una disculpa por haberme sometido a un interrogatorio, y la segunda para hacerme saber que no me molestarían más. Tras examinar los restos dentales, los cuerpos encontrados en la casa resultaron ser los de Jeff Kross y Karen Jameson Kross. En ambas ocasiones intenté no mirar mucho a Green, pero cada vez que lo veía juraba que lo conocía. Habíamos celebrado un funeral el viernes y Tyler había vuelto a Texas el domingo, hacía tres días, pues tenía exámenes finales esa semana. Yo todavía no había hablado con Gage, pero aún no me sentía capaz de hacerlo.

Aun así tenía demasiadas cosas en la cabeza: mi vida con Jeff y con mi madre, la mirada feroz en los ojos de Gage al darse la vuelta para golpearme, pero sobre todo su mirada atormentada cada vez que me miraba después de haberme pegado. Después yo le había abandonado con una nota que podría haber significado un sinfín de cosas y estoy segura de que eso solo había servido para empeorar la situación. Sabía que no podríamos tener nuestra primera conversación por teléfono; había que hacerlo en persona. Pero no estaba preparada todavía para eso. Si era sincera conmigo misma, me aterrorizaba que lo sucedido el viernes por la noche cambiara para siempre nuestra relación. Yo no quería que me tratara de forma diferente y temía que ahora me tratara como si fuese frágil.

—¿Señorita Jameson? Ya puede pasar.

Miré a la recepcionista del abogado de mi madre, le dediqué una sonrisa y caminé por el pasillo hacia la puerta abierta.

Un caballero desgarbado se puso en pie y me estrechó la mano desde el otro lado de su escritorio.

—Señorita Jameson, muchas gracias por venir. Siento que nos conozcamos en estas circunstancias.

Yo me limité a asentir y le dediqué la misma sonrisa que acababa de dedicarle a su recepcionista.

—Bueno, esto será bastante rápido, dado que es usted la única persona viva que aparece en el testamento de su madre.

Eso me sorprendió, pero no dejé que se me notara. Pensé que no me incluiría en el testamento y que se lo dejaría todo a Jeff, incluso el alcohol. Era así de zorra; no me habría sorprendido.

—Aunque él no esté aquí, comenzaremos con la otra persona que aparece en el testamento: «Al señor Jeff Kross le dejo mi coche, mi casa y todo lo que hay en ella. A la señorita Cassidy Jameson le dejo el dinero de las siguientes cuentas». —El señor Buckner sacó unos papeles en los que aparecían las cuentas bancarias, aunque no significaban nada; no eran más que números—. Y también le ha dejado esta carta. Su madre vino hace unos seis meses, señorita Jameson, para cambiar su testamento y dejar esta carta. A mí me sorprendió, dado que no había cambiado el testamento ni siquiera después de la muerte de su padre, pero supongo que no esperaba que usted fuese a tener que sentarse en esta habitación tan pronto. Su madre y su padre eran buenas personas, señorita Jameson; siento mucho las pérdidas que ha tenido que soportar durante los años.

Yo acepté el sobre.

—Yo también —susurré, incapaz de hablar más alto. Seguía asombrada porque mi madre hubiera esperado tanto tiempo para cambiar su testamento y después hubiera muerto tan súbitamente.

—Si me concede unos minutos, lo arreglaremos todo aquí para que no tenga que ir al banco a cambiarlo todo. Después habremos terminado. Ya he llamado y están esperando a que vuelva a llamarlos.

—Gracias, señor Buckner.

Después de veinte minutos y de hablar los dos con el director del banco, me entregó varios papeles que le enviaron por fax desde el banco, me dio el número de la nueva cuenta de ahorro a la que habían transferido todo el dinero e información sobre cómo manejar la cuenta. Yo doblé todos los papeles y me los guardé en el bolso junto con la carta, le estreché la mano al señor Buckner y me dirigí hacia el coche de la madre de Tyler, que ella me había prestado. Conduje hasta encontrar mi cafetería favorita y aparqué. Sin detener el motor, metí la mano en el bolso, saqué los papeles doblados y al fin me fijé en la cantidad depositada en la cuenta de ahorro. Me quedé con la boca abierta. «¿Qué diablos?».

Había imaginado que mi madre no me mencionaría en absoluto en su testamento. Cuando el señor Buckner me dijo que me dejaba el dinero, pensé que se trataba de una broma y que en realidad no tendría nada. En ningún caso imaginé que tuviera tanto, ¡y menos que me lo dejase a mí! Con la boca aún abierta, agarré la carta, rompí el sello y me quedé sin aliento ante lo que vi. El anillo de mi padre, al que me había aferrado tras su muerte y que mi madre me había quitado. Lo saqué del sobre como si fuese a romperse y me quedé mirándolo mientras los recuerdos de mi padre revivían en mi cabeza y las lágrimas me nublaban la visión. Tomé aire, me puse el anillo en el pulgar y agarré la carta. La desdoblé con cuidado y volví a tomar aliento antes de empezar a leer.

Mi querida Cassidy Ann…

¿Por dónde empiezo? No hay palabras que puedan expresar lo mucho que lamento haberte arruinado la vida. Tampoco hay palabras para decirte lo mucho que me odio a mí misma por lo que te he hecho, así como por permitir que Jeff te lo hiciera. Eres maravillosa y no sé cómo pude llegar a olvidarlo. Tu padre era mi mundo. Cuando murió, no supe cómo continuar, así que no continué. Fui débil y te descuidé… ¡y no eras más que una niña! Lo peor es que ni siquiera te recuerdo en aquella época, lo que significa que no recuerdo lo que tuviste que hacer para mantenerte con vida en esa época. Estaba siendo una egoísta y solo me centré en mi dolor, intentando encontrar la manera de que desapareciera. Mis amigos me ayudaban a mantenerme ebria, porque no sabían que ya estaba en ese estado en casa, así que les presté atención a ellos… ¿pero a ti? ¿Dónde estaba

cuando me necesitabas? Ni siquiera sé dónde estabas tú. ¿Qué tipo de madre no sabe dónde está su hija cuando más la necesita? Lo único que recuerdo es mirarte en el funeral y pensar en todo el tiempo que tu padre pasó contigo; fue un padre asombroso y yo sabía que nunca sería capaz de volver a mirarte sin verlo a él. Y él había muerto. Así que hice la única cosa lógica que se me ocurrió en ese momento: dejé de verte.

Cuando Jeff entró en escena, yo ya estaba tan perdida que necesitaba a alguien conmigo; me daba igual quién fuera. Supongo que ayudó que fuera rico, dado que ambos teníamos un vicio muy caro, pero él odiaba a los niños. Me lo dijo el día que lo conocí y debería haber dejado de quedar con él, pero ¿qué hice? Me casé con él dos semanas más tarde. Y entonces... me convertí en un monstruo. Sé que ya sabes que me recompensaba cuando yo te pegaba, y pensar ahora en eso me produce náuseas, pero en aquel momento, llevada por el alcohol, ser recompensada por maltratarte me parecía el regalo más asombroso. Aunque todo eso tú ya lo sabes, pero tenía que escribirlo, tenía que sacarlo. Y ahora solo quiero morirme por haber estado a punto de matarte en cientos de ocasiones y por golpearte tantas otras. Dios, cariño, me odio a mí misma. ¡Me consume la pena y la culpa por todo lo que te he hecho!

Llevo sobria ya tres meses; puede que no parezca mucho, pero para mí lo es. Desde que murió tu padre, no había pasado más de diez horas sin beber para poder dormirme. En estos tres meses, por fin me he dado cuenta de todo lo que ha ocurrido a lo largo de los últimos trece años, y por eso estoy escribiendo ahora esta carta. Tú, mi dulce Cassidy Ann, eres muy fuerte. ¿Qué niña, incluso qué adulta, se levanta de nuevo sin derramar una sola lágrima después de haber recibido una paliza para que el otro padre vuelva a hacer lo mismo? Te echamos a perder, intentamos romperte y, Dios, cariño, espero que no lo lográramos. Te mereces lo mejor en todo. Te mereces un marido que te quiera, que te valore y que te trate como a la princesa que tu padre siempre decía que eras. Te mereces tener unos hijos que te quieran, que te hagan reír, llorar y que a veces te den ganas de tirarte de los pelos. Te mereces todo eso. He rezado todos los días durante los últimos tres meses para que consigas todo eso, para que sepas que lo mereces, y seguiré rezando hasta el día en que me muera.

Como ya he dicho, cariño, eres muy fuerte y yo no lo soy. No puedo soportar lo que te he hecho y no puedo soportar lo que Jeff ha empezado a hacerme ahora que estoy sobria. No es nada comparado con lo que pasaste tú, pero aun así no lo soporto. No sé cómo empezar a compensarte. De hecho sé que no existe la manera. Pero necesito hacer esto, por ti y por mí. Si estás leyendo esto, ya habrás recibido el dinero; espero que te ayude a empezar tu propia vida. A Jeff le dejo la casa y el coche por una razón; estoy segura de que ahora ya lo entenderás también. Si no, por favor, lee lo que viene a continuación con atención e intenta entenderlo. No puedo vivir con esta culpa, cariño, y no podría morir sabiendo que Jeff seguiría haciendo daño a otras personas. Pero quiero que sepas una cosa: te quiero, te lo juro. Siento mucho todo, cariño.

Durante los últimos meses he estado pasando mucho tiempo en tu habitación, contemplando tu pared. A tu padre no era al único a quien le apasionaba el fénix. Me fascina todo lo que simboliza. Tener la oportunidad de renacer de sus propias cenizas… ¿quién puede decir que ha tenido esa oportunidad? Con estas cenizas, espero que puedas encontrar la paz sabiendo que tu pesadilla ya ha terminado. No puedo ofrecerte una nueva vida, pero aquí tienes la oportunidad de iniciar tu vida como quieras que sea, mi dulce Cassidy, sin que Jeff o yo podamos corromperla. Eres preciosa y tienes luz interior. Tu sonrisa puede iluminar una habitación; tu padre y yo siempre lo decíamos y es cierto. Ilumina el mundo con tu luz, dulce Cassidy.

Te querré siempre.

Mamá.

Leí la carta un par de veces más y al fin la doblé, la metí en el sobre y la guardé en el bolso para no poder ver las palabras. Se había suicidado. Había matado además a Jeff. ¿Por ella? ¿Por mí? Le dejó la casa y el coche a él porque sabía que todo quedaría destruido por el fuego. ¿Cómo lo hizo sin que Jeff intentara escapar? Estaban completamente quemados, pero el forense estaba seguro de que la muerte se había debido al humo y al fuego, y nada más. Era imposible que no hubiese intentado escapar. ¿Y ella se quedó allí mientras se quemaba viva? Se me estremeció el cuerpo. No entendía cómo alguien podía estar tan triste como para querer poner fin a su vida, pero ¿quemarse viva? No podía comprenderlo.

Dejé escapar un sollozo y me tapé la cara con las manos. La madre de esa carta no había existido para mí durante tanto tiempo que nunca esperé volver a saber de ella y, aunque la odiaba por lo que hizo, odiaba más el hecho de que hubiera estado tres meses sobria y hubiera tenido que pasarlo sola. Al menos yo había tenido a Tyler; mi madre no tenía a nadie.

Pasaron otros veinte minutos, me miré en el espejo para asegurarme de no tener muy mal aspecto y entré en la cafetería para poder perderme en un libro. O al menos fingir que así era. Necesitaba un lugar en el que nadie me molestara para poder pensar en Gage.

Estaba a punto de llegar mi turno en la cola cuando oí una voz familiar que me llamaba.

—¿Cassidy?

Miré a izquierda y derecha observando a la gente que había en la cafetería. Al volver a mirar hacia delante, vi unos ojos azules que me miraban.

Di un respingo.

—Oh, Dios mío, ¿detective Green? —Lo había visto solo hacía una semana y media, pero con el traje parecía mayor. Ahora parecía un tipo normal en una cafetería. Lo miré, volví a tener la fuerte sensación de que lo conocía e intenté recordar de qué. Llevaba una camisa azul que hacía juego con sus ojos y unos vaqueros gastados que le quedaban perfectos. En otras palabras… estaba guapo. Muy guapo. El estómago me dio un vuelco y, aunque tuve que hacer un esfuerzo, logré parar de morderme el labio inferior al darme cuenta de que estaba mirándome con atención.

Me dedicó una sonrisa torcida.

—A no ser que quieras que te llame señorita Jameson, puedes llamarme Connor.

Connor Green. Incluso su nombre era atractivo. Observé cómo se pasaba una mano por el pelo, lo que hizo que se le revolviera como si acabase de levantarse de la cama. Dios, tenía que mirar hacia otro lado.

—Por favor, llámame Cassidy… o cualquier otra variación.

—De acuerdo —contestó riéndose—. Cassidy está bien. Deja que te invite al café —dijo mientras dejaba su vaso en el mostrador y se sacaba la cartera del bolsillo.

—Oh, no, no es necesario. —Le di el pedido a la mujer del mostrador y busqué en mi bolso.

—Quiero hacerlo, por favor. —Le dio a la chica de la caja su tarjeta y ella la pasó por la máquina.

La chica le dedicó una sonrisa al devolverle la tarjeta y yo sentí calor en el pecho y el estómago. Me di cuenta de que estaba mirándola con odio y me reprendí a mí misma. «¿Qué diablos? ¿Qué me importa a mí que otra le mire? No es más que un detective muy seguro de sí mismo que debo de conocer de una vida anterior y que no ha hecho nada salvo fastidiarme… y hacerme sentir mariposas en el estómago… ¡No! No… solo fastidiarme».

—Oh, gracias. Pero de verdad que no era necesario.

Connor dio un trago a su café y sonrió.

—Bueno, tal vez así accedas a sentarte y a hablar conmigo un rato. —Mi cara debió de cambiar súbitamente, porque se apresuró a continuar—. Te juro que no va a ser un interrogatorio, simplemente me gustaría disfrutar de tu compañía.

Había sido un imbécil las pocas veces que le había visto, así que no estaba segura de si yo disfrutaría de su compañía, pero desde luego disfrutaría de las vistas. Pensé en Gage y fruncí el ceño; no debería pensar en otro hombre de esa manera. Sobre todo en aquel hombre en concreto.

—Si estás ocupada, lo entiendo. Además supongo que será incómodo hablar con el detective que te interrogó sobre la muerte de tus padres —añadió, miró por la ventana y después volvió a mirarme a mí. Abrió la boca y volvió a cerrarla con un suspiro mientras negaba con la cabeza.

Yo di vueltas al anillo de mi padre y me encogí de hombros.

—Bueno, iba a sentarme aquí un rato de todas formas. Acabo de volver de leer el testamento y no tengo nada más que hacer. Puedes sentarte conmigo si quieres. —Intenté hacer como si no me importara, pero su sonrisa torcida me indicó que no se lo tragaba.

El tipo situado detrás de la barra anunció mi pedido y, después de recogerlo, Connor me condujo a unos sillones situados uno frente al otro, casi tocándose.

—Así que han leído hoy el testamento. ¿Y cómo ha ido?

Me quedé mirando su cara para ver si estaba intentando sonsacarme información que pudiera facilitar su trabajo, pero simplemente parecía preocupado, así que ladeé la cabeza y volví a encogerme de hombros.

—Ha ido. Yo era la única, así que ha sido bastante rápido.

Él asintió.

—Ahora que todo ha acabado, ¿cuánto tiempo crees que te quedarás en California?

—No estoy segura. Tengo que volver a Texas. Lo dejé todo allí, pero primero siento que tengo que resolver algunas cosas. Tyler regresó el domingo, así que al fin tengo tiempo para estar sola. Probablemente me tome una semana más, a no ser que me necesitéis para algo…

—Oh, no. —Resopló y negó ligeramente con la cabeza—. No. Se ha confirmado que el fuego y las muertes fueron accidentales. Sé que ya te lo dije, pero siento mucho el interrogatorio del primer día.

—No lo sientas —dije yo—. Es tu trabajo, ¿no? No puedo culparte por ello, y tengo que decir que se te da bien.

Connor se recostó en su sillón y dejó escapar una carcajada.

—¿De verdad?

—Sí. Recuerdo que lo pensé mientras me interrogabas. Pareces muy calmado cuando hablas, no se te nota nada, pero tus ojos son tan intensos que hace que la persona con la que estás hablando se desconcierte, y entiendo que consigas que la gente empiece a confesar. Yo no… —Dejé la frase inacabada y miré hacia un lado.

—Tienes el ojo mucho mejor; se te ha ido rápido el hematoma —me dijo al adivinar en qué estaba pensando.

—Sí, no me dieron muy fuerte. Estaba intentando detener una pelea, uno de los chicos me arrastró y recibí un codazo, pero no me hizo mucho daño. Sé lo que Tyler os contó. Estaba escuchando, igual que él me escuchó a mí. Hubo una razón por la que no os hablé a Sanders y a ti de mi pasado; solo se lo he contado a una persona, y esa persona era Tyler. Lo ha sabido desde el principio y, salvo con él, nunca he sentido la necesidad de compartirlo. A juzgar por cómo me interrogabais, pensé que mi pasado me haría parecer aún más sospechosa. No era mi intención decir que no sabíais nada sobre mi vida. Simplemente se me escapó. —Miré a Connor a los ojos y continué—. Como ya he dicho, tu intensidad calmada hace que la gente hable demasiado. Pero no me pareció que fuese necesario contar aquello, y tampoco le correspondía a Tyler contároslo.

—Estoy completamente de acuerdo. Y, dado que estabas escuchando, que sepas que me entraron ganas de darle una paliza por haber permitido que te pasara eso cuando eras pequeña. Aunque amenazaras con huir, podrías haber muerto, Cassidy.

Yo había desencajado los ojos cuando me había dado la razón, pero acabé entornando los párpados.

—Tú no lo comprendes, Connor. Tyler era todo lo que tenía. Si se lo hubiéramos contado a alguien, me habrían alejado de la única persona que me quedaba. No podía permitir que eso pasara.

—Probablemente lo comprenda mejor de lo que crees —dijo él con suavidad, se inclinó hacia delante y apoyó los antebrazos en las rodillas—. No me hizo falta que mencionaras nada de tu vida o que Tyler nos lo contara para saber lo que había sucedido. Desde que comenzó el interrogatorio supe que no habías tenido nada que ver con el incendio. A pesar de tener una relación tormentosa y de no estar unida a tu madre y a tu padrastro, te habría disgustado su muerte y la pérdida de tu casa. Al ver que no era así, lo supe.

—¿Cómo? —pregunté yo.

—Cassidy, solo alguien que reaccionaría así a la muerte de su propio progenitor comprendería tu reacción.

Yo fruncí el ceño y miré a mi alrededor como si las paredes pudieran explicar aquella frase tan confusa. Cuando volví a mirarlo a los ojos, vi aquella frialdad torturada. Tomé aliento y estuve a punto de agarrarle el brazo, pero me detuve.

—¿Tú?

Él asintió lentamente.

—Mi madre era una drogadicta. Yo lo sabía, pero ella no solía estar en casa. Vendía su cuerpo para poder pagarse la adicción, y así es como nacimos mi hermana y yo. Aun así, su marido siguió casado con ella. No se drogaba ni bebía; desearía que no hubiera sido así para poder echarle la culpa de lo que hizo. Pero nos odiaba porque no éramos sus hijos, y por lo que representábamos. Mi hermana era seis años mayor que yo, así que durante mucho tiempo ella fue la única que recibía sus palizas. Cuando yo tuve edad suficiente para entender lo que pasaba cuando ella me encerraba en el armario, comencé a recibir palizas también. Ella no quería contárselo a nadie, decía lo que tú le decías a Tyler, que si se lo contábamos a alguien nos separarían. Decía que, si aguantábamos hasta los dieciocho, me llevaría con ella y empezaríamos de nuevo. Pero una noche, cuando yo tenía siete años, él perdió el control. Golpeó a Amy con tanta fuerza que no se despertaba, y acabó rompiéndome las piernas y el brazo izquierdo. Yo esperé a que se fuera a su habitación, como hacía siempre después de pegarnos, me arrastré hasta salir de la caravana e intenté llegar hasta donde los vecinos. No llegué hasta allí, pero alguien que paseaba a su perro me encontró y llamó a la policía. Me había desmayado y, con toda esa sangre, pensaron que había muerto, así que vino la policía, los paramédicos y los de homicidios. Mi padre fue arrestado y a Amy y a mí nos llevaron al hospital. Lo que recuerdo de aquella noche, además de intentar arrastrarme hacia la caravana de los vecinos, es despertarme con uno de los detectives sentado junto a la cama del hospital. Entonces no me dijo nada, pero cuando desperté al día siguiente me dijo que se aseguraría de que nadie volviera a tocarnos a Amy y a mí. Su esposa y él lucharon duramente y consiguieron adoptarnos a ambos. Para mí ellos son mi madre y mi padre.

—¿Por eso quisiste ser detective?

Connor sonrió a modo de respuesta y recorrió mi cara con la mirada.

—Yo nunca le desearía la muerte a nadie, Cassidy, y, al igual que tú, no parpadearía si alguien me dijera que mi madre o aquel hombre han muerto —se quedó callado durante unos segundos antes de continuar hablando—. Tenía que seguir interrogándote, aun sabiendo exactamente lo que se te estaba pasando por la cabeza. Pero no me gustó tener que hacerlo. Viéndote, sabiendo lo que sabía y viendo tu ojo morado, tenía ganas de sacarte de aquella casa.

—No tengo razón para mentirte ahora que sabes la verdad. Es cierto que estaba intentando detener una pelea.

—Lo sé. Cuando me di cuenta de que Tyler no era tu novio, me pregunté quién sería para poder ir a buscarlo. Pero, después de que Tyler contara todos tus secretos y nos dijera lo de la pelea, supuse que no tendría sentido que nos mintiera en algo así. Tampoco es que nos diera la típica excusa de «ha tropezado».

—Yo también he usado esa excusa —murmuré yo.

—¿De verdad no sueles hablar de ello?

—No. Quiero decir que a Tyler se lo conté todo, pero fue para que pudiera saber cómo curar mis heridas.

—Durante mucho tiempo yo tampoco me abrí, hasta que tenía casi dieciséis años, pero, cuando lo hice, todo cambió. Sigo sin contárselo a cualquiera; de hecho eres la primera persona a la que se lo cuento en mucho tiempo. Pero necesitas revivirlo todo y sacarlo de dentro, de lo contrario nunca lo superarás. Puede que pienses que lo has hecho, pero siempre te atormentará, Cassidy.

Recordé la facilidad con la que habían resurgido mis miedos aquella noche en la fiesta al ver a Gage. Connor tenía razón, pero había pasado tanto tiempo sin hablar que no sabía cómo empezar ni si deseaba hacerlo.

—¿Te rompieron los huesos muchas veces?

—Aquella última noche fue la única vez. ¿Y a ti? —No creo que se hubiera dado cuenta, pero sus ojos habían adquirido la misma intensidad que durante el interrogatorio en el estudio de los Bradley.

—No, eran demasiado listos para romperme algo. Tuve muchas costillas fracturadas, pero nunca me hicieron nada que requiriese una escayola. Pero los puntos… no parecía que entendieran que la gente necesitaba puntos.

—¿Eso ocurría con frecuencia?

—¿Lo de los puntos? Los necesitaba como una vez al mes, pero rara vez me los llegaron a dar. A Tyler se le daban bien los puntos de aproximación.

Connor desencajó los ojos durante un segundo y yo me mordí la lengua.

—Eh, ¿tú nunca necesitaste puntos?

Negó con la cabeza.

—No, no hasta aquella última noche. —Se detuvo y después se inclinó hasta que su cara quedó a pocos centímetros de la mía—. Cassidy, ¿con qué frecuencia te golpeaban?

Comencé a apartarme, pero él colocó una mano en mi nuca.

—Cassidy, ¿con qué frecuencia te golpeaban? —repitió, y la intensidad de su mirada me dejó helada. ¿Qué tenían aquellos ojos?

—Todos los días. ¿Tu situación no era igual? —pregunté al oírle tomar aliento.

Me apretó el cuello ligeramente y negó con la cabeza.

—No. En nuestro caso era cada dos semanas o así.

Repetí en mi cabeza las palabras que acababa de decir. Supongo que era ingenuo por mi parte, pero pensaba que todos los niños que recibían abusos lo hacían con la misma regularidad que yo.

—¿Y a ti…? —De pronto me detuve y ejercí presión contra su mano hasta que me soltó y se quedó mirándome. Dios mío, ¿cómo no lo había reconocido? Había soñado con esa mirada, ¡con esos ojos!

—¿Qué?

—¡Tú eres ese policía!

Me miró con los ojos muy abiertos y se enderezó ligeramente.

—No creía que fueses a reconocerme.

—¿Sabías quién era yo y no me habías dicho nada? Has estado actuando como si… ¿como si te importara? ¿Es verdad que te…? —Me aparté de él y agarré el bolso.

—Dilo.

—No importa —dije con frialdad y me puse en pie antes de que pudiera volver a atraparme en el sillón.

—Cassidy —me rogó, pero yo ya caminaba hacia la salida lateral, que daba a un callejón—. ¡Cassidy, espera! —me agarró la mano y me detuvo—. Sí que importa. Tienes que hablar de ello.

Yo le apreté la mano involuntariamente mientras intentaba seguir andando.

—¿También eres psicólogo, o es algo que va unido a ser detective?

—Ninguna de las dos cosas, pero nunca vas a…

—¡Deja ya el maldito interrogatorio oculto, Connor! —grité—. ¡Sé lo que estás haciendo! ¡Estás haciendo lo mismo que hiciste hace una semana y media! ¡Salvo que ahora… ahora tienes esta pinta! —Le señalé con la mano—. ¿Me has seguido hasta aquí? ¿Pensabas que vestirte como una persona normal ayudaría a que me abriera a ti? ¿Es cierto que te pegaban de niño, o lo has utilizado para que hablara? ¿Querías saber mi pasado para averiguar si hiciste bien cuando nos visitaste hace años? ¿Y qué más da ya, si ambos están muertos?

Frunció el ceño y me acorraló contra la pared.

—¿Crees que estoy fingiendo para resolver un caso, Cassidy? ¿Un caso que está cerrado? ¿Un caso que apenas se abrió? ¿Sinceramente crees que me inventaría una historia así para lograr que hablaras conmigo?

—¡Dios, para! ¡Sé que todo esto ha sido para averiguar la verdad sobre mi vida! Y sé que vosotros hacéis eso, mentís en cosas para engañar a las personas y que digan lo que queréis que os digan, os inventáis historias para que piensen que lo entenderéis. Así que espero que te sientas mejor ahora que tienes lo que habías venido a buscar, ¡pero es evidente que no tengo nada más que ocultar! Y, si de verdad quieres saber lo que me ha dejado mi madre en el testamento, tengo el dinero. Mucho dinero. Sí, probablemente ahora quede peor que antes, ¡pero no podría importarme menos el dinero! Me sorprendió incluso figurar en el testamento. Y otra cosa: el incendio no fue un accidente, pero no lograréis encontrar a la persona que lo provocó, porque murió en el incendio.

—¿Qué? —preguntó él con una ceja arqueada.

—Mi madre me dejó una carta y, por lo que dice, iba a asegurarse de que Jeff y ella no salieran con vida, pero no creo que Jeff lo supiera. Así que no sé cómo ni qué hizo exactamente. Pero ahí lo tienes. Se suicidó y lo mató a él. Convirtió en cenizas esa maldita casa y se quitó de en medio. Eso es todo, detective Green.

—Connor —gruñó él.

—Sé que no te importa una mierda lo que me pase, ¡así que deja de fingir! —exclamé—. Acababa de descubrirlo todo cuando he entrado en la cafetería, así que ya sabes todo lo que sé. Y sabes que sí, que te mentimos cuando apareciste en la casa hace años, pero no podía permitir que me llevaras contigo; tenía que quedarme junto a Tyler. Ahora, si me disculpas. —Me di la vuelta para marcharme, pero me agarró la mano con más fuerza y colocó la otra en mi hombro.

—¡Cassidy, no estaba fingiendo en nada!

—Mira, respeto que te guste tu trabajo, y además se te da bien, obviamente. Pero he tenido una mala semana. He revivido malos recuerdos. He visitado el lugar donde estaba la casa de la que he deseado escapar toda mi vida. Por si eso no era suficiente, tengo a un atractivo detective que no me deja en paz y acabo de descubrir que, durante los últimos tres meses, mi madre estuvo sobria por primera vez en trece años. Y, como estaba sobria, mi padrastro decidió empezar a maltratarla. No pudo soportarlo, no podía soportar tampoco lo que me había hecho a mí, así que decidió suicidarse y matarlo a él. ¡Por mí! ¡Pensaba que lo hacía por mí, Connor! Si me hubiera llamado, yo habría hecho algo. Podría haber hecho algo, ¿verdad? La habría apartado de él, pero no me llamó porque sabía que yo no respondería, porque sabía que la odiaba. Se mató sabiendo que la odiaba y lo hizo para que yo pudiera empezar de nuevo. Empezar una nueva vida. Pero yo... no... ¿por qué no estuve a su lado?

Connor me rodeó con los brazos y fue entonces cuando me di cuenta de que estaba llorando. ¿Qué me pasaba aquel día? ¿Y por qué aquel hombre me provocaba tanto?

—Shhh, Cass, no pasa nada. No pasa nada. No dejes que la culpa te consuma, nada de esto es culpa tuya, ¿me oyes? Nada. Tu madre tenía sus demonios y esa fue la única manera que encontró de enfrentarse a ellos.

—Pero se parecía mucho a como era antes de que muriera mi padre. Entonces la quería y debería haber estado a su lado esos últimos meses.

—No vayas por ese camino. Si lo haces, te devorará. —Me mantuvo agarrada hasta que dejé de llorar y de temblar—. ¿Qué te dijo en la nota? —Cuando suspiré e intenté apartarme, añadió rápidamente—: Dios, eso lo empeora todo. Por favor, olvida que soy detective mientras estemos juntos. No estoy fingiendo, Cassidy, he estado pensando en ti sin parar desde que abandonamos la residencia de los Bradley el pasado sábado. Ni siquiera sabía que siguieras en California, mucho menos que ibas a estar en esta cafetería esta mañana. No tienes por qué contármelo, pero es evidente que necesitas hablar de tu pasado. Si no hablas de ello y de esa carta, empeorará.

Apoyé la frente en su pecho sin decir nada y busqué en mi bolso para sacar el sobre. Se lo ofrecí a Connor y me sorprendió que me recolocara de tal forma que aún me tuviera entre sus brazos mientras lo abría y leía la carta. Yo seguía con el puño apretado contra su pecho y poco a poco fui abriendo la mano para apoyar allí la palma al mismo tiempo que le rodeaba la cintura con el brazo derecho. Connor me apretó con los brazos y, por alguna razón, eso hizo que mi cuerpo se relajara aún más. Aquello estaba mal, sabía que estaba mal. No debería haberme sentido tan cómoda, tan bien en brazos de otro hombre. No era como cuando Tyler me abrazaba; incluso después de todo lo que había pasado entre nosotros, sentía que seguía siendo mi mejor amigo y mi roca durante la semana anterior. Pero ¿Connor? Resulta fácil, incluso natural. Lo cual era lo más confuso de todo. Había soñado con él durante años, pero apenas lo conocía y seguía convencida de que estaba interpretando un papel para obtener la información que deseaba. Tenía que ser eso, ¿no? Me había manipulado con la historia de su «infancia»; sabía que me conmovería y así fue. No me había dado cuenta de lo mucho que anhelaba tener a alguien que me comprendiera.

—Cassidy, tengo algunas preguntas más relacionadas con tu pasado, después pararé. Cualquier cosa que me cuentes a partir de entonces será porque lo hayas sacado tú, ¿de acuerdo?

—Lo que tú digas —murmuré tan suavemente que dudé que me hubiera oído.

—Ella dice que estuvo a punto de matarte y tú dices que deberían haberte dado puntos con frecuencia. No solo te pegaban con los puños. —Fue una afirmación, no una pregunta. Aun así yo asentí—. Cuando me presenté en tu casa para ver qué pasaba, ¿por qué no dijiste nada?

—Ya te he dicho que no quería que me separasen de Tyler; él era lo único que me quedaba en la vida después de que mi padre muriera.

—Lo vi en tus ojos, Cass, pero sin tu ayuda no podía hacer nada al respecto. Pensé mucho en ti a lo largo de los dos años siguientes; debería haber vuelto a ver cómo estabas.

—Yo solía soñar contigo —admití contra su pecho—. Había algo en ti y en tus ojos… no sé cómo explicarlo. Una parte de mí deseaba que regresaras y me llevaras contigo, pero el resto de mí sabía que no permitiría que me llevaras incluso aunque lo intentaras.

Él recorrió mi espalda arriba y abajo con su mano para tranquilizarme.

—La mujer que llamó dijo que había oído a una mujer gritar. ¿Esa noche te habían golpeado?

Asentí lentamente, preguntándome qué habría ocurrido aquella noche si se lo hubiera contado todo.

—Fue peor cuando te marchaste.

Connor se quedó quieto y sus brazos me apretaron con más fuerza.

—¿Qué pasó?

—Jeff estaba convencido de que yo había llamado a la policía, a pesar de haber estado en una habitación con ellos durante una hora antes de que llegaras. Mi madre se quitó los zapatos y fue detrás de mí. Me dio repetidamente en la cabeza con el tacón del zapato. Yo no pude volver a moverme durante horas hasta que Tyler vino a por mí.

—Mierda, Cassidy, lo siento mucho —susurró él, después se quedó callado durante un minuto antes de hablar—. En la carta decía que había sido recompensada. ¿Cómo?

Mi cuerpo se tensó y en ese instante tuve que tragarme parte del café, que había decidido reaparecer.

—Eh… —Me humedecí los labios con la lengua y volví a tragar—. Eh… sexualmente —susurré—. Normalmente yo me levantaba y me marchaba, pero a veces no podía moverme y ellos no sentían la necesidad de irse a su dormitorio. Así que, si podía, no me quedaba más remedio que girar la cabeza e intentar bloquear el ruido.

—Por el amor de Dios —murmuró Connor, y se pasó la mano izquierda por la cara mientras hablaba—. Qué enfermizo. Eran gente enferma y trastornada. No te merecías nada de eso. —Ahí estaba otra vez. Aquel vacío torturado en sus ojos. Es imposible aprender o fingir algo así. Simplemente no es posible.

—Lo sé, Connor. —Se lo había oído a Tyler suficientes veces como para saberlo y creerlo antes de conocer a Gage, y Gage no había hecho más que confirmar lo que Tyler me había hecho creer—. Y tú tampoco; nadie lo merece. Ni siquiera mi madre.

Su expresión se transformó en una mezcla de sorpresa, asombro y alivio, y sus ojos azules parecieron iluminarse.

—¿Qué pasa contigo? —preguntó con suavidad mientras me apartaba el pelo de la cara. Nos quedamos allí de pie, observándonos durante unos minutos antes de que él rompiera el silencio—. Estoy bastante seguro de que llevo buscándote toda la vida, Cassidy Jameson.

Antes de que yo pudiera cuestionar eso, tenía la espalda contra la pared y sus labios en los míos. Dejé escapar un gemido ahogado. Los labios de Connor eran firmes y suaves al mismo tiempo y, cuando comenzó a moverlos sobre los míos, se me escapó otro gemido al darme cuenta de que aquel hombre ridículamente guapo sabía cómo besar. Pero no era Gage. Justo cuando empecé a ejercer presión contra su pecho, se apartó ligeramente y me miró a los ojos.

—Connor, tengo novio —confesé.

Él parpadeó rápidamente y se apartó más.

—Tienes novio.

—Sí, en Texas. Es el primo de Tyler.

—¿Dónde está?

—En Texas —respondí lentamente, asegurándome de que me oyera, dado que al parecer la primera vez no lo había hecho.

Connor negó con la cabeza como si yo no lo entendiera.

—Cassidy, ¿él sabe lo de tu pasado? —Aun así no me había soltado, pero por suerte ya no estaba tan cerca como para preocuparme de que volviera a besarme.

—Lo ha sabido desde el día en que lo conocí; es la persona a la que se lo contó Tyler.

—Claro. —Connor asintió y se acercó más—. Entonces dime por qué diablos no está aquí contigo ahora. Si tú fueras mi chica, no permitiría que tuvieras que pasar por este infierno personal sin estar a tu lado.

—Ni siquiera sabe por qué estoy aquí. Me marché sin más.

Aquella sonrisa torcida reapareció, se inclinó y me besó con más pasión en esta ocasión, apoyando su cuerpo atlético y musculoso contra el mío.

—No estás ayudando a tu causa —susurró contra mis labios.

—No lo entiendo —dije yo—. Pensaba que solo estabas haciendo esto para obtener respuestas sobre el fuego y aquella noche en la que llamaron a la policía.

—No, Cassidy. Te he dicho que he pensado en ti cada minuto desde que te dejé aquel primer día y he estado pensando en maneras de poder verte. Pero, como no me diste tu número, pensé que sería demasiado aparecer sin avisar. Eres increíblemente guapa, Cassidy. Dios, eres preciosa. Incluso cuando no habías dormido y tenías el ojo morado, tuve que recordarme constantemente que no debía quedarme mirándote. Y no me di cuenta de quién eras hasta la última vez que fuimos a verte; la manera en que abriste la puerta y me miraste fue lo que me hizo recordar aquella noche.

—Connor…

—Te juro que hoy he creído estar sufriendo alucinaciones, porque tenía muchas ganas de volver a verte. Y estabas tan diferente —murmuró mientras me pasaba una mano por el pelo—. Da igual lo que hagas, estás asombrosa. Y entonces me hablas de tu pasado, un pasado que hace que el mío parezca un viaje a Disneyland, y dices que no nos merecemos lo que nos pasó y tampoco tu madre. Tu madre, que te hizo todas esas cosas hace tantos años. Y has llorado por la mujer que era antes y por la mujer que era cuando murió. Cassidy, tengo que decirte que, cuando te vi la mañana del incendio, cuando imaginé cuál era tu pasado, me pareció que tu belleza era superficial. Pensé que estabas desperdiciándola al imaginar que tenías una relación de maltrato. Pero, después de hoy, sé que tu belleza llega hasta tu alma. No es frecuente encontrar a alguien como tú y, hasta hace unos minutos, no me daba cuenta de que había estado buscando a alguien igual que tú. Alguien que comprenda mi pasado, alguien con tu corazón; y, por si eso fuera poco, no permites que la gente te intimide. Y con «gente» me refiero a Sanders y a mí. —Me dedicó de nuevo su sonrisa torcida—. Y sé que, cuanto más te conozca, más cosas buenas encontraré.

El corazón me latía desbocado en el pecho y no pude evitar mirarlo a los ojos. Las mariposas de mi estómago intensificaron su aleteo y supe que tenía problemas.

—Connor —murmuré contra su boca, que había vuelto a cubrir la mía—. Estoy enamorada de Gage. Voy a casarme con él.

—¿Estás prometida? —preguntó él, apartándose de pronto.

—No, pero ambos sabemos que vamos a casarnos. Hablamos de ello con frecuencia. —«O al menos yo pienso en ello con frecuencia».

—Entonces, ¿por qué no le has dicho dónde ibas, sobre todo tratándose de algo así? ¿Has hablado con él desde que estás aquí?

Me mordí el labio inferior y miré a un lado. Al verle sonreír con superioridad, no pude evitar decir:

—Él es la razón por la que tenía el ojo morado.

Connor se puso serio y su cuerpo se tensó.

—Pero no es lo que piensas. Es justo lo que Tyler os contó. Hubo una pelea y yo vi a Gage allí y me asusté. Odio la violencia y no podía soportar verlo golpear a su amigo. Deseaba gritarle que parase. Ahora lo pienso y dudo que hubiera servido de algo. Todos los chicos estaban gritándose unos a otros, las chicas les chillaban a sus novios que parasen y la música estaba alta. Pero yo intenté gritar y no me salía la voz. Así que no pensé, simplemente me metí corriendo en la pelea e intenté apartarlo. Él no estaba mirándome y no sabía que estaba allí. Yo había estado en la otra habitación y, que él supiera, podría haber sido otro chico dispuesto a darle un puñetazo. Echó el codo hacia atrás y se dio la vuelta para darme un puñetazo, y fue entonces cuando me vio. Se sintió fatal al saber lo que me había hecho, pero lo único que yo vi fue su mirada y entonces todo mi pasado regresó. Pocas horas más tarde, Tyler me llamó para contarme lo del incendio. Así que hice lo que mejor se me da: huir.

Connor apartó los brazos de mí y me miró con comprensión.

—Sí que estoy enamorada de Gage. Solo necesito tiempo para averiguar cómo hacer para no ver aquella mirada en su rostro cada vez que lo mire a partir de ahora. Hasta entonces, sé que seguirá torturándose sabiendo que me hizo daño.

—Habla, Cassidy.

—Eh... estoy hablando...

Él negó con la cabeza.

—Eso es justo a lo que me refería cuando decía que tenías que hablar de tu pasado, y ahora la carta. Si te lo guardas dentro, seguirán siendo demonios para ti, igual que tu madre tenía sus propios demonios. Esos demonios te arrebatarán cualquier momento feliz de tu vida. Tienes que hablar de ello. Si no lo haces, siempre verás a tu novio como lo viste durante la pelea. —Connor dejó escapar el aliento y se pasó una mano por la cara—. Mierda —murmuró—, está bien, lo pillo. Le quieres. —Me devolvió el sobre y me estrechó entre sus brazos—. Deseas casarte con Gage y debería ser con él con quien hablaras. Necesitas a alguien que comprenda lo que viviste, tienes mi tarjeta. Y a partir de ahora me comportaré. —Me sonrió, me dio un beso en la frente y dejó los labios allí mientras hablaba—. A no ser que estés soltera. Entonces será juego limpio y lucharé por ti.

Yo me reí, le di un empujón y advertí que no me gustaba no sentir sus brazos a mi alrededor. Y no me gustó que no me gustara.

—Y la carta, Cass, no permitas que te afecte. Como te he dicho, ella tenía demonios y pensaba que era así como debía enfrentarse a ellos. Tú eres preciosa por dentro y por fuera, de modo que sé que serás capaz de encontrar la belleza en lo que tu madre pensaba que estaba haciendo por ti. Pensaba que estaba dándote una nueva vida, Cassidy. No les permitas arruinar esta también.

Me dio un vuelco el corazón y se me nubló la visión.

—¿Sería mucho pedir que quisieras terminarte el café conmigo? Tienes novio, eso ya lo sé, pero eso no significa que no quiera pasar tiempo contigo. —Connor me secó una lágrima de la mejilla y dio un paso hacia la puerta de la cafetería.

Con mi historial de sentimientos hacia ese hombre, y por el modo en que se me aceleraba el corazón cada vez que me miraba, probablemente no fuese muy buena idea. Pero, siempre que dejara las manos quietas, tener a alguien como Connor con quien poder hablar sería un regalo divino.

—Entonces supongo que está bien que tenga tanto tiempo libre.

Me dedicó una sonrisa devastadora y se me detuvo el corazón; sentí el cosquilleo en los brazos y en los labios. Sí… aquello era una mala idea.

CAPÍTULO 15

Gage

Miré a mi familia y no pude evitar darme cuenta de que faltaba alguien. Habían pasado dos semanas. Dos semanas. Y no había sabido nada de Cassidy.

—¿Sabes algo? —le pregunté a Tyler, aunque ya sabía la respuesta.

—No, tío, lo siento. Llamé a mi madre antes de la ceremonia; estaba durmiendo en el cuarto de invitados.

Asentí e intenté tragarme el nudo que tenía en la garganta. Acababa de graduarme y ahora íbamos a comer, pero ni siquiera me molestaba en intentar sonreír o estar feliz. Todo mi mundo estaba en California y no me dirigía la palabra. Mi familia había llegado el día anterior, así que todos sabían lo que había pasado y era evidente que ninguno parecía especialmente contento en aquel momento. Amanda, Nikki y Emily estaban enfadadas porque pensaban que todo era culpa mía, y lo era. Emily argumentó con su voz de princesita que, si no hubiera sido un mal novio y no hubiera hecho daño a Cassi, ella no habría huido. Yo pensaba que Cassidy se había llevado mi corazón con ella, pero me equivocaba. Porque mi hermana pequeña me hizo saber que seguía teniéndolo al ayudar a rompérmelo un poco más. Mis padres parecían preocupados, aunque no sabía si por Cassidy o por mí. Sobra decir que las cosas estaban tensas en aquel momento.

—Estamos muy orgullosos de ti, hijo —dijo mi madre con una sonrisa forzada.

—Sí, enhorabuena, Gage —murmuraron las tres chicas al mismo tiempo.

Miré ansioso a Tyler y él negó con la cabeza y se inclinó hacia mí.

—A mí tampoco me llama ni me devuelve las llamadas. Pero mis padres la están vigilando. No sé qué ha ocurrido, pero mi madre dice que de pronto tiene mucho mejor aspecto y que pasa mucho tiempo fuera de casa. No creo que tarde, Gage, volverá. —Me dio una palmada en el hombro y se recostó de nuevo en su silla.

Lo más extraño de todo aquello fue que había vuelto a unirnos a Ty y a mí. Como prometió, me había mantenido informado. Me había escrito todos los días que había pasado en California y fue a verme a casa en cuanto regresó a Texas para contarme todo lo que no había podido explicar con los mensajes. Durante aquella última semana, había seguido dándome toda la información que le daban a él sus padres, y de hecho habíamos pasado mucho tiempo poniéndonos al día mientras me ayudaba a meter mis cosas en cajas. Le había pedido que guardara él las cosas de Cassidy; no podía soportar verlas allí. Él deseaba realmente que Cass y yo estuviéramos juntos, pero yo empezaba a pensar que era demasiado tarde.

—Bueno, ya te has graduado en la universidad, ¿y ahora qué vas a hacer? —me preguntó mi padre desde su silla.

—¿Qué quieres decir? Voy a volver al rancho. —Tampoco era nada nuevo. Ese había sido el plan durante toda mi vida; por eso me había ayudado a construir la casa en el rancho. La casa que había terminado las Navidades pasadas, pensando aún en Cassidy a pesar de que por entonces estuviera con Tyler.

Mi padre asintió y se limpió la comida de los labios y del bigote.

—Puedes hacer eso si quieres.

—Si quiero —murmuré yo.

—Creo que hablo en nombre de toda la familia cuando digo que preferiríamos que primero fueses a California y recuperases a tu chica.

Cuatro pares de ojos de mujer se quedaron mirándome a la cara con esperanza.

—Papá, Cassidy se marchó. Otra vez. —Intenté de nuevo tragarme el nudo de la garganta y apenas me salieron las siguientes palabras—. Se acabó. —Sentí un horrible dolor en el pecho al darme cuenta de la verdad que encerraban aquellas dos palabras.

—Desde mi punto de vista no lo parece —dijo él jugando con su cuchillo—. Casi todas tus cosas están ya en los camiones. Terminaremos y nos lo llevaremos todo al rancho. Seguirá allí para cuando las traigas de nuevo a Texas.

Tyler tenía su teléfono pegado a la oreja.

—Mamá, ¿Cassi está...? Sí, ya lo ha hecho. Se lo diré. —Se volvió para mirarme—. Dice que enhorabuena. —Cuando asentí, volvió a llevarse el teléfono a la oreja—. Dice que gracias. ¿Cassi está ahí todavía? De acuerdo, gracias. Sí, yo también te quiero. Adiós. —Me miró tras dejar el teléfono sobre la mesa—. Ha salido a tomar un café.

—Ya la he oído.

—Gage, será mejor que vayas a buscarla —continuó Tyler—. Ya ha pasado mucho tiempo y te necesita tanto como tú a ella.

Antes de darme cuenta de lo que estaba haciendo, mi padre me lanzó una tarjeta de crédito.

—Dame las llaves de tu casa. Ya te he dicho que tus cosas estarán en el rancho cuando regreses. Ahora márchate.

Manipulé el llavero, me temblaban tanto las manos que deseaba tirárselo, pero seguía necesitando las llaves de la camioneta para conducir. Cuando finalmente saqué la llave de la casa, les di un beso a las chicas y salí corriendo del restaurante. Aquella era la última vez que me la jugaría por ella. Si me rechazaba cuando llegara allí, se habría acabado. Siempre la querría; siempre sería la chica con la que debía pasar el resto de mi vida. Pero hay un límite de veces en las que uno puede aguantar el dolor antes de empezar a protegerse.

Llegué enseguida al aeropuerto, pero el único vuelo sin escalas acababa de despegar y lo menos que podía tardar en llegar a California con las diferentes escalas eran siete horas. Al menos tardaría menos que en coche. Entregué la tarjeta sin dudarlo un momento y pagué el billete. La mujer del mostrador y los agentes de seguridad me miraron de forma extraña al darse cuenta de que no llevaba equipaje, pero me daba igual. Necesitaba ver a Cassidy.

Cassidy

Connor abrió la puerta en cuanto empecé a llamar.

—Hola, ¿va todo bien? No me malinterpretes, me alegra que llamaras, pero me sorprende que quisieras… venir… madre mía. —Se quedó sin aliento al decir las últimas palabras cuando deslizó la mirada por mi cuerpo—. Cassidy, estás asombrosa.

Yo miré mi camiseta morada de espalda cruzada y los diminutos pantalones cortos negros que llevaba puestos.

—Eh, gracias. —Sabía cómo se sentía. Llevaba unos pantalones grises y una camisa negra con corbata gris. Se había aflojado un poco la corbata, tenía los dos últimos botones de la camisa desabrochados y las mangas subidas hasta los codos. Estaba delicioso.

—¿Puedo entrar?

—Sí, por supuesto.

Connor y yo habíamos terminado hablando durante horas en la cafetería aquel miércoles y, aunque no había vuelto a verlo desde entonces, hablábamos o nos escribíamos todos los días. A veces sobre nuestro pasado, a veces sobre mis miedos con Gage, sobre su miedo a no encontrar nunca a una mujer que comprendiese su pasado, y en otras ocasiones simplemente nos dedicábamos a saber cosas el uno del otro. Nunca había podido hablar con nadie como hablaba con Connor. Había creído que podía hablar con Tyler y con Gage de cualquier cosa, pero, tras conocer a Connor, me di cuenta de que, al poder compartir nuestro pasado, había algo que nos unía de un modo que no había sentido con ninguno de ellos. Había algo en ello que resultaba… agradable, y lo deseaba.

Abrió del todo la puerta de su apartamento para dejarme entrar y después cerró tras él.

—¿Qué sucede?

—¿Vas a trabajar? ¿O interrumpo algo?

Soltó una carcajada y sonrió.

—No. Acabo de llegar a casa después de treinta y seis horas sin parar.

—¡Oh, Dios mío, Connor! Tienes que dormir, no deberías haberme dejado venir. —Comencé a caminar hacia la puerta—. Espera, ¿treinta y seis horas? ¿Y por qué hablabas conmigo? Deberías haber estado trabajando. ¿Te estaba distrayendo del trabajo?

Suavizó la sonrisa y sus ojos parecieron vibrar cuando dio un paso hacia mí, me rodeó con los brazos y apoyó la frente en la mía.

—Solo hablaba contigo cuando tenía tiempo libre. No has interferido. He logrado la confesión que necesitaba y esta mañana le hemos dicho a la familia que habían atrapado al asesino. —Tomé aliento y él me acarició la mejilla con la mano—. Cassidy, tú nunca podrías ser una mala distracción. Cada vez que teníamos un minuto libre, tú estabas ahí para hablar; cuando tomábamos un descanso para comer o tomar un café, estabas ahí. Cuando sentía que necesitaba apartarme del caso para despejarme la cabeza antes de volver a trabajar, estabas ahí. Ahora estoy en casa y estás aquí. Sinceramente, no recuerdo un momento en mi vida en el que me haya sentido tan feliz como me siento desde el pasado miércoles.

El corazón me latía desbocado y las mariposas de mi estómago batían sus alas como locas; empezaba a pensar que aquella sería la norma cada vez que estuviera con Connor. Posé mis dedos bajo sus ojos al fijarme en sus ojeras.

—Necesitas dormir, Connor —susurré.

—Lo haré. —Me rozó la muñeca con los labios y tuve que hacer un esfuerzo por no suspirar—. ¿Te importa que me cambie?

—¿Cuánto tiempo llevas en casa? —pregunté apartándome de él.

Volvió a tirar de mí y apoyó de nuevo la frente en la mía.

—El suficiente para quitarme la chaqueta.

—Connor…

—Cass, en serio. —Se rio y levantó la cabeza para pegar su cuerpo más al mío—. Cuando me has llamado hace veinte minutos, he venido a toda velocidad a casa sabiendo que tú llegarías justo después. —Bajó la voz aún más cuando continuó—. Ojalá pudiera regresar así a casa todos los días.

Empezó a acelerárseme la respiración y miré sus labios antes de obligarme a fijarme en el nudo de su corbata. ¿Cómo era posible que estuviera tan enamorada de alguien y tener aquella conexión y aquella química con otra persona al mismo tiempo? Había sentido aquella conexión nada más verlo por primera vez hacía cuatro años, pero por entonces no tenía a Gage. Recuperar eso al instante aun estando con Gage era increíblemente desconcertante. No sé en qué momento había llevado las manos a su cuello, pero las deslicé hasta su corbata y me entretuve quitándosela lentamente. Connor no se movió y siguió mirándome. Yo miré la corbata que tenía en mis manos y después me fijé en la mesa del comedor y en la silla en cuyo respaldo había dejado su chaqueta. Me soltó y caminó hacia la mesa conmigo detrás. Dejé la corbata sobre la chaqueta y él comenzó a quitarse cosas del cinturón y a dejarlas sobre la mesa. Esposas, placa, teléfono, pistola.

—¿Tienes un minuto? —preguntó cuando empezó a desabrocharse la camisa. Lo único que pude hacer yo fue asentir mientras se la quitaba—. ¿Puedo ir a darme una ducha primero?

—Cla-claro —tartamudeé cuando lo miré a los ojos.

Deslizó la mano por mi brazo para estrechar la mía antes de agarrar la camisa, la chaqueta y la corbata con la otra y darse la vuelta. Antes de salir de mi ángulo de visión, tiró con una mano del cuello de su camiseta para quitársela por la cabeza y me dejó ver su espalda y sus brazos musculosos. No me cupo duda de que lo había hecho a propósito.

Regresó unos cinco minutos más tarde con el pelo húmedo y revuelto por la ducha, una camiseta gris ajustada y unos vaqueros gastados que, apostaría, habían sido hechos para él.

—¿Quieres un café? —Cuando negué con la cabeza, se apoyó en una pared y me sonrió—. Bueno, ¿qué te trae por aquí?

Hice girar nerviosamente el anillo de mi padre y me mordí el labio para intentar ocultar mi sonrisa, pero no lo logré.

—Quiero mostrarte una cosa. —Me había alisado el pelo y me lo había recogido en una coleta alta, de modo que podía verse con facilidad la zona descubierta de mi espalda y, con el material suelto y fino de la camiseta, no resultaría difícil apartarlo para verlo entero. Le sonreí de nuevo y me giré para darle la espalda, después lo miré por encima del hombro para ver su reacción.

El día después de tomar café con Connor, había ido a tatuarme un fénix que comenzaba en la parte superior de mi hombro derecho, cubría parte del omóplato, recorría el centro de mi espalda y terminaba en la cintura. Habían tardado una eternidad en hacérmelo, pero era precioso y estaba lleno de color. Me encantaba; no era solo en honor a mi padre, sino también una manera de recordar siempre el sacrificio de mi madre. Tal vez hubiera llegado catorce años tarde, y quizá fuese algo que yo hubiera tratado de evitar que hiciera a toda costa, pero era lo que había necesitado hacer, por mí y por ella misma. Era el único regalo que pensaba que podía hacerme y, en cierta manera, una manera enfermiza y retorcida, yo lo entendía.

—¿Un fénix? —Sonrió y dio varios pasos hacia mí para apartar el tejido que cubría la parte intermedia de mi espalda—. Vaya, es realmente bueno —murmuró mientras deslizaba el dedo por mi omóplato.

Se me puso la piel de gallina y un escalofrío recorrió mi cuerpo al ver que sus ojos azules se oscurecían mirándome.

—Vas a tener que perdonarme, Cassidy.

Con un movimiento tan rápido que apenas pude entenderlo, me dio la vuelta para que lo mirase, me levantó para que rodeara su cintura con mis piernas y me aprisionó contra la pared de la entrada antes de besarme con pasión. Sentí la punta de su lengua recorriendo mi labio inferior y volví a estremecerme.

Abrí la boca y ambos gemimos cuando nuestras lenguas se encontraron. Mi cuerpo estaba en guerra consigo mismo. Me odiaba a mí misma y echaba de menos a Gage, pero disfrutaba de aquella extraña conexión con Connor.

—Connor, para —dije sin aliento. Tenía una mano enredada en su pelo húmedo y la otra aferrada a su camiseta. Me obligué a relajarlas y repetí lo mismo a pesar de que ya hubiera parado y tuviera la frente apoyada en mi clavícula—. Para.

Connor también se había quedado sin aliento después del beso, rápido aunque agresivo.

—Si ese tío no se da cuenta de lo que tiene, prométeme que volverás, Cassidy.

—¿Qué te hace estar tan seguro de que te desearía a ti también?

Levantó la mirada y sonrió con picardía.

—Para empezar, crees que soy atractivo y admitiste que habías soñado conmigo. Para continuar, se te pone la piel de gallina en cuanto te toco —desvió la mirada brevemente para mirarme el brazo y después volvió a mirarme a los ojos—, y sigue así. Y para terminar, aunque te resistas cuando nos besamos porque tienes novio, esos suspiros que dejas escapar cuando se encuentran nuestros labios y la manera de reaccionar de tu cuerpo lo dicen todo.

Mi pecho subía y bajaba aceleradamente; sabía que tenía razón y me avergonzaba y me sentía culpable por ello.

—Creo que deberías bajarme.

—Estás a punto de salir de mi vida, de modo que lo haré cuando prometas que volverás conmigo si lo tuyo con Gage no sale bien.

—Tengo diecinueve años —dije yo.

—Y yo acabo de cumplir veinticinco —respondió él riéndose—. ¿Qué quieres decir?

—¿Solo tienes veinticinco? Pero si... si eres detective. Creí que estarías a punto de cumplir los treinta.

—¿Aparento treinta?

—Bueno, no —sentí que se me sonrojaban las mejillas y miré hacia un lado—. Supongo que pensaba que tendrías que ser mayor para ser detective.

—Dios, también me gusta eso —dijo suavemente mientras miraba mis mejillas.

—Connor.

Volvió a mirarme a los ojos.

—Siempre he sabido que quería ser detective de homicidios, así que me puse a trabajar duro para conseguirlo. Llevo en homicidios solo seis meses y el siguiente tipo más joven tiene treinta y cuatro. Pero, dejando eso a un lado, he visto tu permiso de conducir; sé que tienes casi veinte años. Tampoco es que importe; pareces mayor. Eres madura por lo que te ha tocado vivir y, si tuviera que conjeturar, diría que Gage también es un poco mayor que tú.

—Veintidós —respondí de inmediato.

—¿Has hablado con él desde que te marchaste?

No respondí, porque no había hablado con él.

—¿Gage ha intentado llamarte?

Levanté la cabeza y la mirada ligeramente para mirarlo.

—No.

Él asintió y agachó la cabeza para poner los labios junto a mi oreja.

—Cassidy, estás enamorada de alguien que no está aquí. No te ha llamado y no ha venido a buscarte. No solo eso, tú tampoco has intentado llamarlo a él y llevamos tres días hablando sin parar. Y ahora estás en mi apartamento para enseñarme algo que es increíblemente importante para ti. No en el apartamento de Gage, sino en el mío. Tenemos... no sé qué hay entre nosotros, pero sé que tú también lo sientes. Así que, ¿qué tiene que ocurrir y qué puedo hacer para convencerte y que te quedes aquí conmigo, para que estés conmigo?

—Lo siento, pero tengo que volver con él. Sé lo que te parece, pero tú no comprendes mi pasado con Gage.

—Entonces prométemelo, Cassidy.

Esperó hasta que volvió a mirarme.

—Prometo que, si la cosa con Gage no sale bien, volveré contigo, Connor. Pero tengo que decirte que él lo es todo para mí. Así que no quiero que esperes a que vuelva, ¿de acuerdo? No voy a mentirte, Connor, significas algo para mí. Admito que tenemos algo. Lo sé y no tiene sentido actuar como si no lo tuviéramos. Además de ti, Gage es el único hombre por el que he sentido algo parecido y, si nunca hubiera entrado en mi vida, no podría marcharme de aquí ahora mismo, pero ha entrado en mi vida y me ha cambiado por completo. Encontrarás a alguien que te cambie a ti también, pero esa no soy yo.

—Es muy afortunado. —Connor se quedó mirando mi cara durante unos segundos antes de volver a hablar—. Supongo que quieres que te baje al suelo.

—Te lo agradecería.

Se apartó de la pared y me dejó en el suelo.

—Sí que me gusta el tatuaje, Cass. Me gusta mucho. Supongo que has estado pensando mucho desde el miércoles —continuó al verme asentir—. Y estás preparada para empezar a hablar, ¿me equivoco?

Sonreí.

—Anoche compré un billete de avión. Me marcho dentro de cuatro horas. Pero quería venir a verte primero. Quería enseñártelo.

—Me alegra que lo hayas hecho. Pero no me alegra que te marches.

—Eres un hombre asombroso, Connor, gracias por todo. —Me puse de puntillas y le di un beso en la comisura de los labios.

—Te preguntaría si puedo llevarte al aeropuerto, y lo haré si quieres, pero ahora mismo seré sincero y te diré que estoy luchando con lo que deseo y con lo que sé que necesitas. Ya sabes que creo que eres preciosa, pero te presentas aquí con esa ropa y con un tatuaje. Dios, Cassidy, nunca te había visto sonreír así. Y es muy sexy. Así que, a no ser que quieras que vuelva a besarte, lo mejor será que no te lleve.

—Entonces probablemente no debas llevarme —dije con una sonrisa—. En cierta manera, que discutieras conmigo y que me dejaras llorar contra tu pecho frente a la cafetería me ayudó más de lo que pudieron hacerlo nunca Tyler o Gage. Y no eres el único. Atesoraré estos días que he pasado contigo, nunca te olvidaré y siempre te estaré agradecida.

—Cassidy.

—¿Sí?

—Vete, o voy a volver a aprisionarte contra esa pared y esta vez no pienso dejarte marchar. —Me dirigió su sonrisa torcida y colocó la mano en mi cintura.

Yo di un paso hacia la puerta.

—Adiós, Connor.

—Adiós, Cass.

—Cassidy, ¿qué diablos? —susurró Jesse al salir al porche y cerrar la puerta detrás de él—. Has estado fuera… ¿cuánto? ¿Dos semanas? Gage está fatal, ¿y ahora apareces de pronto?

—Jesse, es una larga historia. Una historia muy larga. ¿Has visto a Gage? ¿Cuándo fue la última vez?

—Hace unos días que no lo veo, pero durante un tiempo estuvo viniendo a la cafetería todos los días preguntando si sabía algo de ti. Así que cuenta. ¿Qué pasa?

Pulsé el botón de bloqueo de puertas del mando del coche que me había comprado después de tomar un taxi hasta casa de Gage y descubrir que estaba completamente vacía. Se había graduado aquella mañana, así que supuse que habría vuelto al rancho; pero no esperaba que se hubiera mudado tan pronto. Aun con ayuda, había debido de ser una mudanza muy rápida. Sabía que tenía que ir al rancho para hablar con él, pero primero tenía que pasar a ver a Jesse.

—No puedo entrar en detalles ahora mismo, pero tengo que hablar contigo de otra cosa. Jesse, he recibido mucho dinero y sé que no te gusta que te ayuden, pero quiero ayudarte con los recibos del médico de tu madre.

Jesse se fijó en el Chevrolet Tahoe y después volvió a mirarme a mí.

—Primero, no quiero saber qué has hecho para conseguir todo ese dinero. Segundo, pienso robarte ese coche. Tercero, ¿no te contó Gage lo de los recibos?

—¿Qué? No. ¿Qué pasa con los recibos?

—Cass —suspiró, me dio la mano y me condujo hacia el balancín del porche—. El primer día que nos trajisteis comida, cuando

Gage me sacó aquí fuera, me dijo que su padre y él habían hablado e iban a pagar los recibos de mi madre. El mes pasado incluso pagaron la hipoteca.

Me dio un vuelco el corazón al pensar en el hombre al que amaba. Sabía que tenía sus reservas en lo referente a Jesse, pero no había vuelto a decir nada desde que le hablara de Isabella. Aun así, nunca hubiera imaginado que pudiera hacer algo así.

—Oh, Jesse...

—Sí, a mí me lo vas a decir. Y, sin todo ese estrés, me doy cuenta de que para mi madre es más fácil. Ha ayudado mucho el hecho de que solo tenga que concentrarse en luchar contra el cáncer. Ha sido una bendición. Pero, Cassi, dime por qué te fuiste.

Tomé aliento y lo dejé escapar.

—¿Puedo entrar? He comprado algo de comida para poder prepararos la cena. He ido a casa a ver a Gage, pero ya ha vuelto al rancho. Iba a ir directa allí, pero sería demasiado tarde y necesito luz para saber llegar, así que esperaré hasta mañana. Si quieres, Isabella y tú podéis venir conmigo para que la familia de Gage pueda conocerla.

Jesse sonrió.

—Creo que a los dos nos gustaría. ¿Por qué no duermes aquí esta noche y nos marchamos a primera hora de la mañana?

Podría haber ido a casa de Tyler, pero no sabía si seguía en la ciudad. No había hablado con él desde que regresara allí.

—De acuerdo, ayúdame con la compra. Me pondré con la cena y después os lo contaré todo. Pero primero necesito un abrazo de tu madre. La he echado de menos.

La sonrisa que me dedicó iluminó sus ojos oscuros.

—Ella también te ha echado de menos. Será agradable volver a tener una cena de Cassidy. —Me guiñó un ojo y me dio un codazo cariñoso en el costado antes de ayudarme a levantarme y seguirme hacia mi nuevo coche—. Pienso robártelo —murmuró mientras nos acercábamos.

—¿Qué te parece esto? Puedes quedártelo si me regalas tu Camaro del 69.

—Dios, no —respondió horrorizado.

—Eso me parecía. Yo me quedaré con mi bestia y tú puedes quedarte con tu bebé. —Ese coche era, en efecto, su bebé. Había intentado venderlo cientos de veces para ayudar con los recibos médicos de su madre, pero ella le escondía las llaves para que no pudiera conducirlo ni venderlo. Yo sabía que lo habría hecho sin pensarlo, pero apuesto a que se alegraba de poder quedárselo.

—Pienso robártelo —murmuró de nuevo, y yo me reí cuando cerramos las puertas y regresamos hacia la casa.

CAPÍTULO 16

Gage

Estaba aparcando frente a la casa principal del rancho cuando mi padre se disponía a empezar el día. Me miró, negó con la cabeza, se acercó a mí y me dio un abrazo. Un abrazo que yo no pude corresponder.

—¿Qué ha ocurrido? —me preguntó cuando se apartó.

—Se ha ido. —Intenté actuar como si no me importara, pero no era cierto. Todo mi mundo, mi corazón, había desaparecido.

—¿Va a quedarse en California?

—No —respondí yo mirando hacia los establos—. Llegué a la casa y la tía Steph se sorprendió al verme. Dijo que Cassi le había pedido que la llevase al aeropuerto aquella mañana cuando regresó de tomar café. Las palabras de Cassidy fueron: «Tengo que marcharme, ¿podrías llevarme, por favor?». Se ha ido, papá. Yo me di la vuelta y regresé durante la noche.

—Mierda, hijo. Bueno, tal vez vuelva a Texas.

—¿Y que aun así no me llame? —Me reí irónicamente y negué con la cabeza—. No, papá, se ha ido. —Tuve que morderme la lengua y me miré la mano, que se aferraba a la puerta de mi camioneta—. ¡Maldita sea! —grité mientras cerraba de un portazo. Apreté el puño, deseaba golpear algo, cualquier cosa, pero, como había dicho Tyler, mi temperamento era lo que había hecho que Cassidy se fuera. Apoyé la espalda contra la puerta y me deslicé hacia abajo hasta quedar sentado en el suelo. Después me llevé las manos a la cabeza.

Mi padre se sentó a mi lado y, antes de darme cuenta, mi madre estaba frente a mí con las manos en mis rodillas, tranquila, lo cual no era propio de ella.

—Lo es todo. Cassidy lo es todo para mí. Nunca lo he dudado, desde que la conocí. Ya sabéis lo que nos hizo Tyler, sabéis por qué fue tan difícil para nosotros. ¿Y ahora? Ahora no puedo culpar a nadie salvo a mí. Yo la ahuyenté y esta vez no va a volver.

—Si lo es todo, entonces volverá —dijo mi madre esperanzada.

—Esta vez no, mamá.

Tras un par de minutos, mi madre volvió a hablar.

—Encontrarás a alguien, Gage. —Pero incluso ella sonaba insegura. Se había preocupado cuando Cassidy y Tyler rompieron, pero, después de contarles lo que mi primo nos había hecho a Cass y a mí... Dios, prácticamente mi madre había empezado a planear nuestra boda.

—Sí, lo haré —respondí yo y, a juzgar por sus caras, los había sorprendido—. Pero nunca será Cassidy, nunca me tendrá. No como me tiene Cassidy. Ella siempre será mi chica, pase lo que pase —murmuré la última parte, después me puse en pie, entré en casa, subí las escaleras y fui a mi habitación a darme una ducha.

Después me quedé tumbado en la cama durante un par de horas antes de bajar a la cocina a desayunar. Las chicas me miraron como si aún me odiaran, y yo también me odiaba.

—Voy a salir a montar —anuncié cuando sus miradas de odio se hicieron insoportables. Dios, Emily, con sus seis años, me miraba con el mismo desprecio que Amanda.

Cuando fui a los establos a por Bear, me quedé allí mirándolo, pensando en la noche en la colina con Cassidy, en el tatuaje de su brazo, en lo que había sentido teniéndola sentada delante de mí sobre mi caballo. Suspiré con reticencia, lo saludé y lo acaricié antes de ensillarlo y salir.

Cassidy

Salí del coche y esperé a que Jesse aparcara detrás de mí. Tomé aliento y disfruté del aroma del rancho. Me estiré y fui a ayudar a Isabella a salir del Camaro.

Nos habíamos levantado temprano aquella mañana y, tras un desayuno rápido y asegurarnos de que Isabella se sintiese preparada para el viaje, iniciamos el camino. Isabella estaba más que entusiasmada; saber que iba a conocer a la familia hacía que se sintiera de maravilla, a pesar de la enfermedad. Yo sé que debería haber llamado, pero seguía sin apetecerme que la primera vez que hablase con Gage fuese por teléfono. Su camioneta y el Jeep de Ty fueron lo primero que vi cuando llegamos. Me sorprendió que Tyler estuviese allí, pero llevaba tiempo sin hablar con él y siempre habían estado unidos, así que me alegraba por ellos.

Acababa de sacar a Isabella del coche cuando Tyler salió corriendo de la casa seguido de las hermanas de Gage. Me aparté de Isabella, porque no parecía que Tyler fuese a parar, y me alegré de haberlo hecho cuando me agarró y me dio vueltas por el aire.

—Maldita sea, Cassi, tienes muchas cosas que hablar con él. Está… está bastante jodido, cariño.

Yo asentí contra su hombro antes de que me soltara.

—¿De quién es el Tahoe? —preguntó—. ¿Y quiénes son ellos? —añadió al ver a Jesse, que estaba sujetando a su madre.

—El coche es mío, me lo compré ayer —contesté con una sonrisa—. Y estos son Jesse y su madre, Isabella.

—¡Tú eres Isabella! —exclamó Amanda, y se acercó para darme un abrazo, acariciarme la mejilla y sonreírme—. Me alegra mucho que estés aquí, Cass —dijo con suavidad, después se volvió hacia Isabella y Jesse para presentarse.

Yo me vi envuelta en abrazos de Nikki y de Emily y le expliqué a Tyler rápidamente quiénes eran Jesse e Isabella. Yo les había contado todo la noche anterior, así que ya sabían lo de la pelea, lo del incendio, lo de california y lo de Tyler, pero aun así a Jesse no parecía caerle muy bien Tyler. Sí que me fijé en que Amanda y él no podían dejar de mirarse; Isabella los miró, se volvió hacia mí y me guiñó un ojo.

Emily y Nikki me arrastraron hacia la casa, Amanda ayudó a Isabella y Jesse y Tyler sacaron las maletas y nos siguieron. Cuando Tessa, la madre de Gage, nos oyó entrar, salió de la cocina y dejó caer la cuchara de madera antes de correr a darme un abrazo que duró lo que parecieron ser minutos. Cuando se apartó, tenía los ojos brillantes por las lágrimas y me tocaba las mejillas como había hecho Amanda.

—Oh, mi dulce niña, muchas gracias.

Yo fruncí el ceño sin entender, pero no tuve tiempo de preguntar por qué me daba las gracias porque en ese instante se fijó en Jesse y en Isabella y tuvo lugar la siguiente ronda de presentaciones. Como era de esperar, agarró el teléfono y llamó al padre de Gage de inmediato para decirle que debía regresar cuanto antes. Pasados menos de diez minutos, entró en la habitación, me miró y una sonrisa asomó a sus labios por debajo de aquel enorme bigote. Atravesó la estancia y me levantó del suelo para darme un abrazo antes de volver a dejarme en el suelo.

—Maldita sea, muchacha, cuánto me alegro de verte en esta casa.

—Gracias, John —dije yo. Solo esperaba que Gage sintiera lo mismo—. John, estos son Jesse y su madre, Isabella. Son la familia a quien habéis estado ayudando.

Isabella estaba llorando en silencio y Jesse se acercó a John para darle un abrazo. John desencajó los ojos con sorpresa y levantó las manos para darle palmadas en la espalda a Jesse. Cuando este se apartó e intentó darle las gracias, no le salían las palabras, así que se limitó a mover la cabeza. John le dio una palmada en el hombro y se acercó a sentarse junto a Isabella en el sofá. Le dio un abrazo como había hecho el resto de la familia.

Tyler me pasó un brazo por la cintura y me tocó la parte visible de mi espalda.

—Es asombroso, Cass, ¿cuándo te lo has hecho? —susurró.

—El jueves. ¿Dónde está Gage? —Me había comprado un par de camisetas de espalda cruzada; la que llevaba aquel día era verde oscura, como los ojos de Gage, unos ojos que hacía demasiado tiempo que no veía.

Tyler me alejó del salón y me llevó hacia el comedor.

—Las chicas han dicho que salió a montar un par de horas antes de que llegarais. Debe de haber vuelto a primera hora de la mañana; yo todavía estaba dormido cuando se marchó.

—¿Vuelto?

—Ayer se fue a California a buscarte, Cass; fue a casa de mis padres y mi madre le dijo que te habías ido. Por lo que me ha dicho la tía Tessa, cree que te has ido para siempre. Ya te digo, Cass, que está jodido.

—¿Se fue a California? ¿Cómo sabía que estaba allí? ¿Se lo contaste tú?

Tyler me miró como si fuera tonta.

—Venga, Cass, se lo conté cuando estábamos en el aeropuerto antes de salir de Texas. Pensé que te habrías marchado sin decir nada. Ya se había despertado y estaba buscándote. Me contó lo de la nota que le habías dejado; no fue buena idea, por cierto —concluyó con una ceja levantada.

—¡Un momento! ¿Durante dos semanas ha sabido dónde estaba y no ha intentado ir a buscarme o llamarme antes de ayer? —Comencé a recordar las palabras que Connor me había dicho en su apartamento la mañana anterior.

—Gage y yo decidimos que era lo mejor. Estabas volviendo a cerrarte y era debido a lo que había hecho Gage. Si hubiera intentado presionarte llamándote o yendo a buscarte, cosa que quería hacer, ambos convinimos en que te habrías alejado más. Estuvimos de acuerdo en dejar que solucionaras tus problemas y regresaras a él, pero ha estado tan fastidiado que ayer no pudo aguantar más.

—Pero ahora cree que me he ido —dije yo.

—Sí, cariño —respondió Tyler asintiendo con la cabeza—. Cree que se acabó.

Sus palabras fueron como un puñetazo en mi estómago, me doblé ligeramente y tuve que agarrarme a su brazo para no perder el equilibrio.

—No puede ser. Tenía que enfrentarme con lo sucedido, tenía que arreglarme a mí misma. Y lo he hecho. No podía regresar junto a él sin arreglarme primero.

—Ya lo solucionaréis. Estáis hechos el uno para el otro. —Me dio un beso en la cabeza y me abrazó—. Pero sé buena con él. Ya te he dicho que no está bien.

—Sí —susurré yo antes de volver a mirar a Isabella. Recordé todas las historias que me había contado sobre su verdadero amor en las ocasiones en las que había ido a visitarla, y que estaba segura de que Gage y yo éramos almas gemelas que siempre estarían juntas. Dios, esperaba que tuviese razón.

Gage

Bear y yo estábamos recorriendo la última colina cuando vimos la casa principal a lo lejos. Había pasado la mañana contemplando la casa que había construido con mi padre, incapaz de obligarme a entrar. Habíamos cabalgado un poco para que Bear quemara energía y yo me despejara la cabeza, pero no sirvió de ayuda; no hizo sino confirmar que Cass se había ido. En cuanto vi la casa, vi los otros coches y, cuando me acerqué, advertí un Tahoe recién estrenado y un Camaro que me resultaba familiar. Era de Jesse. «Mierda», pensé. «Algo le ha pasado a Isabella».

Le quité los arreos a Bear, lo dejé en uno de los campos para que no tuviera que volver a meterse en el establo y me obligué a entrar en la casa. A lo largo de los dos últimos meses, le había tomado mucho cariño a Isabella; era tan dulce como mi madre y siempre nos acogía a Cassidy y a mí. Temía que llegase el día en que Jesse me llamara para darme malas noticias. Y aquel día no creía que pudiera soportarlo.

Oí risas al abrir la puerta y, cuando la cerré, el ruido cesó por completo. Había cierta vibración en el aire que hizo que se me acelerase el corazón. Sentía como si debiera saber lo que ocurría, pero estaba tan desconcertado por lo ocurrido con Cassidy que no podía centrarme lo suficiente. Doblé la esquina hacia el salón, me detuve en seco y me agarré a la pared.

Cassidy, Isabella y mi madre estaban sentadas en el sofá principal, cada una con una cara diferente, pero la única en la que me fijé fue en la de Cassidy. Me miró como si estuviese a punto de estallar, como si acabase de ver el sol por primera vez y le aterrorizase que pudieran arrebatárselo.

Se levantó despacio del sofá, caminó hacia mí y se detuvo cuando estuvo a pocos centímetros. Lo único en lo que yo podía pensar era en el miedo que había visto en sus ojos la noche en que se marchó y cómo se había estremecido cuando yo intenté tocarla. El miedo que veía ahora en su cara no se parecía al otro miedo, así que levanté la mano, deslicé los dedos por su mejilla y le rodeé la cara. No se estremeció, no parpadeó y su cuerpo no se tensó cuando la toqué. Al contrario, se relajó.

Eso era todo lo que necesitaba saber.

Le rodeé la cintura para pegarla a mi pecho y la besé en la boca. Sin importarme que toda mi familia estuviera mirándonos. Sin importarme nada salvo el pequeño suspiro que dejó escapar mientras me rodeaba el cuello con los brazos, me quitaba el sombrero de vaquero que llevaba y, tras tirarlo al suelo, me agarraba el pelo. Sin decir nada, la saqué de la casa, la llevé hasta mi camioneta y blasfemé al darme cuenta de que estaba cerrada. Segundos más tarde, el Tahoe emitió un pitido, las luces parpadearon y Cassidy me sonrió mientras me entregaba el mando.

—¿Cómo?

—Te lo explicaré todo. ¿Podemos ir a nuestro lugar?

Le di un beso en los labios y susurré:

—Te llevaré a otro lugar mejor.

Conduje hasta la casa y me fijé en la expresión confusa de Cassidy al verla.

—¿Qué es esto, Gage?

Tragué saliva, le di la mano y la miré.

—Es nuestra casa, cariño.

Al oír la palabra «nuestra», se volvió para mirarme y desencajó los ojos.

—¿Nuestra casa? —susurró—. ¿Tenemos una casa?

—Si quieres. —Se le llenaron los ojos de lágrimas y se giró para mirar a través del parabrisas y fijarse en todo lo de fuera—. Vamos. Hablemos y te la enseñaré.

Primero rodeamos la casa. Ella no me soltó la mano en ningún momento y con la otra se tapaba la boca, que tenía abierta. Para cuando entramos, yo no pude aguantar más; la estreché contra mi cuerpo y la besé con pasión. El hecho de estar en nuestra casa despertó algo en ambos y el beso rápidamente condujo a otras cosas.

Estaba quitándome las botas al mismo tiempo que le desabrochaba los pantalones y se los bajaba al mismo tiempo que las bragas. Deslicé los dedos por su calor y estuve a punto de morir al descubrir que estaba lista para mí. Gimió y se arqueó contra mi mano cuando introduje dos dedos en su interior. Había dejado caer la cabeza hacia atrás, así que la levantó e intentó centrar la mirada en mi camisa. Mientras me la bajaba por los brazos, aparté los dedos y la ayudé a quitarme la camisa. La dejé estirada en el suelo antes de incorporarme, agarrar la camiseta verde que llevaba puesta y quitársela, junto con otra camiseta ligera que no había visto. Descubrí que no llevaba sujetador.

—Cariño —murmuré antes de agacharme para meterme uno de sus pechos perfectos en la boca. Me encantó sentir que deslizaba los dedos por mi pelo y me sujetaba la cabeza.

De pronto sus manos desaparecieron, pero entonces las noté en mis vaqueros y, segundos más tarde, me los había bajado y tenía mi miembro entre las manos. Yo tuve que luchar por mantenerme en pie mientras me desenredaba los pantalones y los calzoncillos de los pies. Aparté sus manos y le levanté las piernas para que me rodeara con ellas las caderas antes de tumbarla con cuidado en el suelo sobre mi camisa.

—Gage, te quiero —susurró cuando me levantó la cabeza, y yo sonreí contra sus labios.

—Dios, cariño, yo también te quiero. No vuelvas a dejarme —le di un beso antes de deslizarme por su cuerpo.

Debería haber besado cada centímetro de su cuerpo ahora que había vuelto junto a mí, pero eso tendría que esperar a más tarde. Tenía que hacerme cargo de ella, de nosotros, y tenía que hacerlo ya. No deseaba torturarla, así que hundí la boca entre sus piernas y ella arqueó la espalda. Dejó escapar el gemido más sexy que había oído jamás y enredó los dedos en mi pelo para mantener mi cabeza ahí. Gemí contra su piel, había echado de menos su sabor, su manera de dejarse llevar cuando estábamos juntos, y di gracias a Dios porque hubiera vuelto a mi lado.

Alcanzó el orgasmo casi inmediatamente y yo quise quedarme allí para volver a provocarle otro, pero sabía que ya tendría tiempo para eso más tarde. Ahora la necesitaba. Ya había empezado a tirar de mi cuerpo con las manos y, aunque intenté ser considerado y no besarla después de aquello, ella me besó a mí, deslizó la lengua sobre la mía y gimió con más fuerza al saborearse a sí misma. Dios, mi chica era realmente ardiente. Me rodeó las caderas con las piernas al mismo tiempo que la penetraba y apartó los labios de los míos para gemir. Al sentirla a mi alrededor terminó de aliviarse la tensión de las últimas dos semanas y disfruté de tenerla junto a mí.

—Oh, Gage, por favor. Por favor, muévete.

Sonreí y le mordí el cuello antes de susurrarle al oído:

—Sí, señora. —Me aparté lentamente y volví a embestirla.

—¡Gage! —gritó, volvió a arquear la espalda y clavó la cabeza en el suelo.

Yo deseaba tomármelo con calma, lo juro, pero no pude. Y por suerte ella siguió el ritmo de mis embestidas e hizo que nuestros cuerpos fueran cada vez más rápido. Acababa de empezar a tensar los músculos a mi alrededor cuando su cuerpo comenzó a estremecerse y yo alargué su orgasmo un poco más antes de alcanzar el clímax y desplomarme sobre ella. Cassidy aceptó mi peso, me rodeó los hombros con los brazos y empezó a acariciarme la espalda con una mano.

—Bienvenida a casa —murmuré contra su hombro, y ella se echó a reír.

—Yo diría que ha sido un buen recibimiento.

—No vuelvas a dejarme, cariño —le rogué, y ella me apretó los hombros antes de soltarlos.

—Jamás. —Me levantó la cabeza y me besó antes de mirarme a los ojos. Dios, cuánto había echado de menos aquellos ojos color whisky—. ¿Quieres que nos vistamos y hablemos? Va a ser una conversación larga, tengo mucho que contarte.

—No. —Me giré y la coloqué de costado también—. Quiero que te quedes como... —Dejé la frase inacabada al ver un destello de color en su hombro. Me incorporé para mirarlo—. ¿Tienes un nuevo tatuaje?

—Sí. —Me sonrió como nunca antes y se dio la vuelta para que pudiera verlo. Era un fénix increíble y, antes de que pudiera preguntarle por qué se lo había hecho, se dio la vuelta otra vez y me miró—. Ya te lo contaré, pero todavía no. Te lo explicaré todo.

—De acuerdo, cariño.

Cassidy

Tres horas y media más tarde, estaba sentada en el suelo, mirando a Gage, que estaba tumbado apoyado en los dos codos, mirando el suelo de madera. Acababa de terminar de contarle mi historia, hasta el último detalle. Se había puesto los pantalones y yo me había puesto las bragas y la camiseta cuando él había salido al coche a por la carta de mi madre, pero, salvo eso, seguíamos medio desnudos en el mismo lugar donde habíamos hecho el amor.

Claro, él sabía algo de mis palizas porque Tyler se lo había contado, pero nunca lo había sabido por mí. Le conté todas las palizas diferentes que recordaba, cómo Jeff solía recompensar a mi madre justo delante de mí después de haber estado a punto de matarme, y también le hablé de las veces en las que lograba alejarme después de que me pegaran, y cómo seguía oyendo sus gemidos por toda la casa. Le conté que había tenido que aprender a disimular mis emociones, le conté lo que sentía antes, durante y después, y le dije que Tyler había sido mi salvador en todas esas ocasiones.

Se estremeció, pero aun así le conté lo que sentí y pensé al verle golpear a Grant, cuando me dio el codazo en el ojo, y los *flashbacks* cuando se volvió para volver a pegarme. Le expliqué que pensaba que, hasta que no lograra dejar eso atrás, no podría hablar con él porque solo empeoraría la situación entre nosotros. Después mencioné el incendio y el interrogatorio de los detectives Sanders y Green, le conté la lectura del testamento, lo del dinero y lo de la carta de mi madre. Había tenido que parar por un momento y tomar aire antes de contarle todo sobre el detective Connor Green, y cuando digo «todo», me refiero a todo. Le hablé a Gage de mis sentimientos hacia él después de aparecer aquella noche en mi casa años atrás, del momento de la cafetería la semana anterior, del callejón y de las horas que pasamos juntos después. Gage leyó la carta otra vez después de contarle el episodio del callejón con Connor y fue entonces cuando le conté cómo había llegado a entender la belleza que escondía la decisión de mi madre con el fuego y por qué me había hecho el tatuaje. No me hizo falta explicarle por qué me había tatuado un fénix, dado que aparecía en la carta, pero sí que le hablé del anillo de mi padre y del mural que estaba en la pared de mi dormitorio. A Gage le molestó que Connor me hubiera besado, pero sus ojos se volvieron fríos cuando le hablé de las horas que habíamos pasado al teléfono, o escribiéndonos en los días posteriores, y le dije que había ido a su casa el sábado por la mañana. No me guardé nada; le conté todo, desde lo que había sentido hasta el modo en que le quité la corbata y vi cómo se quitaba la camiseta. Le dije que, mientras Connor estaba en la ducha, yo seguía pensando en volver a Texas con él y que, cuando volvió a salir, sentí de nuevo las mariposas en el estómago. Le conté lo que ocurrió cuando le mostré el tatuaje y le rodeé las caderas con las piernas antes de que me aprisionara contra la pared, y confesé que le había devuelto el beso antes de decirle que parase.

Igual que había hecho con las llamadas de teléfono, los mensajes y el momento de la cafetería, le conté a Gage todo lo que habíamos hablado cuando Connor me tenía contra la pared, incluyendo la promesa que le hice. Gage había apretado los puños y la mandíbula. Yo deseaba deslizar los dedos por su mandíbula para que se relajara, pero, sabiendo que yo era el motivo de su enfado, me aparté unos centímetros más y le mantuve la mirada mientras le contaba que le había pedido a Connor que no me esperase y que Gage lo era todo para mí, que después lo había besado y me había marchado. Terminé con el vuelo de vuelta a Texas, le dije que al volver a casa me la había encontrado vacía, que había ido a comprarme el coche de mis sueños, que después me había pasado a ver a Jesse y a Isabella con la esperanza de poder ayudarlos con su situación económica antes de irme a verlo a él y poder explicarle que me había obligado a enfrentarme a mis demonios y que ya sabía lo que tenía que hacer para vencerlos.

Le había contado a Gage que Connor era verdaderamente atractivo y cariñoso, pero que no podía compararse con él. Lo que les diferenciaba era que Connor comprendía mi pasado y, hasta que no se sentó conmigo en la cafetería, yo no sabía que era eso lo que necesitaba. Pero de lo que me di cuenta fue de que no se trataba de Connor, no se trataba de que él hubiera pasado por lo mismo que yo; la cuestión era que estaba ocultándole esa parte de mi vida a Gage. No estaba dándole la oportunidad de entenderme ni de ayudarme con mis demonios. Nunca podría saber lo que sentía, pero, al contárselo todo, al desnudar mi alma ante él, le permitiría estar a mi lado y ayudaría a que nuestra relación mejorase. Y, como había imaginado, en cuanto se lo conté todo, sentí una nueva conexión con él que se debía a haberme abierto. Pero ahora no hablaba ni me miraba. Y, teniendo en cuenta que me había pasado casi una hora hablándole de Connor, podía imaginarme por qué.

—El teléfono.

—¿Qué?

—El teléfono, Cass. Dame tu teléfono. —Se dio la vuelta para mirarme y vi que sus ojos seguían siendo fríos.

Yo asentí y rebusqué en mi bolso sin dejar de mirarlo.

—Sé por qué lo quieres y no voy a detenerte. Pero, Gage, acabo de contártelo todo. ¿Quieres hablar primero de ello?

—No. Volveré cuando pueda dejar de pensar en ti y en él, y entonces hablaremos. —Agarró el teléfono, se levantó y salió de la casa.

Gage

Deslicé el dedo por el teléfono y, aunque deseaba hacerlo, no miré los mensajes. Cassidy había sido dolorosamente sincera conmigo, de modo que sabía que no me había ocultado nada. Comprobar los mensajes significaría que no confiaba en ella, y no era así. Revisé las últimas llamadas y, aunque sabía que había estado evitando a todos salvo a aquel detective, me dio un vuelco el corazón ver su nombre en sus últimas cuatro llamadas. Junto a cada una de ellas había un número. Tres, cinco, dos, seis. No tardé más que un segundo en sumarlos todos. Dieciséis. Se habían llamado dieciséis jodidas veces en cuestión de dos días y una mañana. El estómago me ardía y pulsé sobre su nombre. Solo dio dos tonos antes de que contestara.

—Cassidy —dijo con un suspiro de alivio—. Dios, cuánto me alegra que hayas llamado.

—No soy Cassidy —respondí yo.

Tardó solo unos segundos en entenderlo.

—Gage —declaró con firmeza.

—Sí.

—Así que está allí contigo.

—Sí.

—Y si me llamas es porque te ha hablado de mí.

Lo que más me cabreaba era que supiera de mi existencia y aun así la hubiera besado y le hubiera rogado que se quedara con él.

—Me lo ha contado todo sobre ti, incluyendo lo que sentía por ti.

—Todo —repitió él.

—Todo, lo que significa que he tenido que oír a la chica de mis sueños hablarme durante una hora de un tipo que sabía que yo existía y que aun así la besó y la empotró contra una pared mientras ella le rodeaba con las piernas. Incluso me ha contado que te ayudó a quitarte la ropa antes de que te metieras en la ducha. Así que sí, lo sé todo.

—Dios.

—No me gusta que la gente toque lo que es mío —dije con un tono de advertencia.

A él no le importó ni pareció intimidarle.

—Nunca había conocido a nadie como ella. No tardé más de un par de minutos en saber que la deseaba, y no solo en la cama. Las chicas como ella no se encuentran todos los días, de hecho no se encuentran nunca. No estuviste a su lado cuando deberías haberlo estado. No me importa una mierda que no te dijera dónde iba. Yo me habría empeñado en encontrarla y no habría permitido que volviese a marcharse. Dejaste que se fuera durante dos semanas y ni siquiera la llamaste.

—Y tú dejaste que se fuera durante cuatro años sin ir a ver cómo estaba. No sabes nada sobre Cass y sobre mí, y no sabéis que Tyler y yo hablábamos a diario mientras ella estaba allí. Sabía que la había asustado la noche de la pelea, así que Ty y yo estuvimos de acuerdo en que lo mejor sería que esperase a que ella volviese junto a mí en vez de presionarla. Dado que Tyler fue quien cuidó de ella durante todos esos años, supuse que llevaría razón y parece que acertamos.

Connor resopló.

—No puedes guardarla en una caja de cristal. Yo la presioné y eso fue lo que la ayudó. De no haberlo hecho, seguiría luchando con sus demonios y tal vez no estuviera allí contigo. Dado que te lo ha contado todo, supongo que te habrá dicho que, si no estuvieras en su vida, no me habría dejado.

Me agarré con fuerza a la barandilla del porche y dejé caer la cabeza. Oírle decir eso me había hecho más daño que todo lo demás.

—Así es —confirmé.

—Presionarla fue lo que nos acercó, y sí, puede que al final haya vuelto contigo, pero nos proporcionó una conexión que nunca comprenderás y que nunca tendrás con ella. No estoy ciego y sé que está completamente enamorada de ti. En cuanto dice tu nombre se le iluminan los ojos, y cada vez que lo hacía a mí se me rompía el corazón. Pero recuerda lo que me dijo. Recuerda que deseo a tu chica y que, cuando la fastidies, estaré preparado para arrebatártela.

—Eso no va a ocurrir —gruñí yo—. Ya estoy harto de que otros tíos intenten quitármela. Así que hazme caso cuando te digo que Cassidy es mía. Ha vuelto conmigo. No va a ir a ninguna parte y yo tampoco. No soporto lo que acaba de contarme y no soporto que sienta algo por ti, pero lucharé para que se quede a mi lado y por hacer que se olvide de ti el resto de mi vida.

Connor permaneció callado.

—Voy a ponerle un anillo en el dedo. Voy a casarme con ella. Y voy a tener una familia con ella en mi rancho. No quiero volver a oír hablar de ti, y que sepas que, si llamas a Cassidy, ella me lo contará.

—Sí, te entiendo.

—Adiós, detective Green. —Colgué el teléfono sin esperar una respuesta y volví a entrar en la casa.

Cassidy estaba de rodillas, con el trasero apoyado en los pies, mirándome como antes, como si estuviera viendo el sol por primera vez y temiese que fuesen a arrebatárselo. Ahora yo entendía aquella mirada; ella seguía sin saber cómo iba a reaccionar yo a la historia de Connor. La levanté en brazos sin decir una sola palabra y la llevé hasta la cocina. No dejó de mirarme a los ojos y levantó una mano temblorosa para acariciarme las mejillas y los labios.

—Gage —susurró.

—Eres mía —le informé yo, por si acaso aún no se había dado cuenta. Dejé su trasero sobre el borde de la encimera, le agarré las bragas y se las bajé antes de meter las manos entre sus muslos.

Ella asintió.

—Para siempre. —Su voz sonaba entrecortada mientras deslizaba los brazos sobre la isla de granito de la cocina y echaba la cabeza hacia atrás.

—He hablado con Connor.

—Lo imaginaba.

Seguía con la cabeza echada hacia atrás, así que deslicé una mano por su espalda hacia arriba hasta agarrarle el cuello y obligarla a mirarme.

—¿Eso te molesta?

—No. Tenía la sensación de que algo así, o peor, iba a ocurrir. Pero no entien… ¡Oh! —Suspiró cuando introduje dos dedos en su interior y tuvo que esforzarse por mantener los ojos abiertos—. No entiendo. ¿No estás enfadado? ¿Por qué… oh, Dios… por qué estás haciendo esto?

Yo sonreí y me incliné hacia delante para succionar aquel punto que tanto le gustaba detrás de la oreja.

—Siempre dije que quería que fueras mía, cariño —le dije. Ella se echó a reír, pero el movimiento, teniendo en cuenta dónde estaban mis dedos, hizo que la risa se convirtiera en un gemido—. Además, tenemos que inaugurar todas las habitaciones de nuestra casa.

Cassidy estaba mordiéndose el labio inferior y sonreía con brillo en la mirada.

—Entonces tengo una petición, dado que esta es mi habitación.

—Lo que quieras —le prometí, pero ella me agarró la muñeca y apartó mi mano—. Lo que quieras menos eso.

Volvió a reírse, llevó las manos al botón de mis vaqueros y me miró antes de acercarse a mi oreja.

—Ahora es mi turno. Túmbate, Gage.

No dejé de mirarla mientras me quitaba los pantalones y me subía a la isla con ella. Me tumbé y dejé las piernas colgando. Antes de que pudiera levantarla para colocarla encima, puso la mano en la base de mi pene y comenzó a acariciarme la punta con la lengua antes de metérsela casi entera en la boca.

—Joder, Cassidy —gemí mientras me pasaba las manos por la cara antes de mirarla y ver que ella estaba mirándome de nuevo. ¿De dónde diablos había salido aquella chica? No podía dejar de mirar lo que me estaba haciendo y me fastidiaba estar tan excitado por miedo a que aquello acabase demasiado pronto. Su mano, su boca y su lengua trabajaban a la perfección y volví a sentirme como un estudiante de secundaria.

Cuando supe que no me quedaba más de un minuto, tiré suavemente de su coleta, ella levantó la mirada y me soltó con una sonrisa de satisfacción antes de subirse encima y dejarse caer. Abrió la boca, pero no emitió más que un sonido de placer mientras cerraba los ojos y comenzaba a cabalgarme. Sobre la isla de nuestra cocina. En nuestra casa. En el rancho. Sí.

No duró mucho, pero por suerte pude aguantar hasta que ella llegó al orgasmo primero. Nos quedamos allí tumbados, ella tendida encima, cubriéndome de besos el pecho, y no se me ocurrió nada mejor en aquel momento. Pero entonces pensé en todos los momentos que Cassidy y yo pasábamos juntos.

—Tenemos que desinfectar la isla antes de que cocine aquí —me dijo entre besos, yo me reí y tiré de ella para besarla.

—¿Eso significa que te gusta la casa?

—¿De verdad la has construido tú? —preguntó asombrada mientras me miraba con los ojos desorbitados.

—Mi padre y yo hemos estado construyéndola juntos durante unos años. En cuanto te conocí, supe que deseaba terminarla para ti. Incluso cuando pensaba que estabas con Tyler, siempre era a ti a quien imaginaba cuando trabajaba en ella, o cuando revisaba los planos en Austin. Cuando agrandamos la cocina y pusimos la isla aquí, y ni siquiera te he enseñado el dormitorio principal aún.

Cassidy se quedó con la boca abierta.

—¿Tiene bañera? —me preguntó en un susurro, como si temiese que no fuese a tenerla.

Sonreí y le tiré del pelo.

—Y muy grande.

—¿De verdad? —dio un grito y me besó—. Estoy deseando usarla.

Yo estaba deseando que la viera. Ya estaba soñando con darse un baño; iba a entrar en shock cuando viese lo grande que era.

—Me encanta el porche que rodea la casa —agregó.

—¿Sabes? Eso fue lo último que construimos. Lo añadí porque aquella noche en la colina dijiste que algún día deseabas vivir en un rancho y sentarte en el porche por las noches. En aquel momento me costó mucho no hablarte de la casa, pero iba a traerte a verla al día siguiente, antes de que pasara lo de Tyler. Ahora me alegra de que no la vieras hasta que no estuvo terminada.

Cassidy no dijo nada, se quedó mirándome con esos ojos de color whisky y supe sin que lo dijera con palabras que me amaba. Se le notaba, y yo también la amaba.

—Ahora solo nos queda ir a elegir los muebles y convertirla en nuestro hogar.

Cassidy se puso seria.

—¿Y qué pasa con los muebles del apartamento de la ciudad?

—Yo no pagué esos muebles. Fue mi padre, porque estaba intentando ayudarme a salir de vuestro apartamento. Así que, como Amanda abandonará la residencia de estudiantes el año que viene y se mudará a un apartamento, se quedará con todas esas cosas. —Amanda iba a la universidad A&M, la muy traidora, y, aunque no me hacía especial ilusión que fuese a vivir con dos compañeras fuera del campus, yo también me había mudado a un apartamento el penúltimo año de carrera, así que era lo justo.

—Gage, ¿de verdad…? —Se detuvo de pronto y se quedó mirando mi pecho.

—¿Qué, cariño?

—¿De verdad va a ser esta nuestra casa? ¿Aquí, en el rancho?

El corazón me dio un vuelco. Habría jurado que deseaba vivir allí.

—Eh, ese era el plan. La he construido en el rancho por una razón. Siempre había planeado vivir aquí con mi familia. Y tú, Cassidy, eres mi futuro. Quiero tener una familia contigo.

Se le llenaron los ojos de lágrimas y volvió a mirarme el pecho.

—Cass, cariño, ¿qué sucede? ¿No te gusta este lugar?

Negó con la cabeza, pero habló antes de que yo sintiera que acababa de matar mi sueño.

—No lo comprendes. Desde que llegamos al rancho hace un año, no he pensado en otra cosa que no fuera vivir aquí contigo. Es lo único que deseo, Gage, y me daba miedo no conseguirlo jamás.

Yo me reí.

—Cassidy, me has dado un susto de muerte. Creí que no te gustaba o algo.

—No, no. Me encanta, te lo juro. Pero no quería emocionarme demasiado si no estabas seguro de querer vivir aquí conmigo.

—Estoy seguro, confía en mí. Cassidy, si esto es lo que deseas, entonces es nuestro futuro. Esta casa, este rancho… es tuyo.

—¡Lo deseo! Lo deseo mucho.

—Me alegro, cariño. Ahora, ¿estás preparada para hablar de todo? Después nos vestiremos, te mostraré el resto de la casa e iremos a la casa principal a cenar.

—¿Puedes decirme algo antes? —me preguntó, y se apoyó en un brazo para mirarme—. ¿Estás enfadado conmigo por lo de Connor? No puedo hablar contigo de todo lo demás si me preocupa el resultado. Primero tengo que aclarar eso.

Yo tomé aliento, miré hacia los tragaluces y deslicé las manos por su espalda.

—No estoy enfadado contigo, estoy enfadado con él. Me duele que le besaras y me duele saber que sentías algo por él. Pero me lo has contado todo y eso ha debido de ser duro. Pero, al final, le has dejado y le has dicho que no te esperase porque ibas a volver conmigo. Cariño, no pienso dejarte escapar. Le he dicho a Connor que no vuelva a ponerse en contacto contigo y no quiero que tú te pongas en contacto con él. Salvo eso, voy a olvidarme por completo del detective Connor Green.

Ella asintió y me dio un beso suave en los labios.

—Te quiero, Gage Michael Carson.

—Yo también te quiero, Cassidy Ann Jameson. —Deseaba desesperadamente cambiarle el apellido.

CAPÍTULO 17

Cassidy

Habíamos estado fuera casi seis horas cuando regresamos a la casa principal y, a juzgar por las miradas de todos, salvo de la pequeña Emily, sabían exactamente lo que habíamos estado haciendo. O al menos las partes buenas. Gage había terminado sacando una de las camisas de repuesto que llevaba en la camioneta, dado que la suya la habíamos usado como sábana, y yo tampoco pasé inadvertida.

John me miró, miró después a Gage y otra vez a mí.

—¿Dónde las has llevado, Gage?

—A nuestra casa —respondió él con orgullo apretándome la mano.

Su padre sonrió.

—¿Qué te parece, Cass?

Le solté la mano a Gage y rodeé el cuello de John con los brazos.

—Muchas gracias por el porche y mi bañera y mi cocina.

Todos se rieron y John se carcajeó al volver a dejarme en el suelo.

—Desde luego, Gage hizo muchos cambios después de conocerte. Me alegra que te guste.

—Me encanta —dije yo regresando junto a Gage—. Pero no puedo creer que vayáis a permitirnos vivir en vuestro rancho. Gracias. De verdad, me encanta este lugar.

John negó con la cabeza y miró rápidamente a Gage antes de mirarme con una ceja levantada.

—No sé qué quieres decir, muñeca; cuando te cases con Gage, la mitad de este terreno será tuya.

—¡La cena está lista! —anunció Tessa desde el otro lado de la barra del desayuno en la cocina, y todos comenzaron a moverse con excepción de Isabella.

Yo seguía mirando a John. ¿Qué quería decir con la mitad del terreno?

Gage me dio un beso en la frente y me empujó hacia la cocina antes de volver a hablar con Jesse sobre lo que Isabella deseaba hacer con la cena. Tras servirle la comida en el sofá, la familia llevó las sillas al salón cuando los sofás se ocuparon y todos comimos allí. Me olvidé del extraño comentario de John al ver cómo Jesse y Amanda se miraban disimuladamente y quise preguntarle a Isabella qué pensaba de ellos. Sabía que me había guiñado un ojo esa mañana, pero desde entonces no había podido estar a solas con ella, y esa mujer no necesitaba tiempo, necesitaba verlos juntos y nada más. Bueno, según Jesse y ella.

Tessa sirvió el pastel y nos quedamos hablando durante horas en el salón. Era evidente que a la familia Carson le encantaban Jesse e Isabella, y ellos estaban igual de encantados con los Carson. Era extraño ver a Tyler tan cómodo en mi presencia y en la de Gage, pero me alegraba que pudiéramos actuar con normalidad. Ty y yo habíamos recuperado nuestra amistad durante la semana que había pasado en California, y eso no parecía molestar a Gage, igual que a Tyler no parecía molestarle que Gage y yo nos besáramos. Por fin me sentía bien haciéndolo y no podía estar más feliz por ello.

Cuando Emily se quedó dormida con la cabeza en mi regazo e Isabella ya no podía mantener los ojos abiertos por más tiempo, la familia empezó a dispersarse y a pensar en cómo dormiríamos. Dado que Isabella dormiría en la habitación de invitados y nadie se sentía cómodo dejando solos a Jesse y a Amanda después de ver cómo se miraban el uno al otro, yo acabé en una habitación con Amanda y Gage se peleó con Tyler y con Jesse para ver quién se quedaba con la cama, quién con el sofá y quién dormía en el suelo de su habitación.

Corrí abajo a buscar un vaso de agua y encontré a los padres de Gage hablando en la cocina. Parecía que Tessa estaba preparando algunas cosas para el día siguiente; juro que la mujer nunca dejaba de cocinar.

—Hola, cariño, ¿qué necesitas? —me preguntó.

—Oh, solo quería un poco de agua. ¿Necesitas ayuda?

—No, pero ¿puedo decirte que me alegra mucho que estés aquí? No pudiste verlo cuando pensaba que se había acabado. Casi se me rompió el corazón al verlo así, y luego pensar en no tenerte en nuestra familia... bueno, ahí sí que se me rompió el corazón.

—Tessa —dije yo dejando el vaso vacío en la encimera.

—No, no. No te pongas a llorar. Estoy encantada de que hayas vuelto y voy a seguir estándolo. Eso sí, cuando los invitados se vayan, Gage y tú vais a tener una conversación con John y conmigo y vamos a hablar de todo lo que ha pasado. Aunque parece que vosotros ya lo habéis solucionado y el hecho de que te haya enseñado la casa nos ha dicho todo lo que necesitábamos saber. ¿Verdad, cariño?

—Desde luego —convino John mientras robaba un trozo de pimiento.

—No pienso volver a marcharme —dije con la esperanza de tranquilizarlos por el momento hasta que pudiéramos tener nuestra conversación.

—Lo sé, cariño. —Tessa me sonrió con dulzura y siguió cortando.

—Oye, John, ¿qué querías decir antes cuando has dicho que, si me casaba con Gage, la mitad del rancho sería mía?

Él enarcó las cejas e intercambió una mirada con Tessa.

—¿No te lo ha dicho?

Yo suspiré profundamente y me senté sobre la barra del desayuno.

—Al parecer hay muchas cosas que no me cuenta. Jesse me dijo anoche que vuestra familia está ayudando a Isabella. Gage no lo había mencionado.

John chasqueó la lengua.

—Típico de Gage. No le importa estar en un segundo plano. Lo prefiere. En cuanto al rancho, supongo que deberíamos empezar por cuando tenía quince años. Gage había estado llevando a cabo tareas en el rancho toda su vida, pero, cuando cumplió los quince, comenzó a trabajar para mí. Trabajaba más que cualquier empleado, así que se le pagaba del mismo modo que a ellos. Así es como consiguió esa camioneta; la pagó al contado cuando cumplió dieciséis. Salvo por eso, ahorró el resto del dinero. Cuando se fue a la universidad, no le pagaba mucho porque solo venía a casa cuatro meses al año, pero, entre lo que le quedaba y lo que no se gastó al compartir apartamento con vosotros, decidió invertirlo en algo. Se gastó casi todo lo que había ahorrado, pero me compró la mitad del rancho y del negocio. Le firmé el contrato una semana antes de que aparecierais aquí el año pasado. Estaba seguro de que te lo habría dicho entonces. De modo que al principio tuvo dificultades, pero, cuando empezó a recibir su mitad de las ganancias, retomó las riendas de su vida y me devolvió el dinero que yo había pagado por su apartamento de la ciudad. En cuanto a Isabella, no fui yo quien se ocupó de sus recibos médicos; fuimos Gage y yo. No sé si Jesse lo sabe, no sé si Isabella lo sabe, pero lo dudo. Me llamó para decirme lo que iba a hacer y, sabiendo que pronto se graduaría y comenzaría una vida contigo, no quería que se gastase todo su dinero otra vez, aunque fuera por una buena razón. Sabía que tendríais que amueblar vuestra casa y cosas así, así que dividimos los gastos igual que dividimos el negocio. En cuanto a la casa, Cassi, cariño, puedes darme las gracias todo lo que quieras, pero esa casa está en la mitad del terreno de Gage. Y, como ya he dicho antes, os casaréis y la mitad de este rancho será tuyo hasta que me compre el resto.

Oí un ruido, me di la vuelta y vi a Gage apoyado en una pared no lejos de nosotros. Sus ojos verdes estaban fijos en mí y parecía como si estuviese conteniendo una sonrisa, porque se le veían los hoyuelos. Dios, me encantaban esos hoyuelos.

Se acercó a mí, se colocó entre mis piernas y colocó una mano a cada lado.

—Así que por eso los muebles del apartamento no eran tuyos... porque acababas de comprar la mitad del rancho —Gage asintió y yo seguí hablando—. Bueno, ahora tengo dinero. Puedo pagar para que amueblemos nuestra casa.

—Cariño —dijo él con una carcajada—, tengo dinero para amueblar la casa, hace un año no lo tenía. Pero ahora que la mitad es mía, gano dinero con el negocio, no por trabajar como empleado. Te prometo, cariño, que es mucho mejor. —Me dio un beso en los labios y me acercó a él—. Mañana iremos a comprar todo lo necesario para la casa, porque no pienso pasar otra noche más sin ti.

Tessa chasqueó la lengua.

—Será mejor que amuebles esa casa, Gage Carson, porque vivirás en ella y Cassidy se quedará aquí hasta que os caséis.

Gage se quedó de piedra y giró la cabeza lentamente para mirar a su madre. Ella siguió hablando antes de que su hijo pudiera decir nada.

—Y nada de ñaca-ñaca tampoco. Puede que la mitad del terreno sea tuya y puede que esa sea tu casa. Pero yo soy tu madre y no pienso permitir que hagáis esas cosas hasta que estéis casados.

—Sí, señora —dije yo.

—Mamá, ya hemos estado viviendo juntos.

—No. No bajo mi techo. Y, antes de que digas que ese es tu techo, no pienses que no voy a ir a darte con la cuchara de madera, Gage Michael Carson. Me da igual que seas adulto. Sigues siendo mi hijo, no estás casado y vas a hacer las cosas bien por esa chica. Así que se acabaron las tonterías ahora mismo, ¿entendido?

—Papá, ¿habla en serio?

John se encogió de hombros.

—Si le llevo la contraria a tu madre, acabo durmiendo en el sofá y no me da de comer. Así que no le llevo la contraria.

Yo me reí al oír eso, pero Gage se quedó allí parado con cara de horror. Ya habíamos pasado casi dos años enamorados sin tener sexo; podríamos seguir… el tiempo que faltara hasta que nos casáramos. Le di un empujón en el pecho.

—Ya has oído a tu madre, apártate y nada de tonterías. —Cuando logré apartarlo lo suficiente, cerré las piernas para que no volviera a colocarse entre ellas y le dirigí una sonrisa traviesa.

—Sabía que me encantaba esta chica por una razón —murmuró Tessa mientras seguía cortando ingredientes—. Si tienes algún problema con eso, hijo, te sugiero que te cases con ella.

—Mamá, voy a casarme con ella. No me habéis dado ni un segundo para declararme; he vuelto hoy mismo. Tengo que compensar dos semanas de pensar que se había marchado antes de poder pensar con claridad.

Se me aceleró el corazón al oír eso… «¿Estoy preparada para casarme con Gage? Solo tengo diecinueve años». Pero Connor tenía razón, la vida me había hecho crecer deprisa y nunca me había sentido plenamente cómoda con gente de mi edad, salvo con Tyler. No deseaba experimentar la universidad, los clubes durante los fines de semana, las aventuras con chicos al azar. El día que había conocido a Gage había encontrado todo lo que jamás podría desear. Así que, ¿estaba preparada para casarme con él? Sí, lo estaba. Lo agarré de la camisa y lo acerqué a mí para besarlo.

—Vete a la cama, cariño, no has dormido en mucho tiempo. Te quiero, duerme bien.

Él me dedicó aquella sonrisa devastadora y sus ojos verdes se iluminaron antes de besarme otra vez en los labios y después en la frente. Suspiró y se giró hacia el salón.

—Tiene que ser una broma. ¿Ni siquiera puedo dormir junto a mi chica? —murmuró—. Mamá, será mejor que puedas organizar una boda muy deprisa.

—Tú di la fecha.

—Por ejemplo… ayer —respondió él claramente frustrado.

—Lo haré, cariño, duerme bien. —Tessa se dio la vuelta, me guiñó un ojo y se quedó mirando mi mano con suspicacia—. ¿Se ha declarado? ¿Me he perdido algo?

Yo negué dos veces con la cabeza.

—Entonces será mejor que se dé prisa. Va a estar muy frustrado hasta que os caséis.

Yo asentí dos veces con la cabeza.

Tessa y yo nos miramos durante unos segundos y después nos echamos a reír.

—Al menos a vosotras os resulta divertido —dijo John mientras robaba otro pimiento—. El pobre chico se va a volver loco y va a ser imposible trabajar con él hasta entonces.

Eso sería insoportable, claro. ¿Pensaban que Gage no aguantaría? Dios, no aguantaría ni yo. Me bajé de la barra, llené por fin el vaso de agua, me lo bebí y lo enjuagué antes de darles un abrazo y las buenas noches. Tras prepararme para irme a la cama, hablé con Amanda sobre Jesse durante casi una hora hasta que se quedó dormida, después me dirigí hacia el sofá cama de su habitación, deseando dormir. Había sido un día largo e intenso, y estaba tan cansada que no creía que fuera capaz de echarme las sábanas por encima.

Pocos minutos más tarde, me despertó Gage al meterse conmigo en la cama y estrecharme entre sus brazos.

—Gage, tu madre…

—Cariño, necesito tenerte entre mis brazos esta noche. No solo no pude dormir anoche; han sido dos semanas muy largas. —Me dio un beso en la coronilla y me apretó con fuerza contra él—. Buenas noches, Cass, te quiero —murmuró él antes de quedarse dormido.

Segundos más tarde lo imité y me quedé dormida con más rapidez que en toda mi vida.

—Despierta, cariño.

Hundí la cara en el pecho de Gage y solté un gruñido. Era demasiado pronto.

Él se rio y me dio un beso en la mandíbula.

—Tengo que empezar a trabajar. Te veré cuando haya terminado.

—¿Te marchas tan pronto? —Me di la vuelta para mirar por la ventana; fuera apenas había luz—. Vale, Gage. Vuelve pronto.

—Trabajaré poco, dado que Jesse e Isabella están aquí. Daré de comer a los animales, me aseguraré de que ninguno ha roto las verjas durante la noche y volveré. —Deslizó los dedos entre mis muslos y me dio un beso para amortiguar mi gemido.

—Eso no es justo —murmuré cuando se apartó riéndose.

—Vuelve a dormirte, Cassidy.

Me quedé boca arriba para poder mirarlo y tiré de su cabeza para besarlo en los labios una vez más.

—Te veré cuando vuelvas.

Dos días más tarde estaba en la cocina con Tessa y con Amanda, acabábamos de terminar de comer y ya estábamos preparando la cena y el postre. Bueno, al menos Tessa y yo; Amanda estaba centrada en su teléfono. Desde que Isabella y Jesse regresaran a su casa la mañana anterior, no la había visto dejar el teléfono ni una vez. Por fin había logrado tener esa conversación con Isabella, que me respondió incluso antes de que me diera tiempo a hacerle la pregunta.

—Oh, querida, sabía que encontraría a su otra mitad antes de que me fuera. Ahora puedo morirme sabiendo que alguien cuidará de él.

Parecía algo macabro, pero Isabella estaba encantada, así que yo mantuve la sonrisa. Más tarde aquel día vi por accidente a Jesse y a Amanda enrollándose en el cuarto de la lavadora. Estaban tan absortos que ni siquiera me vieron entrar y salir. Pero aquella noche fue incómoda y ellos se dieron cuenta. Yo me había quedado dormida después de pasar otra hora hablando con Amanda de Jesse y esperaba que Gage me despertara al meterse en la cama conmigo otra vez, como había hecho la noche anterior. Gage me había despertado, sí, pero no por meterse en la cama conmigo.

—¿Qué coño? ¡Apártate de mi hermana! —La voz de Gage resonó por toda la habitación.

Yo me incorporé apresuradamente y vi que Jesse salía tambaleándose de la cama de Amanda y a Amanda avergonzada porque su hermano mayor acabara de pillarla. Me fijé en ellos y vi que tenían la ropa puesta y en su sitio, así que no creí que estuvieran haciendo gran cosa.

—Fuera —gruñó Gage—. Ahora.

—¡Gage, no, no! ¡Por favor, no! —le rogó Amanda, y me miró para que le prestara ayuda.

Jesse parecía un hombre a punto de encontrarse con su verdugo.

—Gage —susurré, pero él sacó a Jesse a empujones de la habitación y cerró tras ellos.

—¡No! —exclamó Amanda—. ¡Cassidy, por favor, no dejes que le haga nada a Jesse! —Estaba luchando con su colcha, intentando salir de debajo para poder ir detrás de ellos, pero yo la detuve.

—Quédate aquí, Amanda, yo me encargo.

—Por favor, Cassidy, solo estábamos besándonos, lo juro.

—Lo sé. —Sonreí y abandoné la habitación. Aunque tampoco es que Gage pudiera decir gran cosa. Amanda era un mes mayor que yo, y era evidente que nosotros estábamos haciendo algo más que besarnos. Me asomé al pasillo, oí las voces elevadas, bajé de puntillas las escaleras, salí y al fin los encontré.

—... mi chica y ahora vas a por mi hermana? ¿Estás loco? No me caes bien y no quiero que la toques.

—Gage, tío, escúchame, no es eso.

—No. Te mantendrás alejado de ella, ¿entendido?

—No puedo —respondió Jesse con un suspiro de exasperación.

—Sí que puedes y lo harás. Cassidy y mi hermana están fuera de tu alcance, Jesse.

—Cariño —dije yo suavemente negando con la cabeza.

—Cass, no. Estaba metido en la cama tocando a mi hermana.

Yo lo miré con una ceja levantada.

—Y tú lo has visto porque te disponías a meterte en la cama conmigo.

—¿De lado de quién estás, Cass?

—Del tuyo, Gage, por supuesto —respondí con sinceridad, y di unos pasos más hacia él para poder tocarle el brazo—. Pero, Gage, he hablado con Isabella.

—¿Y? —Frunció el ceño y supe que no me entendía.

—No, quiero decir que he hablado con Isabella —repetí arqueando ambas cejas y señalando a Jesse con la cabeza.

Gage me miraba como si me hubiese vuelto loca y entonces se detuvo.

—No, ni hablar. Mi hermana no. No con él.

Yo le sonreí y asentí.

—¿En serio? —Soltó un gruñido de fastidio y miró a Jesse con desprecio—. ¿Mi hermana y él?

Jesse me miró con una enorme sonrisa.

—¿Has hablado con mi madre?

—Como si necesitaras saber lo que ha dicho tu madre para saber lo que sientes por Amanda.

Jesse sonrió más aún y después miró a Gage.

—Maldita sea. —Gage suspiró con rabia—. Si le haces daño a mi hermana, te mato. —Y sin más me dio la mano y me condujo de nuevo al interior de la casa, hasta la habitación de Amanda.

Ella estaba sentada al borde de su cama con cara de preocupación y, cuando me vio sonreír con picardía, su expresión cambió.

—No te tocará, ¿de acuerdo? —aclaró Gage mientras señalaba con un dedo a su hermana.

Amanda asintió y corrió hacia la puerta.

—Eh, ¿dónde vas?

—Gage, se marcha por la mañana. Pienso pasar con él todo el tiempo que pueda. No haremos nada, lo prometo.

Gage quiso protestar, pero le puse una mano en el pecho y con la otra le estreché la suya.

—No pasa nada, Gage. Venga, vamos a la cama.

Él murmuró para sus adentros mientras nos metíamos bajo las sábanas.

—No confío en él por la noche.

—Bueno, tal como yo lo veo, nos están haciendo un favor.

—¿Por qué? —preguntó él, mirando aún hacia la puerta con desconfianza.

Me incorporé y me quité la camiseta.

—Porque ahora tenemos la habitación para nosotros.

Me miró a los ojos, después se fijó en mi pecho desnudo y se le iluminó la cara.

—Sería una pena desaprovecharla.

Se me sonrojaron las mejillas al recordar esa noche y me alegré de que Tessa estuviera mirando hacia otro lado. Me sentía mal por desobedecerla, y había jurado después de esa noche respetar sus deseos hasta que Gage y yo nos casáramos, fuera cuando fuera. Ahora por las noches sería más fácil, dado que el día anterior habíamos ido al pueblo a comprar todo lo necesario para nuestro nuevo hogar. Lo que no habíamos podido llevarnos nos lo habían llevado esa mañana y, con ayuda de todos, ya estaba todo colocado. Gage se había mudado oficialmente aquel día y dormiría allí, mientras que yo seguiría durmiendo en la casa principal, que estaba a cinco minutos en coche. Sin embargo, durante el día tendría que pegarme a Tessa para no escabullirme a estrenar nuestra nueva cama, o la ducha, o la bañera, o la mesa del comedor, o los sofás, o cualquier otra superficie. Me sonrojé otra vez cuando Gage y Tyler entraron en la cocina.

Gage me vio las mejillas y sonrió con picardía.

—Nos vamos al pueblo, cariño, pero volveremos pronto.

—¡Oh! No te olvides de que necesito un nuevo cargador de móvil. ¿Se nos olvidó algo más?

—Vamos a comprar cosas para la tele. Altavoces, videoconsolas… cosas así —respondió Tyler, con cara de aburrimiento, y Gage se quedó mirándome.

Esas cosas parecían más típicas de Ty que de Gage y estaba bastante segura de que a él no le aburrirían. Pero ¿qué sabía yo?

—Muy bien, pasadlo bien.

—¿Videoconsolas, Ty? ¿En serio? ¿Es que no me conoces en absoluto?

—Bueno, sabía que no ibas a querer mentirle, así que me he adelantado.

—Cierto. —Le di un empujón en el hombro, me subí a la camioneta y esperé a que se montara en el asiento del copiloto antes de continuar—. Supongo que tengo que darte las gracias por eso.

—Eh, sí. Eso me parecía —respondió él con una sonrisa de superioridad—. ¿Tienes la cosa esa para medir el anillo?

Sonreí y le mostré el trozo de sedal que había atado al dedo de Cassidy la noche anterior mientras dormía. Había estado muy nervioso por miedo a que se despertara, pero no se me ocurría otra manera de averiguar el tamaño sin ser demasiado evidente. No es que ella no supiera que pensaba pedirle matrimonio lo antes posible, pero aun así. Tenía que ser capaz de sorprenderla aunque se lo esperase.

—Entonces, ¿vamos a hacerlo todo hoy?

—Solo si no tienen que cambiar el tamaño del anillo; de ser así, el resto de la sorpresa tendrá que esperar hasta que lo hagan.

—¿Y los has llamado?

—Lo he hecho esta mañana. Pase lo que pase, vamos a elegir uno hoy y lo pagaremos, pero saben que nos lo llevaremos hoy o cuando el anillo esté listo.

—No voy a mentir, tío, estoy celoso. Puede que tenga que usar esto algún día. Es lo más —comentó riéndose.

—Sí, eso espero. Quiero que le guste.

—Oye —me dijo Tyler, y esperó a que lo mirase—. Ella te quiere, así que no le importará cómo se lo pidas. Solo quiere estar contigo. Pero ¿esto? Le va a encantar, confía en mí.

Yo no pude evitar sonreír. Estaba bastante seguro de que tenía razón. Aun así quería que fuese perfecto.

—Es raro, no suele pasar gente por esta carretera —dije cuando nos cruzamos con un Charger negro que circulaba en la otra dirección.

—El tipo me resultaba familiar —dijo Tyler—. ¿No es de uno de los ranchos cercanos?

Negué con la cabeza, miré por el retrovisor y vi la parte trasera del coche hasta que desapareció.

—No creo haberlo visto antes.

—¿No iba a clase con nosotros?

—No. —Alargué la palabra, intentando ponerle nombre a esa cara. Pero estaba seguro de que no conocía a ese hombre.

—Te juro que me resultaba familiar —dijo Ty, más para sus adentros—. Bonito coche.

Murmuré a modo de respuesta y encendí la radio. Teníamos media hora de camino hasta llegar a la joyería y, sinceramente, me daba igual de qué creyese Tyler que conocía a ese tipo. Lo único en lo que podía pensar era en que iba a comprar un anillo para Cassidy.

—¡Detén la camioneta! —gritó Tyler una canción más tarde—. ¡Detén la camioneta, date la vuelta!

—¿Qué diablos dices?

—¡Gage, da la vuelta! —Se inclinó hacia mí e intentó agarrar el volante cuando yo tiré del freno.

La camioneta derrapó y se levantó polvo a nuestro alrededor durante unos segundos.

—¿Qué coño te pasa?

—¡Tío! ¡Ese era Green! ¡Era el detective Green! ¡Vuelve al rancho!

—¿Estás de coña, Ty? —Aquella mañana, mientras me ayudaba a meter en la casa las cosas más pesadas, le había contado lo que Cassidy me había dicho sobre Connor. Aquello era de lo más rastrero, incluso para Tyler.

—Te lo juro, Gage, era él. Vuelve al rancho.

Solté un taco, di la vuelta y aceleré.

—Si me estás tomando el pelo, Ty…

—¡No! —respondió él—. Ya te he dicho que a mí tampoco me cayó bien ese imbécil desde que lo conocí. Me desafió en mi casa. No me cayó bien entonces, no me cayó bien esta mañana y ahora lo odio. Vuelve al rancho.

Saqué el móvil del bolsillo y llamé a Cassidy dos veces antes de probar con el teléfono de casa.

—¿Sí?

—¡Manda!

—¿Qué se te ha olvidado?

—Nada. ¿Dónde está Cass y por qué no contesta al teléfono?

—Bueno, no sé por qué no contesta, pero mamá y ella acaban de salir de la casa para ir a buscar algo que necesitaban para la cena.

—Voy de camino, pero necesito que les digas que vuelvan a entrar. Alguien va a ver a Cassidy. No quiero que se acerque a ella, ¿entendido?

—Oh, Dios, Gage, ¿corre peligro?

—No, pero, si se acerca a ella, tendré muchos problemas, Amanda. Haz que entre en casa. Y mamá también.

—De acuerdo, voy a... Oh, Gage... ¿va montado en un Dodge negro?

Me aparté el teléfono de la oreja y blasfemé.

—Sí, Amanda, así es. Voy volando, pero que Cassidy se mantenga alejada de él. ¿Dónde están las pequeñas? No quiero que estén allí cuando me encuentre con él.

—Están durmiendo la siesta —respondió ella distraídamente.

—Bien.

—Oh, mierda —murmuró Amanda, después gritó el nombre de Cassidy y la conversación se cortó.

—Mierda, creo que ya está hablando con él. —Agarré el volante y pisé el acelerador—. No quiero que se acerque a él, Ty. No quería que volviese a pensar en él y pensaba que, si nunca volvía a llamarla, sería suficiente. ¡No pensaba que fuese a presentarse aquí! ¿Cómo sabía dónde estaba?

—No lo sé, tío. Siento no haberme dado cuenta antes de quién era. Intenta mantener la calma. No creo que sea buena idea pelearte con alguien delante de Cassi, sobre todo con un detective. No querrás ir a la cárcel, Gage.

No respondí, simplemente apreté los dientes y me concentré en no perder el control de la camioneta sobre la carretera mientras corría hacia el rancho. En cuanto llegué a la entrada, aparqué junto a su coche en vez de bloquearle el paso; no quería darle un motivo para quedarse más tiempo del que ya lo había hecho.

Cassidy me miró con ojos asustados, Amanda parecía preocupada y mi madre parecía confusa. El detective Green ni siquiera se dio la vuelta cuando frené y salí de la camioneta de un salto.

—Supongo que no te enteraste la primera vez, pero no quiero que hables con ella. Lo que significa que no quiero que aparezcas por aquí tampoco. —No me detuve hasta estar delante de Cassidy, dándole la espalda a Green—. Cariño, entra en casa. Por favor —le rogué con suavidad.

—He venido a asegurarme de que está bien. Ya sabes, lo que deberías haber hecho tú mientras estaba en California.

Me di la vuelta para dirigirle una mirada de odio y me alegró ver que era más alto que él. Cassidy no se había movido, seguía con cara de miedo, dando vueltas sin parar al anillo de su padre en el dedo.

—Cass, cariño, por favor, entra en casa.

—¿Siempre le dices lo que tiene que hacer? Fuiste tú quien me llamó para decirme que me mantuviera alejado, incluso después de que ella te contara lo nuestro. ¿Y qué hay de lo que ella desea? Me cuesta creer que no quisiera tener contacto conmigo después de todo lo que pasamos juntos. Así que, si no te importa echarte a un lado, preferiría hablar con ella.

—Tío, ¿qué coño es lo que no entiendes? ¡No quiero que te acerques a mi chica! ¡Largo de mi propiedad y vuelve a California!

—Gage Michael Carson —murmuró mi madre en voz baja, y supe que me daría una colleja cuando todo aquello terminase.

—Cassidy, ¿estás segura de que es esto lo que deseas? ¿No te das cuenta de cómo es? —preguntó Connor, inclinándose hacia un lado para mirarla. Todo mi cuerpo se tensó.

—¿De cómo soy? ¿De cómo soy? ¡Soy un tipo que está intentando alejar a su chica del capullo que está intentando arrebatársela!

Tengo todo el derecho del mundo a odiarte ahora mismo y te juro que, si no llevaras esa maldita placa, te daría una jodida paliza.

—Gage Michael Car... —había empezado mi madre otra vez.

—No puedes —dije, dándome la vuelta para mirarlo—, no puedes besar a la chica de otro tío una y otra vez, sobre todo si ya sabes que está pillada. No puedes rogarle que deje a su novio y se quede contigo. No puedes empotrarla contra una pared hasta que prometa que volverá contigo si la cosa no funciona con el otro. Y no puedes tomar un avión y recorrer medio país para hablar con ella después de que su novio ya te haya advertido de que te mantengas alejado. Y, ya de paso, ¿te importa decirme cómo sabías dónde encontrarla? Si estás acosando a Cassidy, te prometo que actuaré como si no supiera nada de la placa. —Sentí el cuerpo rígido de Cassidy detrás de mí y traté de contener mi rabia. Había estado a punto de perderla por eso una vez; no pensaba permitir que volviera a suceder.

Connor tuvo las pelotas de sonreírme con suficiencia y echarse a un lado para sonreír a Cassidy.

—Sabía tu nombre, sabía que tenías un rancho en Texas. Tu rancho aparece en Google, idiota; no estoy acosándola. Después de lo que ha pasado Cassidy, no confío en la llamada telefónica de un novio enfadado que sé que ya le puso un ojo morado para saber que está bien. Y, con advertencia o sin ella, significa algo para mí, así que necesito saber que está bien y, dado que no responde a mis llamadas, he utilizado la otra opción posible.

—¿Ha estado llamándote? —le pregunté a Cassidy mirando por encima del hombro.

Ella negó con la cabeza y se encogió de hombros.

—Se me apagó el teléfono el primer día que llegué aquí. Perdí el cargador.

Dios, me sentía como un estúpido. Eso ya lo sabía, porque su teléfono estaba en aquel momento cargándose en nuestra casa con mi cargador. Razón por la que no habría respondido cuando la había llamado mientras volvía a casa.

Connor continuó como si no hubiéramos estado hablando.

—Y, sí, me preocupo por ella tanto como para volar hasta Texas y asegurarme de que está bien. ¿Y en cuanto a lo de besarla y pedirle que no se fuera? Te recuerdo que ella también me besó a mí, ¿y esa promesa? Me la hizo por su propia voluntad y, dado que parece que a ti también se te ha olvidado, añadió algo más.

—No, tío, lo tengo grabado en el cerebro. Sé lo que te dijo. Y sé que al final te dijo que no la esperases porque iba a volver conmigo. Eso debería haber sido lo último que tuviera que decirte. Todas estas tonterías son del todo innecesarias. Ahora te lo pediré educadamente una vez más. Fuera de mi propiedad.

—Gage Michael Carson. —La voz de mi madre sonó con más fuerza que antes.

—Cuando dejes de hablar por Cassidy y de tratarla como si fuera una niña, y cuando ella me pida que me vaya, entonces me iré.

Abrí la boca, pero la cerré cuando Cassidy pasó junto a mí y empezó a acercarse a él. Connor levantó las manos inmediatamente para colocarlas en sus caderas, pero ella se detuvo, dio un paso atrás y negó lentamente con la cabeza. Yo debería haberme alegrado de que retrocediera antes de que pudiera tocarla, pero ver cómo él levantaba las manos automáticamente, sin pensárselo dos veces, fue como recibir un puñetazo en el pecho. Sin mirarme, Cassidy estiró una mano hacia atrás, la entrelazó con la mía y me arrastró con ella mientras avanzaba, empujando a Connor hacia los coches.

—¿Qué es lo que te pasa? —le preguntó mientras él seguía retrocediendo hacia su coche alquilado.

—Cassidy, tenía que saberlo. Tenía que asegurarme de que estabas bien —respondió Connor.

—¡Claro que estoy bien! ¡Estoy con Gage!

—Cass, no puede obligarte sin más a que dejes de hablar conmigo.

—Tienes razón, Connor, no puede —dijo ella, lo que me sorprendió—. Pero no quiere que hable contigo, así que no voy a hacerlo. Todo lo que te dije en California iba en serio, y también se lo dije a Gage. Connor, estoy enamorada de él. Lo es todo para mí. ¿No lo entiendes?

Si no quiere que hable contigo porque permití que me besaras, porque te besé yo también y porque pienso en ti de maneras que no debería, entonces tengo que respetar eso. Y tú también. —Giró su cuerpo hacia el mío y agitó por el aire la mano que tenía libre antes de continuar—. Y no lo hagas, pero al menos respétame a mí y mis decisiones. Sabías que iba a volver con Gage, sabías cuando me marché de tu apartamento que no pensaba volver contigo. Lo siento si esto no es lo que deseas, Connor, pero no lo conviertas en una escena dramática, al menos más de lo que ya lo has hecho, porque no es necesario. Ya le había hablado a Gage de ti, y él era el único que necesitaba saberlo; ahora tendré que explicárselo también a su familia, cuando no era necesario.

—Cassidy...

—Vete a casa, Connor. Has convertido esto en un problema mayor de lo que era y ahora me toca a mí arreglarlo. Vete a casa.

Connor se acercó a ella y le acarició la mejilla con la mano; todo mi cuerpo se heló antes de que empezara a temblar. Ya había apretado el puño, pero me obligué a guardar silencio y a ver qué haría ella.

—Cass, te necesito.

—Y yo necesito a Gage —respondió ella con suavidad, se quitó su mano de la mejilla e intentó pegarse más a mí, de modo que la agarré y di un paso atrás con ella—. Para mí siempre será Gage. Por favor, Connor... vete a casa.

Vi cómo la miraba con la cara desencajada, después se volvió hacia mí y me dirigió una mirada de odio. No mentía; realmente se preocupaba por Cassidy. No parecía el tipo de tío que se achantaba ante nadie, pero, en cuanto Cassidy empezó a decirle cómo eran las cosas, se hizo pequeño delante de ella. Le dirigió una última mirada de dolor, se metió en su coche y se marchó.

Cassidy se relajó en cuanto Connor abandonó el rancho y apoyó la frente en mi pecho.

—Gage, no tenía ni idea. Lo siento, siento mucho todo esto. Siento lo de California, siento haberle besado y siento haberte abandonado —respiraba entrecortadamente y yo pasé las manos por su espalda para calmarla.

—Cariño, no pasa nada. Ya se ha ido y, a juzgar por su cara, no creo que vuelva. ¿Estás bien? Pareces aterrorizada, Cassidy. ¿Te ha dicho algo?

—No, pero no paraba de pensar en lo mucho que te enfadarías. Me daba miedo que pensaras que deseaba que estuviese aquí o que me alegraba de verlo.

—¿Y ha sido así? —pregunté yo.

—¡No! Al verlo aquí… al darme cuenta de lo mal que lo hice y de que él podía haberlo echado todo a perder, Dios, Gage, he tenido miedo de perderte. —Su cuerpo empezó a temblar y emitió un sonido ahogado—. Lo siento mucho. —Se echó a llorar y se le doblaron las rodillas.

La tomé en brazos y la estreché contra mi pecho para permitirle llorar todo lo que quisiera. Desde que recibiera la carta de su madre, había estado más sensible, pero no me importaba. Me gustaba que ahora fuese más abierta y pudiese compartir aquello conmigo también.

—Vamos, cariño. Entremos en casa.

Ella se apresuró a negar con la cabeza y se secó las lágrimas.

—No. Ty y tú ibais al pueblo y ahora tengo que hablarles a Amanda y a tu madre sobre Connor. Preferiría no volver a ver cómo te rompí el corazón.

—Cariño, no pienso dejarte mientras estés así de disgustada.

—Estoy bien, Gage, de verdad. Lamento haberte hecho pasar por esto. Vete a hacer lo que tengas que hacer. Se lo contaré todo y tendremos la cena lista cuando volváis.

—Cass…

Me dio un beso en los labios durante unos segundos y, sin apartar los suyos, murmuró:

—Vete, cariño. No me iré a ninguna parte, lo prometo. Este es mi hogar. Tú eres mi hogar. No voy a irme. Vete a hacer tus cosas, yo estaré esperándote aquí.

Me relajé por completo al oír sus palabras.

—Volveré enseguida, ¿de acuerdo?

—Ten cuidado.

CAPÍTULO 18

Cassidy

Sentí algo caliente contra mi cuello y sonreí, pensando que Gage había ido a por su abrazo de buenos días. Pero entonces sentí una presión en el cuello que me cortaba la respiración; al mismo tiempo sentí un aliento cálido y besos que me cubrían la barbilla, las mejillas, la nariz y la boca. Abrí los ojos, me encontré con una habitación llena de sol y dos ojitos azules mirándome antes de que una nariz negra se clavara en mi ojo y volviera a cubrirme la cara de besos de cachorro. Me incorporé para quitarme el cachorro del cuello y contemplé la cara más bonita que había visto nunca. Un hocico y una frente blancos, pelo gris con manchas negras y algunos toques marrones.

—Hola, bonita —susurré, y me reí al recibir más besos en la nariz y en las mejillas.

—¿Te gusta? —preguntó una voz grave y profunda junto a la cama.

Giré la cabeza y sonreí alegremente.

—¿Gustarme? ¡Me encanta! ¿Es nuestra?

Gage asintió y estiró la mano para rascarle detrás de las orejas; el cachorro se dio la vuelta al instante y comenzó a lamerle la muñeca.

—Es un pastor australiano. Si quieres otra raza de perro, compraré el que desees.

—¡No, es perfecta! ¡Oh, Gage, muchísimas gracias! —Me acerqué aquella bola de pelo a la cara y la acurruqué junto a mí, disfrutando de su aliento de cachorro. Palpé un collar con los dedos y la aparté de mí para poder verlo. Le di la vuelta y sonreí más aún al ver el color rosa chillón. Habría pagado por ver a Gage comprando cosas de chica—. ¿Le has puesto nombre? —pregunté, pero, donde esperaba ver el cartel con el nombre, había un enorme lazo blanco, del cual colgaba el anillo de diamantes más grande que había visto jamás.

Tomé aire, incapaz de hacer nada salvo mirarlo y sujetar al cachorro, que se retorcía sin parar. Gage se sentó en la cama junto a mi cadera y me quitó a la perra. La sujetó y deshizo el lazo con cuidado hasta poder sacar el anillo. Levanté la mirada el tiempo suficiente para ver sus ojos verdes mirándome y sus hoyuelos, antes de volver a mirarle las manos. El cachorro había empezado a mordisquear la cinta del lazo, pero, cuando Gage me agarró la mano izquierda y deslizó el anillo en mi dedo, comenzó a seguir sus manos y a lamérselas.

Gage y yo nos reímos a la vez y la acariciamos, aunque sin soltarnos las manos mientras nos mirábamos a los ojos. Con la mano que tenía libre me apartó el pelo de la cara y me sujetó mientras se inclinaba para apoyar su frente en la mía.

—¿Quieres casarte conmigo, Cassidy?

—¡Sí! —grité antes de darle un beso en los labios, que intentaban contener una sonrisa.

El cachorro dio un ladrido y se abrió paso entre nuestros pechos hasta sentir que volvía a ser el centro de atención.

—Entonces solo necesito saber una cosa más, cariño. —Gage dejó al animal a un lado y me tumbó junto a él—. ¿Cuándo puedo casarme contigo?

—Cuando quieras —respondí yo sin aliento cuando sus labios abandonaron los míos.

—Ahora mismo.

—Tienes que darme al menos unos meses.

—¿Unos meses? —Se echó hacia atrás ligeramente y volvió a apartar al cachorro cuando este intentó meterse de nuevo entre nosotros—.

Dímelo con sinceridad, Cassidy, ¿lo dices porque quieres tiempo antes de casarnos, o porque quieres tiempo para planificar la boda?

—Necesito tiempo para planificar.

Gage sonrió y me besó apasionadamente.

—Entonces no voy a darte unos meses. Solo unas semanas.

—¿Semanas? Gage, no puedo planificar una boda en tan poco tiempo.

—Cariño, no pienso pasar los próximos meses viviendo sin ti en nuestra casa. No voy a pasar los próximos meses esperando a que empiece nuestra vida en común. —Se incorporó para apoyar los codos a ambos lados de mi cabeza—. Cassidy, he querido casarme contigo desde la primera vez que te vi salir del Jeep de Tyler hace casi dos años. Tenemos el resto de nuestra vida para estar juntos, sí, pero ya hemos pasado demasiado tiempo separados.

Yo sonreí y pasé las manos por su pelo negro y espeso.

—Semanas —accedí, asentí y después negué con la cabeza—. Lo antes posible.

—¿Sí?

—Sí —convine yo antes de acercar su cara a la mía.

—¡Ya te dije que nada de ñaca-ñaca hasta que no te casaras con ella, Gage! Sabía que estabas colándote aquí. Eres igual que tu padre... —Se quedó callada cuando Gage, que no había parado de besarme, apartó mi mano izquierda de su cabeza y la levantó para que Tessa pudiera ver el anillo—. ¡Oh, Dios mío! —Oí alejarse los pasos de Tessa mientras llamaba a su marido.

Gage sonrió contra mis labios, agarró la mano que tenía levantada, la colocó por encima de mi cabeza y la clavó a la almohada.

—¡Y, Gage! —exclamó su madre, que de pronto había vuelto a entrar en la habitación—. ¡Sal de esa cama en este mismo instante! —Gage soltó un gruñido, pero se apartó lo suficiente para mirarme a los ojos.

—¿Mamá?

—¡No! Te dije que nada de tonterías.

—Lo antes posible, mamá.

—¿Qué has dicho? —Se acercó a nosotros, lo agarró por la parte de atrás de la camisa y empezó a tirar, pero se detuvo cuando nuestra pequeña bola de pelo saltó sobre la espalda de Gage y dio un ladrido—. ¿Un cachorro? Oh, hijo, sabía que te había educado bien.

Yo me reí y agarré al cachorro para que Gage pudiera levantarse de la cama y hacer que su madre sintiera que era capaz de tirar de él.

—Vas a ser mía, Cassidy —me dijo con la sonrisa más radiante que había visto nunca en su cara.

Yo me mordí el labio y asentí.

—Lo antes posible, cariño.

—Lo antes posible —convino él, y se rio a carcajadas cuando su madre le dio dos collejas por estar en la cama con una chica soltera, antes de mirar hacia las escaleras, gritarle a Amanda que tenían una boda que planear y decirle a Gage lo mucho que se alegraba de que no hubiera perdido más tiempo.

Cuando llegaron a la puerta, Gage se agarró al marco y se dio la vuelta para guiñarme un ojo antes de dejar que su madre tirase de él, y yo estuve a punto de derretirme. El cachorro se zafó de mis brazos y, tras unos segundos mirando con inseguridad hacia el suelo, dio un salto. Sus patas resbalaron sobre el suelo al intentar salir corriendo hacia la puerta antes de ponerse en movimiento. Para cuando llegó a la puerta, Tyler estaba allí y la tomó en brazos.

—Hola, cariño —me dijo antes de acariciar al animal con la nariz—. Hola, pequeña.

—Videoconsolas, ¿eh, Ty?

Me sonrió y me dio un beso en la frente antes de sentarse a mi lado.

—Tenía que pensar en algo. Déjame ver cómo te queda.

Estiré la mano y apoyé la cabeza en su hombro mientras ambos estudiábamos el anillo. No pude evitar sonreír, y sentía que el corazón me latía desbocado desde que viera la joya colgando del lazo.

—Creo que es perfecto —susurré.

—Eso es lo que dijo él. —El anillo se giró hacia la izquierda por el peso del anillo y ambos nos reímos—. Yo creo que es demasiado grande.

—No —respondí yo mientras le quitaba al cachorro—. Todo ha sido perfecto.

—Me alegra que estés feliz, Cassi.

—A mí también me alegra —dije yo antes de darle un beso a la perra en la nariz—. Oye, Ty, ¿puedo hacerte una pregunta? No es muy convencional y puede que te ofenda… —Me quedé callada al darme cuenta de lo incómodo que podía ser para él.

—¿Ofenderme? ¡Dios, y lo preguntas ahora! —Se dio la vuelta y me dejó ver el brillo pícaro de su mirada.

—¡No es eso! Hablo en serio.

—De acuerdo, de acuerdo. Yo también hablo en serio, pero déjame sujetar a mí a la pequeña.

Puse los ojos en blanco y me prometí ponerle nombre al cachorro en cuanto se la devolví.

—De acuerdo. De hecho he estado pensando bastante en esto durante toda la semana. Tu padre me cae muy bien, Ty, ya lo sabes, pero no tengo con él la misma conexión que tengo con tu madre y contigo.

Él frunció el ceño, confuso.

—¿Y…?

—Siempre puedo ir al altar yo sola, si te resulta incómodo, pero me preguntaba si… ¿te importaría llevarme tú?

Tyler se quedó callado durante unos segundos.

—Nunca pensé que me vería en esta situación, Cassi…

—De acuerdo, entonces no tenemos por qué hacerlo. No pasa nada.

—¿Quieres dejarme acabar, cariño? Siempre pensé que algún día verías las cosas tal como yo las he visto siempre, pero encontraste eso en Gage. Sé que he sido un auténtico imbécil, Cass, pero me alegro por vosotros. Te parecerá que tu pregunta es rara, pero Gage me pidió permiso para casarse contigo.

Yo levanté la cabeza para mirarlo.

—¿De verdad?

Sí, y no tuve que pensar mi respuesta ni un segundo. He estado cuidando de ti casi toda nuestra vida y no te entregaría a nadie que no fuera él. Nunca permitiría que caminaras sola hasta el altar y, dado que tu padre no puede estar aquí, me alegra que quieras que sea yo quien te entregue a él.

—Gracias, Ty, no sabes lo mucho que esto significa para mí. —Suspiré aliviada y agarré al cachorro cuando saltó de los brazos de Ty sobre mi estómago—. Sé que las cosas fueron raras entre nosotros, pero parece que todo ha vuelto a la normalidad. Siento que es perfecto.

—Sabes que siempre te querré más —dijo en voz más alta y, antes de que yo pudiera preguntarme a qué se debía esa subida de volumen, Gage entró en la habitación y lo entendí.

—No estoy tan seguro —dijo con una sonrisa de superioridad, se acercó a la cama, se inclinó y me dio un beso antes de agarrar al cachorro. Seguía resultándome extraño que Tyler no dijera nada cuando Gage me besaba delante de él—. ¿Le has puesto ya un nombre?

—Pequeña —dijo Tyler de inmediato.

Yo puse los ojos en blanco.

—Sky —respondí.

—¿Sky? —preguntó Gage con una sonrisa, y yo asentí—. De acuerdo. Sky. Voy a sacarla. Las chicas están abajo esperándote, cariño. Te lo advierto. Si pensabas que unas semanas no era posible, espera a que empiecen a planificar. No pararán hasta que esté todo listo.

—Lo antes posible —susurré yo.

—Lo antes posible —convino él, me sacó de la cama con una mano, sujetando a Sky con la otra, y nos condujo al piso de abajo.

Gage no mentía: no había nada de comida preparada ni comida cocinándose; así de en serio hablaban. Tessa, Amanda y Nikki estaban agrupadas en torno a la isla de la cocina con una libreta de papel. Cada una de ellas tenía un boli en la mano y garabateaba cosas mientras hablaban alegremente.

Emily, que estaba sentada junto a Amanda sobre la isla, levantó la mirada y gritó:

—¡Un cachorro!

El resto de las chicas levantó la mirada y me pidió ver el anillo. Gage me empujó hacia ellas, le dio la mano a Emily y la llevó fuera con Sky. Tras alabar el anillo, me mostraron la libreta y todas comenzaron a hablar al mismo tiempo. Lo único que yo entendí fueron las palabras «qué pronto», «colores» y «en el granero».

—Un momento, perdón, ¿habéis dicho en el granero? ¿Celebrar la boda en el granero? —Tenían un granero inmenso y Amanda me había hablado de los bailes y numerosas fiestas que habían celebrado en ese granero. Cierto, yo nunca había entrado, pero ¿celebrar la boda allí? Eh… ¿qué?

—No, cariño —respondió Tessa riéndose. Yo me relajé—. El banquete se celebrará allí.

Raro también.

No se me debía de dar muy bien disimular mis pensamientos a esas horas de la mañana, porque Tessa y Amanda empezaron a reírse con más fuerza.

—Confía en nosotras, Cassidy, no va a ser una boda de paletos. Te sorprenderá lo que podemos hacer con ese granero. Pero cerca del granero hay un lugar que sería perfecto para la boda. ¡Siempre lo había pensado! —Tessa siguió hablando y comenzó a dibujar los árboles que formaban un arco y la explanada que había entre ese lugar y el granero mientras explicaba dónde irían las sillas y todas esas cosas durante la ceremonia—. ¿Cuánta gente vendrá? —preguntó de pronto, yo abrí la boca y volví a cerrarla.

—No lo sé —respondí con sinceridad. Gracias a Stacey, sabía los problemas que daba tener que invitar a demasiada gente, pero yo apenas tenía a nadie. Tenía a los Bradley, que eran la familia de Gage; a Jackie y a Dana, a quienes había conocido porque salían con los mejores amigos de Gage… Las únicas personas solo mías eran Jesse e Isabella… Dios, incluso ellos estaban ahora técnicamente ligados a su familia… y también Lori y Stacey.

—De acuerdo, ¿cuántas personas quieres en el cortejo nupcial?

Yo miré a Amanda y después otra vez a Tessa.

—No lo sé.

Por suerte Gage entró en ese momento y su madre le hizo la misma pregunta.

—Eh... Ty, Ethan y Adam.

Tessa volvió a mirarme, se inclinó hacia delante y me preguntó discretamente:

—¿Tienes tres amigas que quieras que vengan a la boda? —Por fin entendía mi súbita incomodidad.

—Amanda, Jackie y Dana. —Miré entonces a Amanda—. ¿Quieres ser mi dama de honor?

—¡Yo, dama de honor! —soltó un grito y me rodeó el cuello con los brazos—. ¡Gracias, Cass! Vale, ¿y qué pasa con los colores?

—Verde —dije yo.

—Dorado —dijo Gage al mismo tiempo.

Me volví hacia él con una mirada confusa y señaló mis ojos. El estómago me dio un vuelco y lo besé rápidamente en los labios.

—Verde para los chicos y dorado para las chicas —agregué.

Gage sonrió y me rodeó las mejillas con las manos para prolongar nuestro beso.

—Tengo que irme a trabajar, cariño, diviértete. Mamá...

—¡Lo sé, lo sé! —exclamó Tessa algo distraídamente—. ¡Lo antes posible!

En cuanto Gage salió por la puerta, la planificación de la boda siguió su curso.

Gage

Entré en mi antigua habitación, donde se alojaba Cassidy hasta poder mudarse conmigo, y el corazón me dio un vuelco antes de acelerárseme. Cassidy estaba acurrucada sobre la colcha con el teléfono en una mano y esa mano apoyada sobre un cuaderno con una lista de nombres, que tenían números al lado. Miré hacia el suelo y recogí el lápiz; después me volví para mirarla de nuevo. Seguía agarrando el móvil con la mano y, con la otra, abrazaba a Sky, que dormía a su lado. Decidí dejarlas durmiendo, le di un beso a Cassidy en la frente y me di la vuelta para marcharme.

—¿Gage? —Su voz sonaba somnolienta después de la siesta, y fue un sonido que se me coló hasta el corazón.

—Hola, lo siento. No quería despertarte.

—No pasa nada —Golpeó la cama junto a ella y yo me senté con cuidado para no despertar a Sky—. No quería quedarme dormida.

—¿Has hecho muchas cosas hoy?

—Dios, ni te lo creerías. No mentías; tu madre tiene contactos por los que mataría cualquier organizadora de bodas.

—Sinceramente, me sorprende que aún os queden cosas por hacer.

—En realidad no. Solo los vestidos, los trajes, las corbatas... básicamente eso es todo. He decidido que va a ser medio informal. No quiero que lleves esmoquin.

«Gracias a Dios».

—A mí me parece bien.

—¿Puedes decirme una cosa? ¿Por qué quieres casarte conmigo tan pronto?

—Cass, pensé que ya habíamos hablado de eso.

—No, recuerdo lo que dijiste, pero ¿es porque no podemos hacer nada mientras tu madre no nos permita vivir juntos? Porque, si es por eso, Gage, encontraré la manera de estar contigo. Es que no quiero que sientas que tienes que casarte conmigo para que podamos estar juntos en ese sentido.

—Dios, no. La única persona que puede mantenerme alejada de ti eres tú misma. Si no estás preparada para esto, Cassidy, lo único que tienes que hacer es decírmelo; pero, si lo estás, cariño, yo también lo estoy. Tal como yo lo veo, ya he encontrado en ti todo lo que deseo y sé que eso no va a cambiar nunca. ¿Por qué esperar entonces? Estoy preparado para todo: para casarme contigo, para vivir en nuestra casa, para formar una familia. Siempre que sea contigo, estoy preparado.

—De acuerdo. Vale. —Sonrió y tiró de mi cabeza para besarme—. Pero tendremos que esperar un poco para lo de la familia. Acabo de acostumbrarme a la idea de tener hijos; me va a llevar tiempo. Pero que sepas que todos, salvo Isabella y Jesse, piensan que es una boda de penalti.

Yo eché la cabeza hacia atrás y me reí.

—No me importa lo que piensen siempre que al finalizar el día esté casado contigo. —Giré su cuerpo para orientarlo hacia el mío y fruncí el ceño al ver que Sky emitía un gruñido adorable y se estiraba. Al ver que se daba la vuelta y volvía a dormirse, me relajé, besé a Cassidy en la boca y dejé que mi lengua se deslizara por la suya—. ¿Habéis pensado ya cuándo podremos celebrar la boda? —pregunté cuando ella empezó a desabrocharme la camisa y a darme besos en el pecho cada vez que soltaba un botón.

—Dos meses.

«Joder», pensé.

—¿Dos meses?

—Mmm. —Terminó de desabrocharme el último botón y deslizó las manos por mi abdomen y por mi pecho. Sentía la erección presionando contra los vaqueros y, por enésima vez aquel día, deseé que estuviéramos en nuestra casa—. O nueve días. Era una de esas dos opciones.

—¿Nueve? —pregunté levantándole la cara para que me mirase—. ¿Nueve días?

Se le sonrojaron las mejillas cuando se mordió el labio y asintió.

—Adam, Dana, Ethan y Jackie estarán aquí dentro de cinco días para ayudar con los preparativos del último momento y pasar unos días aquí, dado que les fastidié a todos las dos últimas semanas de clase. —Le apreté la cadera y continuó—. A petición de tu madre, los chicos se alojarán en nuestra casa y las chicas se quedarán todas aquí. Después, cuando llegue el próximo sábado, seré tuya.

Mía. Nueve días y aquella asombrosa chica sería mía.

Dios, estaba deseándolo.

Deslicé las manos por su cuerpo, las metí debajo de su camiseta y disfruté al oír su suspiro cuando le acaricié los pechos. Volvió a colocar las manos en mi abdomen antes de bajarlas para desabrocharme el cinturón y después el botón de los vaqueros antes de seguir dándome besos tormentosos en el pecho.

—¿Has cerrado la puerta? —Agarró mi miembro con las manos y yo gemí a modo de respuesta—. ¿Dónde está todo el mundo?

—Abajo —respondí yo con la voz rasgada mientras le bajaba los pantalones cortos y las bragas.

Cass dejó a Sky en el suelo, se sentó a horcajadas encima de mí y restregó sus caderas contra las mías.

—Cariño, confía en mí cuando te digo que esto es algo que me encanta de ti, pero haces mucho ruido, y no creo que los demás quieran oírnos. Deja que te toque.

Ella se hundió sobre mi erección y dejó escapar un potente gemido. Me incorporé y la besé en la boca para amortiguar el resto del gemido.

—Estoy segura de que encontrarás la manera de que me mantenga callada —dijo contra mis labios, desafiándome.

Acepté el desafío.

Cassidy

Si hace diez días me hubieran dicho que iba a casarme hoy, me habría reído, porque no había manera de organizar una boda tan elaborada en nueve días, ¿verdad? Pues me equivocaba. La madre y las hermanas de Gage eran un auténtico torbellino; salvo por la pequeña Emily. Pero ayudó jugando con Sky cuando estábamos demasiado ocupadas para prestar atención al cachorro.

Tessa tenía una cantidad de contactos inimaginables con otras familias de los ranchos cercanos y del pueblo y, gracias a su ayuda, habíamos transformado el granero en un salón de bodas del que estaba celosa. Y era mi boda. El lugar de la ceremonia apenas lo habíamos retocado; aquella explanada era tan bonita que nos habíamos limitado a colocar sillas blancas de madera mirando al arco formado por los árboles, y nada más. Era sencillo, pero añadir algo más habría desviado la atención de la belleza del rancho. A varios metros de la última fila de sillas habíamos colocado una carpa con ventiladores para que las chicas pudieran esperar allí mientras los invitados iban llegando y los chicos se colocaban en la parte delantera, y yo estaba agradecida, porque era eso o ir caminando desde el granero, que estaba a cinco minutos andando.

Por fuera, el granero estaba como siempre: grande, con su pintura roja desgastada y bombillas que decoraban las puertas y el borde del tejado. El interior, que yo no había visto hasta que estuvo ya decorado, tenía tul blanco, verde y dorado con lucecitas que formaban arcos que confluían en el centro del granero, haciendo que pareciera una enorme carpa. En un lado estaba la pista de baile y en el otro habían colocado las mesas. Los manteles alternaban los colores verde y dorado con cuencos de flores y velas flotantes. Teníamos la tarta de bodas y el pastel del novio —Tessa me había mirado como si me hubiese vuelto loca al decir que no sabía qué era un pastel del novio— en una mesa situada en un rincón un poco apartado de donde estaría la comida. Y, gracias a las fiestas y a los bailes que habían celebrado allí anteriormente, tenían enormes ventiladores que harían que se estuviese a gusto en el granero, lo cual había sido mi mayor preocupación. Al fin y al cabo, era junio, estábamos en Texas e íbamos a bailar en un granero. Cuando las chicas se habían reído de mi preocupación, había decidido que ellas sabrían lo que se hacían, teniendo en cuenta que ya lo habían hecho antes, así que no dije nada.

Me giré y vi como Jackie, Dana y Amanda se ayudaban a subirse las cremalleras; estaban increíbles. Llevaban vestidos de verano palabra de honor ajustados a la altura del pecho y de la cintura, ligeramente abombados hasta por encima de las rodillas. Eran dorados con ojales negros, y los habían combinado con botas de vaquera negras para darles un aire más informal. Me encantaba el atuendo y me alegraba que a ellas también.

—¿Estás preparada, Cassidy? ¡Se supone que empieza en veinte minutos! —gritó Amanda dando palmas.

Yo estuve a punto de tropezarme al intentar llegar hasta donde estaba mi vestido, y Jackie y Dana empezaron a reírse.

—Creo que estás demasiado emocionada —dijo Jackie, y me soltó el brazo cuando recuperé el equilibrio.

—Solo un poco —contesté con una sonrisa mientras daba un paso normal hacia mi vestido.

Con la ayuda de las chicas, me puse el vestido y las botas marrones de vaquera antes de que Amanda me retocase el pelo para asegurarse de que estuviera perfecto. Los chicos iban vestidos de manera medio informal, como las chicas, y yo iba a conformarme con un vestido blanco de verano, pero ahí era donde Tessa había puesto el límite. Dijo que tenía que tener un auténtico vestido de novia, sin excepciones. Y yo me alegraba mucho de haberle hecho caso.

Llevaba un fino vestido palabra de honor con la cintura baja y cola capilla. Era de un blanco suave y se ceñía a mi cuerpo a la perfección. Era muy adecuado para el rancho, era muy adecuado para mí y esperaba que fuese adecuado para Gage. Prescindí del velo y me ricé el pelo; los que las chicas se entrevieron jugando con los rizos para que no pareciera demasiado «arreglado». Como estábamos en el campo, Amanda pensó que debía parecer natural sin ser natural y, dado que yo no tenía ni idea de a qué se refería, les dejé hacer lo que quisieran. El lado donde llevaba la raya del pelo iba adornado con un trenzado francés, pegado a mi oreja, con horquillas por debajo para mantener el pelo apartado de la cara. No se parecía nada a mi pelo ondulado, pero Amanda tenía razón, parecía natural, casi alborotado, pero no descuidado.

Me quedé mirándome en el espejo y no pude evitar murmurar:

—Madre mía.

—¡Estás preciosa, Cass! —exclamó Jackie, colocándose detrás de mí para cepillarme el pelo por encima del hombro y volver a apartarse.

El maquillaje era perfecto, gracias a Dana, y me dije a mí misma que tendría que robarle la sombra de ojos que había utilizado. Era de un tono dorado suave y realzaba el brillo de mis ojos. Amanda me entregó un brillo de labios muy sutil y, después de aplicármelo, me di la vuelta para mirarlas.

—Estoy preparada —susurré, y me fue imposible contener la enorme sonrisa que se dibujó en mi rostro.

Amanda recogió mi reloj de la mesa que habíamos colocado allí y anunció emocionada:

—¡Ocho minutos!

En ese momento Tessa, John, Stephanie y Jim entraron en la carpa. Las mujeres suspiraron y los hombres sonrieron. Nos abrazamos y nos besamos y, tras intercambiar algunas palabras, desaparecieron. Antes de que yo pudiera volver a mirar mi reloj para saber cuánto tiempo quedaba, entraron Ethan y Adam y soltaron un silbido.

—Qué bellezas —dijo Adam antes de besar a Dana y darnos después un beso en la mejilla a Jackie y a mí. Ethan me había besado al entrar y ahora sujetaba a Jackie contra su cuerpo.

Miré a mi alrededor y vi a Amanda al otro lado de la carpa con Jesse. Lo besó emocionada y después le dijo que tenía que ir a sentarse, pero acto seguido volvió a tirar de él para besarlo otra vez.

—Vaya, cariño —dijo una voz detrás de mí. Me di la vuelta y me encontré frente a frente con Tyler—. Estás preciosa.

—¡Ty, mírate! —Le di un fuerte abrazo, sin importarme que las chicas me hubieran dicho que tuviera cuidado con el vestido y con el pelo.

Los chicos estaban muy guapos; los tres con pantalón negro, camisa verde oscura remangada hasta los antebrazos y corbata a rayas verdes.

—¿Estás preparada?

—¡Lo estoy! ¿Cómo está Gage?

No me habían permitido ver a Gage en dos días y había sido una tortura. No entendía por qué celebrábamos la cena de ensayo dos días antes de la boda, pero entonces las chicas y los chicos anunciaron que no volveríamos a vernos hasta la boda y ambos pusimos cara de horror. Me lo había pasado muy bien estando a solas con las chicas, pero estaba deseando volver a verlo a él. Habíamos estado separados más tiempo, sobre todo con las dos semanas que yo había pasado en California, pero Gage había estado a cinco minutos en coche de la casa principal y nos habían obligado a mantenernos separados. Como digo, una auténtica tortura.

—Deseando verte, eso seguro. ¿Sabes cuántas veces ha intentado escabullirse por las noches? —preguntó Adam, y Ethan y Tyler se carcajearon—. Cuando por fin nos íbamos a la cama, teníamos que hacer turnos para mantenernos despiertos y que no intentara ir a verte.

—Bueno, tal vez no deberíais habérselo impedido —bromeé yo.

—Así será mejor, Cassidy —dijo Dana, entregándome mi ramo, formado por azucenas blancas y rosas.

Yo murmuré por lo que había dicho Dana y Tyler miró el reloj.

—Es la hora.

El corazón se me detuvo.

Gage

Sonreí a mi padre, a mi madre, a Nikki y a Emily, después volví a mirar ansioso hacia la carpa. ¿Por qué tardaban tanto? Ty había entrado allí hacía como diez minutos.

—¿Estás preparado, hijo? —me preguntó el pastor Rick dándome un codazo cariñoso en el costado.

—Más que preparado —respondí yo sin dejar de mirar a la tienda. «Si mi chica saliera de una vez, podría casarme con ella y por fin todo estaría bien».

Comenzó a sonar la música y, aunque me pregunté cómo se las habría apañado mi madre para llevar la música hasta allí sin que yo me enterase, no lo pensé durante demasiado tiempo. Adam y Dana, después Ethan y Jackie recorrieron el camino desde la carpa hasta donde yo me encontraba. Amanda salió después; cuando se detuvo junto a Jackie, la música cambió y yo aguanté la respiración. Llevaba dos años esperando aquel momento y por fin había llegado. Vi primero a Ty, después se dieron la vuelta, comenzaron a caminar hacia mí y todo lo demás dejó de existir cuando me fijé en ella.

Nunca había visto a nadie tan guapa como Cassidy, y nunca había visto a Cassidy tan guapa como en aquel momento. Todo en ella era perfecto, y era mía. Sus labios sonreían y sentí que los míos hacían lo mismo. Por fin llegaron hasta mí y Tyler colocó su mano en la mía antes de colocarse detrás de mí. La miré a los ojos y lo único en lo que pude pensar fue en que por fin estaba sucediendo, y en cómo serían nuestras vidas a partir de ese momento. Conseguí repetir todo lo que decía el pastor en los momentos adecuados y decir «sí, quiero». Después le puse a Cassidy la alianza cubierta de diamantes y ella me puso a mí un anillo de tungsteno negro. Llegado el momento, le rodeé las mejillas con las manos y la besé como si fuese a ser el último beso que compartiéramos jamás. Ella me rodeó el cuello con los brazos y yo pensé: «al infierno». Le puse un brazo detrás de la espalda, pasé el otro por debajo de sus piernas, la levanté del suelo y la pegué a mí mientras la besaba.

Nos separamos con reticencia, pero seguimos mirándonos cuando nuestra familia y nuestros amigos nos rodearon para darnos la enhorabuena. En cuanto vi la oportunidad, le agarré la mano y la conduje hacia la carpa situada detrás de las sillas. En cuanto estuvimos allí solos, ella enredó las manos en mi pelo y me besó.

—Te echaba de menos y te quiero —me dijo aceleradamente antes de volver a besarme.

Yo sonreí contra sus labios.

—Yo también te quiero, Cassidy Carson.

Dejó de mover los labios y me miró con aquellos ojos grandes y esa sonrisa radiante.

—Me gusta como suena.

—A mí me encanta —dije yo, y volví a devorar sus labios—. Y, cariño, ¿ese vestido? Dios mío, me voy a divertir mucho quitándotelo.

Cassidy

—Bienvenida a casa, cariño. —La voz profunda de Gage me produjo un cosquilleo en el estómago mientras atravesaba la puerta de nuestra casa conmigo en brazos. Yo no había estado allí desde que llevamos todos los muebles y la había echado de menos. Sabía que Tessa había reclutado a los chicos y había hecho que trasladaran todas mis cosas allí aquella tarde, además de llevar sus cosas a la casa principal. También dijo que había llenado la despensa para que no tuviéramos razón para salir de casa en la próxima semana a no ser que quisiéramos.

Yo no querría.

La celebración había sido muy divertida, pero yo estaba ansiosa para que terminara. Deseaba estar a solas con Gage, a solas con mi marido. Estaba tan guapo que no había podido parar de tocarlo en toda la noche. Llevaba unos pantalones negros y una camisa verde oscura remangada del mismo modo que los demás, pero sin corbata, con el último botón desabrochado y un chaleco negro. El negro y el verde realzaban su pelo y sus ojos de manera increíble, como yo había imaginado, y podía decir sin miedo a equivocarme que mi nuevo maridito estaba para comérselo.

Habíamos bailado durante horas con nuestros amigos y con su familia. Gage había vetado el baile padre-hija, pero Tyler y él habían llegado al acuerdo de que Ty podría bailar un par de canciones lentas conmigo. Salvo esos dos bailes con Ty y un baile a medias con John y Jim, Gage no me dejó alejarme más de unos centímetros de él. Y a mí me parecía perfecto.

No podía creer que tres meses antes estuviéramos en la boda de Stacey, cuando había salido a la luz la verdad sobre nuestros sentimientos y la manipulación de Tyler. Pensándolo así, nuestra relación había ido deprisa, muy deprisa, pero Gage tenía razón... ya habíamos pasado demasiado tiempo separados y no tenía sentido esperar; él tenía todo lo que siempre podría desear. Y ahora era mío.

Lo miré a los ojos y sonreí mientras deslizaba las yemas de los dedos por su mandíbula antes de besar sus labios.

—Llévame a la cama, Gage.

Sin decir una palabra más, me llevó a través de la casa hasta el dormitorio principal antes de dejarme a los pies de la cama. Empecé a desabrocharle el chaleco, pero me agarró las manos, me retiró el pelo del cuello y se inclinó para darme besos allí. Fue bajando por el hombro, después por la espalda, donde me besó el tatuaje, antes de agarrar la cremallera y bajármela despacio.

—Estabas muy guapa esta noche, Cassidy.

Aguanté la respiración cuando terminó de bajar la cremallera, deslizó la mano por mi espalda para meterla por debajo de la tela y rodear mi cuerpo para acariciarme el vientre. Dejó caer el vestido al suelo y me dio la vuelta sin quitarme las manos de encima. Sus ojos verdes se habían oscurecido tanto que ya no veía sus pecas doradas cuando me tumbó suavemente sobre la cama y terminó de quitarme el vestido.

Se apartó de la cama, se desabrochó primero el chaleco y después la camisa. Se quitó ambas prendas a la vez y las tiró sobre una silla situada en un rincón de la habitación. Recorrí su cuerpo bronceado con la mirada y me detuve en sus músculos largos; ansiaba tocarlo, pero estaba demasiado lejos. Se inclinó hacia delante, me acarició la mejilla y me besó antes de dirigirse hacia las ventanas y echar las cortinas mientras con la otra mano se desabrochaba el botón de los pantalones. Con los pantalones desabrochados, pero todavía puestos, se metió en la cama, se colocó encima de mí y me quitó el sujetador antes de dejarme suavemente sobre el colchón.

Agachó la cabeza sobre uno de mis pechos y me estimuló el pezón sin piedad antes de pasar al otro y hacer lo mismo. Cuando quedó satisfecho con mi grado de excitación, me besó con pasión en la boca, me bajó las bragas y colocó una rodilla entre mis muslos.

—Preciosa —murmuró mientras me colocaba los brazos por encima de la cabeza y los clavaba a la almohada.

Se incorporó, me besó el tatuaje de la Osa Mayor y yo pude darle un beso en el abdomen antes de que volviera a bajar, me dirigiera una sonrisa y siguiera bajando más. Daba igual el número de veces que hubiera hecho aquello con Gage, porque cada vez era mejor que la anterior, como si hubiera pasado años sin sus caricias. Dejé escapar un gemido ahogado al sentir su lengua contra mi piel y un escalofrío recorrió mi cuerpo. Colocó una mano abierta sobre mi vientre, la otra fue a colaborar con su boca y yo pensé que iba a morirme allí mismo, sobre la cama. Mi cuerpo se tensó, pero aguanté todo lo que pude antes de que el calor de mi vientre explotara, haciéndose más intenso, y yo me entregara al que sabía que sería el primero de muchos orgasmos aquella noche.

Sin perder más tiempo, tiré de su cabeza hacia arriba y utilicé la otra mano, con ayuda de los dedos de los pies, para bajarle los pantalones y los calzoncillos. Finalmente terminó de quitárselos con los pies y se colocó entre mis piernas mientras me besaba el pecho, el cuello y los labios. Agarré su miembro erecto para guiarlo, le rodeé la espalda con las piernas y gemí de placer cuando se hundió en mi interior.

—Cassidy —dijo con un gemido, me besó el cuello y comenzó a moverse despacio.

Nuestros cuerpos, como siempre, se movían en perfecta sincronía, y de nuevo agradecí no haber hecho aquello con nadie más que con Gage. Él había sido el único para mí desde el primer día; no había habido nadie que me hiciera sentir lo mismo que él. Mi vínculo con Tyler y mi conexión con Connor nunca podrían compararse con aquello. Aquello era desgarrador y apasionado, puro e incondicional, tierno y con una comprensión que jamás había esperado tener.

Gage se apoyó en un codo y me acarició la mejilla con una mano mientras aceleraba el ritmo; mis piernas abandonaron su espalda para apretar sus caderas con los muslos y clavar los talones en la cama. Le instaba con las manos a moverse más deprisa y sentí aquel calor tan familiar que aumentaba mientras mi cuerpo comenzaba a tensarse a su alrededor de nuevo. Su respiración era cada vez más entrecortada y yo le rogué que no parase. Agarró la sábana con la mano que tenía sobre la cama, apoyó la frente en la mía, apretó los músculos de su mandíbula e intentó aguantar un poco más. Yo eché la cabeza hacia atrás y abrí la boca, pero no me salió ningún sonido al alcanzar el clímax y dejarme arrastrar momentos antes de que él llegase al orgasmo.

Nos quedamos allí tumbados, abrazados, aún conectados, esperando a recuperar la respiración. Él tenía los labios pegados a mi coronilla mientras los míos acariciaban su pecho; las únicas palabras que parecíamos poder pronunciar eran «te quiero».

CAPÍTULO 19

Gage

Acabábamos de terminar de llevar al ganado a otra parte del rancho y yo sentía que el día no podía haber sido más largo. Cass no se encontraba muy bien cuando la había dejado aquella mañana y no me gustaba dejarla sola cuando estaba enferma, pero el traslado de los animales no podía esperar. Se avecinaba una gran tormenta que se esperaba que durase toda la semana, y resulta demasiado complicado mover el ganado durante una tormenta, cosa que quedó demostrada cuando la tormenta se presentó en mitad del día. Estábamos casi a mediados de octubre y ya empezaba a refrescar, pero el frente frío que llegaba con aquella tormenta era perverso, y juro por Dios que el ganado había decidido plantar sus felices posaderas en el suelo. Ya imaginábamos que se prepararían para la tormenta, pero la tormenta era precisamente el motivo por el que había que trasladarlos; había demasiados arroyos que serpenteaban por la zona del rancho donde se encontraban, e íbamos a trasladarlos a una zona más elevada. De modo que, cuando se habían quedado tumbados en grupos, yo me había preparado para una tarde muy larga.

Habíamos tardado tres horas más de lo previsto en moverlos a todos y, para entonces, yo ya respondía de mala manera a algunos empleados del rancho a los que conocía desde que era pequeño. Me disculpé todo lo que me permitió mi enfado cuando llevamos los caballos al establo, me metí en la camioneta y me marché a casa. Tenía una esposa enferma que necesitaba que cuidara de ella y me esperaba en casa hacía horas. Al acercarme con el coche, me dio rabia no ver a Cassidy allí de pie con Sky, aunque tampoco esperaba que saliese aquella noche, pero demostraba lo mal que se encontraba.

Desde nuestra «luna de miel», que consistió en una semana increíble en nuestra casa con Cassidy desnuda todo el tiempo, ella había comenzado su propia rutina y a mí me encantaba. Todas las mañanas me daba un abrazo de buenos días en la cama; me decía que regresara después de dar de comer a los animales y que tendría el desayuno esperándome; con mucha frecuencia, el desayuno nos llevaba a otras cosas que acababan obligándonos a desinfectar diferentes superficies de la cocina. Después Sky y ella me acompañaban fuera y se quedaban en el porche hasta que yo desaparecía. Algunos días regresaba a comer si no estaba ocupado, pero todas las noches Sky y ella estaban esperándome en el porche cuando volvía. Me conmovía siempre que la veía esperando con una enorme sonrisa en la casa que yo mismo había construido. Era un hombre afortunado y daba gracias a Dios todos los días por hacerme ese regalo.

Sky se levantó de un salto del lugar donde estaba tumbada, junto a los escalones del porche, y apenas le rasqué las orejas antes de entrar corriendo en la casa. El olor a comida me pilló desprevenido y caminé lentamente hacia la cocina. Cass debería haber estado en la cama. Doblé la esquina y me alivió ver a mi madre allí preparando sopa, aunque también me preocupó.

—¿Cómo está?

Ella levantó la mirada y sonrió.

—Durmiendo. Pero se pondrá bien. Solo es gripe.

Yo asentí.

—Gracias por venir a cuidar de ella, mamá.

—No te preocupes. La cena está en el horno, estará hecha en un par de minutos. Y tengo que terminar de echar esto en la olla para la sopa. ¿Por qué no vas a darte una ducha? Me iré de aquí en unos diez minutos.

—De acuerdo, gracias de nuevo. —Le di un beso en la mejilla y me alejé por el pasillo. Sky me había seguido a casa y ahora estaba estirada junto a Cassidy, con la cabeza en su tripa. Cass estaba completamente dormida; tenía la cara muy pálida y una fina capa de sudor cubría su piel. Le di un beso en la frente, me di la vuelta y me fui al cuarto de baño a darme una ducha rápida.

Cassidy

Me desperté de golpe y tardé solo unos segundos en saber por qué. Se me revolvió el estómago, corrí al cuarto de baño y apenas me dio tiempo a llegar al lavabo. Di un gemido y me deslicé hacia el suelo frío de nuestro cuarto de baño. Me sentía tan bien que iba a quedarme allí para siempre. Me hice un ovillo en el suelo, apoyé la mejilla en la baldosa y recé para que mi estómago no se rebelase durante el resto de la noche.

Gage me había despertado hacía algún tiempo para darme un tazón de sopa. Había conseguido aguantar una hora y él me había dejado volver a dormirme, pero al parecer aún no estaba preparada para comer nada. Se me revolvía el estómago solo con pensar en la cena y tuve que respirar varias veces por la boca hasta que se me pasó.

No sé cuánto tiempo estuve allí tirada, pero seguía despierta cuando algo me tocó la pierna. Supuse que sería mi imaginación y, como no quería apartar los brazos de mi estómago, moví la pierna y me quedé hecha un ovillo. Menos de un minuto después volví a sentirlo, me incorporé para mirar y deseé haber encendido la luz al entrar corriendo en el cuarto de baño. Tuve que parpadear varias veces para enfocar el bulto que tenía en la pierna, y lo vi claro cuando dobló la cola sobre su cuerpo.

—¡Gage!

Gage

Me incorporé de un salto y salí de la cama antes de darme cuenta de que Cassidy no estaba allí y de que acababa de gritar mi nombre. Ya estaba en el pasillo camino del salón cuando oí un grito corto procedente del baño principal. Me di la vuelta y crucé la puerta en cuanto llegué. Cassidy estaba en la bañera y tardé unos segundos en darme cuenta de que estaba completamente vestida y de que no había agua dentro. Me acerqué y ella levantó las manos.

—¡No, para!

Me quedé helado.

—Está… está justo ahí. —Le temblaba la mano sin parar cuando señaló hacia abajo.

Miré hacia abajo, pero solo vi el suelo. Di un paso atrás, encendí las luces y tuve que parpadear varias veces antes de fijarme en el azulejo oscuro. Allí, a menos de medio metro de la bañera, había un escorpión. Me reí y miré a Cassidy, que parecía aterrorizada.

—Aguanta, cariño, yo me encargo. —Corrí al armario, agarré el primer zapato que encontré y volví para aplastarlo—. No es el primero que ves, ¿verdad?

Ella no respondió y yo decidí que probablemente fuese el primero y me sentí como un imbécil por reírme. Yo había crecido en el campo, donde los escorpiones eran algo normal; ella había crecido en un vecindario con club de campo en una ciudad rica de California. Estoy seguro de que nunca había tenido que preocuparse por esas cosas.

Cuando lo tiré a la basura y limpié el zapato, levanté la mirada y me di cuenta de que Cassidy seguía temblando violentamente; tenía las mejillas húmedas, los ojos desencajados y los labios blancos y temblorosos. No parecía estar solo enferma, sino además aterrorizada. Dios, yo era un imbécil. Bajé la voz y hablé con tono tranquilizador.

—Cass, no pasa nada, ya se ha ido. Vamos, deja que te lleve a la cama.

Empezó a negar con la cabeza cuando llegué al borde de la bañera y vi que seguía mirando el punto en el que había estado el escorpión.

—Cassidy, no pasa nada. Tienes que calmarte o vas a entrar en shock. Respira, cariño. —Al ver que no se movía, tomé aire y le pasé los brazos por debajo; cuando comencé a levantarla y ella se quitó las manos de la pantorrilla, vi un hilillo de sangre procedente de un pequeño círculo rojo—. ¿Qué diablos? ¡Joder, Cass! ¿Te ha picado?

Ella asintió ligeramente y dejó escapar un suave sollozo antes de parecer volver al presente.

—¡Gage, lo tenía encima! Yo no tenía ni idea… Estaba tirada en el suelo y he notado algo. ¡He intentado quitármelo, pero seguía allí! —Tomó aire—. He mirado hacia abajo y al principio no he sabido lo que era, pero entonces la cola… Dios, ha doblado la cola hacia delante y ya sabes… —Intentó explicármelo con las manos.

Era muy mona, pero estaba asustada y acababa de picarle un escorpión. Yo sabía por experiencia que dolía mucho, y el que le había picado no era pequeño, así que mantuve la boca cerrada mientras la llevaba hacia la repisa donde estaban nuestros lavabos, abrí el grifo y esperé a que el agua se calentara.

—¡Y… y me he asustado! He intentado incorporarme y apartarme, pero me ha picado antes de que pudiera quitármelo de encima. ¡Ni siquiera había visto uno hasta ahora! ¿Qué hacía aquí? Se supone que en Texas no hay, ¿verdad? —Tomó aliento otra vez y, antes de poder continuar, comenzó a respirar entrecortadamente.

—Respira, Cass, toma aire y aguanta. Después échalo. Cariño, tienes que calmarte, porque vas a empezar a hiperventilar. Vamos, Cass, toma aire. —La agarré por los hombros e intenté obligarla a respirar conmigo durante un par de minutos hasta que comenzó a respirar con normalidad y apoyó la cabeza en mi pecho—. Buena chica. Muy bien, vamos a lavarlo. Te traeré hielo y después volveremos a la cama. ¿Te parece bien?

Ella gimoteó a modo de respuesta y se llevó las manos al estómago.

Dios, se me había olvidado que además estaba enferma. Desde luego, aquel no era su día.

Después de lavarle la picadura, la tumbé en la cama, le coloqué la pierna sobre un par de cojines antes de envolver un poco de hielo en una toalla. Le puse la toalla en la pantorrilla y le froté la espalda hasta que se quedó dormida. Después me acurruqué junto a su cuerpo y me quedé dormido antes de que mi cabeza tocara la almohada.

«No puede ser ya la hora de levantarse. Apostaría a que acabo de irme a dormir». Abrí los ojos y me di cuenta de que mi despertador no había sonado, y ni siquiera había empezado a amanecer. Fuera todo estaba a oscuras. Oí a Cassidy vomitar en el cuarto de baño y me di cuenta de que debía de ser eso lo que me había despertado. Me di la vuelta, miré el reloj y vi que habíamos vuelto a acostarnos hacía como una hora. Deseé que hubiera algo, cualquier cosa, que pudiera hacer por ella. Me sentía impotente y no me gustaba. Acababa de sacar las piernas de la cama cuando oí un fuerte golpe en el baño y, por segunda vez aquella noche, corrí hacia allá, aunque en esa ocasión encontré a mi esposa tirada en el suelo, con los ojos en blanco y sin apenas respirar. En cuanto terminé de examinarla, corrí a la mesilla de noche a por mi teléfono, marqué el número y regresé al baño para arrodillarme a su lado.

—Nueve, uno, uno, ¿cuál es su emergencia?

—Mi esposa se ha desmayado. Está… no sé, apenas respira y no se despierta. —La mano que no sujetaba el teléfono estaba por todas partes; en sus párpados, en su boca, en su cuello, en su pecho, en su muñeca. En cualquier parte con tal de obtener una respuesta o de sentirle el pulso—. Cass, cariño, despierta. ¡Por favor, despierta!

Después de decirle a la mujer de emergencias dónde estábamos, me preguntó:

—Señor, ¿puede decirme que ocurrió antes de encontrar a su esposa en ese estado? ¿Había estado bebiendo o…?

Ni siquiera le permití terminar.

—No, no, lleva enferma todo el día con gripe y hace como una hora le picó un escorpión. Le he limpiado la herida y hemos vuelto a la cama. Me he despertado y estaba vomitando, después he oído que caía al suelo. —Todo mi cuerpo temblaba y yo no paraba de rogarle a Cassidy que se despertara. El hecho de que tuviera el pulso tan débil que me costara encontrárselo me daba más miedo que cualquier otra cosa en toda mi vida.

—¿Dice que le ha picado un escorpión?

—Sí, hace como una hora. Pero a todos en mi familia, incluido a mí, nos ha picado alguna vez. Le he lavado la picadura, le he aplicado hielo y le he puesto la pierna en alto.

—¿A su esposa le había picado antes, señor?

—¡Cassidy, por favor, despierta! ¿Qué? Eh… no, no, nunca había visto uno hasta esta noche.

—¿Qué aspecto tiene la zona de la picadura?

—¿Qué? Mire, ¿va a venir alguien? Necesito una ambulancia. ¡No se despierta!

—Señor, los he enviado hacia allí en cuanto me ha dado la dirección. Ahora necesito que me diga qué aspecto tiene la zona de la picadura.

Le toqué a Cassidy la cara y el cuello una vez más antes de mirar su pantorrilla.

—Oh, mierda —murmuré—. Está… hinchado.

—¿Está rojo?

—Sí.

—Muy bien, señor, puede que esté sufriendo una reacción alérgica a la picadura.

—¿Qué puedo hacer?

—Lo siento, señor, pero no puede hacer nada ahora mismo salvo esperar a que llegue la ambulancia.

—¡Apenas respira! Esta no es una reacción alérgica normal. ¡No pienso quedarme aquí sentado esperando a que venga alguien! —Me levanté, corrí al dormitorio y agarré la primera ropa que encontré—. ¿Sabe lo que tarda una ambulancia en llegar hasta aquí? Dígales a los paramédicos que, si ven un utilitario negro intentando llamar su atención, soy yo que voy de camino. —Colgué el teléfono y regresé corriendo al cuarto de baño. Cassidy solía dormir solo con una de mis camisetas, pero, como estaba enferma, llevaba unos pantalones cortos y su sudadera. Enferma o no, no quería que nadie la viera, pero no pensaba perder más tiempo vistiéndola.

La tomé en brazos, caminé todo lo rápido que pude hasta su Tahoe, bajé por completo el asiento del copiloto y la tumbé allí. Tras ponerle el cinturón de seguridad, corrí al lado del conductor y arranqué mientras marcaba el número de mi casa. Mi padre estaba fuera esperándome cuando llegamos; mi madre estaba en camisón con las manos en la boca. Por suerte mi padre dijo que la llamaríamos y regresó corriendo a casa a vestirse por si acaso la necesitábamos. Él se puso al volante y yo me senté en la parte de atrás para poder vigilar a Cassidy.

Unos diez minutos después de salir de la propiedad, Cassidy gimió y abrió los ojos. Se me aceleró el corazón cuando llevé las manos a su cuello; seguía teniendo el pulso débil, demasiado débil.

—Cassidy, cariño, ¿puedes oírme?

Ella asintió, pero parecía que aún le costaba respirar.

—Gracias a Dios —susurré, y apoyé mi frente en la suya un momento antes de incorporarme para mirarla a los ojos. Ella me devolvió la mirada durante unos dos segundos antes de volver a desmayarse—. No, Cass, no. ¡Despierta! —Volví a hacer las comprobaciones con las manos y, cuando las pasé sobre su pecho, noté que algo había cambiado.

Incluso comparado con su escasa respiración en el cuarto de baño, aquello iba mal. Volví a poner la mano en su pecho y me agaché para poner los ojos al mismo nivel que la mano. No se movía.

—Cassidy, Cassidy, cariño, necesito que te despiertes. ¿Me oyes? Despierta, cariño, por favor. Dios, despierta. —Llevé una mano a su muñeca y la otra a su cuello—. Maldita sea, cariño, por favor. —Me temblaban tanto las manos que tuve que tomar aire varias veces para calmarme y poder buscarle el pulso—. Vamos, cariño… abre los ojos.

—Mantuve la calma y estuve a punto de llorar de alivio al sentir el pulso, apenas perceptible, en su cuello—. Sigue respirando, Cassidy, por fa… —Un sollozo interrumpió mis palabras y tuve que apoyar la frente en la parte superior del asiento—. Dios, Cass, no me dejes, despierta.

—Gage —dijo mi padre, yo levanté los ojos llenos de lágrimas y vi unas luces parpadeantes. Mi padre pisó el freno, puso las luces de emergencia y comenzó a darles las luces largas.

Acababan de pasarnos cuando frenaron. Yo ya había salido del coche y estaba corriendo hacia el otro lado cuando un paramédico salió de la parte de atrás de la ambulancia y otro del asiento del copiloto. No esperé a que preguntaran y comencé a contarles todo lo que se me ocurrió sobre lo que había sucedido en las últimas dos horas mientras abría la puerta del copiloto del Tahoe y le desabrochaba el cinturón a Cassidy. La pusieron en una camilla y, de nuevo, no esperé a que preguntaran; me subí en la ambulancia con ellos. No pensaba permitir que se llevaran a mi chica sin mí.

Le agarré la mano y le rogué en silencio para que respirara. Una vez allí, los paramédicos le pusieron una vía, le inyectaron algo y, cuando empezaron a hablar, lo único que yo oí fue «shock anafiláctico». Mi corazón se detuvo; no podía ser. Nunca antes le habían picado; eso no podía suceder solo con una picadura, ¿no? Le agarré la mano con más fuerza y recé a Dios para que no se la llevara después de habérmela dado. Veinte minutos más tarde, cuando llegamos a Urgencias, Cassidy abrió un poco los ojos, tomó aire por primera vez en mucho tiempo y me miró a los ojos durante un segundo antes de que los paramédicos sacaran la camilla de la ambulancia.

Yo salí con ellos y no le solté la mano mientras metían la camilla en el hospital. Acabábamos de llegar a las puertas dobles de la sala de espera cuando apareció un enfermero que me impidió ir más lejos.

—¡No, tengo que ir con ella!

—Puede esperar aquí; si es de la familia, enseguida saldrá un médico a hablar con usted.

—Es mi esposa, tengo que estar con ella. —Intenté esquivarlo y, cuando me puso una mano en el pecho, me la quité de encima y seguí caminando. Acababa de abrir los ojos de nuevo. Tenía que estar allí con ella.

—Señor, voy a tener que pedirle que se siente o haré que le echen.

—Si ella lo fuera todo para ti, ¿dejarías que un enfermero con complejo…?

—Gage. —Me di la vuelta y vi a mi padre detrás de mí. Cuando abrí la boca para decirle lo ridículo que estaba siendo aquel tipo, siguió hablando—. Hijo, siéntate. Hablarán con nosotros cuando puedan. Mientras tanto, no le haces a Cassidy ningún bien si te echan del hospital.

No esperó a que respondiera; me puso una mano en el hombro y me condujo hacia las sillas.

Salvo para rellenar los papeles de Cass, no me moví y no hablé. Me quedé allí de pie, mirando hacia las puertas, rezando para que se abrieran y de allí saliera el médico de Cassidy.

Cassidy

Me desperté y parpadeé varias veces al ver la luz. ¿Qué pasaba? Intenté protegerme los ojos de la luz y sentí que algo me tiraba en la cara interna del brazo. Miré hacia abajo, vi la vía que me salía del brazo y apoyé la cabeza en la almohada. ¿Qué estaba haciendo en el hospital? Miré hacia el otro lado y vi a Gage dormido en una silla, con una mano sujetando la mía y la otra agarrada a su pecho.

—Gage. —Mi voz apenas fue un susurro, pero él abrió los ojos—. ¿Qué sucede?

—Oh, gracias a Dios. —Se puso en pie, se inclinó sobre la mano para acariciarme las mejillas y deslizó las manos por mi cuello y por mi pecho de manera extraña antes de agarrarme las muñecas—. ¿Cómo estás?

—¿Qué estás haciendo? ¿Y qué hago en el hospital?

—Cassidy —me dijo, y el nombre sonó con tanta alegría en sus labios que casi pareció una carcajada—. Cariño, tienes que dejar de asustarme de esta forma. Ya hemos tenido suficientes visitas a Urgencias este año, ¿no te parece?

Yo asentí; se me había olvidado lo de la neumonía.

—Pero, ¿qué hago aquí?

—Tuviste una reacción alérgica a la picadura del escorpión. Me has dado un susto de muerte. Te desmayaste en el baño, tenías los ojos en blanco y apenas respirabas. Recuperaste la consciencia un segundo antes de que nos encontráramos con la ambulancia y de nuevo cuando llegamos aquí, pero, salvo eso, no te despertabas y tu ritmo cardíaco era tan bajo… —Se detuvo y tragó saliva—. Cass, era como si no respirases. Ni siquiera se te movía el pecho.

Yo tomé aire al ver cómo la pesadilla se reproducía en su cara otra vez.

—Cuando estábamos en la ambulancia, no paraban de decir «shock anafiláctico», y una parte de mí sabía que no podía ser eso, porque nunca hasta entonces habías visto un escorpión, pero, a juzgar por cómo te habías puesto en los últimos veinte minutos, pensaba que iba a perderte si no hacían algo rápido.

Le salían lágrimas de los ojos y yo le sequé la mejilla con los dedos antes de acariciarle el cuello.

—No tenías un shock anafiláctico, solo una fuerte reacción alérgica. El médico dijo que, como tenías el sistema inmune debilitado por la gripe, eso hizo que la reacción fuese peor y que tu cuerpo se bloqueara para protegerse.

—No recuerdo nada después de que me metieras en la cama después de la picadura.

Gage asintió, apoyó la frente en el hueco de mi cuello y tomó aire.

—No has estado despierta el tiempo suficiente para decir nada, así que suponía que no te acordarías.

—¿Hace cuánto que ocurrió?

Miró el reloj durante unos segundos antes de volver a hundir la cara en mi cuello.

—Casi diecisiete horas.

«Dios mío». Intenté tragar saliva, pero tenía la garganta muy seca y, cuando estaba a punto de decir que necesitaba beber algo, sentía que Gage se estremecía.

—Eh, no pasa nada. Estoy bien.

—No lo estabas, Cassidy. No lo estabas. Nunca... nunca había estado tan asustado en toda mi vida —admitió con suavidad—. Tu pecho no se movía; no sabes lo que fue. Y la mitad del tiempo pensaba que estaba haciéndome creer a mí mismo que sentía los latidos. —Mientras hablaba, llevó una mano a mi cuello, después la deslizó por mi pecho y acabó en mi muñeca. Su roce era suave como el de una pluma y parecía muy repetido; entonces todo cobró sentido—. En otras ocasiones ya había pensado que me habías abandonado... pero no así, nunca así. Pensaba que... —Soltó un suspiro ahogado y no siguió hablando.

—No pienso volver a dejarte, ya te lo dije. —Intenté reírme, pero sonó raro. No podía imaginar lo que debía de haber pasado, pero sabía que me moriría si lo viera a él así—. Lo siento —susurré.

—¿Sentirlo? ¡Cass, he estado a punto de perderte! ¿Por qué diablos lo sientes? Tú no has tenido nada que ver y yo... yo me reí de la maldita picadura. No tenía ni idea; ninguno de nosotros había tenido reacciones a una picadura. Dios, Cass, no lo sabía. Todo es culpa mía.

—Gage. —Intenté tirar de su cabeza para poder mirarlo, pero él siguió hablando suavemente, casi para sus adentros.

—Nunca cuido de ti. Con la neumonía debería haber llamado una ambulancia en cuanto abrí la puerta y te encontré así. Anoche debería haber estado a tu lado cuando te despertaste la primera vez para que no te hubiera picado el escorpión, y no debería haber vuelto a quedarme dormido después de que lo hicieras tú. Debería haber estado vigilándote.

—Para, por favor...

—He odiado a Tyler por permitir que estuvieras a punto de morir, pero, Cassidy, yo podría haberte matado siendo despreocupado.

—¡Gage, para! —Por fin aparté su cabeza y lo miré a los ojos, de los que seguían brotando lágrimas—. Nada de lo que ha ocurrido es culpa tuya; lo único que tú has hecho ha sido cuidar de mí. Incluso cuando apenas me conocías, Gage, cuidabas de mí. Cuando dormía en el sofá tú me llevabas a tu cama y ni siquiera me conocías. Te levantabas temprano para llevarme a trabajar todas las mañanas y que no tuviera que ir andando. Habría tenido neumonía de igual forma, y eso no es culpa tuya ni de Tyler, sino mía. Soy yo la que fue andando hasta tu casa, pero ¿tú? Me metiste en la ducha y te aseguraste de que entrara en calor, compraste un termómetro nuevo solo para mí y me llevaste al hospital al día siguiente.

Empezó a negar con la cabeza, así que seguí hablando antes de que lo hiciera él.

—Y lo de esta noche… lo de anoche no es culpa tuya. No entiendo cómo puedes darle la vuelta de esa forma. Pero es evidente que fue un accidente y, por lo que dices, estoy viva gracias a ti.

—Cassidy, no sabes lo que significas para mí. No puedo… no puedo perderte. —Intentó apretar la mandíbula, pero seguían temblándole los labios—. No puedo.

—Lo sé —susurré yo antes de darle un beso en los labios—. Yo tampoco podría perderte a ti.

Gage dejó escapar el aliento, apoyó la cabeza en mi pecho, dejó las yemas de los dedos en mi cuello y no dijo nada más. Yo me eché hacia un lado y, pasado un minuto, se metió conmigo en la cama del hospital; volvió a poner los dedos en mi cuello, pero en esa ocasión apoyó la cabeza en el colchón junto a la mía y ambos nos quedamos mirándonos. Su mano no me resultaba incómoda, de hecho apenas la notaba, pero por alguna razón tenerla allí era como una cuerda salvavidas para Gage, y se aferraba a ella con fuerza.

CAPÍTULO 20

Cassidy

Había pasado casi un mes desde la picadura del escorpión y, gracias a Dios, las cosas habían vuelto a la normalidad; al menos en su mayor parte. Había tenido que quedarme el resto de ese fin de semana en el hospital y, al volver al rancho, Gage hizo que fueran a casa dos exterminadores diferentes especializados en escorpiones. No le importaba el dinero, solo le importaba averiguar cuál de los dos era el más eficaz. Al parecer era difícil librarse de los escorpiones, pero el exterminador y él estaban seguros de haber hecho todo lo posible. Después de que me dijeran lo equivocada que había estado sobre los escorpiones de Texas, me di cuenta de que estaban exagerando, pero dejé que hiciera lo que necesitara hacer, igual que cuando me buscaba el pulso.

No sé si Gage se daba cuenta de que seguía haciéndolo, si se había convertido en una costumbre inconsciente o si pensaba que no me daba cuenta de lo que hacía, pero, cada vez que se acercaba a mí, sus dedos acababan en mi cuello o en mis muñecas. Se había convertido en un especialista, hasta el punto de que, si yo no sabía lo que estaba haciendo, pensaba que estaba abrazándome con cariño. Cuando me acercaba a él, casi siempre lo hacía tirándome de la muñeca; a veces, cuando me besaba, me colocaba los brazos en la espalda y me sujetaba las manos así, pero siempre ponía el dedo índice sobre mi pulso. En otras ocasiones, cuando se disponía a rodearme las mejillas con las manos, las ponía en mi nuca, cosa que me encantaba, igual que me encantaba que deslizara el pulgar por mi cuello, pero, como digo, sabía lo que estaba haciendo.

Y, aunque hubiese pasado un mes y yo pensara que ya debería poder mirarme sin tener que asegurarse de que respiraba, no pensaba decirle nada. Al fin y al cabo, no era yo la que había visto que su pecho no se movía. No era yo la que había tenido que buscarle el pulso.

Estábamos empezando a prepararnos para Acción de Gracias, para lo que quedaba poco más de una semana, y yo estaba bastante emocionada al respecto. Había celebrado Acción de Gracias con los chicos los últimos dos años, pero este año cocinaría con Tessa y Amanda y, según me habían dicho, aquella comida era su especialidad. Les había preguntado por qué celebraríamos una comida y no una cena de Acción de Gracias, y Gage se había limitado a encogerse de hombros y a decir «esto es Texas», como si esa fuese la única explicación que pudiera necesitar. Yo lo había mirado con una ceja arqueada y había esperado hasta que decidió explicarse un poco mejor.

—Todo el mundo pasa ese día con la familia, pero es el partido de la Universidad de Texas contra la de A&M, cariño. Y eso nos impide celebrarlo por la noche.

—Ah —respondí yo al ver que su madre y su padre me miraban como si ya debiera entenderlo.

Si cocinar la comida de Acción de Gracias con Tessa no era suficiente para ponerme nerviosa, tampoco ayudaba que, a lo largo de la última semana, hubiese tenido algunos asuntos que me habían alterado los nervios. Había llamado a mi médico y este me había dicho que, sobre todo después de la picadura y la reacción alérgica, no debería preocuparme. Pero yo sí estaba preocupada; de hecho era lo único en lo que pensaba. Así que le dije a Gage que tenía que ir al pueblo a por unas cosas para su madre y que volvería antes de la cena; era verdad, aunque no toda la verdad. Él ya tenía bastantes cosas de las que ocuparse; no quería preocuparle diciéndole cómo me sentía.

Miré hacia la puerta de la consulta, después comprobé la hora en el reloj del coche y salí. Era hora de averiguar exactamente cuáles habían sido los efectos de la picadura de aquel escorpión.

Una hora más tarde estaba otra vez en el coche, mirando al vacío. Intenté averiguar cómo decírselo a Gage, pero apenas podía convencerme a mí misma de que estuviese sucediendo, así que ¿cómo decírselo a él? Ni siquiera sabía cómo me sentía al respecto. No... eso no era cierto. Sí que lo sabía. Sabía exactamente cómo me sentía. Estaba aterrorizada y lo único que veía era a mi madre y a Jeff. Recuerdos tan grabados dentro de mí que juro que podía sentir como Jeff me estampaba el jarrón en la espalda hasta quedar hecho añicos. Recuerdo a mi madre agarrando uno de los cristales más grandes y clavándolo en mi espalda para formar una X sangrienta. Oía sus gemidos mientras Jeff se la tiraba después de irme a mi habitación.

Me estremecí y agité la cabeza mientras sacaba del bolso la carta de mi madre. Después de leerla tres veces y de tomarme unos minutos para encontrar de nuevo la belleza en sus cenizas, tomé aliento y saqué el móvil.

—¿Cómo está mi ZPS favorita?

—Bien. —Me reí y me pasé la mano por el pelo. No estaba bien todavía, pero lo estaría—. ¿Cuánto tardó en llegar mi camiseta la última vez, Jake?

—¡Ja! Te gustó, ¿verdad? ¿Quieres otra?

—Me encanta mi camiseta de ZPS, y sí que quiero otra, pero la necesito antes de la mañana de Acción de Gracias. ¿Crees que será posible?

—Pues claro, Cass. Tardará una semana como mucho. ¿Quieres otra que diga ZPS?

—Oh, no. —Me temblaban las manos y tuve que agarrar el volante con la que tenía libre.

—¿Vas a decirme lo que quieres o prefieres que te sorprenda?

Me reí nerviosa y tomé aliento antes de hablar.

—No, sé lo que quiero, pero, Jake, no puedes… insisto, no puedes decírselo a nadie. —cuando aceptó, le dije exactamente lo que quería y se quedó callado durante un minuto cuando acabé.

—¿Hablas en serio, Cass? —preguntó, completamente serio para variar.

—Sí, acabo de enterarme. ¿Puedes hacerlo? Yo te enviaré un cheque hoy mismo.

—De acuerdo, yo me encargo. Y no se lo diré a nadie. Pero no pienso dejar que me lo pagues. Ni hablar, cariño.

—Gracias, Jake —respondí con una sonrisa.

La última semana y media había sido una auténtica tortura. Había estado a punto de contárselo a Gage muchas veces, pero por suerte me había contenido. Necesitaba aquel tiempo antes de decírselo, necesitaba tiempo para hacerme a la idea y alegrarme por ello. Y me alegraba; Dios, estaba entusiasmada. Apenas había dormido la noche anterior, sabiendo que aquella mañana al fin lo sabría.

Después de darle su abrazo de buenos días, se marchó para hacer lo que hace siempre por las mañanas y yo me metí en la ducha. Me sequé el pelo y me lo alisé, pero no me maquillé porque estaba segura de que aquella mañana sería muy emotiva. Me puse unos vaqueros, unas botas Uggs grises y mi nueva camiseta naranja, que había llegado dos días antes. Me quedé mirándome en el espejo durante largo rato, leí la parte de atrás de la camiseta y sonreí antes de ir a la cocina.

Empecé a preparar una tortilla para compartir cuando regresara Gage. Normalmente prepararía una para cada uno, pero íbamos a estar comiendo todo el día; supuse que compartir aquella no le haría ningún daño. Justo cuando estaba poniendo la tortilla en un plato, oí que se abría la puerta de entrada y no pude evitar sonreír.

—Ahí está mi chica.

Me di la vuelta para mirarlo y vi que sonreía al ver la camiseta antes de adoptar una expresión confusa.

—Un momento, ¿es nueva?

Estiré los brazos hacia los lados y sonreí de nuevo.

—Sí, Jake me la pidió la semana pasada.

Gage echó la cabeza hacia atrás y soltó un gemido.

—Cariño, me gusta tu camiseta de los Cowboys y la de los Longhorns… pero ¿otra camiseta de ZPS? No es tan divertido.

—Bueno, sí que era divertido, pero solo tengo una de esas. —Me di la vuelta para que pudiera verme la espalda y me tomé mi tiempo mientras sacaba los cubiertos del cajón.

—Cassidy, me encanta que quieras ser mi esposa y hacer de este nuestro hogar, pero nunca te detendría si quisieras dedicarte a la fotografía, por ejemplo. Así que, aunque me encanta que sea esto lo que has elegido, creo que lo de ZPS es degradante.

De acuerdo, al parecer no iba a fijarse en el nombre que me habían puesto en la camiseta; agarré el plato y dos tenedores, me acerqué a la mesa de la cocina y puse los ojos en blanco mientras me miraba.

—Cariño, se trata de Jake. Si hubiera sido otro, probablemente sí sería degradante, pero nadie se lo toma en serio.

Gage murmuró algo, se sentó a mi lado, atacó la tortilla y dio su aprobación con un suspiro en cuanto que el primer pedazo tocó su lengua.

Comimos principalmente en silencio, del mismo plato, y a veces nos dábamos bocados el uno al otro. Era empalagoso, sí, pero seguíamos siendo recién casados; se nos permitía ser así. Cuando terminamos la tortilla, se recostó en su silla y me sentó en su regazo. Se dispuso a apartarme unos mechones de pelo que habían caído hacia delante y sus dedos hicieron la parada de rigor en mi cuello.

—¿En qué necesitas que te ayude hoy? —preguntó mientras miraba el movimiento de mi pecho.

—En nada. Ya he terminado todo lo que podía hacer antes de salir para allá.

Observar el movimiento de mi pecho debió de despertar otras emociones en él, porque empezó a besarme el cuello y a desabrocharme con las manos el nudo que me había hecho en la parte inferior de la camiseta para no tener que metérmela por debajo del pantalón.

En cuanto aflojó el nudo, deslizó las manos por debajo de la camiseta, sobre mi piel desnuda. Yo me bajé enseguida de su regazo, recogí el plato y caminé hacia la cocina.

Él frunció el ceño, me siguió hasta el fregadero y me lo quitó para lavarlo. No era que no quisiera que me tocara, pero estaba demasiado emocionada con la noticia como para pensar en eso. Apoyé las caderas en la encimera para mirarlo en silencio. Cuando terminó, se dio la vuelta y sonrió.

—Amanda se va a enfadar cuando vea esa camiseta.

—Seguro que ella lleva puesta una de los Aggies.

Gage asintió.

—¿Y qué te ha puesto Jake esta vez, por cierto?

¡Dios, por fin! Me mordí el labio inferior e intenté no sonreír cuando dejé que me diera la vuelta y me apartara el pelo para poder ver el nombre: *Mamá Carson.*

Dejó la mano quieta antes de terminar de apartarme el pelo, y yo aposté a que solo habría visto la parte de *Mamá*. Guardé silencio mientras esperaba a que lo entendiera. A mí me había costado trabajo asimilarlo, aunque yo había crecido sabiendo que no quería tener hijos. Desde que comenzara mi relación con Gage, había ido acostumbrándome a la idea y de hecho deseaba formar una familia con él en el futuro. Pensaba que éramos jóvenes, demasiado jóvenes, pero sabía que deseaba eso algún día.

No me había bajado la regla y fue entonces cuando llamé al médico de la familia Carson. Fue él quien me dijo que, después de un episodio estresante, sobre todo la reacción alérgica y lo que ocurrió después, era normal que se me retrasara el periodo o incluso que no me viniera en un mes o dos. Pero después había empezado a sentirme muy cansada, había tenido que dejar de limpiar incluso antes de empezar porque el olor de los productos me mareaba, y una mañana había empezado a llorar mirando a Sky... Después de aquellas ridiculeces había llamado a un ginecólogo y había pedido hora. Al confirmarme el embarazo, habían resurgido en mi los miedos a convertirme en madre y había tenido que hacer un esfuerzo por recordarme a mí misma que no me parecía en nada a la mujer que era ella cuando el alcohol dominaba su vida.

Así que ahora seguía pensando que éramos demasiado jóvenes, pero además me alegraba. No había podido parar de sonreír desde que llegara a casa aquel día, y ahora estaba deseando ver lo que dirían Gage y su familia.

Gage terminó al fin de echarme el pelo por encima del hombro derecho, presionó suavemente con la mano sobre las letras antes de estirar el otro brazo y agarrarse a la encimera al mismo tiempo que se deslizaba hacia el suelo. O, mejor dicho, caía de culo al suelo.

—¿Gage? —Me di la vuelta y me agaché para mirarlo. Tenía miedo de que fuese a desmayarse, pero su cara seguía tan bronceada como siempre, tenía los ojos desencajados y la boca entreabierta—. ¿Cariño? —susurré al ver que no decía nada ni se movía.

No dijo nada, pero empezó a levantarse, así que yo me levanté también y me tambaleé ligeramente cuando me agarró de las caderas. Miré hacia abajo y vi que se había quedado de rodillas, mirándome desde abajo. Sonreí y sentí las lágrimas en los ojos antes de que resbalaran por mis mejillas. Le pasé la mano por el pelo y estuve a punto de caer al suelo cuando inclinó la cabeza hacia delante, me levantó la camiseta y llevó la boca a mi tripa. Tras darme un par de besos más allí, deslizó las manos por mi abdomen antes de levantarse y besarme en la boca mientras me tomaba en brazos. Le rodeé las caderas con las piernas y me llevó hacia el dormitorio.

Cuando estuvimos los dos exhaustos, lo miré a los ojos y casi tuve miedo de hablar. Acabábamos de tener la experiencia más emotiva de toda mi vida, sin palabras, y resultaba extraño utilizarlas ahora. Pero tenía que oírselo decir.

—¿Esto significa que te hace ilusión?

Sonrió y me mostró sus hoyuelos.

—Sí, cariño, me hace mucha ilusión.

—Me he asustado al ver que no decías nada durante tanto tiempo, y después he pensado que ibas a desmayarte.

—Sí. —Soltó una carcajada—. Habría caído al suelo con mucha más fuerza si no me hubiera agarrado primero a la encimera. Pero, Cassidy, me hace mucha ilusión. No te imaginas lo feliz que me siento.

Yo me acurruqué junto a su cuerpo y le di un beso en el pecho.

—Me alegro.

—La última vez que hablamos de ello, no querías formar una familia; ni siquiera sabía que hubieras dejado de tomar la píldora.

—Probablemente porque dejé de tomarla hace una semana y media, cuando descubrí que estaba embarazada. —Sonreí contra su piel cuando la quietud de su cuerpo reveló su confusión—. Creo que todos los medicamentos que me dieron después de la picadura anularon los efectos de la píldora y me quedé embarazada de todas formas.

Gage deslizó la mano por mi espalda y sus caricias me pusieron la piel de gallina.

—Debería haberlo imaginado.

—Ambos deberíamos, pero ahora es demasiado tarde y no me molesta que no lo hiciéramos.

Tiró de mi cuerpo hasta poder mirarme a los ojos.

—¿De verdad te parece bien?

—De verdad. —Me encogí de hombros y le sonreía—. Al principio no me lo parecía; tenía mucho miedo. Empecé a revivir mis miedos, pero releí la carta de mi madre y pensé en todas las conversaciones que habíamos mantenido desde mi vuelta, y entonces todos los miedos empezaron a disiparse. Aun así tardé un par de días, pero ahora estoy contenta. En serio, estoy deseando tener tu bebé.

Gage me dirigió una sonrisa enorme y arrebatadora; lo único que yo podía ver eran aquellos hoyuelos.

—Dios, no puedo creer que vayamos a tener un bebé —me dijo inclinándose hacia atrás—. Y no puedo creer que se lo hayas dicho a Jake.

Yo me reí y hundí la cara en su cuello.

—Es el único que lo sabe y juró guardar el secreto. Sabía que te haría daño si no me emocionaba con el embarazo cuando te lo dijera, y tenía la sensación de que iba a necesitar unos días para acostumbrarme.

Me quedé allí pensando en cómo decírtelo y supuse que no podía decírtelo sin más después de saberlo desde hacía algunos días, así que se me ocurrió lo de la camiseta.

—Fue una buena idea, cariño, me gusta. Y será divertido también con la familia.

—¿Crees que se alegrarán? —le pregunté, algo nerviosa. Si yo pensaba que éramos demasiado jóvenes, podía imaginarme lo que pensarían John y Tessa. Sería como si Amanda se quedaba embarazada.

—Claro que sí. Cass, no dicen muchas cosas cuando estás presente porque saben lo que piensas sobre tener hijos, pero, cuando no estás, no hablan de otra cosa. Incluso la pequeña Emily quiere saber cuándo vas a tener un bebé para tener a alguien con quien jugar.

—Oh, no sabía que estuvieran intentando no hablar del tema delante de mí. Ahora me siento mal.

Gage se apartó, me puso dos dedos debajo de la barbilla y me levantó la cabeza.

—No te sientas mal. No querían hacer que te sintieras incómoda, cariño. Pero te prometo que les encantará la idea, sobre todo cuando vean lo contenta que estás. —Me dio un beso en los labios y preguntó sin moverse—: ¿Cuándo sales de cuentas?

—El once de julio. Hoy estoy de siete semanas.

Él repitió la fecha y sonrió.

—Dios. Vamos a tener un bebé en julio. Esto es surrealista.

—Lo sé, tenemos la primera ecografía dentro de una semana —justo en ese momento sonó mi alarma y Gage se estiró para alcanzar mi teléfono y apagarla.

—¿Para qué es esto?

—Tengo que ir a ayudar a tu madre a cocinar.

Gage se dio la vuelta sin soltarme de modo que yo quedé boca arriba y él encima de mí; metió una rodilla entre mis piernas y yo volví a abrirlas.

—Puede esperar.

Aparcamos delante de la casa principal y yo terminé de recogerme el pelo en un moño a petición de Gage para que nada tapara lo que ponía en la camiseta. Me fijé en todos los coches y se multiplicaron las mariposas en mi estómago; Amanda llevaba dos días en casa, pero el Jeep de Ty y el Camaro de Jesse también estaban allí.

Gage me detuvo antes de llegar a la puerta y me dio un beso.

—Te quiero, Cassidy.

Me obligué a despegar las manos de su camiseta naranja, suspiré y le susurré que yo también le quería.

En cuanto estuvimos en la casa, Tyler me dio un fuerte abrazo y pensé que a Gage iba a darle un ataque. Quería decirle que solo estaba de siete semanas, que no iba a hacerme ningún daño, pero eso arruinaría nuestro plan de esperar a que alguien se fijase en el nombre de la camiseta, así que mantuve la boca cerrada. Jesse e Isabella nos abrazaron y yo me estremecí al ver que Isabella estaba mucho más delgada, pero parecía más feliz que nunca.

—¡Oh, no! ¡Fuera! —exigió Amanda, y yo la miré con los ojos desencajados—. Los dos. Y, Tú, tú puedes irte con ellos. En esta casa no está permitido el naranja.

Me reí y miré la espalda de Tessa.

—Pero si tu madre lleva una camiseta de los Longhorns.

Había pensado que Gage bromeaba al decir que en su familia llevaban camisetas de fútbol o de universidades en Acción de Gracias, pero al parecer era cierto. Las únicas personas de la casa que no vestían de granate o de naranja eran Emily, Isabella y Jesse. Amanda y Nikki vestían camisetas granates, la de John era granate y gris, Tyler llevaba una naranja y blanca, igual que Gage, y Tessa llevaba su camiseta de los Longhorns.

Texanos… son de otro mundo.

—Bueno, bueno, yo muestro mi amor por todos los habitantes de mi casa —dijo Tessa, se dio la vuelta y reveló que la parte delantera era una camiseta del equipo de la A&M.

Yo me quedé con la boca abierta y señalé.

—¡No es justo! ¿Por qué ella puede juntar dos camisetas, dos camisetas rivales, concretamente, pero yo no puedo llevar camisetas de los Lakers y de los Spurs al mismo tiempo?

Gage era el único que entendía de qué estaba hablando, así que se rio y me dio un beso en la coronilla.

—Cariño, eso era porque estabas intentando unir a Texas y a California. No funciona así.

Tessa nos dirigió una sonrisa de superioridad y dijo:

—Yo creo que sí.

Gage me guiñó un ojo y me besó otra vez cuando me dirigí hacia la cocina, y él fue a sentarse con su padre, con Ty y con Isabella.

Tuve que esperar más tiempo del que pensaba, pero, una hora más tarde, por fin Nikki dijo:

—Mamá, ¿le has prestado a Cassidy tu camiseta o algo así?

Yo sonreí, dejé las manos quietas por un momento y después me apresuré a lavármelas y secármelas mientras Tessa respondía distraídamente desde el otro lado de la isla.

—No, cariño, ¿por qué?

—Porque en la suya pone «Mamá Carson».

—No, la mía... —Tessa se detuvo y yo oí a Amanda tomar aire detrás de mí. Oí que Tyler y Jesse empezaban a tomarle el pelo a Gage y me di la vuelta para mirar a la familia con la mayor sonrisa del mundo.

Tessa y Amanda se habían quedado con los ojos desencajados y las manos en la boca; Nikki parecía que acababa de pillarlo y Emily estaba sentada sobre la encimera mirándonos a todos. Antes de que yo pudiera decir nada, Gage entró en la cocina con Jesse y Tyler dándole palmaditas en la espalda y sin dejar de vacilarle; acto seguido entró John con Isabella. Gage se puso detrás de mí, me rodeó con los brazos y apoyó las manos en mi vientre.

Tessa siguió sus manos con la mirada y los ojos se le llenaron de lágrimas cuando soltó un grito de emoción, pero entonces cerró la boca.

—No quiero dar cosas por hecho, no quiero dar cosas por hecho —susurró y se apoyó en John, que ahora estaba a su lado con un brazo alrededor de sus hombros.

—Espero que estés preparada para ser abuela —dije yo con una sonrisa.

Volvió a gritar y abandonó a John para abrazarnos a Gage y a mí. Cuando nos soltó, me rodeó las mejillas con las manos y me dio un beso en la frente antes de hacer lo mismo con Gage, y entonces fue Amanda la que me abrazó.

Hubo otra ronda de abrazos de todos y el último fue Ty. Me estrechó entre sus brazos y no me soltó durante varios segundos. Sabía lo que aquello significaba para mí y, como siempre, supo cómo responder a la situación. Yo estaba entusiasmada, y él se dio cuenta al ver mi sonrisa y mis risas al decirles a todos cuándo salía de cuentas y de cuánto tiempo estaba. Pero en el fondo él sabía lo que significaba para mí y sabía que tendría que ser mi roca. Le rodeé la cintura con fuerza y hundí la cara en su pecho cuando las lágrimas comenzaron a resbalar por mis mejillas. Aquello no tenía que ver con que Gage no pudiera entender lo que necesitaba, porque sí lo entendía; tenía que ver con la razón por la que le había pedido a Tyler que me entregara en matrimonio. Él era lo más parecido que tenía a una familia.

—Vas a ser una madre asombrosa —me susurró al oído sin soltarme—. Me alegro mucho por ti, cariño.

Yo asentí contra su pecho y me llevé una mano a la cara para secarme las lágrimas, después bajé el brazo y encontré los dedos de Gage.

Gage

Estiré mi cuerpo sobre el de Cassidy y le di un beso suave en los labios.

—Despierta, cariño. —Que estuviera cansada no tenía nada que ver con la comilona que habían preparado las chicas; ya habían empezado a cerrársele los párpados antes incluso de sentarnos a comer. Así que la había llevado a mi antigua habitación en cuanto terminamos de comer, dado que mi madre se negó a permitirnos ayudar a limpiar, y se había quedado dormida en cuanto su cabeza tocó la almohada.

Gimió y se giró automáticamente hacia mí; me puso una mano en la tripa y su cabeza encontró aquel hueco perfecto entre mi cuello y mi hombro.

Le di un beso en la mejilla y después acaricié su mandíbula con los labios.

—Hora de levantarse, cariño —le susurré.

Abrió los ojos y me dirigió aquella sonrisa que reservaba solo para mí.

—¿Qué hora es?

—El partido empieza en unos treinta minutos. Los demás están comiéndose las sobras y el pastel para cenar.

—¿Cenar? —preguntó ella con desconfianza—. ¿Cuánto tiempo ha durado mi siesta?

—¿Llamas a eso siesta? —bromeé—. Cass, has dormido más de cinco horas. He intentado despertarte antes, cuando me he levantado de la siesta, pero estabas profundamente dormida. Así que he vuelto a casa a por Sky y a por los pasteles que habías preparado, y desde entonces he estado con Ty.

—¿Cinco horas? ¡Madre mía!

—Sí. —Me reí, deslicé las manos por su cuello y me deleité con su respiración ahora que podía sentir sus latidos bajo mis dedos—. ¿Te encuentras bien?

—Sí. He estado durmiendo mucho las últimas dos semanas, supongo que por el embarazo, ¡pero cinco horas! Eso sí que es un coma inducido por la comida. —Empujó a Sky hasta que se bajó de la cama y después se levantó también.

Yo la seguí, agarré tres cervezas y regresé a la mesa de la cocina, donde estaban Jesse y Tyler. Le entregué una a cada uno. Amanda estaba sentada sobre el regazo de Jesse e intenté que eso no me molestara, pero vamos, era mi hermana, era imposible que no me molestara. Así que me aseguré de no dejar de mirar a Cassidy en ningún momento mientras esta agarraba un plato de comida y troceaba dos de los pasteles, aunque tampoco es que me resultara difícil. Estaba preciosa, y no había podido hacer otra cosa que mirarla durante un año y medio, así que se había convertido en una de mis cosas favoritas. Sobre todo cuando estaba en la cocina; se movía por la cocina como si formara parte de ella, siempre andaba canturreando alguna canción y, a veces, empezaba a bailar. Me encantaban esas veces, porque, cuando se daba cuenta de que estaba mirándola, invadía su cara aquel rubor que tanto me gustaba y me dirigía una de sus sonrisas cegadoras. ¿Y en aquel momento? No sé cómo había podido no darme cuenta de que algo pasaba en la última semana y media; Cass tenía una nueva sonrisa que no había visto antes, como si guardara un secreto, y era una sonrisa que no había abandonado su cara en todo el día. Solo deseaba haberle prestado la atención necesaria para haberme dado cuenta, pero tenía que admitir que me gustaba la idea de la camiseta.

Justo al fijarme en su nueva camiseta, empezó a moverse al ritmo de la canción que estuviese canturreando en su cabeza y tuve que contener una carcajada. Dios, mi esposa era muy mona. Tyler se puso en pie, entró en la cocina y se acercó a Cassidy; cuando la alcanzó, apoyó la cadera en la encimera y le pasó un brazo por los hombros. Le dijo algo en voz baja y ella lo miró para responder. Dejó su plato de comida, dobló su cuerpo automáticamente hacia él y él la rodeó con más fuerza. Tyler siguió susurrándole y yo esperé a que aparecieran los celos, pero no aparecieron. No me había sentido celoso desde que Tyler regresara de su viaje a California en mayo.

Yo había visto a Cassidy y a Tyler cuando eran amigos y los había visto cuando estaban juntos. Para cuando Cassidy y yo empezamos a salir, Tyler y ella solo se veían en entornos hostiles, de modo que cuando Tyler dejó por fin de intentar separarnos yo dejé de preocuparme. Cuando los vi juntos por primera vez después de que ella regresara de California, me pregunté cómo había podido tardar tanto en darme cuenta de cómo respondía Cass a él. Como en aquel instante, cuando se apoyó en Tyler y él la rodeó con sus brazos. Cierto, estaban unidos, pero no tenía nada de íntimo su manera de abrazarse. Ty era su mejor amigo, nada más.

Cassidy se rio por algo y giró la cabeza, de modo que Tyler y ella se quedaron mirándome. Yo arqueé una ceja, pero no me moví; sabía que Ty deseaba pasar tiempo con ella. Se llevó la mano al vientre, me dirigió mi sonrisa especial y articuló un «te quiero» con la boca. El corazón me dio un vuelco y, una vez más, di gracias a Dios por habérmela dado y por regalarnos ahora un bebé.

EPÍLOGO

Cuatro años más tarde

Gage

Entré y el corazón me dio un vuelco antes de acelerárseme, como me sucedía siempre que miraba a mi esposa. Habían pasado seis años y medio desde que la viera salir del Jeep de Ty y seguía dejándome sin aliento. Pero, ¿en aquel momento? Dios… Cassidy embarazada era de mis cosas favoritas. Le quedaba menos de un mes para dar a luz a nuestro tercer bebé y por fin íbamos a tener una niña. Después de que naciera Asher, nuestro primer hijo, Cassidy no había querido esperar demasiado y dieciocho meses más tarde habíamos tenido al segundo, Jax, en honor a Jackson, el padre de Cassidy. El embarazo de Jax había sido complicado y el parto aun peor; al final todo había salido bien, pero el médico nos había dicho que Cassidy no podría tener más hijos. Había sido un duro golpe para ambos, pero, teniendo un niño pequeño y un recién nacido, no tuvimos tiempo para pensarlo demasiado. Entonces, gracias a un milagro, el pasado mes de mayo nos habíamos enterado de que estaba embarazada de nuevo, y yo recé día y noche para que fuera una niña. Quería a mis hijos más que a nada, pero deseaba tener otra chica a la que poder malcriar además de a mi esposa. Así que el día que descubrimos que íbamos a tener una niña, había llamado a mi madre y le había dicho que se llevara a Cassidy y comprara cualquier cosa rosa que pudiera encontrar.

Ya habíamos añadido otro pasillo y dos habitaciones a la casa cuando supimos que estaba embarazada de Jax; de ese modo, cuando los chicos fueran un poco mayores, podrían tener cada uno su cuarto, y no cabía duda de que mi hija tendría su propia habitación. Princesas, ponis... me daba igual. Siempre y cuando fuera feliz, podría decorar su habitación como deseara. Y, además, así teníamos una habitación de invitados para cuando Tyler y su esposa se quedaran con nosotros.

Había pasado mucho tiempo con nosotros durante las vacaciones de Navidad y de verano mientras seguía yendo a la universidad, pero, al graduarse, había vuelto a California y había conocido a alguien casi de inmediato. Era simpática y, lo más importante, Cassidy la adoraba. Venían a quedarse con nosotros dos veces al año durante una semana y, aunque nuestra casa ya era una locura, nos encantaba. En aquel momento, la tía Steph y el tío Jim estaban en la casa principal con la familia y Tyler estaba tirado en el suelo peleando con Asher y con Jax mientras Cass hablaba animadamente con Aria, la esposa de Tyler. No podía haber sido de otra forma.

Estuve a punto de reírme al recordar la primera vez que Aria y Cassidy se habían visto. Cassidy estaba embarazada de Jax y, como hacían siempre que se veían, Tyler y ella se habían abrazado y se habían puesto al día, pues hacía un par de meses que no se veían. Aria se había quedado pálida al ver cómo se comportaban, y su confusión había aumentado cuando Cassidy soltó un grito y la abrazó con fuerza. Yo me había asegurado de tener una conversación con Aria lo antes posible y, aunque dijo que lo entendía, nos dimos cuenta de que le hicieron falta un par de días viéndolos juntos para aceptarlo plenamente. Al menos a ella solo le había llevado unos días, y no los dos años que me llevó a mí.

Miré el reloj del horno, le rasqué las orejas a Sky y me incorporé para ir a darme una ducha antes de que empezara a llegar el resto de nuestros amigos.

A Ethan y Adam les había costado encontrar trabajo después de graduarse y, después de que Dana y Adam descubrieran que también tendrían un bebé un mes después de que naciera Asher, a Cassidy se le había ocurrido la idea de ofrecerles un trabajo a Adam y a Ethan. Ambos habían aceptado sin dudar; Dana y Adam se habían casado y se habían mudado a vivir cerca del rancho menos de un mes después, y Ethan no había tardado en seguir sus pasos. Jackie se había quedado con su familia durante dos meses antes de darse cuenta de que, a tres horas y media de camino, seguía estando demasiado lejos de Ethan, así que se había mudado allí también. Ethan y Adam habían acabado siendo mejores que algunos de nuestros empleados, y mi padre y yo habíamos quedado muy satisfechos con el cambio. Habíamos podido prescindir de los tres trabajadores más vagos y contratar solo a Ethan y a Adam. Nos ahorrábamos dinero y problemas, y a mí me gustaba trabajar con mis amigos.

Dana y Adam acabaron teniendo gemelos y decidieron parar ahí, pues decían que dos de la misma edad eran más que suficientes, y Jackie y Ethan acababan de descubrir hacía un mes que estaban esperando su segundo hijo. A Cassidy le encantaba tener cerca a las chicas y, con frecuencia, las chicas y los niños estaban en nuestra casa al terminar la jornada laboral.

Nuestro volumen de negocio se había triplicado en los últimos años y yo había podido comprarle a mi padre su parte dos semanas antes de saber que Cassidy estaba embarazada de nuestra hija. Mis padres estaban encantados de jubilarse. Bueno, todo lo que se podía jubilar uno viviendo en un rancho. Mi padre seguía levantándose al amanecer conmigo para dar de comer a los animales, pero lo demás me lo dejaba a mí.

En resumen, la vida me sonreía y yo jamás había estado más feliz.

—Hola a todos —dije al llegar al salón.

—¡Papá!

—¡Papi!

Asher y Jax se pegaron a mis piernas y se mantuvieron allí mientras yo caminaba por la habitación, Tyler estaba demasiado cansado para levantarse, así que le choqué la mano mientras pasaba, le di un beso a Aria en la mejilla y después uno en la boca a Cassidy.

Tenía las mejillas sonrojadas cuando me aparté.

—Hola, cariño —dijo suavemente, y me miró a los ojos cuando puse las yemas de los dedos en su cuello.

Habían pasado cuatro años y seguía necesitando hacer aquello. Y ella no había dicho una sola palabra en esos cuatro años, a pesar de que ya estaba seguro de que sabía lo que estaba haciendo. Asher siempre había sido un niño sano; incluso de bebé nunca se puso verdaderamente enfermo y podía contar con los dedos de una mano los resfriados que había tenido. Podía mirar a Asher y saber sin duda que estaba bien, pero con Jax era diferente.

A lo largo del embarazo, el médico nos había dicho que nos preparásemos para perder al bebé por todo lo que estaba ocurriendo y, al llegar el parto, juro por Dios que estuve a punto de morirme.

Casi nada más nacer, las enfermeras habían anunciado la hora de la muerte de Jax mientras el doctor y otras dos enfermeras intentaban asegurarse de que Cassidy sobreviviera al parto. Se había desmayado y había empezado a perder mucha sangre demasiado deprisa. Aquellos minutos habían sido mucho peores que la noche de la picadura del escorpión. Pero, de pronto, Cassidy había abierto los ojos y había tomado aire, y Jax había empezado a llorar sobre la mesa en la que habían estado intentando reanimarlo antes. Todos se quedaron helados durante unos segundos antes de ponerse en marcha. Al final los dos se recuperaron y pudieron volver a casa tres días más tarde.

Unos meses atrás, me levanté de la cama y fui a la habitación de los chicos para poner los dedos en el cuello de Jax, y después en sus muñecas, como hacía todas las noches. Satisfecho al comprobar que mi hijo pequeño estaba bien, me di la vuelta para volver a la cama, pero en esa ocasión Cassidy estaba de pie en la puerta, sonriendo. Asintió, me dio la mano, se la llevó al cuello y se quedó mirándome mientras yo tomaba aire. Después me besó y regresamos a la cama. Yo pensaba que estaba loco por seguir necesitando notarles el pulso, pero por suerte ella lo aceptaba.

—Voy a ducharme antes de que lleguen todos. ¿Necesitas ayuda?

—No, ve a lavarte. Te he echado de menos.

Yo sonreí y le di un beso.

—Yo también te he echado de menos, cariño.

Cuando salí de la ducha, estaba sentada en la cama con una sonrisa en la cara.

—¿Qué te parece Emma?

—¿Emma? —¿Tenía que saber quién era Emma? ¿Emily había decidido que quería que la llamasen así ahora? Cuando Cass señaló su tripa, sonreí. Emma era sin duda un nombre de princesa—. Me parece perfecto.

—¿Sí?

—Sí, Cass. —Terminé de ponerme los vaqueros, me senté con la espalda apoyada en el cabecero y la coloqué entre mis piernas antes de poner las manos sobre su vientre—. ¿Y qué tal está hoy nuestra Emma?

—Está bien. Dando muchas patadas. Le encanta la música navideña.

—Igual que a su madre.

—Mmm. —Dejó caer la cabeza sobre mi hombro cuando subí las manos hasta sus pechos—. Oh, Gage.

Dios, me encantaba lo sensible que se volvía cuando estaba embarazada. Le mordisqueé el punto situado detrás de la oreja y gimió.

—Llegarán todos en veinte minutos.

—Puedo ser rápido —le susurré al oído, y ella se estremeció.

—Gage, estoy embarazadísima. No puedes echarme uno rapidito, y además hay gente en el salón.

Detuve las manos y los labios. ¿Hablaba en serio?

—Cariño, embarazada no solo estás guapísima, sino que además eres increíblemente sexy. Estás loca si piensas que no me excito al verte.

—¡Mamá! —gritó Asher, y entró en la habitación seguido de Jax.

—¡Mami, mami!

—Y con eso se acabó —susurré yo. Ella se rio.

—¿Qué pasa, cariño? —preguntó dulcemente cuando Jax se le subió encima. Asher había trepado por un lado de la cama y ahora estaba colgando de mi brazo mientras respondía por los dos.

—La tía Dana y el tío Adam están aquí. ¿Podemos salir a jugar con Abbi y Brandon?

—Fuera hace frío —le susurré a Cassidy al oído.

—Ash, cariño, fuera hace frío. ¿Por qué no vais a la habitación de juegos? Cuando lleguen tía Jacki y tío Ethan con Caden, lo enviaré allí también.

—¡Salir fuera, por favor! —le rogó Jax con una sonrisa cursi, y yo tuve que esconder la cara en el hombro de Cassidy para que no me viera reírme.

—Esta noche no, cariño.

—¡Mami! —Suspiró—. ¡He dicho «por favor»! —argumentó Jax, como si eso le garantizara salirse con la suya.

—Jax —dijo ella. Su voz seguía siendo dulce como siempre, pero había adquirido ese tono de madre y los chicos sabían que no tendría sentido seguir discutiendo.

—De acuerdo, mamá —dijo Asher, le dio un beso en la mejilla y después me rodeó el cuello con los brazos antes de bajarse de la cama—. Vamos, Jax. A la habitación de los juegos.

Jax no se movió, pero se despidió de nosotros con la mano.

—¡Adiós, mami! ¡Papi, vamos a la habitación!

Yo sabía lo que quería decir y sabía que podía ser un auténtico torbellino sin darse cuenta. No pude evitar reírme.

Cassidy lo levantó por encima de su tripa y le dio un beso en la mejilla antes de abrazarlo. Yo no entendía cómo podía hacer eso estando tan embarazada. El niño me miró y me saludó con la mano desde detrás de su cabeza. Le di un beso en la frente y le agarré la mano que estaba moviendo. Deslicé el dedo índice sobre su muñeca, luego vi cómo corría junto a su hermano y los dos abandonaban nuestra habitación. No pude evitar sonreír al verlos marchar. Tenemos unos hijos fantásticos y estoy deseando ver cómo Emma lo revoluciona todo. Ahora que voy a tener una niña, solo deseo una cosa más. Los dos chicos han sacado mi pelo negro y mis ojos verdes; no me importa de qué color tenga el pelo Emma, pero me gustaría que tuviera los ojos grandes y color miel.

Cass empezó a levantarse, pero yo tiré suavemente de su cuerpo hacia el mío.

—Cariño, ya están empezando a llegar. Tengo que ir a asegurarme de que toda la comida está bien.

—Cariño, tienes a mi madre, a Amanda, a Nikki, a Emily, a Aria, a Jackie y a Dana aquí. Estoy segura de que alguna podrá supervisar la comida si no estás ahí. Pero quería tener unos minutos más contigo —susurré, estiré el brazo hacia mi mesilla de noche y rebusqué en la parte de atrás hasta palpar la cajita de terciopelo. La levanté y la coloqué sobre su tripa antes de darle un beso en el cuello.

—Feliz Navidad, cariño.

—Oh, cielo —susurró ella, y se llevó la mano a la boca al abrir la caja. Era un juego de tres anillos de oro blanco entrelazados, cada uno con una piedra natal. El primero tenía un rubí incrustado entre *Asher* y *15-07-2013*. El segundo tenía una amatista entre *Jax* y *01-02-2015*. El último tenía un granate y ninguna inscripción todavía.

—En cuanto nazca Emma, haré que graben el nombre y la fecha. —No me preocupaba que Emma naciera en febrero; si no nacía antes, Cassidy y su médico habían decidido que le provocarían el parto el veinte de enero. Si nacía a lo largo de la próxima semana, cosa que dudaba, entonces haría que cambiaran la piedra—. Sé que esto es más un regalo del Día de la Madre, pero lo compré para el anterior Día de la Madre, y descubrimos lo de Emma justo antes de que pudiera dártelo. Así que lo guardé y les pedí que añadieran otro anillo cuando supimos la fecha, y no pienso esperar otros siete meses para dártelo.

—Muchas gracias, Gage. —Giró la cabeza y me puso la mano en la nuca para besarme.

Cuando volvió a girarse y sacó los anillos de la caja para ponérselos en el dedo, yo saqué el collar de debajo de mi almohada, se lo puse y esperé.

Ella levantó las manos y agarró el collar para observarlo. Era un fénix de oro blanco con un diamante en cada ala y oro amarillo al final de la cola. Lo había visto un día de pasada y lo había comprado de inmediato. Gracias a su madre y a Connor, Cassidy había aprendido que había que buscar la belleza en las cenizas. No tardamos mucho en darnos cuenta de que eso no solo servía para las cenizas de verdad. Porque en muchas ocasiones a lo largo de nuestra vida habíamos tenido que encontrar la luz en la oscuridad.

Pensaba que iba a perderla por la picadura del escorpión, pero gracias a eso habíamos tenido a Asher. Había tenido un embarazo complicado y Dios nos había arrebatado a Jax por un momento y había estado a punto de llevársela a ella, pero al final me los había devuelto y ahora Jax era un niño sano, feliz y maravilloso. Y fue duro saber que no podría tener más hijos, pero eso hizo que la sorpresa de Emma fuese mucho más dulce. Ahora el fénix estaba por todas partes en nuestras vidas. Desde el segundo caballo de Cassidy, cuyo nombre era Fénix, hasta el único tatuaje que yo me había hecho y me haría jamás: el mismo que ella tenía en la espalda. Era nuestro símbolo, y las palabras de su madre nuestro lema. En los malos momentos, nos las susurrábamos el uno al otro para recordarnos que superaríamos cualquier cosa y saldríamos reforzados. Y, cuando Dios nos concedía algún regalo, las pronunciábamos como si fueran una oración.

Agarró el colgante con fuerza en la mano y me miró; tenía los ojos llenos de lágrimas.

—¿De las cenizas? —me preguntó con una suave sonrisa.

—De las cenizas —confirmé yo.

AGRADECIMIENTOS

Muchísimas gracias a mi marido por apoyarme siempre y por ayudarme con la casa más de lo que puedo explicar. ¡Te quiero, Cory!

Gracias también a mis lectoras de prueba: ¡Amanda, Nikki, Robin y Teresa! Sois todas increíbles y me habéis ayudado a tener seguridad en mi escritura. ¡Soy muy afortunada por tener mujeres como vosotras que me apoyan y me dan su opinión sincera sobre mi trabajo!

Gracias a Tessa, mi editora; me encanta trabajar contigo y sinceramente no tengo ni idea de cómo he podido publicar algún libro sin ti. Y a Kevan, mi agente; has sido asombroso y me encanta que ambos estéis tan emocionados como yo con esta novela.